btb
Aus Freude am Lesen

btb

Buch

Im verschlafenen Grenzstädtchen Jacobsroth kommt im Jahr 1970 ein Mädchen zur Welt, von dem sich bald herausstellt, daß es mit außergewöhnlichen Fähigkeiten begabt ist. Wer sich in Maudis Nähe aufhält, wird plötzlich an seine alte Sehnsucht erinnert, die Sehnsucht nach dem geglückten Leben.
Ungeheuerliche Dinge tragen sich zu, wohin Maudi auch tritt. Wer ist dieses zerbrechliche Mädchen, das so viel Unruhe stiftet? Ist sie überhaupt von dieser Welt? Ist sie ein Engel, der beschlossen hat, auf die Erde zurückzukehren, um den Menschen den Spiegel ihres lieblosen Umgangs miteinander vorzuhalten?

»*Die Luftgängerin* ist ein breites, groß erzähltes Familienepos, bevölkert mit kuriosen Figuren – liebenswerten Versagern zumeist –, in welchen der Wunsch nach einem sinnhaften Leben noch nicht erloschen ist. (...) Mit stupender, ja rauschhafter Sprachgewalt, mit einer nicht zu übertreffenden Ironie erzählt dieser junge Schriftsteller aus Österreich eine Welt, die noch im ganzen funktioniert. (...) Es duftet, es tönt, es glänzt in diesem Buch auf eine unerhörte Weise.« (Paola Capriolo, *Corriere della Sera*)

Autor

Robert Schneider, geb. 1961 in Bregenz (Österreich), lebt in Meschach, einem Bergbauerndorf im Rheintal, wo er aufgewachsen ist. Er studierte in Wien Komposition und Kunstgeschichte. Für seinen Debütroman *Schlafes Bruder* (1992) erhielt er zahlreiche in- und ausländische Preise. Das Buch wurde, nachdem das Manuskript von 23 Verlagen abgelehnt worden war, ein Sensationserfolg. Übertragung in 24 Sprachen, Verfilmung und Bearbeitung für Ballett, Theater und Oper.
Die Luftgängerin ist der zweite Teil seines Romanzyklus' *Die Rheintalische Trilogie*. Neben seiner Tätigkeit als Romancier arbeitet Schneider ferner für das Theater: *Dreck*, Monolog eines Rosenverkäufers über das Fremdsein (Uraufführung: Thalia Theater Hamburg, 1993). *Komödie vom deutschen Heimweh*, ein Stück über die deutsche Jugend und ihren Umgang mit Pathos (Uraufführung: Schauspielhaus Zürich, 1999).

Robert Schneider

Die Luftgängerin

Roman

btb

Umwelthinweis:
Alle bedruckten Materialien dieses Taschenbuches sind chlorfrei und umweltschonend.

btb Taschenbücher erscheinen im Goldmann Verlag, einem Unternehmen der Verlagsgruppe Bertelsmann.

1. Auflage
Genehmigte Taschenbuchausgabe November 1999

Umschlaggestaltung: Robert Schneider nach einem Motiv von R. Bouguereau, »Engel« (1876)
Satz: Filmsatz Schröter, München
KR · Herstellung: Augustin Wiesbeck
Made in Germany
ISBN 3-442-72578-X

Die Handlung dieses Buches ist Erfindung.
Innerhalb dieser Erfindung ist es wahr.

Ich setzte den Fuß in die Luft,
und sie trug.

Hilde Domin

Mein Engel ist fortgegangen, mein Engel aus den jurassischen Bergen. Da ging eine große Hand über mein Gesicht, und ich wurde müde, müde, so herzensmüde; meine Gedanken verdunkelten, mein Leben verdämmerte. Die Sehnsucht fraß mir meinen Tag.

Die Liebe war ihm abgebrochen. Ich dachte, schwerelos zu sein für zwei, aber beide stürzten wir und fielen in die Geographie einer unbekannten Nacht. Er hatte kleine, vornehm sprechende, immerkalte Hände. Sein linkes Ohr stand ab, die Knorpelfalte fehlte. Zur Geburtszeit fürchtete der Arzt, der Engel müsse ersticken. Die Nabelschnur hatte sich im Werden um Hals und Kopf verwickelt. Es soll plötzlich still geworden sein im Kreißsaal von Vevey, und das Gesicht des Engels blau wie der gekachelte Boden.

Als er fort war, glaube ich, verarmte ich. Am Ende verging mein Talent, das wirkliche: mit Wörtern in den Schmerz eines anderen zu greifen. Im längst ausgewachsnen Gesicht plötzlich geweitete Kindsaugen zu entfachen. Ich meinte Nähe, er nannte es immer Kränkung. Mir schwand die Kraft, die Fehler wieder zu machen, die alten. Ich verlor den Mut, die Menschen zu verlieren.

Ich, das verschenkte, schnellredende Kind aus den Heuböden meines Vaters. Das von den Storzen frischgemähter Wiesen verletzt, vom Staub der Heublumen angegraut, nachts im Bett lag und Heimweh hatte daheim. Und das Alleinsein nicht preisgab, noch den Schmerz. Und nicht bereute, was dort Lüge hieß, in Wahrheit aber Phantasie in einem überwachen Kindeskopf.

Ich schlief ein, verschlief wohl viele Jahre. Als ich erwachte und noch immer lebte, stand ich auf, blickte hinauf zu den schneebereiften, fünfgeschossigen Tannen von Meschach, und plötzlich, ich weiß nicht wie, verging die Sehnsucht nach meinem Engel wie Morgennebel. Die Nacht war aus.

Nicht länger die Hoffnungslosigkeit verehren, nicht länger die Wertlosigkeit aller Werte veranschlagen, nicht länger die Wahrheit um- und um- und um- und umwenden. Nicht mehr den Schild blankgeputzter Worte vor das ohnehin ausgeleerte Herz heben. Nicht mehr mächtig sein und bestaunt und uneinnehmbar für jeden. Wieder einem Engel entgegenfallen.

Ich stand auf, Heublumenkind, ging zurück auf die storzigen Wiesen und beschloß, die Welt noch einmal zu entwerfen, wider besseres Wissen, wider die Resignation.

Ihr schneebereiften, fünfgeschossigen Tannen, euch gehört das Buch, das ich schreibe. Die Geschichte der Maudi Latuhr und ihrer rheintalischen Welt. Das Wirken einer Magierin in entzauberter Zeit. Das Leben des letzten Herzmenschen von Jacobsroth.

An einem novemberlichen Vormittag des Jahres 1969 fuhr ein junger Mann aus dem graubündischen Landquart in die Stadt St. Gallen, im Kantonsspital seinen nunmehr endgültig erblindeten Vater abzuholen. Ambros Bauermeister kam dort nicht an.

Seit Hermines Tod – Krebs als Folge eines tausendfachen Ja-Sagens und lügnerisch hinuntergeschluckten Lebens, in welcher Logik Ambros das Sterben der Mutter zu bewältigen suchte –, laborierte der Vater an einem merkwürdigen Augenleiden. Die Tränendrüsen erzeugten kaum mehr Flüssigkeit. Davon litt die Hornhaut Schaden, erodierte, und infolge mutwilliger Achtlosigkeit – kaum war die Schwester aus dem Zimmer, nahm der störrische Patient die Augenbinde wieder ab – hatte ihn eine chronische Bindehautentzündung befallen, Trachom oder Ägyptische Augenkrankheit genannt.

Leopold Bauermeister konnte nicht mehr weinen.

Aber jetzt *wollte* er weinen, den keiner aus der Familie jemals hatte weinen gesehen. Nicht aus Trauer um Hermine, wie Ambros mutmaßte, sondern aus blankem Egoismus.

Wie hatte sie ihm das bloß antun können, vor ihm zu sterben, klagte er, schloß die Hände, vergrub die Finger ineinander und fing an, unablässig an einem schmalen Aluminiumring zu drehen. Einem Ring mit zehn Zacken für die zehn Ave-Marias des Rosenkranzes. Er habe doch immer darum gebetet, vor Hermine sterben zu dürfen. Wieviel Geld habe er nicht in die Mission gegeben, wieviel Geld für die Leprakranken. Und jetzt lasse der Herrgott ihn einfach weiterleben.

Leopold Bauermeister hob den zittrigen, knochigen Kopf, preßte die Lippen zusammen, hielt den Atem an und blinzelte mit seinen winzig gewordenen Augen in die Dunkelheit der Spitalskapelle. Nur sein Oberkörper zuckte leicht, und das war das Weinen, ohne zu weinen. Dann schluckte der alte Mann trocken, grummelte etwas Unverständliches und lächelte. Aber die von der Krankheit zu bloßen Sehschlitzen deformierten Lider hatten kein Augenspiel mehr, und nur wer ihn wirklich kannte, wußte, daß er lächelte.

Als Ambros dieses am Vater noch nie bemerkte Elendsgesicht zum erstenmal sah, mußte er auflachen, wie man zuerst unwillkürlich lacht, wenn das Antlitz eines Menschen im höchsten Schmerz steht, denn es ist plötzlich soviel Fremdheit in einem doch so bekannten Gesicht. Dann packte ihn Wut und Mitleid zugleich.

– Und an Mama denkst du überhaupt nicht? Was, wenn *du* vor ihr gestorben wärst?

– Ach, sie hätte es leicht ertragen.

– Was bist du für ein ichsüchtiger Mensch! Du hast sie nie wirklich gern gehabt. Deine sogenannte Liebe war nichts als eine vierzigjährige Gewohnheit. Und jetzt willst du deinen Gott erpressen, weil dir keiner mehr die Wäsche macht und das Essen auf den Tisch stellt. Du hast dir das Leben nie genau angesehen. Immer die Augen verschlossen.

Mit derlei Vorhaltungen und schließlich Grobheiten endeten zumeist die Krankenbesuche. Aber was den Sohn am meisten aufbrachte, daß der Vater nie wirklich Paroli bot, im Gegenteil, je heftiger Ambros ihn beschimpfte, desto zarter wurden Gesten und Rede des Greisen.

Er habe seine Frau über alles auf der Welt geliebt, und er liebe seine vier Kinder über alles. Sterben würde er für jedes.

Dann hielt es Ambros nicht mehr aus, log, daß er heimmüsse, küßte den kleinen Kopf des Vaters und verließ die Augenstation in dem stechenden Gedanken, ihm *doch* wieder unrecht getan zu haben. Vielleicht war Leopold wirklich ein Liebender und die Krankheit ehrliche Trauer. Aber sowie Ambros daheim zu Werke ging, endlich Hermines kärglichen Nachlaß zu regeln, und er den fichtefurnierten Kleiderschrank öffnete und plötzlich noch immer den Schweißgeruch in ihren Nylon- und Dralonkleidern roch, wurde er wieder unendlich wütend. Wütend auf den *braven Limonadenmann*, wie man den Vater in Landquart hieß, weil er dort jahrzehntelang ein Getränkedepot unterhalten hatte.

– Wie gern hätte Mama Schmuck getragen. Wie gern wäre sie gereist. Wien. Die Gloriette. Und du Verbrecher hast ihre Schwärmerei nie in ein Zugbillett verwandelt. Eine lächerliche Reise in die Innerschweiz zum heiligen Bruder Klaus. Ein Heiliger, der dir zupaß kommt, weil er seine Frau verlassen hat, wozu du nie den Mut hattest. Deine bigotten Wallfahrten!

Als er mit geblähten Nasenflügeln so vor sich hin zürnte und gleichzeitig Kleidung und Schuhwerk in staubende Papiersäcke mit der Aufschrift *Verbandsmühle Chur* packte, dämmerte in seinen Gedanken Hermines Totenantlitz wieder herauf. Übereinstimmend hatten damals alle Geschwister dieselbe Empfindung beim Anblick dieses erloschenen Gesichts: Eine ihnen völlig unbekannte Frau liege da im Sterbezimmer der radioonkologischen Abteilung.

Und Ambros ließ die Papiersäcke sein, zündete sich eine Zigarette an und blickte auf das drittklassige Nazarenerbild überm Elternbett. Die Heilige Familie. Ein vom Licht und der Feuchtigkeit der Jahre vergilbter und wellig gewordener Kunstdruck unter Glas, in braun lackiertem Rahmen. Da wurde der junge Mann so traurig, daß ihm das Wasser in die Augen stieg.

– Mama, du bist selber schuld. Hast alles nur hinuntergeschluckt. Wieso bist du nicht einfach abgehauen? Ich hätt dem Alten das Konto geplündert und eine Kreuzfahrt gemacht. Aber erster Klasse. Einem, der das Geld hortet, muß mans wegnehmen. Du warst dumm. Jetzt weiß ich, warum wir bei deinem Anblick so erschrocken sind. Weil die Verlogenheit auf einmal weg war. Die Lügen hatten in all den Jahren dein Gesicht verfettet und aufgeschwemmt.

Indem er halblaut fortsinnierte, fiel ihn das schlechte Gewissen an und nagte an seiner Urteilskraft. Dürfe man so von seinen Eltern reden? Hatten sie es nicht gut gemeint? Sie waren eben die alte Generation, für die nur das Geld, das Gerede und Gott zählten. Schließlich fing er an, darin zu schwanken, wem die größre Schuld am Unglück dieser Ehe und an der Beziehungslosigkeit aller untereinander anzutragen sei. Hermine? Leopold? Oder gar den Kindern selbst? Aber bald trug er wieder Beweis um Beweis auf einen wahrlich reich gedeckten Tisch der Anklagen.

Daß Hermine, als er 17jährig in ein Mädchen sterbensübel verliebt war und sich in der Garage am Auspuff seines Kleinmotorrads aus diesem Leben verdampfen wollte, bloß hilflos gelacht habe über seinen Kummer. Daß, als er einmal in der Straubschen Buchhandlung einen ziegelschweren Kunstband gestohlen, sich Leopold im Dabeisein des Buchhändlers Zinsli vor ihm aufgetürmt habe wie ein Kantonspolizist, anstatt den Filius zu loben, weil der sich für flämische Malerei interessierte und nicht für die Beatles.

Aber es gelang ihm dennoch nicht, endgültig über sein Elternhaus zu richten. Auch in seinen Träumen kam er nicht ins reine, und so entschied er sich anzunehmen, daß Eltern in Wahrheit Fremde sind und niemals fähig, sich ihre Kinder zu Freunden zu machen. Seit Hermines Begräbnis hatte er das Grab nicht mehr besucht, und als ihm das Gerede in Landquart gleichviel geworden und somit das schlechte Gewissen vergangen war, fuhr er auch immer seltener zu seinem Vater nach St. Gallen.

Im tiefsten Herzen aber wußte Ambros Bauermeister, daß er seit dem Weggang der Eltern nunmehr ohne Heimat war. Zu der Zeit lebten die übrigen Geschwister bereits in der ganzen Schweiz verstreut wie unauffindbare Nummernkonten. Doch selbst ein geheucheltes und nach außen geschöntes Zuhause hat immer noch etwas von Heimat. Vielleicht ist gerade *das* Heimat, dachte er, und das Glück ist in Wahrheit Fremde.

Damals fing er an, erst vage, dann mit äußerstem Kalkül, nach einer Gegenwelt zum Elternhaus zu suchen. Einer Gegenwelt somit zum bürgerlichen Angesicht, das seine häßlichste Fratze gerade dann offenbart, wenn es lacht. Denn es lacht nur, wenn es den Scherzmacher zuvor erniedrigt, indem es ihn bezahlt.

An jenem Novembervormittag, da der damals 24jährige Ambros Bauermeister beabsichtigte, den Vater nach Hause zu holen, verfügte er bereits über die Grundzüge eines anarchischen Prinzips, dessen späteres Funktionieren auf die Mitwelt wie eine Verhöhnung ihrer gesamten Existenz wirkte. Das Joch, in das sich die Eltern und alle ihm bislang begegneten Menschen hatten spannen lassen, schirrte er aus. Er hob die Funktion des Geldes auf, freilich nur für sich. Privatissime wollte er den Entschluß zur Ausführung bringen.

Eines Abends nämlich, als er in das nahe gelegene Chur gefahren war, weil er die ungewohnte Stille daheim nicht mehr ertragen hatte, saß er im Café Merz und faltete gelangweilt an einem Zehn-Franken-Schein. Er faltete ihn so lange, bis er auf die Größe eines Fingernagels geschrumpft war. Den Fingernagel schob er der Bedienung hin, einem zierlichen, glatthaarigen Mädchen in einer grellen, orange-grün gewürfelten Bluse, den Farben der Zeit. Die Kleine gefiel ihm, und er wollte den Zehner stimmen lassen, aber dazu kam es nicht. Sie blickte auf den eingegangenen Geldschein. Dann auf Ambros. Dann auf Ambros und den Geldschein.

– Das ist die Höhe! rief sie zornig und flog davon.

Im Handumdrehen verfügte sich der Senior Merz höchstpersönlich an sein Tischchen, griff mit mehlweißen Konditorshänden den Rand der Tischplatte und staubte Ambros etliche Unerfreulichkeiten an die Brillengläser. Zufälligerweise saß just der Buchhändler Zinsli am gegenüberliegenden Tisch. Ambros gewahrte dessen sich versüßendes Gesicht, und er sah eine kandierte Zungenspitze an den Schimpfworten des Konditors lutschen wie an einem Praliné.

Auf dem Heimweg dachte er nur an zwei Dinge. Daran, wie

sich die apfelgroßen Brüste des Mädchens mit Zorn gefüllt hatten und plötzlich gereift waren und weshalb das Geld eine derart beleidigende Wirkung auf die Menschen ausüben konnte. Seit dem Abend ging ihm der Gedanke nicht mehr aus dem Kopf: Es müsse doch einen Weg geben auf dieser Welt, ohne Geld auszukommen. Es müsse eine Möglichkeit geben, ohne zu zahlen und doch kein Dieb zu sein oder würdelos.

Das Rheintal lag wie ausgetrunken an jenem Herbsttag des Jahres 1969. Die Luft war gläsern, und der glatte Rücken des Vilan, des Hausbergs von Landquart, hatte sich nachts eine weiße Decke geliehen.

Ambros stand auf dem Perron und wartete. Wie immer, seit er als Gymnasiast täglich nach Chur gependelt war, hatte er das Haus im letzten Augenblick verlassen, und jetzt stand er wieder da mit verschlafnen Knabenaugen, in unbedachter, schlackernder Kleidung. In den Schuhen steckten Socken unterschiedlichen Grüns. Der hellbraune Staubmantel war versetzt zugeknöpft, unterm Revers ein Knopfloch zu viel, am Saum eins zu wenig, und die Spitze des linken Hemdkragens stach in die Luft. Es war kalt. Ein schneidender Wind rasierte ihm die Wangen.

Ohne es im mindesten zu ahnen, wurde er in diesen Augenblicken des Wartens auf ein Abenteuer zugerüstet, das dem Menschen im Leben nur ein Mal widerfährt: das Aufleuchten der Seele mit plötzlich hundertfacher Helligkeit. Die sich zauberisch vollziehende Verschönung des ganzen Körpers und all derer, die er jetzt berührt oder andenkt. Das Magischwerden selbst noch der Landschaft, in die er tritt. Ein Aufleuchten in der Dauer von vielleicht einigen Wochen, um dann zu vergehen und wie ein Gestein unbekannter Herkunft, sich stets um die eigene Achse drehend, für immer im Weltraum zu taumeln.

Denn alles an Ambros sang. Und es sang schon lange und laut und ungestüm und leidenschaftlich. Jedoch immer im verschatteten Timbre einer noch undefinierten Sehnsucht nach dem Leben.

Wenn man der Kraft in diesem kleinen, braunlockigen, schmalgesichtigen Menschen mit vollen Lippen, ebner Nase und pfeilschnellen, wasserblauen Augen hinter einer zu eng sitzenden Hornbrille eine Musik geben müßte, dann die Musik der letzten Takte aus Mozarts *Figaro*-Ouvertüre. Ab dem 250. Takt, wo sich nämlich die Noten gleichsam selbst in den Kosmos hinauskatapultieren, mit einer kaum mehr zu fassenden Schnelligkeit und einem derart verschwenderischen Glanz, wie er seinesgleichen nicht mehr findet. Wenn je auch nur ein einziges Signal aus unserem Sonnensystem hinaus in ein anderes gelangt ist, dann sind es nicht die milliardenfachen Funkwellen unserer Epoche, die doch irgendwann auf ihrer ziellosen Wanderung absorbiert werden. Und es sind auch nicht die brennenden Gedanken der unglücklich Liebenden dieser Welt. Nicht die Gedanken der Heiligen und der Mörder. Nicht Kindergedanken. Es sind die letzten Takte dieser Mozartschen Musik.

Der Zug, in umständlicher Verbindung aus Mailand kommend, wuchs herein. Die Räder schliffen ohrenschmerzend im Geleise. Als er endlich zu stehen kam, hatte sich Ambros wieder einmal im Standpunkt verschätzt, wo sich eine Waggontür genau vor seiner Nase öffnen würde. Der Perron stand bevölkert mit einer Schulklasse aus Knickerbocker und Rucksack tragenden Jungen und Mädchen. Es roch ungewaschen und manchmal nach Kaugummi. Eine Seniorengruppe in rotweiß karierten Wollhemden und mit von blechernen Abzeichen übersäten Filzhüten schwitzte herbei vom gegenüberliegenden Perron, wo eben die Rätische Schmalspurbahn scharlachrot hinauskroch. Es war Wanderwetter.

Ambros zwang sich durch die Bergfreunde hindurch und verhakte sich an einer Geweihspitze, die der Knauf eines Wanderstocks war, der einem Jägersmann gehörte, dem das Klotzgesicht gehörte und ein hölzerner Fluch. Er stieg ein, öffnete die Tür des ersten Abteils, worin drei rauchende, in Gesichtszügen und glatt gescheiteltem Haar völlig gleichlautende Italiener saßen. Er hielt sie zumindest dafür. Seine Brillengläser beschlugen, er schob die Tür wieder zu, wischte sich die Brille, blickte ins folgende Abteil, wo er einen bebrillten und unfaßbar fetten Mann sitzen sah, der im *Tagblatt* stöberte. Ambros erwischte grad noch eine Titelzeile – *Macht Urintrinken schlank?*

Er ging weiter und bemerkte bald, daß der Zug übervoll war, weshalb er den Schritt unverzüglich nach der ersten Klasse setzte, um vielleicht dort ein von Menschen halbwegs unbehelligtes Abteil zu finden. Denn wie er so durch die Gänge lief, schwoll ihm überall ein Duft billiger Seife und preisreduzierter Aftershaves in die Nase. Pitralon-Männer roch er und mit Wella-Spray verklebtes Frauenhaar. Sie hockten kraft- und ausdruckslos in den Polsterbänken, die Köpfe traurig über das *Tagblatt,* über Bücher, Leitzordner oder Schulhefte gebeugt. Einige schliefen mit verpreßten Mündern oder mit ins Bodenlose gestürzten Mundwinkeln. Andere blickten mit farblos gewordenen, öligen Augen durch die Sehlöcher der beschlagenen Scheiben. Wenn sich Ambros zwar äußerlich mit keinem Deut von diesen Leuten unterschied – auch er roch nach billiger Seife –, war er ihnen doch in seinem jede Autorität verneinenden Herzen fremd.

Und er mußte wieder an die Macht des Geldes denken. Das also hatte es den Menschen angetan. Ihnen den Rücken gebrochen. Nein, niemals wollte er so werden wie sie. Lauter Leopolds, überall junge und alte Herminen. Niemals. Keiner dürfe mehr über ihn verfügen. Und über seine Lebenszeit. Wenn es ihm gelänge, von nun an bis zu seinem Tod der ausschließliche Herr seiner Zeit zu sein, dann sei das Leben geglückt.

Er kam mit dem Gedanken nicht zu Ende, weil er plötzlich wieder das Bild des tränenlos weinenden Vaters in sich hatte. *Er* bestimmte doch gerade in diesem Augenblick die Zeit, indem er ihn mit dem erpresserischen Mittel der Blindheit an sich zu binden trachtete. Ambros steckte sich eine Zigarette an, und mit dem ersten heftigen Zug verblies auch gleich wieder Leopolds Antlitz.

Rasch ging er weiter, in Richtung Speisewagen, der die erste von der zweiten Klasse trennte.

– Der arme Yilmaz! hörte er im Vorbeigehen eine bassale Stimme seufzen.

– Mein Gott, muß der dünn gewesen sein! pflichtete eine Kinderstimme bei.

Das Schicksal des türkischen Gastarbeiters Ekrem Yilmaz – alt und jung führte in jenen Wochen den Namen im Mund – hatte großes Aufsehen erregt. *Tagblatt* wie *Vaterland* räumten dem Fall noch immer höchste Priorität ein. Mit Leitartikeln wie *Yilmaz oder das Ende der humanitären Epoche?* und *Die Yilmazsche Frage: Wie überfordert ist unsere Kantonspolizei?* wurde die Sache am Köcheln gehalten. Der 18jährige Asphaltierer aus Kappadozien war nämlich in der Nacht des 1. August – dem höchsten Feiertag der Eidgenossenschaft – im Gemeindekotter von Maienfeld in Gewahrsam genommen worden. Er hatte in vermutlich betrunkenem Zustand den Wachtmeister Beat Brauchi bespuckt und dadurch die Helvetische Konföderation überhaupt beleidigt – noch dazu an diesem so hochgestimmten Tag. Das wäre der Rede nicht weiter wert, hätte nicht am darauffolgenden Morgen der Wachtmeister Brauchi seinen zweiwöchigen Urlaub angetreten und in der Vorfreude ganz vergessen, den Yilmaz zu enthaften. Der wurde nämlich überhaupt vergessen. Da der Gemeindekotter etwa drei Kilometer von der Wachstube entfernt liegt, in einem umfunktionierten Bunker, mußte Ekrem gekritzelte 16 Tage in dem Verlies zubringen. Bis sich der Wachtmeister Brauchi – vom Urlaub, ausgerechnet in Kappadozien, mit sonnengegerbtem Gesicht zurückgekehrt – plötzlich wieder seiner erinnerte. Der Kappadozier überlebte auf ganz wundersame Weise, indem er begonnen hatte, den Urin zu trinken. (*Wie nahrhaft ist unser Urin?* so eine andere, populärmedizinisch verfaßte Betrachtung im *Tagblatt.*) Allerdings war der Ärmste in den über zwei Wochen, in welchen sich Beat Brauchi der türkischen Folklore hingegeben hatte, auf sage und schreibe 42 Kilogramm abgemagert.

Ein Skandal also im Graubündischen und weit darüber hinaus, der der hiesigen Postille einen Berg von Lebensmittelpaketen bescherte. Der Volkszorn steigerte sich aber ins Gespenstische, als man erfuhr, daß die Straßenmeisterei Jäggi dem Yilmaz wegen evidenter Arbeitsuntauglichkeit gekündigt habe.

Ambros wand sich um eine Hochschwangere herum, die ihren Bauch spazierenführte und Ambros schrill nötigte, die Zigarette auf der Stelle auszumachen. Er zertrat die Zigarette, ging an der Bordküche vorbei, hinein in den Speisewagen.

Er sah sie sofort. Im ersten Moment. In der Sekunde. Ohne Umweg. Augenblicklich. Jäh. *Sie.* Kein Gedanke, der Wort werden konnte. Kein erinnerliches Bild. Kein alphabetisiertes Gefühl. Seine Augen stürzten auf sie und begriffen den Menschen auf einmal in seiner ganzen, seraphischen Erscheinung. Nichts Fremdes an ihm. Nichts Unbekanntes. Immer bei ihm gewesen. Bei ihm gewohnt. Ihn immer geliebt.

Und auf einmal, Bauermeister wußte nicht, wie das geschehen war, hielt er ihren Kopf in seinen Händen. Ein blonder Kopf, übergossen vom blaßroten Licht des rheintalischen Morgens. Mit schlankem Antlitz, dessen Stirn durch das wellige, enganliegende und im Nacken gezopft hinabfließende Haar noch erhöht wurde. Weich modellierte Ohren, eine ruhige Nase, ein markiger Mund, hervorgehoben durch die konturgenaue Zeichnung eines karmesinroten Lippenstifts. Und vollendete, seedunkle Augen, deren plötzlich eisige Glätte sein eigenes Antlitz widerspiegelten. Was dann geschah, wußte Ambros erst im nachhinein zu rekonstruieren. Er roch den Grapefruitduft eines frischen Atems, denn er fühlte plötzlich seinen Mund auf ihre versteinten Lippen zufallen.

Er barg den Kopf des Mädchens immer noch in den Händen, als er langsam wieder zu Verstand kam. Da schrie sein Herz auf. Es fing zu rasen an. Die Hände wurden ihm naß. Er bekam keine Luft mehr, dachte ohnmächtig zu werden, weil er begriff, was er da eben getan hatte. Er war auf einen ihm völlig unbekannten Menschen zugegangen, hatte ihn berührt und ihm den Mund geküßt, wie nur der vertrauteste Mensch diesen Mund küßt.

In die Liebe fällt man. Nicht aus eigener Kraft und Beschwörung. Die englische Sprache weiß es genauer: *to fall in love.* Und von der Liebe wird man wieder erlöst. Auch ohne Zutun, vorausgesetzt, man beendet nicht die Zeit. Nur das Verzichtbare verrichtet man im Leben selber.

Sie saß da in ihrem marineblauen Pullover, unbeweglich, noch im Schock von Ambros' jäher Berührung. Der Hintergrund geriet ruckartig in Bewegung. Der Zug fuhr an. Der Tee in ihrer Tasse schwappte über. Das erst erweckte sie wieder zum Leben.

– Finden Sie nicht, daß Ihnen etwas die Nuancen fehlen? sagte sie in österreichischem Akzent und linder Stimme und blickte auf die zitternden Hände des jungen Mannes.

Der Puls donnerte ihm in den Schläfen, und er brachte kein Wort heraus. Dann nahm sie gelassen eine Papierserviette, wischte sich damit aber nicht den Mund, wie Ambros zuerst dachte, sondern klemmte sie zwischen Teetasse und Untertasse. Er sah das Papier sich langsam vollsaugen und war noch immer nicht in der Lage zu sprechen. Statt dessen nahm er die Brille ab und fing an, umständlich die Gläser am Zipfel seines Mantels zu putzen. Er linste hinaus in die schneeblauen Berge, die wie der gezackte Rücken eines riesigen Fabeltieres langsam an ihm vorbeitrotteten.

– Sie sind der schönste Mensch, der mir jemals in meinem Leben begegnet ist, bebte er unverständlich, und sein Herzklopfen übertönte die Gedanken.

Das Mädchen sah zu ihm empor, und als es die grundgestimmte Traurigkeit in seinen hellblauen Augen gewahrte, brach der Gegenwille.

Das spärlich besetzte Zugrestaurant füllte sich. Die drei Italiener nahmen linkerhand beim ersten Tisch Platz, und der bebrillte, unfaßbar fette Mensch, der sich eben hereinschwemmte, riß im Vorbeigehen mit der Hüfte eine Tischdecke samt Besteck und Blumen vom Tisch. Der Garçon schwebte hinzu und dämpfte die laute, beinahe virtuose Selbstanklage des Unfaßbaren mit hilfsbereiten Handreichungen ab.

– Jemand zugestiegen? beschallte es väterlich den Speisewagen. Ihr Billett, bitte!

Ein vollbärtiger, graubeschläfter Kondukteur schnellte vor Ambros auf wie der Teufel aus der Kiste.

– Das Billett, bitte! forderte er mit behaglicher Stimme.
– Tut mir leid, ich … ich …
– In letzter Minute, brummte der Kondukteur dazwischen.

Er musterte die versetzte Knopfleiste an Ambros' Mantel und warf einen durchtriebenen Blick auf das blondgezopfte Mädchen. Dann grinste er Ambros ins Gesicht, als habe er grad ein Geheimnis erfahren, das er jedoch – Ehrenwort! – für sich behalten werde.

– Wohin fahren Sie? fragte er und nahm sein blaues Tarifbuch zur Hand, schlug es auf.
– Nach St. Gallen.
– Das macht dann … Moment … 14 Franken.
– Ich will kein Billett, sagte Ambros mit allmählich abflauendem Herzklopfen, setzte die Brille wieder auf und blitzte den Bärtigen kampflustig an.

Der schluckte und setzte im Handumdrehn die für einen Kondukteur an und für sich verbindliche SBB-Dienstmiene auf.

– 14 Franken, jawohl.
– Wissen Sie, ich leide an Geldallergie. Sobald die Hände Geld berühren, bekomme ich Hautausschlag.
– Halten Sie mich für einen Trottel?
– Nicht nur Sie, wenn ich ehrlich sein darf.
– …?

Dem Kondukteur verschlug es die Stimme, und er ließ beinahe sein Tarifbuch fallen. Er schöpfte nach Luft, um den Sachverhalt seitens der SBB klarzustellen. Aber da hatte ihm das Mädchen die 14 Franken bereits auf die Tischkante gelegt. Er nahm das Geld wortlos, schrieb ein Billett, ging weiter, jedoch nicht ohne dem

Mädchen einen Kind-du-wirst-schon-noch-sehen-Blick zuzuwerfen.

– Reisen Sie immer so unbequem? fragte sie Ambros mit einem quicken Lachen. Er sah ihre Zähne aufleuchten wie Jännerschnee.

– Darf ich mich setzen?

– Sie sind gut! Ob Sie mich küssen dürfen, fragen Sie nicht. Ob Sie Platz nehmen dürfen, das fragen Sie.

– Ich heiße Ambros. Und Sie?

Er legte den Mantel ab und setzte sich.

– Amrei.

– ...?

– Von Annamaria. Meine Mutter nennt mich so.

– Wollen wir uns duzen, Amrei?

– Meinetwegen.

Er reichte ihr seine Hand hinüber. Sie nahm sie und drückte sie vornehm. Er fühlte die kalte Hand und mußte plötzlich an jenes Mädchen denken, um dessentwillen er sich vor Jahren einmal hatte umbringen wollen. Sie hatte auch kalte Hände gehabt.

– Jeder Engel hat kalte Hände, sagte er beflügelt.

Sie lächelte ihn an. Dann schwiegen sie geraume Zeit. Der Zug glitt dahin in seinem monotonen Da-damm-da-damm. Das Rheintal fing an, sich zu weiten. Und es kam Ambros so vor, als sei die Landschaft zur Rechten und zur Linken nichts als eine grandiose Bühnenmalerei. Gemalt in hunderttausend Stunden mit Abermillionen von Pinselstrichen aus den Händen Tausender Kulissenmaler. Und es kam ihm vor, als zöge eine große, unsichtbare Hand diese farbvergeudeten, nicht endenden Bergprospekte an durchsichtigen Schnüren über die sonst so dunkle Erde.

Die beiden begannen sich auszutauschen. Sie sei in Mailand gewesen, habe dort eingekauft. Stoffe. Neue Designs. Für die Firma. Es sei das erste Mal, daß die Mutter ihr gestattet habe, die Kollektion allein auszuwählen.

Während sie erzählte, entstand allmählich die merkwürdige Distanz gepflegter Konversation, die Ambros noch nie leiden mochte. Er wunderte sich insgeheim, weshalb sie mit keinem Wort, keiner Anspielung oder wenigstens einem verächtlichen Blick sein maßloses, ja räuberisches Eintreten in ihr Leben berührte. Ihre scheinbar völlige Teilnahmslosigkeit kränkte ihn. Denn ihm war klar, daß Amrei die Zwillingsseele war, die irgendwo da draußen in den Straßen wohnte. Er hatte sich diesen dichterischen Satz einst auf ein Fitzel Papier geschrieben, um ihn dann wortgetreu dem Mädchen zu widmen, dessentwegen er die peinliche Sache mit dem Kleinmotorrad aufgeführt hatte. Seither trug er das Papier in der leeren Geldtasche. Nein, er zweifelte nicht daran, daß Amrei seine Frau werden würde. Er zweifelte nicht eine Sekunde lang. Aber weshalb kühlte sie jetzt so aus? Oder war sie schon derart abgebrüht, daß nichts mehr, aber rein gar nichts mehr ihr Herz berühren konnte? Vielleicht hatte sie eine traurige Kindheit verlebt. Ein Vater, der sie sexuell mißbraucht hatte oder ein Onkel. Sie stammte ja aus reichem Haus. Nicht bloß der Schmuck bezeugte es. Viel mehr noch die aristokratischen Gesten. Wahrscheinlich aus einem ausgedünnten Fabrikantengeschlecht, dessen unzweifelbar letztes Juwel sie darstellte, umgeben von lauter im Schwachsinn delirierenden Tanten und Onkeln.

Ob er denn ihre Frage nicht verstanden habe, setzte Amrei kräftiger nach.

– Doch, doch! sagte Ambros und bemühte sich, den Hall der verklungenen Frage heraufzuholen.

Er fahre nach St. Gallen deshalb, weil er in der Klosterbibliothek zu tun habe. Er studiere Kunstgeschichte in Zürich, habe jedoch seit geraumer Zeit das Gefühl, dort nichts mehr lernen zu können. Die Kunstgeschichte, wie sie ihm auf der Universität vermittelt würde, habe nichts mit dem Leben zu tun. Das sehe er täglich an seinen mit Wissen vollgefressenen, seelisch aber völlig verhungerten Professoren.

Dabei sei die *Kreuzabnahme* von Rogier van der Weyden in Komposition und der zum Ausdruck gebrachten Trauerfähigkeit der Figuren etwas vom Großartigsten, das er jemals gesehen habe. Leider noch nicht im Original. Aber irgendwann werde er allein dieses Tafelbildes wegen Madrid besuchen. Ob sie wisse, wie kryptisch die flämischen Meister ihre Botschaften dem Betrachter mitgeteilt hätten. Ein Lichtstrahl, der durch die gotischen Fenster in den Kirchenraum bricht, in welchem übergroß die *Jungfrau mit dem Kind* steht, sei eine Anspielung auf die geheimnisvolle Art ihrer Empfängnis gewesen, eine Anspielung auf das *hymen intactum*. Jeder Gegenstand in einem flämischen Bild, und sei er noch so unscheinbar, habe seine doppelte und dreifache Bedeutung. Ob sie die Studien von Otto Pächt kenne, der nachgewiesen habe, daß die flämischen Meister bereits über eine Art Zentralperspektive verfügt hätten, allerdings aus ganz anderem Geist als dem der italienischen Renaissance. Denn die Zentralperspektive eines Leonardo da Vinci – ein im übrigen völlig überschätzter Meister, vergleichbar mit Picasso in diesem Jahrhundert –, diese Zentralperspektive also sei im Grunde die Erfindung der Gleichmacherei des Menschen. Christus sei nun mal wichtiger als Judas Ischarioth und deshalb auch größer darzustellen. Da sei die Flächenperspektive der Flamen um vieles spiritueller, sinnhaltiger, obwohl sie von den Kunsthistorikern aller Jahrhunderte als minder betrachtet worden sei. Otto Pächt habe das nachgewiesen …

Natürlich kannte sie nicht die Studien von Otto Pächt. Und der schlaksige Garçon, der schon die längste Zeit dastand und geduldig den kunstwissenschaftlichen Ausführungen des Ambros Bauermeister lauschte, um vielleicht doch noch eine Gedankenpause zu erheischen, dahinein er wie einen Pinseltupfer die Frage nach dem Wunsch des Gastes plaziert hätte, der Garçon kannte die Studien besagten Otto Pächts genausowenig.

Amrei fühlte sich geschmeichelt, denn sie wußte – und hätte er von Yoga, Marsmännchen oder sonstwas geschwafelt –, daß dieses Trommelfeuer der Worte ihr allein galt. Daß er die schwersten Geschütze aufbot, sie zu erobern. Sie fing zu lachen an, als er mit brennenden Worten die Urheberschaft des Genter Altars zu erörtern anhob. Und sie mußte noch heftiger lachen, als sie dazu das gleichsam christushaft leidgebeugte Haupt des Kellners betrachtete. Erst da unterbrach Ambros die Vorlesung und beließ es einstweilen als unentschieden, wem der gewichtigere Anteil an der Ausführung des Altars zukomme. Hubert oder Jan.

Nein, er wolle nichts konsumieren, denn er habe kein Geld. Sie wolle ihn einladen. Das könne er ein zweites Mal nicht annehmen. Gut, dann wolle sie zahlen. Der Kellner zählte zusammen.

– Wieso schon zahlen? fragte Ambros erstaunt.
– Ich fürchte, ich muß dich verlassen.

Und tatsächlich. Nicht weil es das Gefühl will, die Geschichte anzutreiben, sondern weil wirklich in dem Moment, da der Kellner die Rechnung präsentierte, der Lautsprecher mitteilte, daß der Zug in wenigen Minuten in Buchs einfahren werde.

Dann ging alles sehr schnell. Und es ging durcheinander. Besonders im Kopf des Ambros Bauermeister. Die junge Frau bezahlte. Der rutendünne Garçon verließ komplimentierend den Tisch in der Gewißheit, Zeuge einer bedeutsamen Unterredung geworden zu sein. Noch in der Bordküche prägte er sich flüsternd ein Wort ein, das ihn dem Klang nach beeindruckt hatte und das er in den eigenen Wortschatz zu übernehmen gedachte: *humanintakt*.

Amrei erhob sich aus der Polsterbank, langte auf Schuhspitzen nach dem Gepäck in der Ablage, jonglierte zwei mittelgroße Koffer, eine beleibte Stoffmustermappe herab und glitt dann in eine Strickjacke im selben Marineblau des Pullovers.

Es bewegte sich in Ambros nicht einmal der Hauch des Gedankens, ihr den Gentleman zu machen, denn zum erstenmal ermaß er die ganze Gestalt ihrer Erscheinung. Sie war in etwa gleich groß wie er, wenn man die Brikettsohlen an ihren Schuhen in Abzug brachte, hatte wohlproportionierte Gliedmaßen, eine schlanke Taille und feminin geprägte Hüften. Die Gegenläufigkeit der Kurven von Taille und Hüfte wurde durch die damals gerade Mode gewordene Glockenjeans noch betont, deren Stoff derart eng auf der Haut klebte wie ein Ölfilm an der Wasseroberfläche. Für eine Sekunde lang entglitt Ambros der Blick und flitzte über den Unterbauch auf ihre Scham, an deren Naht sich das Geschlecht wölbte. Er riß die Augen weg, weil er spürte, daß ihn Amrei ansah, und er schämte sich, sie ausgezogen zu haben.

– Adieu, sagte sie zart.

Sie brachte ihr Haar in Ordnung, wandte sich um, verharrte einen Augenblick, wandte sich wieder zurück und gab ihm in einer rankenhaften Körperbewegung einen Kuß auf die Stirn. Dann ging sie davon.

Ambros starrte in die Korridorflucht des Speisewagens, an deren Ende Amrei verschwunden war, unfähig, einen konturierten Gedanken zu fassen. Die Räder schrien auf. Hektik herrschte im Restaurant. Am gegenüberliegenden Ende des Korridors entstand ein Menschenknäuel, denn der Unfaßbare, der offensichtlich auch in Buchs auszusteigen geruhte, verpfropfte den Durchgang.

– Na! rief eine helltönende Frauenstimme. Eine gute Reise gehabt?

Amrei drehte sich um, ließ das Gepäck fallen und umhalste eine Dame in pelzbesetzter Wildlederjacke. Eine überaus feinnervige, hochgewachsene Dame Mitte Vierzig. Die aus- und zusteigenden Fahrgäste schwangen instinktiv einen respektvollen Bogen um die beiden, denn die Dame war eine Person, die sich zu tragen wußte, mit einem angeborenen Gespür für Auftritte.

Frau Mangold, geborene Latuhr. Von *Latuhr Moden.* Alleinerbin eines Textilimperiums, das Mitte der sechziger Jahre seine Fäden bis hinunter nach Südafrika gespannt hatte, wo die Familie Fabriken besessen hatte und ein großes Anwesen mit exklusivem Blick auf den Kapstädter Tafelberg. Eine Bauhaus-Villa in Bellagio, über dem Comer See, deren riesenhafte Innenwände mit großgeblumten Stoffen bespannt waren – alles Sonderanfertigung, denn die Tapeten hatten keine Naht. Ein sehr behagliches Winterhaus im Bregenzerwald, ganz aus Holz, mit niedrigen und winzigen Räumen, zirbelgetäfelten Decken und Wänden. Ein Haus, dessen geschindelte Fassade schwarz geworden war vom Brand einer dreihundertjährigen Sonne. Ein Haus übrigens, das man einem Bauern abgefuchst hatte, dessen Vieh an der Maul- und Klauenseuche verendet war. Und natürlich der Stammsitz: die Rote Villa im ludwigianischen Bayernstil, mit Türmen und Türmchen, freilich ungleich bescheidener als die Königsschlösser bei Füssen.

Aber eben *besessen hatte.* Denn der Glanz von Latuhr Moden war vergangen. Und der doppelsinnige Slogan *Latuhr zieht Männer an* lockte das weibliche Pendant zu den Herren der Schöpfung nicht mehr wirklich in die Verkaufsfilialen.

Der rasante Niedergang hing ursächlich mit Dietrich Mangold selbst zusammen. Dem war nämlich der unermeßliche Reichtum seiner Frau im wahrsten Sinn des Wortes zu Kopf gestiegen. Er, aus ärmster Kleinhäuslerfamilie kommend, litt seit der Verehelichung an Gleichgewichtsstörungen. Das Leiden war nicht wegzukriegen, und es währte schon seit Jahrzehnten. Wo er ging, fiel er hin. Das sah zwar komisch aus – ein körperlicher Fauxpas reizt immer zum innerlichen Auflachen –, war aber sehr schmerzhaft. Selten sah Amrei den Vater bluterguß- und heftpflasterlos.

Dietrich, nicht gerade ein gewiegter Kenner der Modebranche und auch ansonsten ein recht unbeträchtlicher Mensch, verspekulierte sich in Südafrika, setzte drei Jahre hintereinander auf die falschen Modefarben und Hosenschnitte – der Satz *Latuhr zieht Männer an* stammte übrigens von ihm selbst – und fing an, die horrenden Spielschulden seiner drei windigen Rommé-Freunde Max, Leo und Hans zu begleichen. Das brach der Firma das Rückgrat, und sie war innerhalb von fünf Jahren auf die Größe eines Zwölf-Mann-Betriebs zusammengesunken, der mehr schlecht als recht im großväterlichen Fabrikareal dahinwerkte. An Privatbesitz verblieb lediglich die Rote Villa, und das nur deshalb, weil sie noch rechtzeitig Amrei überschrieben worden war.

Die zu belehren, die unerschütterlich an die Ungerechtigkeit des Lebens glauben, diejenigen müssen an dieser Stelle in Kenntnis gesetzt werden, daß jenes entzückende Bregenzerwälder Winterhaus vom ehemaligen Besitzer zurückgekauft wurde, der, dubioserweise wieder zu finanziellen Kräften gekommen, beabsichtigte, einen großen Schritt in die Textilbranche zu wagen.

Die Mutter verstaute Amreis Gepäck im Kofferraum des merkursulfatblauen Mercedes-Benz. Amrei zog den Strich ihrer Lippen nach, ließ das Handspiegelchen zuschnappen und äugte in den Himmel. Langfadige Federwolken zeigten sich jetzt rings am Firmament.

– Die Luft riecht nach Schnee, sagte sie und langte an den Türgriff, um sich in den Fond des Wagens zu setzen.

Sie sah ihn sofort. In der Bahnhofstür. Mitten unter den Menschen. Mantellos. Mit aufgerissenen Augen hinter der Hornbrille und einem Mund, der ohne einen Ton schrie.

– Dein Zug! blickte sie den Herbeigeeilten ratlos an.
– Nein.
– Ambros, das geht nicht.
– Du bist meine Zwillingsseele.
– Du bist verrückt!
– Ja.
– Du nimmst jetzt den nächsten Zug nach St. Gallen.
– Niemals!

Ambros öffnete blitzschnell die Hintertür des Mercedes, und schon saß er drin.

– Soll ich die Polizei rufen, Kind? fuhr die Mutter dazwischen.
– Laß mich das machen.

Er stieg wieder aus und wandte sich an Amreis Mutter.

– Bitte entschuldigen Sie, aber es geht um mein Leben.

Und er setzte sich wieder in den Wagen.

– Ich rufe die Polizei!
– Das wirst du nicht, Mama!

Amrei stellte sich vor die Wagentür wie ein schützender Michaelsengel.

– Wer ist dieser Mann? schrie Margot mit sich überschlagender Stimme.
– Ich weiß es nicht.
– Du *weißt* es nicht!?
– Das heißt, *schon*.

In größter Eile log sie eine Geschichte zusammen, wonach dieser junge Schweizer – übrigens Künstler – ein Bekannter von Ines sei. Man habe sich im Zug kennengelernt und sei rein zufällig auf ihre Freundin zu sprechen gekommen. Da habe man wieder einmal gedacht, wie klein doch unsere Welt ist.

Natürlich glaubte Margot kein Wort. Sie blickte ihr Kind verständnislos an, setzte sich dann kommentarlos ans Steuer, wartete, bis Amrei eingestiegen war, und fuhr mit durchgedrücktem Gaspedal an.

– Sie sind also ein Bekannter von Ines, sagte sie sarkastisch in den Rückspiegel und mußte gar nicht erst Ambros' Stirn abwarten, die sich gleich in Falten legen würde, eine noch frechere Lüge ersinnend, um Amreis Lüge zu decken.
– Mama, ich bin alt genug. Bitte hör damit auf!

Alles in allem war es eine sehr schweigsame Autofahrt. Der Wagen glitt durch die linde Landschaft des Rheintals und querte den Rhein, der in jener Gegend um die Jahrhundertwende begradigt worden war und seither wie ein junger, aufrechter Mann durchs Tal ging. Der Rhein ist hierzulande noch wirklich jung und schlank, und merkwürdigerweise hat kein Dichter oder Musiker diesseits wie jenseits der Grenze diesen doch so hochgerühmten Fluß je besungen. Den Bodensee ja, in den er vorerst mündet, oder die Berge, die den See umstehen. Aber nicht den Rhein. Keine *Rheinische Symphonie* wurde hier komponiert, und Woglindes Worte *Weia! Waga! Woge, du Welle, walle zur Wiege!* sind hier keinem Dichter eingefallen. Und es ist schon so: Das Land, in das Ambros Bauermeister jetzt trat, hatte den Rhein nämlich gar nicht verdient.

Erst der Zollbeamte an der österreichischen Grenze durchbrach das meditative Schweigen im Mercedes-Benz. Der Beamte salutierte – die Latuhrs galten noch immer als die Hautevolee schlechthin und waren drum jedermann bekannt – und rückte Margot Mangold mit seiner Eilfertigkeit derart dringlich auf den Leib, daß sie kurz entschlossen die Scheibe wieder hochkurbelte und grußlos davonfuhr.

Was außer ihr und dem Zöllner niemand wußte: Er hatte sie vor Jahren einmal des Schmuggels bezichtigt. Die Klunker am Hals – es war ein Collier feinster Süßwasserperlen in Form und Lüster –, die Klunker kämen ihm verdächtig vor. Drei Tage später stand er schon mit zwei weiteren Kollegen in der Roten Villa und drangsalierte Margot so lange, bis endlich ein zerkrumpeltes Zertifikat nebst Rechnung aufgefunden wurde, das ihre Lauterkeit bescheinigte.

Und in der Ferne schimmerte die Stadt Jacobsroth, und ihre drei Kirchtürme wuchsen um die Wette. Mitten in der sonst papierenen Flachheit des Rheintals ergoß sie sich über den Rücken einer Anhöhe, und ihre Häuser glänzten in der silbrig gepunzten Luft. Ihr Anblick hatte beinahe etwas von Italianità, wären nur die Alpen etwas nördlicher gelegen und die Sonne südlicher.

Über das Entstehen dieses einsam daliegenden, monumentalen

Hügels hatten die Jacober wie die Rother in ungefähr die gleiche Ansicht: Ein Meteorit, der seit Äonen durchs Weltall rollte, sei ins Rheintal eingeschlagen. Die Winde, die Wasser und die Sonnen aller Zeitalter hätten den Fels abgeschliffen und schließlich bewaldet. Freilich ergaben Gesteinsproben einen ganz anderen Befund: Jacobsroth lag auf einem Kalkfelsen. Aber das scherte einen Geologen mit patriotisch angeschwungenem Herzen keinen Deut.

Ambros war glücklich wie nie zuvor in seinem Leben. Seine Gesichtszüge lagen in derartiger Zufriedenheit, daß man sie beinahe schon einfältig nennen mußte. Er wollte nichts. Er dachte nichts. Er atmete und war.

Margot lenkte den Wagen zur Roten Villa hinauf, die in einem kleinen Park hinter riesigen, fremdländischen Nadelbäumen lag. Sie fuhr aber nicht in die Einfahrt des Parks, sondern stellte den Wagen am Straßenrand beim kunstvoll geschmiedeten Haupttor ab.

– Bring den Wagen in die Garage.

– Und er?

– Mach, was du willst. Ich hab Magenweh, sagte Margot, gab Amrei die Autoschlüssel und verschwand im Park.

Ein kalter Wind sprang auf und pfiff winterlich durch die Föhren- und Fichtenäste.

– Und jetzt? fragte Amrei.

Ambros zuckte mit den Schultern, blickte sie an und erwiderte nichts.

– Damit das klar ist, sagte sie beim Öffnen der beiden geschmiedeten Türflügel, hier ist deine Reise zu Ende!

Dann stieg sie ein und fuhr in den Park. Sie verließ das Anwesen den ganzen Tag nicht und ging auch abends nicht weg.

Sie hatte eben die Nachttoilette beendet und schickte sich in ihr Bett, als sie im Billardzimmer Leo reden hörte – einen von Vaters zwielichtigen Rommé-Freunden –, der sagte, daß beim Haupttor ein junger Mann stünde und bewegungslos in den Park starre. Da lief sie, so wie sie war, im Pyjama, über den Flur, die breit auslaufende Treppe hinab und hinaus, über die gekieste Hauseinfahrt hinunter zum geschmiedeten Tor. Später sagte sie, sie habe es weiß Gott oft bereut, ihn damals eingelassen zu haben. Aber wenn sie das sagte, geschah es immer nur aus Heimweh nach ihm.

Er stand da wie ein traniger Hund, und sein ganzer Körper zitterte vor Kälte. Das weiße Neonlicht der Gartenlaterne ließ seine Lippen brombeerblau schimmern. Sie nahm Ambros ins Haus und wies ihm eines der zahlreichen leerstehenden Personalzimmer zu. Und noch in derselben Nacht sank sie ihm auf die Brust, weich wie ein Ahornblatt, oder wie die Schneeflocke, die augenblicklich in der Hand vergeht.

Was ein Liebender berührt oder andenkt, muß sich verzaubern. Nur die Lebensangst läßt sich nicht verzaubern. Aus dieser Angst aber folgt das Versäumnis, und aus dem Versäumnis der lebenslange Tod.

Amrei zog sich aus, er aber blieb angekleidet. Sie fragte, ob er mit ihr schlafen wolle. Er schloß bloß die Augen und fing zu weinen an. Amrei bereute, es ausgesprochen zu haben, und ihr Herz wurde nur noch wärmer. Sie nahm ihm die Brille ab, küßte ihm das Antlitz, die geschlossenen Augenlider, die Nasenflügel, die Mundwinkel, immer wieder. Sie schmeckte das Salz an seinen Schläfen, roch sein Haar und lauschte seinem unregelmäßigen Herzgang.

Er sei unberührt, habe noch nie mit einem Mädchen geschlafen. Er habe keine Angst davor. Aber jetzt, jetzt wolle er nur bei ihr liegen und sie ansehn, die ganze Nacht lang. Während er das sagte, strich das Licht seiner wasserblauen Augen über ihre frierenden Brüste, über die Gänsehaut der Oberarme – denn das Zimmer lag unbeheizt –, hinab auf die halbgeschlossenen Beine und schließlich auf die leichtbehaarte Scham. Dort blieben seine Augen ruhen, nun ohne Verrat, lange, lange Zeit.

Amrei mochte das alles nicht glauben, denn nach drei großen

Liebschaften und einem etwas unbedachten Abenteuer meinte sie die Männer zwischenzeitlich zu kennen. Aber es war so, wie er es gesagt hatte. Er faßte sie nicht an. Jedenfalls solange sie sich wach verspürte und seinen schwergehenden Atem hörte, dessen rhythmische Unruhe sie dann doch in den Schlaf wiegte. Am Morgen erwachte sie durch Ambros' bloße Betrachtung, denn sein Blick genügte, um sie zu erwecken.

So wurden sie Geliebte, und er blieb im Dienstbotenzimmer wohnen. Freilich unter dem heftigsten Protest von Mutters Magen und der allerdings nicht minder heftigen Fürsprache des Vaters. Denn der wankende Dietrich schätzte den jungen Schweizer vom ersten Wort an. Sei es, weil er eine Verbundenheit des Kleinhäuslers zum Kleinhäusler empfand, sei es, weil ihn Ambros' Theorie der Aufhebung des Geldes immer mehr in den Bann zog.

Die Herbsttage vergingen in ungekanntem Glück. Amrei trug Sorge für ihren Geliebten wie eine Mutter. Sie brachte ihm ein Gefühl für Kleidung bei, elegant und doch sportlich. Von nun an trug er dünn linierte, italienische Hemden mit dreifacher Naht. Baumwollene Hosen und flache, schnürsenkellose Schuhe. Sie nahm ihm die engsitzenden Augengläser weg und praktizierte ihm eine messingne John-Lennon-Brille auf die Nase. Aber nicht nur dafür trug sie Sorge. Sie brachte dem Sohn des Limonadenmannes aus Landquart bei, wie sich ein Junge an seinem Geschlecht zu waschen hat, ermahnte ihn mit leisen, aber dringlichen Worten, sich dreimal des Tags die Zähne zu putzen. Und der Geruch billiger Seife wich einer zur Jahreszeit gehenden, moosduftenden Après-Rasage.

Sie zeigte sich mit ihm im Café Grauh, dem Jacobsrother Intellektuellencafé, das zu der Zeit im Sartre-Fieber phantasierte, führte ihn dort als *Künstler* ein, während er ihre Definition geduldig in *Kunsthistoriker* abschwächte. Sie achtete peinlichst darauf, daß er kein Geld zu berühren hatte, wegen des Hautausschlags, denn sie liebte in der Zwischenzeit seine Marotten, und sie fand, daß er zehnmal phantasievoller sei als all die zahnfaulen, existentialistischen Jungen im Café Grauh.

In besagter Lokalität – die Welt ist wirklich klein – sah Ambros eines Tags den unfaßbar adipösen Menschen sitzen, dem er damals auf der Zugfahrt begegnet war. Er las die *Tat* und die *Wahre Tat* gleichzeitig, steckte in einem schwarzen Rollkragenpulli, in dem gut und gern ein ganzer Kindergarten Platz gefunden hätte.

Weiters machte Amrei ihn ihrer besten Freundin Ines bekannt. Als Ambros der fabelhaft aussehenden Ines die Hand reichte, ging Amrei ein Stich ins Herz. Sie wußte nicht weshalb und warum, und sie vergaß den Schmerz auch bald wieder. Es war eine vollendet glückliche Zeit.

Das Siebte

Und dann, in einer schon märzhaft warmen Januarnacht des Jahres 1970, erkannten sie einander. Es war an dem stillsten Punkt der Nacht, da, wäre man durch die leicht abfallenden Gassen von Jacobsroth geschlendert, man lediglich das Sirren in den Straßenlaternen, das Geräusch und den Widerhall des eigenen Schrittes vernommen hätte. Sie fielen ineinander wie die Wolken des Himmels, türmten ihre Körper auf, rissen sich fort und vergingen am Horizont der Lust.

In jenen Winternächten zeugten sie einander ein Kind, ein Mädchen, das sie später Maudi nannten. Zeugten ein Leben in so unglaublicher Konstellation von Emotivität und Hingabe, daß sich später bisweilen in diesem Menschen die Zeit selbst aufhob.

Maudi, deren einzige Aufgabe es sein sollte, in denen, welchen sie begegnete, die Sehnsucht wachzuhalten.

Aber in den Nächten, da sich jeder minutenlang in der Pupille des anderen betrachtete, so lange, bis die Augen tränten, erinnerte sich Amrei wieder an den seltsamen Stich im Herzen. Und plötzlich wußte sie, daß es mit dem Schatten in Ambros' Augen zu tun hatte. Daß ihre Liebe allein niemals genügen würde, diesen unruhigen, traurigen Schatten zu vertreiben.

– Da *sind* Sie ja! Im ganzen Haus hab ich Sie gesucht. In der Kapelle sitzt er mausallein.

– Schwester Marianne.

– Nix Schwester Marianne. Marianne ist sehr böse.

– Aber Sie können doch gar kein böser Mensch sein.

– Und *ob* ich kann! Wenn die Patienten nicht gehorchen. Geben Sie mir den Plastiksack. Da bin ich. Genau vor Ihren Augen. Ich bringe Sie ins Zimmer. Nun geben Sie schon her!

– Wie spät ist es, Schwester Marianne?

– Spät. Einen sauberen Sohn haben Sie. Muß ich schon sagen.

– Dann kommt er morgen. Er ist ein guter Junge. Sehr eigen. Wie halt die jungen Leute heutzutage sind.

– Erzählen Sie das mal dem Stationsarzt, Herr Bauermeister.

– Er kommt bestimmt, Schwester Marianne.

– Das hören wir schon seit Wochen. Nehmen Sie meinen Arm! Ihnen glaubt hier keiner mehr. Wissen Sie, was Sie den Staat kosten?

– Haben Sie auch Kinder, Schwester Marianne?

– Das fehlte grad noch. Achtung, Stufe!

– Es ist das Größte, Kinder zu haben. Für meine Kinder würde ich sterben. Für jedes von ihnen.

– Was Sie den Staat kosten. Langsam jetzt. So ist es recht. Und noch eine Stufe. Noch eine. Und … Hoppla! … Na! Es geht doch. Kleiner Mistkerl.

In kimmerischer Silvesternacht auf die Marienruh zu wandern, innezuhalten und dort dem rheintalischen Menschen zuzusehen, wie er sein Jahr entläßt, ist ein merkwürdiges Erlebnis.

Die Marienruh am östlichen Saum des Rheintals ist ein hoch aufschießender Felsen mit glattem Plateau, über das die Magerwiesen sanft ins bergige Hinterland hineinrollen. Dieser Punkt bietet einen unverstellten Blick auf die gesamte Rheinebene. Hinein ins silbrige Eis der Churfirsten, hinüber auf die Bergkette, die im Volksmund der Liegende Papst genannt wird, weil die im Abendrot erstehende Silhouette aus Zacken und Graten sich tatsächlich ausnimmt wie der entschlafne Pontifex. Ein monumentaler Schattenriß aus dem Kegel der dreikronigen Tiara, mit patriarchaler Stirn, kilometerlanger Nase, schroffem Mund, steilem Kinn und gefalteten Händen auf einer endlos sich dahinziehenden flachen Brust. Und schließlich hinunter an die Rheinmündung des Bodensees, über das dunkelblaue Tuch des Sees hinweg, hinaus auf die grau dämmernden ersten Hügel des Allgäus.

Marienruh – der Name birgt eine Legende, freilich völlig abwegig im wortwörtlichen Sinn: Auf der Flucht nach Ägypten sei die Heilige Familie auf dieses Plateau gelangt, habe innegehalten, der Esel verschnauft, und sei für einige Augenblicke vor der Soldateska des Herodes sicher gewesen. Ein erhebendes Gefühl also zu wissen, daß, wo man steht, vor zweitausend Jahren das Christuskind gelagert hat, wenn es auch, bedingt durch den strapaziösen Umweg ins ägyptische Land, die pastorelle Sanftheit des Rheintals verschlafen hat.

Der Wald schattet Türme in den Harsch des Dezemberschnees, und der Himmel über Marienruh ist ein schwarzer Sack. Nur durch zwei oder drei abgewetzte Stellen schimmert Sternenlicht herein in die Silvesternacht. Und man hört in der Ferne die Kirchenglocken von Jacobsroth das Alte aus- und das Neue einläuten, und dann geschieht etwas Sonderbares: Während jenseits des Rheins die Eidgenossenschaft aufjubelt im stumpfen Knallen der Raketen und Feuerwerkskörper, die so gleißend hell werden, daß selbst die Berge glimmen, kryolithgelb, strontiumoxalatrot und bariumnitratgrün, ja während man sich dort beinah selbst verzehrt in glühender Freude über ein abermals gut verzinstes und veranlagtes Jahr, bleibt es auf der österreichischen Seite merkwürdig dunkel und still. Ein Knallfrosch. Zwei. Ein dünner, einfarbiger Strauß. Noch einer. Mehr nicht.

Der bloße Anblick des mitternächtlichen Rheintals erzählt so vieles über die Menschen, die dort leben. Er verrät sogar ihre Sprache.

Es ist ein dunkler, farbloser Dialekt. Wenig facettenreich und gar nicht geeignet, Gefühle auszudrücken. Müssen sie denn ausgedrückt werden, so geschieht es in den unpassendsten Adjektiva – mal krude, mal unfreiwillig komisch. Vielmehr ist er geeignet, den Sachverhalt zu vernebeln. Meisterlich im Umschreiben und geradezu virtuos, stets im vagen zu bleiben. Die alemannische Mundart ist die Mundart des Nicht-Sagens. Und ihr Kardinalwort ist das Wort *eigentlich*.

Spricht ein Junge mit rasendem Herzklopfen ein Mädchen an, nachdem er es über Wochen im Café hat ein- und ausgehen sehen, spricht er es endlich an und fragt, ob es mit ihm spazierengehen möchte oder ins Kino, und sagt es *Eigentlich eher nicht,* so meint es damit die augenblickliche und für alle Zeit definitive Ablehnung dieses Mannes. Es hat ja nicht den Mut zum kurzen *Nein*. Wäre es bloß so, es täte dem Jungen nicht derart weh wie dieses ungenaue *Eigentlich-eher-nicht*.

Aber es sind *Menschen,* die diesen hilflosen Dialekt sprechen. Menschen mit Händen und Herzen, Augen und Gedanken. Dumme und Gescheite, Zyniker und Brennende. Wohl auch eine Handvoll derer, die aus den Fehlern, die sie guten Herzens gemacht haben, nichts lernen und nicht müde werden, diese Fehler wieder zu machen.

Einmal aber kommt für den rheintalischen Mund die größte

Probe: wenn er seinem Geliebten *die Formel* geben muß. Die Formel, ohne die er sonst nicht mehr leben kann und hoffen und trauen. Die Formel ohne Variable. Das Prinzip:

– Sag es mir. Ich will es hören. Jetzt. Sag es. Ich muß es hören. Jetzt. Du. Sag es jetzt. Keine Halbheiten. Keine Vertröstung. Kein Umweg. Jetzt! Sag es mir! *Ich liebe dich.*

Er sagt es nicht. Er will es ja sagen, er will es wirklich sagen. Aber in seinem Dialekt gibt es diese Inschrift nicht. Und in der Hilflosigkeit weicht er aus ins Hochdeutsche, und dann muß sein Gegenüber plötzlich lachen, weil es so fremd klingt. Und da sie sich ja lieben, lachen sie schließlich beide und helfen sich so über ihr Unvermögen hinweg.

Dahinein werden Kinder geboren. Sie werden geachtet oder mißachtet wie anderswo auch. Sie sind begabt oder stumpf, und ihre Mütter geben sich reichlich Mühe, ihnen die Angst vor der Nacht zu nehmen. Haben warmes Frauentimbre, wenn sie ihrem Mäuschen vom sich eindunkelnden Tag singen, der die Schuhe abgetan hat und auf Zehenspitzen in die Schweizer Berge huscht.

Wenn die rheintalischen Jungen in das Alter kommen, wo sie es plötzlich leid sind, mit der Mutter die gebügelten Leintücher zu falten, gehen sie wie allerorten aufs Gymnasium oder beschließen, Formel-1-Fahrer und Fußballer und Schreiner zu werden. Und jene in den katholischen Internaten haben wie überall Heimweh, quälen den Rothaarigen, entdecken die Lust am Organ des andern.

Die Mädchen sind überdurchschnittlich schön und lernen erst spät, am Morgen wie eine Frau zu erwachen. Viel Mühe kostet es sie, endlich ihre Erscheinung zu finden. Sie taumeln von einem Stil in den anderen, und Peinlichkeiten geschehen ihnen oft.

Eine Universität gibt es im Rheintal nicht. Wohl gab es Ende der fünfziger Jahre ein paar zaghafte Männer und Frauen, die in Jacobsroth eine Universität gründen wollten, und zwar am Annenmarkt, auf der Rother Seite. Sie verzagten. Bildung ist die Sehnsucht der Rheintaler Sticker und Bauern nicht. So verzieht die studentische Jugend nach Innsbruck, die Mutigen zieht es gar nach Wien. Aber schon in der Mitte des Arlberg-Tunnels, der einzigen Transitroute in die Metropole, verelendet ihr Gemüt. An dem Punkt des Tunnels nämlich, wo das Landeswappen ihnen neonrot zublinzelt. Noch in der Dunkelheit des Tunnels schwören sie stumm, das kommende Semester nicht mehr zu vertrödeln. Aber in Wien ist alles anders, und sie verkriechen sich in ihre Bezirke, in die lichtlosen Garçonnièren und Wohngemeinschaften, die ihnen trompetende Makler um das Dreifache vermieten. Denn sie selbst sind im Verhandeln tonlos, weil im Hochdeutschen ganz und gar ohnmächtig.

So sitzen sie dann an grauen Nachmittagen schwermütig in ihren Zimmern und gäben etwas darum, jetzt mit der Mutter die Leintücher zu falten. Das Heimweh wird unerträglich, wenn sie ihnen zum Nikolaustag ein Päckchen mit Lebkuchen und Nüssen schickt, eingewickelt in das heimatliche Zeitungspapier. Das glätten sie dann behutsam, verzehren den Lebkuchen und lesen mit wäßrigen Augen, was im Rheintal vor sich geht.

Die Tat heißt jene Zeitung, geschrieben von durchaus mediokren Geistern, und sie wäre nicht weiter erwähnenswert, hätte sie nicht diese eine Merkwürdigkeit. Eine Merkwürdigkeit, die über die Jahre hinweg in- und ausländische Zeitungsverleger gleichermaßen fasziniert wie neidisch gemacht hat. Ja, der Ruf dieser Zeitung drang Mitte der siebziger Jahre einmal sogar bis weit hinter den Eisernen Vorhang. Zufällig allerdings, auf vielen Umwegen und durch manche Schnüffelei, aber ein Scherz ist es keiner:

Der damals blutjunge Konstantin Serafim Izjumov, hospitierender Sportredakteur der *Prawda*, hielt sich anläßlich der Olympischen Winterspiele des Jahres 1976 als Berichterstatter in Innsbruck auf. Er faßte die Gelegenheit beim Schopf, Land und Leute kennenzulernen, und machte einen Tagesausflug ins Rheintalische.

Der erst 18jährige Russe, mit brillanten Deutschkenntnissen ausgestattet und heißhungrig nach westlicher Presse, bekam zufällig ein Exemplar der *Tat* in die Hand. Er, gewohnt, das Kleingedruckte zu studieren, las auf dem Titelblatt die Worte *Auflagenstärkste, parteiunabhängige Tageszeitung*. Er schlug das Blatt auf und staunte nicht wenig, als er sah, daß es zu einem Drittel aus Nekrologen bestand. Große und fett umrandete Todesanzeigen, Danksagungen, Nachrufe und Jahresgedächtnisse. So was hatte er in dieser massierten Form noch nirgendwo gesehen, und es fing an, ihn zu interessieren. Er kritzelte sich die Telefonnummer der Chefredaktion heraus, rief dort unverzüglich an und wurde, nachdem er sich tatsächlich als *Prawda*-Mitarbeiter ausweisen konnte, vom stickigen Besucherzimmer ins lichte Chefzimmer gebeten. Dort zwang man den Russen in größter Aufgeregtheit in eine graue Ledercouch, die von künstlichen Capensien in Plastiktöpfen nach Terrakotta-Art umstellt war. Der Hausfotograf eilte herbei und blitzte Izjumov aufdringlich in die trotz des jugendlichen Alters schon fauligen und teils vergoldeten Zähne, und der Genosse wähnte sich selbst schon als sein eigenes Epitaph. Als er dann vernehmen mußte, daß die *Tat* von 93 Prozent der rheintalischen Bevölkerung gelesen werde, auf völlig freiwilliger Basis – der Todesanzeigen wegen –, versagte ihm für einige Augenblicke sein Deutsch. Die *Prawda* wurde nämlich auch gelesen, sogar von 94 Prozent der Leute. Die Voraussetzungen freilich waren andere.

Beim abschließenden, sehr freundschaftlichen Händedruck deponierte Izjumov dann noch die Bitte, eine Delegation des kommunistischen Zentralblattes ins Rheintalische schicken zu dürfen, das Leseverhalten der Bevölkerung zu studieren. Dazu kam es nicht, denn Izjumov reiste nicht mehr nach Moskau, sondern verliebte sich in einen Jacober Jungen und wurde etliche Monate später Ostbeobachter bei der *Tat*. Diese Arbeit füllte er getreu der westlichen Auffassung in Ostangelegenheiten aus. Zum Dank dafür wurde Izjumov, der all die Jahre seine Artikel pünktlich und stets zeilengenau abgeliefert hatte, zum Abteilungsleiter im Ressort für Nekrologe ernannt.

Die *Tat* regierte das Rheintal mit eiserner Faust. War ein Gemeindepolitiker anderer Meinung als das Ressort für Lokales, so bekam er über Wochen hinweg eine Verunglimpfung und Denunziation seiner Person zu lesen, die so weit wucherte, daß der Kegel- oder Schützenklub diesem Mann den Austritt aus dem Verein nahelegte. Die Gattin getraute sich nicht länger, die gerade im Schwange befindlichen Mentalkurse zu besuchen. Die stets im Febermonat eintrudelnde, bunt bemalte Einladung zum Frauenkränzchen blieb aus.

Ehrenhafte Männer sind in der Tat an der *Tat* zerbrochen, denn im Rheintal kennt jedes Gesicht das andere. Und sie sind nicht zuletzt an der Feigheit derer zerbrochen, deren Beistand sie bitter not gehabt hätten. Die aber wandten sich eilig ab, aus Angst vor den Repressalien des Blattes, welche auch sie hätten treffen können.

Anläßlich ihres 30jährigen Bestehens gelang der *Tat* ein Titelfoto, das ihre Macht aufs obszönste demonstrierte. Dem Hausfotografen war es nämlich geglückt, die Politiker sämtlicher Couleurs vollzählig bis auf den letzten Mann an einen riesigen Eichentisch zu verbringen, wo sie mit grinsenden Gesichtern in der übertrieben vor die Linse gehaltenen *Tat* schmökerten.

In allem ist diese Zeitung eine Fundgrube für tragikomische Geschichten, ohne es allerdings selbst zu ahnen. Sei es, wenn sie alljährlich im Juli die *weltberühmten Seefestspiele* abfeiert, von welchen die Impresari in New York oder Sydney noch nie etwas gehört haben. Sei es, wenn sie ihren treuesten Abonnenten eine gemeinschaftliche Zugreise nach Wien aufschwatzt, wo sie dann – ein Häuflein hilfloser, abgearbeiteter Körper – vor der Gloriette posieren. Und wie posieren sie vor der Gloriette? Mit der *Tat* in Händen.

Die Geschichte der *Wahren Tat* ist bald erzählt. Sie wurde Mitte der siebziger Jahre gegründet – übrigens von dem zaghaften Häuflein, das ehemals den Universitätsgedanken in Umlauf gebracht hatte. Gegründet in der atemlosen Wut, eine Gegenstimme zum allesübertönenden Organ zu schaffen. Die Geister, die täglich in ihr schrieben, waren zwar ebenso medioker wie ihre großen Kollegen, obwohl sie anfänglich etwas von subversiver Frische, ja pubeszenter Frechheit hatten. Dennoch blieb das Blättlein immer schwachbrüstig.

Anfangs leitartikelten sie fast täglich über die Baader-Meinhof-Gruppe, die Deutschland mit Terror überzog. Sie entwarfen hoffnungsvolle Szenarien, worin besagte Bande eines nicht mehr fernen Tages auch die Schaltzentren ihres Landes besetzen und in Jacobsroth eine Stadtguerilla erbittert für freien Haschischkonsum und Rockmusik in den Wirtshäusern kämpfen würde. Das aus einer Seite bestehende Feuilleton rezensierte ausschließlich südamerikanische Literatur, und war sie noch so unbedeutend. Oder es verbreitete sich ausführlich über die Exzesse in den Wiener Hörsälen, in welchen Studenten ihre Exkremente dem Professorenpult übereignet hatten. Das Feuilleton bedauerte heftig, daß nicht wenigstens das Exkrement eines rheintalischen Studenten der Professorenschaft gewidmet worden war.

Die pubeszente Frechheit ist der *Wahren Tat* aber bald vergangen. Sie wurde von der *Tat* aufgekauft, die zigarettenqualmerstickten Schreibstuben wurden ausgelüftet, die Poster von Che Guevara und Ernesto Cardenal heruntergewaschen. Das gesamte Werklein wurde auf den drucktechnisch neuesten Stand gebracht und dem Vertrieb der großen Zeitung eingegliedert. Man wolle in jedem Fall die Meinungsvielfalt im Lande erhalten, hieß es. In Wahrheit aber winkte dem Verleger dadurch eine nicht unbeträchtliche Summe an staatlichen Fördermitteln, welche er unverzüglich einstrich und sich damit ein winziges Häuschen – ganz aus Glas – an den Gestaden des Bodensees baute. Zu Recht aus Glas, um so nämlich die Meinungsvielfalt rings überblicken zu können.

Wenn dem rheintalischen Menschen etwas zuwiderläuft, dann die Revolte, die offene Rebellion. Harmonie sucht er um jeden Preis.

Freilich gab es in den Siebzigern auch dort junge Männer, die ihr Haar plötzlich schulterlang trugen, die, brikettbestiefelt mit Gitarre und einem Charivari aus Kruzifix, Herz und Biberzahn um den Hals, in die Wirtshäuser traten und Protestlieder sangen gegen das Rockmusikverbot. Aber daheim falteten sie die frischgebügelten Leintücher, weshalb die Mütter ihre Buben nur noch inniger liebten. Es gab Mädchen, die, anstatt zur Firmung zu gehen, sich protesthalber schwängern ließen, und es gab ein paar Verwegene, die ihr Seelenheil in Indien suchten.

Aber wirklich böse Buben oder Mädchen hat dieses Land nie

hervorgebracht. Den Kampf gegen das Elternhaus steht dort keiner durch. Sie flüchten zwar alle irgendwann und wetten hoch, daß sie niemals mehr in diese unsägliche Provinz zurückkehren. Aber spätestens nach zehn Jahren sieht man sie mit großem Eifer die Häuser und Wohnungen ihrer Eltern renovieren. Und die paar Indienfahrer sind schon lange daheim und verleben ihren fünfzigsten Geburtstag im moschus- und patschuliduftenden Vaterhaus.

Nein, die Rebellion findet ganz woanders statt. In den inneren Organen dieser Menschen. Wenn der Herzmuskel nicht mehr länger schlagen will. Wenn die Leber vernarbt und ihr zirrhotischer Prozeß nicht mehr aufzuhalten ist. Wenn der Arzt Metastasen in der Lunge konstatiert oder in der Gebärmutter. Wenn die Seele zugrunde ist, auf einer nächtlichen Autofahrt vielleicht, und die Hände mit einemmal das Steuer ruhig auslassen und der Wagen über die Serpentine hinausschießt.

Und das Tanzen. Tanzen im Rheintal – um in die Silvesternacht zurückzukehren. Wenn bei Mitternacht der Donauwalzer anhebt, diese vornehmste musikalische Umarmung, die sich festlich gestimmte Menschen geben können, dann tanzen auch die Ländler Walzer. Der Dreivierteltakt ist ihre Erfindung gewiß nicht. Aber sie fügen sich in ihren Paillettenkleidern und goldapplizierten Tops, in ihren engsitzenden Smokings mit Seide imitierenden Revers rauschhaft in den allzu dünnen Klang, den die Band von der Bühne herab verströmt. Sie tanzen bemüht, ihre Arme wissen den Takt nicht auszureizen. Aber für einen Moment, für *einen* Moment, strahlen ihre kantigen Gesichter auf, und ihre Augen haben beinahe Grandezza.

Die Kinder sind wach in dieser Nacht, sehen hinüber auf den kryolithgelb erglimmenden Papst und haben Heimweh daheim.

Weshalb hat ein so zauberischer Landstrich wie das Rheintal noch nie eine Schule des Geistes, des Lebens oder der Kunst hervorgebracht, die von Bedeutung wäre? Es hat doch eine phantasiebegabte Natur, die jeden Frühling ihre dunkelgrünen Wiesen ins Tal hineinschwemmt, die Laubwälder im Herbst rötet und im

Winter den Kindern einen milden Schnee auf die Fensterbank legt. Und es hat den jungen Rhein, der doch die Gedanken lang und die Sehnsucht weit machen könnte. Oder sind es die raubtierhaft großen Berge, die den Menschen angst machen, über ihr Tal hinauszudenken?

Womöglich ist die Frage zu Unrecht erhoben. Vielleicht haben hier Menschen wundersame Lebensläufe gelebt, aber die Schrift hat ihnen nichts bedeutet. Und die Erzählung. Vielleicht leben sie jetzt wundersame Läufe, und die Schrift bedeutet ihnen noch immer nichts. Auch die Erzählung.

Maudi wurde geboren. Ambros berührte – von einer unerheblichen Ausnahme abgesehen – kein Geld mehr.

Als im Ölrain Nr. 12, im Villenviertel von Jacobsroth, Amreis Schwangerschaft ruchbar wurde, setzte die Mutter unverzüglich den 6. Mai 1970 als Hochzeitstag fest. Gegen den Willen der Tochter, ohne im mindesten die Meinung des Schwiegersohns in spe in Erfahrung zu bringen, jedoch mit lautstarker Billigung des wankenden Dietrich und seiner Rommé-Freunde. Obwohl Margot eine liberal denkende Frau war und ihre politischen wie weltanschaulichen Auffassungen expressiv zum Ausdruck brachte, hielt sie dennoch auf die katholische Tradition des Hauses Latuhr. Sonntäglich besuchte sie den Zehn-Uhr-Gottesdienst in der Hauptkirche St. Ursula. Als ihr Vater noch am Leben war, ein fanatischer Erzkatholik aus dem Waadtland – daher der französische, später eingedeutschte Name –, verstand sie sich sogar hinzuknien, wenn aus dem Radio die vibrierende Stimme des Papstes den weihnachtlichen oder österlichen Segen *Urbi et Orbi* erteilte. Sie kniete unter Pius XII., Johannes XXIII. und unter Paul VI. Unter dem Roncalli-Papst allerdings schon vor einem Fernsehgerät der Marke ITT Schaub-Lorenz. Margot kniete bis ins Jahr 1967, da starb nämlich der alte Latuhr.

Die Hochzeit fand im Kreis der Familie statt. Die Trauung bezeugten Amreis Freundin Ines, die augenscheinlich ebenfalls schwanger ging und – es ist nicht zu fassen – der Unfaßbare.

Nachdem sich Ambros in Jacobsroth niedergelassen hatte, schlurfte er tagtäglich ins Café Grauh. Dort schloß er Freundschaft mit Egmont Nigg, dem größten Fettwanst, den das Rheintal je hervorgebracht hat. Nigg war am selben Tag wie Ambros in die Stadt gekommen, um dort die vakant gewordene Stelle des Kulturkritikers bei der *Tat* anzutreten. Schon nach den ersten paar

Minuten staunte Ambros über diesen seiner Meinung nach zarten Mann, staunte über so viel Feingefühl unter all dem Fett.

Es war eine hübsche und sogar fröhliche Hochzeit. Auch deshalb, weil der Brautvater in einem gleichgewichtslosen Moment in die sechsstöckige Malakoff-Torte hineinfiel. Müßig zu sagen, wer den Dietrich dann halbwegs sauber aß.

Nur Amrei machte den ganzen Abend über ein trauriges Gesicht. Sie verbarg es in geheuchelter Müdigkeit, so gut es ging. Sie beobachtete ihren Mann, der noch nie so jugendlich und schön war wie in dieser Nacht. Und sie fand, daß die nach hinten gekämmten und geglätteten Haare ihm wirklich besser standen als der Lockenkopf. Sie wäre ihm gern durchs Haar gefahren, aber als sie sah, wie er sich *wieder* eine Zigarette an der noch glimmenden Kippe anzündete, packte sie die Wut. Hatte er nicht hoch und heilig versprochen, mit dem Rauchen aufzuhören, dem Kind zuliebe? Aber nein, er qualmte weiter wie ein Türke. Und wie sollte das weitergehen mit einem, der partout nicht arbeiten wollte oder wenigstens das Studium abschließen? Amrei kühlte die Wut mit einem Bissen Pfirsich-Sorbet und ließ sich von Harald, Ines' Halbbruder, zum Tango entführen.

Die jungen Eheleute bezogen den Turm in der Roten Villa, den ihnen Margot nach der Hochzeit zur Verfügung gestellt hatte. Dieser oktogonale, zwiebelbedachte Bau verfügte über einen gesonderten Eingang und über vier Stockwerke, von denen Ambros selbstherrlich das oberste in Beschlag nahm, weil er von dort aus das gesamte, nordwestliche Rheintal überblicken konnte. An Föhntagen vermochte er über den Bodensee hinweg bis tief ins Süddeutsche hinein zu sehen. In dieser eichegetäfelten, engen Turmstube richtete er sich ein Studio ein, und dort gedachte er die etwas vernachlässigten Studien über flämische Malerei wiederaufzunehmen. Herauszufinden, wem der gewichtigere Teil an der Gestaltung des Genter Altars zukomme. Hubert oder Jan.

Als er im Latuhrschen Park eines taunassen Junimorgens eigenmächtig eine Fichte fällte – sie habe ihm bei der Betrachtung seiner Kunstbände die Sicht verschattet –, gab es zum erstenmal einen offenen Ehekrach. Nicht zu reden vom tagelang verstimmten

Magen der Schwiegermama, indessen der wankende Dietrich wieder und wieder die handwerkliche Geschicklichkeit bewundern mußte, die zum Fällen eines so riesigen Baumes notwendig ist.

Und am 29. September, mittags, kam Maudi zur Welt. Die letzten Wochen der Schwangerschaft waren für Amrei durchaus beunruhigend verlaufen, denn der Arzt hatte an dem Kind unregelmäßige Herztöne festgestellt. Er mutmaßte, daß der irritierende Herzton auf einen Nabelschnurvorfall zurückzuführen sei. Das hieß auf Drängen Amreis im Klartext: Lebensgefahr für das Kind. Die Nabelschnur, so das ärztliche Bulletin, hatte sich wahrscheinlich zwischen dem Kopf des Kindes und dem Becken der Mutter eingeklemmt, was zu einer Unterbrechung des Blutstroms in den Nabelschnurgefäßen führen mußte. Amrei wurde schnittentbunden. Als aber der Arzt sah, daß sich die Nabelschnur des Kindes um Hals und Kopf verwickelt hatte, wurde es plötzlich still im Kreißsaal, denn Maudis Gesicht war blau wie der gekachelte Boden.

Dennoch kam das Kind gesund zur Welt, und Ambros stiftete in St. Ursula der Muttergottes drei Wachskerzen. Er stiftete sie wirklich. Nahm Amreis Geldbörse, setzte sich in ihren Vauxhall Viva, fuhr zur Kirche hinauf, trat vor den Seitenaltar, öffnete die Börse, *berührte* das Geld und ließ es in den Schlitz fallen.

Es wäre erfunden, hätte sich Ambros Bauermeister in dem Maße für den Säugling interessiert, wie es damals die sich modern gebenden jungen Väter in Jacobsroth und andernorts taten. Es war chic geworden, im Kreißsaal den Geburtshelfern im Wege zu stehen, sie beim Anblick des blutigen Schleims mit den alleräußersten Befürchtungen zu konfrontieren und ihnen hernach – hatte die Mutter endlos gelitten – eine Gerichtsklage anzudrohen. Chic war es für die Väter auch geworden, ihr Putziputzi in einer Bauchtrage wie eine Kommode vor sich herzuschieben. Wegen des Körperkontakts, der Aura, des Odiums. Denn, so hielten sie dafür, die alles entscheidenden ersten Monate seien entscheidend.

So plackten sie sich mit ihrer Last überall hin. In die heilige Messe, wenn sie katholisch waren, um des Pfarrers Predigt nur recht mit unaufhörlichem Kindsgeschrei zu stören – der Pfarrer selbst setzte dann ein scheinbar kinderfreundliches, in Wahrheit aber haßerfülltes Gesicht auf –, oder, waren sie politisch veranlagt, in die Gemeindestuben, um dort eine Meinungsbildung glatt zu verunmöglichen. Aber eben. Die alles entscheidenden Monate. Das Odium.

Nicht so Ambros. Freilich war er, hatte man sich sonntags um Maudis feinmaschiges Laufgitter versammelt, mit Ines, deren Halbbruder Harald, Egmont Nigg, den Rommé-Freunden und allen anderen einer Meinung, daß die Menschwerdung an und für sich ein Wunder darstelle. Und er widersprach auch nicht der allgemeinen Auffassung, daß ein sechsmonatiges Wesen bereits für erotische Empfindungen empfänglich sei. Wenn Ines dann ihr eigenes Baby, die lediglich um wenige Wochen ältere Esther, zu Maudi ins Bettchen legte und beschwor, daß die beiden Säuglinge, in der Weise wie sie einander zublickten, wesensverwandt seien, pflichtete Ambros ebenfalls bei. Allerdings achtete er, da sich Ines vornüberneigte und eben von Erotik die Rede war, mehr auf ihren apfelrunden Po und glitt am Saumverlauf des Höschens entlang, wie es sich in die Jeans stanzte.

Starken Widerwillen verspürte er hingegen bei Egmont Niggs Ausführungen, den Kindskot betreffend. Er rieche ihn sehr gern, ja, seine Nase könne nicht genug davon bekommen. Kinderkot rieche gar nicht stechend, sondern überaus sympathisch.

Woher er denn das wissen wolle. Er habe doch gar kein Kind.

Er *rieche* es. Jetzt gerade.

Und Amrei nahm die winzige Maudi aus ihrem Bettchen und verfügte sich einen Stock tiefer, das Kind trockenzuwickeln.

Nein, Ambros war der Auffassung, daß ein Mensch erst dann brauchbar sei, wenn er über Sprache verfüge. Und so machte er sich, was Maudis Fürsorge anlangte, in den ersten Jahren rar im Kinderzimmer. Das führte aber unweigerlich zu einer Entfremdung der beiden jungen Eheleute. Schließlich wollte Amrei nicht mehr mit ihm schlafen, und wenn es doch sein mußte, dachte sie dabei an Haralds breit ausladende Schultern.

Ambros saß lieber im Café Grauh und ließ anschreiben. Er

las, oder er billigte gegenüber Nigg die terroristischen Greuel des Schwarzen September und der Rote-Armee-Fraktion. Sie schwärmten tagelang vom sensationell komponierten Showdown des *Paten,* in dem Michael Corleone während der Taufe seines Neffen fast sämtliche Capi der New Yorker Mafia ermorden läßt. Sie schwadronierten über den erfolgreichen Abschluß der *Apollo-13-Mission* und darüber, daß es für den Menschen nach der Entdeckung Amerikas, dem Durchfahren der Magellanstraße und dem Betreten des Mondes kein Abenteuer mehr gebe. Weder auf Erden noch im All.

Er kümmerte sich herzlich wenig um seine Tochter, ließ sich statt dessen vom Schwiegervater in die Geheimnisse der Malt-Whiskys einführen. Wenn auch der wankende Dietrich als Geschäftsmann versagt hatte, im Whisky machte ihm keiner etwas vor. Er kannte jede schottische Malt-Destillerie beim Namen, wußte alles über die unterschiedlichen Eichenhölzer der Fässer und war aufgrund seiner Feinnervigkeit ein Meister im *nosing,* im Definieren und Bewerten des Whiskys. Dietrich fühlte sich wie ein *master blender* höchstpersönlich, und er empfahl dem Schwiegersohn einen getorften, sehr würzigen und nach Seeluft schmekkenden Tropfen. Einen Winter-Whisky sozusagen. Denn es herrschte zu der Zeit eisiges Märzwetter, und das nicht nur außerhalb der Roten Villa, sondern innerhalb des Turmes selbst.

Ambros wurde ein Dandy. Er begann seinen Lebensstil zu verfeinern, trug Seidenhemden und Pullover aus Kaschmirwolle, aß Austern in dem unlängst eröffneten Ristorante Gallo Nero. Austern mit lächerlich winzigem Fruchtfleisch. Er wurde unduldsam, was die Möbel im Wohnturm anlangte. Eines Tages zerschlug er mit der Axt den schmalen, teakfurnierten Schlafzimmerschrank und warf die Bretter zum Turmfenster hinaus. Er begründete es der weinend hinzugestürzten Amrei damit, daß ihn der stetige Anblick dieser Unsäglichkeit aus den fünziger Jahren in seinem ästhetischen Empfinden und somit in seinem Menschsein beleidige.

Aber mit seinem Töchterlein gab er sich keine Stunde ab. Er nahm es selten auf den Arm, wußte es gar nicht zu halten, und als

Maudi die ersten Schritte ins Leben tat, wurde ihm angst und bange, daß von nun an und für lange Zeit kein Gegenstand mehr vor ihr sicher sei. Er interessierte sich nicht für das Kind. Bis zum Silvestervormittag des Jahres 1974. Denn da geschah mit Maudi etwas sehr Seltsames.

In der Gesamtschau dessen, was sich in diesem Leben an Ungeheuerlichkeiten ereignen sollte, ist dieser Vorfall als ein erstes Wetterleuchten zu begreifen. Eine vage Lichtspur am Himmel, eine kurze Aufhellung der Wolkendecke. Aber nicht geeignet, die Konturen der noch nächtlichen Lebenslandschaft mit einemmal klar zu erkennen.

Es war ein nebliger Dienstag, dieser 31. Dezember. Amrei machte Besorgungen in der Stadt und hatte das Kind in Ambros' Obhut gegeben. Wissend, daß er kein aufmerksamer Vater war, vertraute sie ihm die Kleine nur ungern an. Galt es Umfangreicheres zu erledigen, gab sie Maudi entweder in Margots Hände oder zu Ines, wo sie in der fast gleichaltrigen Esther eine Spielgefährtin hatte.

Maudi, die mit ihren jetzt mehr als vier Jahren noch immer kein einziges Wort sprach, kauerte zufrieden auf dem dunkelblauen Kanapee und spielte. Ganz eins war sie mit ihrem Plastiktelefon, lauschte an der Hörmuschel, griff mit dem winzigen Zeigefinger in die Wählscheibe, drehte sie, und das setzte jeweils eine Melodie in Bewegung. Das Kind nickte und tat ein paar zustimmende Laute in die Sprechmuschel. Maudi schien für einige Augenblicke alles um sich herum vergessen zu haben, weshalb Ambros sich gestattete, in seine Dachkammer hinaufzusteigen.

Er wandte sich von dem Kind ab, trat auf die halsbrecherisch steile Holztreppe und fühlte plötzlich etwas Merkwürdiges, etwas sehr Fremdes in seinen Hinterkopf und seine Schultern dringen. Etwas von der Kraft eines erwachsenen Blickes. Eines niederringenden erwachsenen Blickes.

Ein Gefühl, das ihm bekannt war, wann immer er das Café Grauh verließ, und auf einmal ein dumpfes Vibrieren unter der Haut des Hinterkopfs zu spüren meinte, weil die Augen aller Anwesenden plötzlich auf ihn stürzten.

Er drehte sich langsam um, sah das Kind kerzengerade vor sich stehen und ihn ansehen, wie es ihn noch nie angesehen hatte.

Da starrte ihn kein Kind an. Das waren die Augen eines erwachsenen Menschen. Mehr noch: jemand, der alles im Leben geschaut hat, was es zu schauen gilt. Augen, die nahezu unheimliche Autorität erlangt hatten. Keine behauptete Autorität. Der Glanz von endgültigem Wissen.

– Maudi, sagte Ambros, von einem Gefühl jäher Kapitulation ergriffen.

Das Kind hob den rechten Arm, führte die Hand an sein Gesicht und schloß mit den Fingern langsam die Augenlider. Das tat es in so präziser Geste, wie es für ein Kind von vier Jahren völlig unmöglich ist. In der linken Hand hielt es das Lieblingsspielzeug, den kleinen Stan, einen Stoffhund, der ehemals weiß war und vom vielen Herumzerren, Drauftreten und Wegwerfen nunmehr wolkengrau und ebenso formlos.

Ambros gewahrte, wie sich die Finger des Kindes mählich immer fester in das Stofftier verbissen. Und noch fester, mit größter Kraft. Es riß das Tier plötzlich hoch und preßte es an das linke Auge.

So verharrte Maudi einen Moment lang. Dann ließ sie den zerfledderten Stan zu Boden fallen, öffnete die Augen, blickte wieder zu Ambros empor, sah ihn lange an und durchdrang ihn mit einer solchen Wärme – einer Wärme, die er noch keinmal von einem Menschen erhalten hatte.

Und es wurde in ihm plötzlich unerklärlich still, und alles geriet in die sanfteste Bewegung. Ja, selbst noch die Wände im engen Turmzimmer wogten herein und zurück wie Gardinen in leichter Brise.

Dann hörte er den Atem des Kindes immer heftiger gehen. Und das Kind gab Laute von sich, die er nicht zu erraten wußte. Waren sie Ausdruck von Freude oder Entsetzen? Der Atem wollte sich nicht senken, und so nahm Ambros die Kleine vom Boden auf und drückte sie an seine Brust.

Da sank Maudis Kopf wie eine Daunenfeder in die Armbeuge

des Vaters. Der Atem beruhigte sich, und das Kind fing zu weinen an – sehr heftig, und es schrie lange Zeit. Ambros küßte es Dutzende Male. Er sang, er wiegte es, tat alles, was er Amrei tun gesehen hatte, wenn Maudi unglücklich war.

Erst nach Amreis Rückkunft konnte das Kind getröstet werden. Es schlief ein und verschlief den ganzen Tag. Und es verschlief die ganze Silvesternacht.

Etwa eine Woche nach diesem Vorfall, über den Ambros gegenüber seiner jungen Frau kein einziges Wort verlor, begann Maudi plötzlich zu sprechen. Sie lernte derart schnell, daß man glauben mußte, sie habe die Worte längst im Kopf gehabt, aber – aus unerfindlichen Gründen – keine Lust verspürt, sie auszusprechen. Dennoch redete das Kind sehr selten. Weder mit sich noch mit den andern. Und wenn es etwas sagte, erlosch das Gespräch der Erwachsenen augenblicklich. Jeder litt an Maudis fast mönchischer Schweigsamkeit und war erlöst, wenn sie endlich wieder, und war es noch so unbedeutend, den Mund auftat.

Seit dieser Episode befaßte sich Ambros Bauermeister mit seiner Tochter. Er fand, daß es an der Zeit sei, das Kind zu erziehen. Nahm es mit auf die ausgedehnten Spaziergänge, am rauhbereiften Rheinufer entlang, verbrachte es ins Café Grauh, wo die Kleine in Niggs Schoß eine grenzenlos weite Spielwiese fand. Egmont Nigg war das nur recht, denn so kamen ihm statt eines Kuchenstücks zwei zustatten, die er dann wie eines wegputzte, so daß für Maudi ein drittes bestellt werden mußte.

– Wie gefräßig der Fratz ist! lachte Nigg und ließ die klotzige Hornbrille in die Runde blitzen.

Aber bald unterband Amrei Ambros' kulturpolitische Sitzungen im Café Grauh. Das sei kein Platz für ein Kind, so stickig und verraucht. Ob er es denn vergiften wolle?

In Wahrheit traute sie ihm nicht. Obwohl sie glücklich darüber war, daß er sich, wie verwandelt, nunmehr mit dem Kind abgab, und obwohl das ihre Beziehung wieder aufschwingen ließ und sie, wenn sie mit ihm schlief, nicht mehr an Haralds Schultern dachte – sie traute ihm nicht. Gewiß, er ging liebevoll mit der Kleinen um, teilte sein Schrittmaß in ihres ein, trug sie, wenn sie nicht mehr gehen wollte, und ließ sich bei jedem Wunsch oder Wehwehchen von ihr breitschlagen.

Aber Amrei traute Ambros trotzdem nicht. Hatte auch keine Ahnung, woher das Mißtrauen kam, schrieb es sich am Ende selbst zu und verspürte Unrechtsgefühle. Die kompensierte sie unwissentlich dadurch, daß sie ihrem Mann eine Erotik vortäuschte, die sie gar nicht leben wollte. Sie nahm wieder sein Geschlecht in den Mund und befriedigte ihn. Sie ließ sich ohne Vorspiel beschlafen, eine Art des Verkehrs, die ihr in Wirklichkeit zuwider war. Aber sie wollte ihm eine gute Frau sein.

Die folgenden drei Jahre verstrichen in der Roten Villa, Im Ölrain Nr. 12, ohne daß Nennenswertes darüber zu berichten wäre. Weder von Maudi noch den restlichen Familienmitgliedern. Bis auf zwei Ereignisse.

Das eine, das zu erwartende, daß sich Ambros und Amrei nach jenem kurzen Wiederaufflammen der Liebe nun endgültig einander entlebt hatten. Das andere, daß am 3. August 1976 über das noch restliche Vermögen der Firma Latuhr Moden der Konkurs eröffnet wurde. Denn Margot war nicht mehr imstande gewesen, die zwölf Mitarbeiter in der großväterlichen Fabrik fristgerecht zu entlohnen. Das Areal samt anliegenden Grundstücken wurde veräußert, die drei Latuhr-Filialen in der Paulsgasse, am Platz der Zwei Monde und in der Simonstraße ebenso.

Die Familie war nunmehr ohne Einkommen, hatte ein großes Haus zu unterhalten – das kostspielige, weil verschachtelte Dach bedurfte einer dringenden Sanierung – und mußte sich damit abfinden, daß der Schwiegersohn noch immer keine Anstalten machte, sich eine Arbeit zu suchen. Denn darin waren Margot und Amrei eins: Eine nicht unerhebliche Schuld am Bankrott der Firma gebührte Ambros und dessen aufwendigem Lebensstil. Es kam zu zahllosen Auseinandersetzungen, denen Ambros ein donnerndes Ende setzte mit den Worten, daß ihn das Leben nicht berufen habe, Geld zu verdienen. Ihn nicht.

So blieb Margot kein anderer Weg, als in etlichen Notverkäufen einen Teil der Gemäldesammlung – ihre über alles geliebten österreichischen Barockkleinmeister – zu verscherbeln. Auch Familienschmuck und den eigenen, darunter sich auch das Collier feinster Süßwasserperlen befand, das einem übereifrigen Zöllner einmal so verdächtig erschienen war.

Als auch das nicht mehr hinlangte, suchte sich Margot Mangold Arbeit. Und sie fand sie in der Müllerschen Parfümerie beim Judastor. Traugott Müller jun. staunte wie ein Pennäler, als plötzlich die gesamte Jacobsrother Hautevolee seine Wenigkeit beehrte. Aber die wohlhabenden Damen wollten sich just von der Mangold bedienen lassen, was ihm nur recht war, denn sie kauften ungemein großzügig.

Am 14. Juni 1977 geschah ein Unglück. Es war der Tag von Margots zweiundfünfzigstem Geburtstag. An jenem Tag fiel der wankende Dietrich hin, und zwar zum letzten Mal. Er dachte seine *Margi* mit einem riesigen Blumenstrauß zu überraschen, wenn sie von der Arbeit heimkäme. Dietrich war eben dabei, die flamboyante Krawatte zu binden, als er schon die Haustür ins Schloß fallen hörte. In höchster Eile griff er die Blumen, türmte unbeschuht aus dem Zimmer und die breitauslaufende Treppe hinab. Über die zweiundfünfzig lachsfarbenen Rosen muß er sich nicht hinausgesehen haben. Denn er vertrat sich, stürzte – Margot hörte noch ein Fiepsen aus seinem Mund – und war auf der Stelle tot. Er hatte sich das Genick abgeschlagen.

Ganz friedvoll lag er da, noch mit dem Lächeln, das zum *Happy Birthday!* ansetzen wollte. Keine einzige Blessur, nicht *ein* blauer Fleck. Wo er doch ansonsten von jedem Rempler einen Bluterguß davontrug.

– Völlig unversehrt, wunderte sich auch der Arzt.

So kam ein Mann zu Tode, dessen Leben und Fühlen sich in der Roten Villa nie wirklich materialisiert hatte. Eher dematerialisiert, beurteilt man ihn als Geschäftsmann. Ansonsten war Dietrich Mangold einfach zugegen gewesen. Er gehörte zum Haus, stand oft im Weg herum und war aufgrund seiner geheimnisvollen Krankheit nur zu gern Anlaß für liebevolle Neckerein.

Der Abschied von Dietrich fiel für Margot in die Zeit ihrer Menopause. Einer Zäsur also, nach welcher eine Frau nicht mehr gebären kann und gewissermaßen zu dem wird, den sie nie begreift: Sie wird ein Mann. Sehr oft wachsen Frauen in den Wechseljahren in eine merkwürdige Virilität hinein, verarmen dadurch und resignieren zuletzt.

All das brach Margot das Herz: der Verlust der Firma, die tägliche Kränkung in der Müllerschen Parfümerie, der Verkauf der Gemälde, und jetzt noch der Tod ihres Mannes.

Leo, einer von Dietrichs Rommé-Freunden – ein wegen fahrlässiger Krida verurteilter ehemaliger Steuerberater und nunmehriger Vedutenmaler –, riet ihr, sich in einen Trauerhilfe-Kurs einzuschreiben. Und er brachte ein Faltblatt ins Haus, worauf in diskreter Schrifttype zu lesen stand: *Wir heißen Sie und Ihre Trauer willkommen*. Das langte. Margot schrie dem Vedutenmaler ins Gesicht, er solle sich nie mehr blicken lassen, worauf nicht nur der Vedutenmaler, sondern auch die restliche Rommé-Partie solidarisch für alle Zeiten das Haus verließ.

Margot wurde sehr still. Und sie wurde krank. Sogar ernstlich krank. Die alte Magen-Darm-Geschichte. In der Zeit der Rekonvaleszenz fand sie Trost im Umgang mit ihrer Enkelin. Sie verbrachten die ganzen Tage miteinander. Und zu Amrei sagte Margot einmal, ob sie denn überhaupt wisse, was für ein ganz eigenartiger Mensch Maudi sei. Sie habe noch nie ein so feinfühliges, warmherziges Kind gesehen. Und noch nie ein Kind mit so vornehm sprechenden Händen.

Kurze Zeit nach Dietrichs Begräbnis reiste Ambros für zwei Tage nach Chur. Seiner Frau verheimlichte er den Zweck der Reise, denn es war ihm gerade noch gelungen, einen Notariatsbrief, der an ihn adressiert war, rechtzeitig abzufangen. Ihm war schleierhaft, wie man seine Adresse überhaupt hatte ausfindig machen können. Es stellte sich aber heraus, daß die Bezirksbehörde in Jacobsroth eine Kopie der Trauungsurkunde nebst den Angaben des neuen Wohnsitzes nach Chur übermittelt hatte.

Er fuhr nicht allein nach Chur. Ines begleitete ihn. Es war ein sehr heißer Junitag. Die Luft zitterte und wallte vor Hitze.

Dem Gerichtskommissär lief der Schweiß nur so herab. Er schob Ambros einen blumenbedruckten Briefumschlag hin, auf dem – offensichtlich von Kinderhand geschrieben – folgendes zu lesen stand: *Für meinen Sohn Ambros. Und nur von ihm zum öfnen.*

Der Umschlag bauchte ein wenig. Etwas sehr Leichtes, das verrutschen konnte, mußte sich darin befinden. Ambros nahm den Brief wortlos an und ließ ihn unverzüglich in der Brusttasche seines Seidenhemds verschwinden. Ansonsten ging die Verlassenschaftsabhandlung in der Causa Leopold Bauermeister rasch vonstatten. Von den Erben war nur Ambros erschienen.

Lieber Ambros
wenn du das liest, bin ich schon bei Hermine. Ich weiss, das du keine Zeit hattest, mich zu besuchen. Ihr jungen Leute habt eben viel im leben vor. Das verstehe ich. Mir geht es sehr gut und das personal ist sehr nett. Auch die Schwester Marianne obwohl sie manchesmal einen schlechten Tag hat. Sie kann nicht verstehen dass ein Mensch so viele Jahre im Sbital ist. Man muss halt erfinderisch sein. Es würde lange dauern, das zu erklären. Das einzige wo einem aus der Letargie reist ist dreimal am Tag das essen. Martha ist so lieb und schreibt diesen brief. Sie ist erst 12 und ein gut erzogenes Mädchen. Sie hat das Linke Auge bei einem Strasenunfall verloren. Leider bin ich momentan im Gipps aber bald geh ich wider umher. Den Rosenkranz möchte ich Dir schenken. Du bist ein lieber sohn
Dein Vater

Seit Tagen flimmerte die Stadt in südländischer Augustschwüle. Der Rhein war abgesunken auf beinahe ein Rinnsal, und an der Mole des Bodenseeufers lagen die Fischer- und Tretboote auf Grund. Die Stadtoberen von Jacobsroth und die Ingenieure des Wasserbauamtes arbeiteten an einem Krisenplan, für den Fall des Anhaltens dieser noch nie erlebten Wassernot. Den Menschen wuchs vor Schweiß die Kleidung in die Haut. Einige starben an Hitzschlag oder an der Dürre ihres Atems. Aber der Himmel blieb unbeweglich, als blickte man seit Tagen auf das griechische Blau ein und desselben Hochglanzfotos im Reiseprospekt.

Endlich, gegen Abend des 26. August, bauten sich Wolken auf. In rascher Folge schossen sie zu Gewittertürmen hoch, zerflossen oder zerfransten, begleitet von einem jäh entfachten böigen Wind. In Minutenschnelle zerplatzten ampullengroße Wassertropfen auf den Dächern, dem Kopfsteinpflaster und den geteerten Straßen der Stadt. Es dampfte und rauchte überall. Fenster wurden aufgerissen. Kinder, Jungen, Mädchen und viele Erwachsene tanzten und sangen im Wolkenbruch.

Aber das Gewitter währte kurz, brachte nicht wirklich Abkühlung. Bei Einbruch der Dunkelheit stand Jacobsroth wieder in einer nahezu geronnenen Luft. Die Menschen wachten fliegenlahm in den Betten. Die Schwüle dünkte sie noch unerträglicher als zuvor. Denn jetzt schlug die Hitze endgültig in die Häuser, und es schien gleichviel, ob die Fenster offenstanden oder nicht.

Amrei lag wach neben dem schlafsuchend sich wälzenden Ambros und hatte schwere Gedanken. Das Kind schlief, wenn ihm danach war, in einem von Großmutters zahllosen Zimmern. So auch in dieser Nacht. Seit Dietrichs Tod war Maudi nämlich Margots einziger Lebensinhalt geworden. Und das alles mit Wärme überziehende Wesen des Kindes vertrieb die Einsamkeit in ihrer so riesigen herrschaftlichen Wohnung.

Die Grillen schrien. Schwaches Neonlicht einer Parklampe staubte in das Schlafzimmer im zweiten Turmgeschoß. Die Familie Quaidt, die Erbauer und ehemaligen Besitzer der Roten Villa, hatte es ganz im neogotischen Stil gehalten. Eichevertäfelte Kassettenwände mit reliefierten Spitzbogen, Drei- und Vierpässen ringsum, auslaufend in ein königsblau bemaltes Kreuzrippengewölbe, auf das Sternchen aus Blattgold appliziert waren.

Amrei starrte in den bestirnten Baldachin und weinte tonlos. Noch nie in ihrem Leben war sie so herzensmüde wie in dieser drückenden Augustnacht.

Wenn ihr Schmerz hätte Musik werden können, dann durch die letzten drei Takte von Mozarts *Lacrimosa*. Wo die in so femininer Traurigkeit auf- und abwogenden Achtel einem übermännlichen Baß nachschreiten und nicht in ihm versinken dürfen noch in seinem Dur-Schluß getröstet werden.

Sie hatte Gewißheit: Die Liebe zu Ambros Bauermeister war endgültig vergangen, die Ehe gescheitert. Gleichzeitig wußte sie, daß sie niemals mehr die Kraft aufbringen würde, sich einem anderen Mann anzuvertrauen.

Das Sich-Entzünden. Die Euphorie des Anfangs. Dann die Zurücknahme, die Vorsicht. Die ermüdende Wachsamkeit im Herausfinden der eigenen Wahrheit und der des andern. Seine Sprache erlernen, die gerechte Deutung seines Augenspiels. Sich täglich eichen müssen an *seiner* Realität. Wenn aber Ernsthaftigkeit, was dann? Sich einlassen? Den Mann gewöhnen? Bis man sich in seiner Anwesenheit wieder ohne Scham auf der Toilette entleeren kann? Bis man den gegenseitigen Morgenatem und die Blähungen wieder duldet?

Nein. Nie mehr. Die Liebe geschieht nur ein einziges Mal.

Amrei wandte ihr Gesicht an seinen Rücken und ließ den Blick lange in seinem Nacken ruhn. Nichts geschah, obwohl Ambros wach lag. Sie kannte den Gang seines Atems genau. Hatten denn ihre Augen keine Magie mehr? Wo er doch früher durch ihre bloße Betrachtung erwacht war.

Sie drehte sich zurück, zog das Laken weg, weil sie am ganzen Körper schwitzte. Er schlief nackt, und sie tat es ansonsten auch. Aber seit ihr Ines geraten hatte, sich durch Verhüllung attraktiver zu machen, weil bei stetiger Nacktheit die Erotik verlorengehe – eine Auffassung, die sie nicht wirklich teilte –, seit diesem Ratschlag trug sie Nachthemden.

Sie starrte wieder ins neogotische Firmament und weinte. Da mußte sie an ihr schönes, gezopftes Haar denken, das sie sich hatte abschneiden lassen. Es war ihr verleidet gewesen. Sie hatte Veränderung gesucht, zumindest äußerliche, und trug nunmehr eine Kurzfrisur. Aber jetzt reute es sie um den Zopf. Und es kam ihr ein Gedanke. Hatte sie sich das Haar vielleicht deshalb abgeschnitten, weil sie ahnte, daß ihre Mädchenzeit vorüber war?

Da wurde sie noch einsamer und noch trauriger. Sie öffnete den Mund zu einem stummen, ihr Gesicht entstellenden Schrei. Dann wollte sie warten, bis das Herzbeben vorüber wäre, wollte aufstehen, sich in die Küche hinunterstehlen und sich dort die Pulsadern öffnen.

– Annamaria, hauchte Ambros, ohne sich umzudrehen. Es wird alles wieder gut.

Als sie das hörte und spürte, daß ihm ihr Schmerz doch nicht gleichgültig war, schrie sie laut und verzweifelt auf, warf sich auf Ambros und schluchzte aus voller Brust. Er nahm sie in die Arme, drückte den zitternden Körper fest an sich, ließ ihn frei, drückte ihn wieder an sich, so fest, daß Amrei fast keine Luft mehr bekam. Dann küßte er die Schläfe, den Schweiß und die Tränen und ging mit den Fingern – ein weicher Kamm – endlos durch ihr Haar.

– Du hast mit Ines geschlafen. Ich weiß es. Und ich war so naiv! Erinnerst du dich, als ich dir Ines vorgestellt habe? Im Café Grauh? Weißt du noch? Wie ich eure Augen gesehen habe, ging mir das Messer ins Herz. Ich hätte es wissen müssen. Von dem Moment an.

Ambros schwieg und zündete sich eine Zigarette an. Die Lichtzunge des Feuerzeugs erhellte kurz sein Gesicht, und Amrei bemerkte etwas sehr Düsteres in seiner Miene.

– Bitte, Ambros. Nicht im Schlafzimmer.

Er drückte die Zigarette augenblicklich aus und glitt mit einem Seufzen ins Kissen zurück.

– Irgendwo da draußen wohnt eine Zwillingsseele. Hast du den Zettel noch? Den Zettel mit *unserem* Satz?

Und sie fing wieder zu weinen an.

– Amrei, was *willst* du von mir?
– Ich weiß es nicht, schluckte sie und zog die Nase hoch.
– Dann will ich es dir sagen: *Du kannst mich nicht sein lassen.*
– …
– Du wolltest mich *erziehen.* Von der ersten Stunde an. Du dachtest: wenn er italienische Hemden trägt, wenn er die Haare zurückkämmt, wenn er dir aus dem Mantel hilft, wenn er dir in Gesellschaft nicht mehr den Rücken zudreht, wenn er das Café Grauh aufgibt, wenn er sich einen Job sucht und Freunde, die dir genehm sind, wenn er ein Vater nach deiner Vorstellung wird, wenn er deine Art des Humors annimmt oder deine Art der Traurigkeit, wenn, wenn. *Wenn.*
– Aber sich lieben heißt aneinander arbeiten.
– Die wirkliche Liebe arbeitet auf nichts hinaus und erreicht trotzdem alles. Wenn du mich nicht für meine Fehler liebst, kannst du mich nicht für das Große lieben. Ich bin mehr als deine Träume.
– …
– Du wolltest dir einen perfekten Geliebten und Ehemann modellieren. Aus mir. Das bedeutet, daß ich dir nicht gut genug war.
– Das ist nicht wahr!

– Es bedeutet, daß das, was ich bin, dir niemals Vertrauen gibt. Du machst *mich* verantwortlich für das Vertrauen, das *dir* fehlt. Das dir schon gefehlt hat, bevor wir uns überhaupt kannten. Amrei, ich habe mit Ines *nicht* geschlafen. Aber was nützt es, dir das zu sagen? Dein Mißtrauen ist so groß, daß du *willst,* daß ich mit ihr schlafe.

– Und weshalb fährt sie mit dir nach Chur?

– Weil sie meine Freundin ist. Aber das verstehst du nicht.

– ...

– Ich bin jetzt 32 Jahre alt. Amrei, ich werde mich nicht ändern. Ich werde niemals in meinem Leben arbeiten. Meine Eltern sind daran zerbrochen. *Ich* werde es nicht.

– Du bist der größte Egoist, der mir jemals begegnet ist.

– Und du die wunderbarste Frau.

– Ambros, ich kann nicht mehr. Ich *kann* einfach nicht mehr. Allein schon wegen der Kleinen.

– Was soll das heißen?

– Ich weiß nicht, was du ihr für Sachen beibringst, wenn ihr nachmittags durch die Stadt zieht.

– Frag sie doch.

– Ambros, so erzieht man kein Kind. So nicht.

– Ich erziehe es nicht, verdammt noch mal. Ich bemühe mich, Maudi etwas vorzuleben.

– Ja, mit dem Ergebnis, daß sie plötzlich wildfremden Leuten hinterhergeht. Sie kann nicht mehr zwischen fremd und freund unterscheiden.

– Weil es auf dieser Welt nichts Fremdes gibt. Maudi hat Vertrauen in die Welt. Und das will ich ihr erhalten.

Bei diesen Worten stieg er aus dem Bett, nahm das Laken, zerknäulte es und schlurfte ins Boudoir, einem winzigen Zimmerchen, zur Dusche und Toilette umfunktioniert. Amrei hörte Wasser plätschern. Er kam mit dem nassen Laken zurück und breitete es über ihren Körper.

– Das wird dich abkühlen. Es ist ja zum Verrücktwerden.

– Ich will mich von dir scheiden lassen.

– Ich weiß, Amrei.

– Es ist vorbei.

– Es hat noch nie angefangen. Ich werde dich lieben bis zu meinem Tod. Das weißt du. Und ich werde mit keiner Frau schlafen, außer mit dir. Das weißt du auch.

Was ist ein Luftgänger?

– Ein Luftgänger ist ein Mensch, der nur auf sein Herz hört.

– Was noch?

– Er gehorcht niemandem auf der Welt.

– Richtig, Maudi. Was noch?

– Äh. Der Luftgänger tut, was er will.

– Ja. Aber da fehlt noch was.

– Mh.

– Der Luftgänger hat nie, nie, nie Angst.

– Sehr gut, Esther! Ein Luftgänger hat vor nichts und niemandem Angst. Vor allem nicht vor sich selbst. Und weil er keine Angst hat und immer auf sein Herz hört, kann er … kann er … Na?

– Durch die Lüfte gehen!

– Ausgezeichnet, ihr beiden!

Der fuchsrote, schon lahmende Vauxhall Viva kroch die Mattheistraße hinauf. Es war Herbst geworden des Jahres 1978. Ein vom Föhn durchwirbelter Nachmittag unter azurnem Himmelspapier, mit wie Milch verschütteten Wolken darauf. Ambros Bauermeister hatte sich – an diesem Tag pädagogisch angeschwungen – Maudi und Esther geschnappt und war im Begriff, mit den Kindern eine, wie er es nannte, *Lehrfahrt* zu unternehmen. Die inzwischen achtjährigen Mädchen saßen auf dem Rücksitz und machten aufgeräumte Gesichter. In ihren einteiligen, schmetterlingsgelben Hosenkleidern glichen sie einander wie Zwillinge.

– Wißt ihr, die meisten Menschen haben vor sich selber Angst. Und vor lauter Angst wollen sie es jedem recht machen. Und dann tun sie Dinge, die sie gar nicht möchten. Ein ganzes Leben lang.

Aber wenn ihnen jemand begegnet, der *kein* Hasenfuß ist, dann hassen sie ihn.

– Du bist kein Hasenfuß.

– Das hoffe ich, Esther.

– Aber Onkel Harald ist ein Hasenfuß.

– Ich erzähle euch eine Geschichte: In den Auen des Alten Rheins lebte einmal eine Entenfamilie. Die kuschelte glücklich und zufrieden am Ufer des großen Weihers, wo der Magdalenenwald am dunkelsten ist. Kein Mensch störte ihre Kreise, und sie hatten im Überfluß zu schnäbeln. Eines Tages passierte ein Unglück. Rotschnauz der Fuchs riß der Familie den Papi weg. Bloß ein paar grün schimmernde Federn blieben übrig. Da weinte die Mami und schnatterte laut. Und ihre beiden Söhne, die noch klein waren, hörten es und wußten nicht, wie man sie trösten könnte. Die beiden vergaßen das Unglück lange nicht, und es prägte ihr Leben. Jeden auf seine Art. Als sie schließlich erwachsen waren, hätte die Verschiedenartigkeit der Brüder nicht größer sein können. Das zeigte sich vor allem im Gefieder, wenn sie im Herbst ihr Prachtkleid anlegten, um den Entenmädchen zu gefallen. Der eine kümmerte sich wenig um sein Äußeres. Er war schön, na und? Aber der andere wollte nicht bloß jeder Entin gefallen, nein, er wollte von *allen* Bekannten und Verwandten geliebt werden. Und er putzte sich und putzte sich und putzte sich. Stundenlang. Aber nicht nur das. Er wollte es noch allen gleichzeitig *recht* machen. Sogar dem Fuchs. Der schlich wieder eines Tages an den Weiher und überraschte die Brüder. *Ich werde mit ihm reden,* schrie der, der es allen recht machen wollte. Während der andere, so schnell er konnte, davonpaschte. *Lieber Herr Fuchs, wir wollen doch Freunde sein,* sagte der Erpel mit weitausgestreckten Flügeln. Dann packte ihn Rotschnauz beim Kragen, und aus wars. Wißt ihr, was die Ente für einen Fehler gemacht hat?

– Ich will ein Stracciatella-Eis!

– Wißt ihr, welchen Fehler sie gemacht hat?

– Wieso ist sie nicht auch davongerannt?

– Ganz richtig, Maudi. Wieso ist sie nicht davongerannt? Weil sie sich vor lauter Angst anbiedern wollte.

– Das ist eine blöde Geschichte. Erzähl eine andere.
– Esther, wir holen uns jetzt was zum Schlecken.
– Du-u, Papi.
– Ja?
– Was bedeutet anbiedern?
– Mh. Wenn du mir zum Beispiel sagst, daß du mich liebhast, nur weil *ich* es hören will. Dann biederst du dich an.
– Aber ich *hab* dich lieb.
– Das war nur ein Beispiel, Kleines.

Der Wagen gelangte an die Ecke Zebedäiweg, wo eine Ampel Halt gebot, die, weil offensichtlich defekt, von einem Polizisten in steingrauer Uniform geschaltet wurde. Sie befanden sich nun im sogenannten Apostelviertel, der Altstadt von Jacobsroth, unweit des Platzes der zwei Monde. Die Mattheistraße verlief jetzt noch steiler, und die Menschen, die sie spazieren führte, mußten sich, gingen sie abwärts, mit kraftvollen Rücken gegen den Föhn stemmen. Dieser Anblick erheiterte die Mädchen sehr.

Die Mattheistraße ist die Hauptader der Stadt auf dem Hügel und zugleich die imaginäre Grenze zwischen den Stadtteilen St. Jacob und Roth. Auch ein Limes der Mentalitäten und der Einkommen. Während auf der kalten Nordseite des Hügels – man verschluckt dort das Sankt und nennt sich lediglich Jacober – überwiegend der verdienstschwache und fremdländische Teil der Bevölkerung lebt, sonnt sich auf der Südhälfte das Klein- und Großbürgertum der Sticker und Wirker. Freilich sind die Grenzen fließend, und an versonnten Wochenenden drängt alt und jung zur Altstadt hinauf und flaniert über den Platz der Zwei Monde. Er ist das Herz dieses 43 000 Einwohner zählenden Städtchens. Betrachtet man den Platz auf einem Luftbild des städtischen Katasteramtes, formt er sich – mit etwas Phantasie – tatsächlich zu einem Herzen.

Ambros stellte das Auto vor der St.-Ursula-Kirche ab, denn der Hauptplatz war damals noch keine Fußgängerzone. Und wäre er eine gewesen, es hätte Ambros wahrscheinlich wenig bekümmert.

Sie stiegen aus, stampften über den winddurchtosten Platz, geradewegs zu Gustls Gelateria. Der Eissalon in dem ältesten Strickbauwerk der Stadt hatte Konjunktur, besonders heute. Eine Schlange Kinder und Jugendlicher wartete mit vertrockneten Kehlen auf Linderung, denn hinter der Vitrine mit den zigfarbigen Eissorten teilten sich nur wenig Hände in die Arbeit.

– Wißt ihr, was in dem Haus früher einmal war? fragte Ambros die beiden Schmetterlinge. Da hatten wir einen Laden. *Latuhr zieht Männer an*. Das ist jetzt auch schon zwei Jahre her. Wie die Zeit vergeht!

Ehe es sich die Mädchen versahen, stand er plötzlich *hinter* dem Eistresen, hatte nach einem Portionierlöffel gelangt und bat mit kräftiger Stimme, die beiden jungen Damen vortreten zu lassen.

Gustl, von Gustls Gelateria, erwiderte noch lächelnd den Gruß des Eindringlings. Dann fiel ihm der Löffel in die violett schimmernde Amarena-Box.

– Was machen Sie hier hinten? fragte er mit gepreßtem Organ, das auf ein Stimmbandproblem schließen ließ.
– Welches ist Stracciatella? Das da?
– Nein.
– Das?
– Eins weiter.
– Danke. Wissen Sie, ich sage es Ihnen lieber gleich. Ich werde nicht bezahlen. Da ich nicht bezahle, möchte ich Ihnen wenigstens zur Hand gehen. Wo sind die Waffeltüten?
– Über Ihnen.
– Besten Dank.

Bauermeister reichte Maudi und Esther je eine Eistüte. Und weil ihm ein anderes, etwa gleichaltriges Kind auffiel, das so häßlich war wie das Mädchen auf Bruegels *Bauerntanz*, fragte er es nach seinem Wunsch und erfüllte ihn. Wie er gekommen war, verschwand er auch. Und nachdem die plötzlich geweiteten Kindsaugen in Gustls Gesicht wieder erwachsen geworden waren, war jeder Entschluß zu spät; der Dieb war weg.

– Jetzt machen wir einen kleinen Besuch bei der lieben Tanja Nagg, sagte Ambros.

Wenig später betrat er mit seinen Schleckermäulern die sehr schmale Naggsche Buchhandlung in der Bartholomäusgasse.

– Ich begrüße Sie, verehrte Frau Nagg!

Und er blickte mit seinen listigen, wasserblauen Augen auf eine verhutzelte, gramgesichtige, speckhaarige Erscheinung.

– Der Pächt liegt schon seit über einem Monat bei mir herum, erwiderte sie in einer Laune, als habe sie gerade ihren Zug versäumt.

– Ach, der Pächt! Der gute alte Pächt. Legen Sie ihn schon mal heraus. Ich will sehen, was noch dazukommt.

In dem Moment schlug ein heftiger Föhnstoß die leichtverglaste Tür zum Buchladen auf und fegte das gesamte Zettelwerk der Tanja Nagg vom Verkaufstisch. Ambros schnellte geistesgegenwärtig zur Tür und drückte sie fest ins Schloß.

– Jetzt schauen Sie sich das an! *Sie* sind schuld! Weil Sie die Tür nicht richtig zugemacht haben.

– Das haben wir gleich, meine Liebe. Kommt, Kinder. Wir helfen der Frau Nagg.

– *Rühren* Sie nichts an! Wie soll ich mich danach auskennen?

Sie trat hinter dem Tisch hervor, und ihre Gestalt wirkte noch gedrungener, was Ambros dem schwarzen, knöchellangen Drillichrock zuschrieb, darin sie aussah, als steckte sie in einer Kirchenglocke. Sie sank auf die Knie und fing an, murmelnd einen Zettel nach dem andern einzusammeln, indessen Ambros seinen Blick in den Buchregalen flanieren ließ und den einen oder anderen Band herauszog und auf den waagrecht gestemmten Unterarm schlichtete. Er hielt die Kinder an, ja ermunterte sie, es ihm gleichzutun und stapelte Bilderbuch um Bilderbuch auf ihre gespreizten, vom Eis verklebten, kleinen Hände.

Als Frau Tanja Nagg sah, in welch großzügiger Weise die Kundschaft einzukaufen gedachte, floß eine zarte Röte auf die Wangen ihres ansonsten papierweißen Gesichts. Sie ließ die Zettel liegen, erhob sich vom Boden, nahm den Kindern behutsam die Last aus den Händen, trug die Bücher zur Kassa, kam behende zurück, wurde sehr redselig und wies auf dieses oder jenes Muß in einer gutbestückten Kinderbibliothek. Immer das Einverständnis des lieben und umsichtigen Vaters vorausgesetzt, versteht sich. Der hatte Verständnis, und so türmten sich schließlich etliche Kilo Bücher auf dem Verkaufstisch.

– Ihr seid ja richtige Leseratten! Ja! Bücher sind die einzigen, wahren Freunde! sang sie beinahe vor lauter Süßholzraspeln. Den Pächt gebe ich Ihnen drein, Herr Bauermeister.

– Zu großzügig.

– Aber nein doch! Und sie fing an, die Rechnung aufzumachen.

– Darf ich mir eine Frage erlauben? sagte Ambros mit samtiger Stimme. Warum sind Sie Buchhändlerin geworden?

– Welche Frage! Weil ich die Bücher liebe! Ein Buch ist etwas, etwas … Unbezahlbares.

– Und die Menschen?

– …?

– Lieben Sie die Menschen?

– Sie sind sehr direkt, Herr Bauermeister.

– Oh, ich wollte Ihnen nicht zu nahe treten.

– Aber ganz und gar nicht.

Sie legte den Kugelschreiber aus der Hand, und ihr Gesicht erhielt plötzlich einen sehr grüblerischen Ausdruck.

– Wissen Sie, ich bin nun ja etwas älter als Sie. Man wird im Leben so oft enttäuscht, daß man den Mut verliert, an die Menschen zu glauben. Nein, ich liebe die Menschen nicht. Nicht mehr.

Und sie begann, ohne es zu wollen, ihr Leben auszubreiten. Ein trauriges Leben. Voller Versäumnis, voller Wankelmut und Wünsche, die nie ihre Wünsche waren. Die Wünsche der Mutter, die Wünsche des Mannes, die Wünsche der Kinder, die Wünsche der Nachbarn.

Während sie redete, wich mit einemmal der eiserne Ton aus ihrer Stimme. Dann brach die Stimme, und Tanja Nagg fing zu weinen an. Sie weinte lange. Ambros schwieg geduldig. Die Hilflosigkeit dieser in allem unansehnlichen und vom Leben gekränkten Person rührte ihn an. Auch die Mädchen schwiegen mit instinktivem Taktgefühl. Er ergriff die Hand der Frau, hielt sie – alle Frauen haben kalte Hände – und blickte mit festen Augen in den Schmerz ihres Gesichts. Aber sein Blick heuchelte keine Tröstung, und darüber erschrak Frau Nagg. Dennoch empfand sie, daß er ihr wirklich zuhörte. Sie putzte sich die Nase.

– Warum sieht mich dieses Kind so an? Sagen Sie ihm, daß es mich nicht so ansehen soll. Da kriegt man ja Angst.

Ambros wollte etwas entgegnen, doch Maudi zwängte sich am Vater vorbei und trat hinter den Ladentisch. Dort umfing sie mit beiden Armen die Frau Nagg und legte den Kopf an ihren Bauch. Darüber entsetzte sich die Buchhändlerin derart, daß sie das Kind reflexartig von sich stieß. Maudi fiel fast um, gewann jedoch am halbgeöffneten Geldschub der Registrierkasse ihr Gleichgewicht, hielt sich dort fest und sah der Frau unverwandt in die Augen. Die bloßen Unterarme der Tanja Nagg überzogen sich mit Gänsehaut, und sie vermochte der nahezu unheimlichen Autorität dieser Kinderaugen nicht mehr standzuhalten. Das sind keine Kinderaugen, dachte sie und fror.

– Ich … ich … packe Ihnen die Bücher in Jutetaschen. Die kriegt nur gute Kundschaft.

– Sehr freundlich, sagte Ambros, schob die Bücher in die Taschen, ohne Maudi aus den Augen zu lassen.

– Es war mir ein Vergnügen, sprach sie, wiederum mit nach Eisen tönender Stimme.

In einem nicht ganz ausgeführten Knicks – vielleicht, weil sie sich im Moment der Bewegung lächerlich vorkam –, öffnete Frau Nagg die Ladentür, ließ die seltsamen Gäste entweichen, schloß die Tür unverzüglich und sperrte sie gar ab. Dann wurde ihr Herz wieder fest. Sie tat einen tiefen, tiefen, lungenvollen Atemzug.

– Du mußt noch bezahlen! sprang es Esther in den Kopf, nicht drei Schritte von der Buchhandlung entfernt.

– Esther, ich *habe* bezahlt. Es wird dir jetzt schwerfallen, das zu verstehen. Daß wir diesem armen Menschen zugehört haben, dem sonst niemand zuhört, ist mehr wert als diese paar Bücher. Und wenn die Frau Nagg klug ist, wird sie es so sehen wie ich. Wenn nicht, wird sie eine Rechnung legen, die ich nicht bezahlen werde, worauf sie mich schließlich anzeigen wird. Doch leider ist sie nicht klug. Sie wird mich anzeigen.

– Gehen wir an den Rhein, zu den Schafen? fragte Maudi.

– Ja, rief Esther und hüpfte von einem Bein auf das andere.

Der Föhn legte sich schlafen, und schwerere Wolken zogen herauf. Der rote Vauxhall glitt beinahe tonlos die neugeteerte Straße hinunter, vorbei an nüchternen Hausfassaden mit Fensterladen in ewig gleichlautendem Grün.

Es war still auf der Fahrt stadtabwärts. Ambros war nachdenklich und einsilbig. Er blickte oft in den Rückspiegel, um Maudis Gesicht bei sich zu haben.

Als sie jedoch an die Ampel Ecke Zebedäiweg gelangten, wo noch immer der steingraue Polizist Dienst machte, wurde Ambros wieder launig und bekam Lust auf neue Abenteuer.

– Was zeigt die Ampel?
– Rot! quietschte es gleichzeitig aus dem Mund der Kinder.
– Aber ich sehe weder links noch rechts ein Auto.

Er überfuhr die Kreuzung, ohne den Polizisten aus den Augen zu lassen. Der unternahm nichts, obwohl er – Ambros konnte es schwören – die Übertretung gesehen hatte.

– Ist das zu fassen? lachte er kampfeslustig, fuhr den Wagen um einen Häuserblock herum und kroch im Schrittempo wieder an die Ampel heran, denn sie grünte noch. Als sie sich rötete und er wiederum die Kreuzung überfuhr und der Polizist nach wie vor keine Reaktion zeigte, hielt er den Wagen an, setzte zurück, querte die Kreuzung – bei Rot natürlich – und stoppte. Genau vor dem Bauch des Polizisten.

– Entschuldigt mich für einen Moment. Ich habe mit diesem Gentleman etwas zu klären.

Er stieg aus und wandte sich an den Polizisten. Auch die beiden Kinder turnten unverzüglich aus dem Auto und schmiegten sich an Ambros' Seiten.

– Lieber! Sie haben nicht zufällig gesehen, wie ich bei Rot über die Kreuzung gefahren bin?
– Doch, sagte der Polizist mit einer daunenweichen, sehr traurigen Stimme.
– Das gibt Ihnen nicht zu denken?
– Nein.
– Überlegen Sie.

Der Polizist überlegte, nahm die Mütze vom Kopf und blickte Ambros mit schwarzen Knopfaugen an. Eine birnenförmige Nase hing in seinem Gesicht, und der Mund, mit nahezu fehlender Oberlippe, war winzig und etwas linkslastig.

– Na? forderte Ambros ungeduldig.

– Beim besten Willen nicht, murmelte der Polizist.

– Jetzt machen Sie aber einen Punkt! Ich provoziere die Staatsgewalt. Was tut sie? Nichts.

– Vielleicht kann ich Sie beruhigen, indem ich Ihnen versichere, daß mich Ihre Provokation gekränkt hat.

– Halten Sie mich für dumm?

– Ich halte Sie nicht für dumm. Aber ich kann mich irren.

Das verschlug Ambros für einige Augenblicke die Rede. Er sah auf die leptosome Erscheinung des Polizisten und dann auf die tellergroßen Hände.

– Weshalb sind *Sie* Gendarm geworden?

– Das ist eine komplizierte Geschichte. Wenn Sie vielleicht zuerst Ihren Wagen von der Fahrbahn nehmen möchten. Sie hören es ja. Die Leute werden ungeduldig.

Und tatsächlich schwollen allmählich immer mehr Huptöne an, denn der Vauxhall verstellte die Kreuzung.

– Einen Dreck werde ich! erwiderte Ambros resolut.

– Wie Sie meinen. Sehen Sie – fing der Polizist zu schwadronieren an und ließ dabei den Blick seiner Knopfaugen die Straßenflucht hinunterkullern –, ich bin ein musikalischer Mensch. Schon mein Name klingt wie Musik. Eduard Flores. Finden Sie nicht, daß dieses lange O in Flores etwas sehr Phrygisches hat?

– Papi, Papi! Ich will zum Rhein.

– Sind das Ihre Töchter?

– …

– Zwei wirklich hübsche Fräuleins. Apart. Nun. Ich wollte Pianist werden. Meine Großmutter sagte immer: Junge, du hast Pianistenhände. Und mein Vater sagte: Der Bub schläft so viel. Er ruht sich aus für eine große Karriere. Ich nahm also Klavierunterricht am Theresianum, bei Professor Wladislaw Stanek, dem Chopin-

Vollender schlechthin. Sie ahnen ja gar nicht, welch eine Perle unser Städtchen an diesem Pianisten hat, der übrigens nur der guten Luft wegen hier lebt, weil ihm in Krakau der Kohlenstaub so zu schaffen gemacht hat. Was ich sagen wollte: Der Professor Stanek brachte mir die Grundzüge des Klavierspielens bei, wollte mich aber zwingen, die *C-Dur-Invention* BWV 772 – Da-di-da-di-da-di-da-diiih –, Sie wissen schon, zu spielen wie ein Chopin-Prélude. Das geht nicht. Ausgeschlossen. Und so verloren wir uns zwangsläufig aus den Augen. Einen weiteren Klavierlehrer wollte mein Vater nicht bezahlen, weshalb ich die Ausbildung gewissermaßen in meine eigenen Hände nahm …

Ambros stand da mit schlaffem Mund, und die Mädchen zerrten ungeduldig links und rechts an ihm. Das Gehupe wuchs sich zu einem kakophonen Concerto Grosso aus, durchsetzt von im Leergang aufheulenden Motoren, von Gebrüll und Gefluche. Das in eine Partitur zu setzen hätte den Geist des größten Neutöners unserer Tage auf das äußerste gefordert. Denn der Polizist schickte sich nicht an, die Ampel umzuschalten, weshalb sie stets auf Rot oder stets auf Grün stand – je nachdem, wie man die Sache sah.

– Ich glaube, die Leute werden wirklich ungeduldig, sagte Ambros und wollte in den Wagen steigen.

– Wenn Sie jetzt bei Rotlicht über die Kreuzung fahren, Verehrtester, sind Sie fällig.

Und er breitete mit Gelassenheit die Erzählung seines tristen Lebens aus. Er hatte kein intuitives Gefühl für körperliche Distanz. Bei ihm wichtig erscheinenden Fragen oder Aussagen neigte er den Kopf so gefährlich nah in Ambros' Gesicht, daß die Nasen einander touchierten.

Den Traum, eines Tages auf dem Konzertpodium zu stehen, habe er noch nicht begraben. Trotz seiner 35 Jahre. Die Biografien vieler spätberufner Pianisten lehrten es ihn. Klavierspielen sei eine Frage der Herzensreife, nicht der Reife der Hände. Er werde – und das in nicht allzu ferner Zukunft – in der Tonhalle am Annenmarkt auftreten. Dort dürfe die musikliebende Öffentlichkeit ihn das *Capriccio auf die Abreise seines geliebtesten Bruders,* BWV 992, vortragen hören. An diesem köstlichen Klavierwerk, welches Bach mit gerade 19 Jahren geschrieben habe, übe er nun schon 20 Jahre lang. Täglich eine halbe Stunde, samstags eine ganze. Er spiele es selbstverständlich auswendig, nur die *Fuga all'imitazione della cornetta di postiglione* bereite ihm noch Mühe. Den Frack besitze er schon lange, wie er überhaupt nur im Frack übe und …

Ambros verlor die Nerven, ergriff die Mädchen, schubste sie in den Wagen, stieg ein und fuhr davon.

Eduard Flores zog seinen Block hervor, notierte das Kennzeichen, schrieb ein Mandat – mit bedächtiger Hand und an die Oberlippe angelegter Zungenspitze –, unterstrich zuletzt doppelt die Worte *Viermaliges Überfahren eines Haltesignals, mutwillig.* Dann stellte er die Ampel um.

– Was sollen wir von dem Mann halten, Kinder? überlegte Ambros laut, fischte die letzte Zigarette aus der Packung und glimmte sie am Zigarettenanzünder an. Er vernahm keine Antwort, wandte sich nach hinten und sah die Mädchen Lös-den-Daumen-ab spielen.

Er lenkte stadtauswärts, vorbei am Katharinenstadion im Märtyrerviertel, das so heißt, weil dort nahezu jede Ecke den Namen eines hochchristlichen Blutzeugen trägt. Von dort aus lichtete sich die Mattheistraße. Die Wohnblocks wurden weniger, die flachen Fabrikbauten mehr.

Bauermeister mußte anhalten, denn ein Teertrupp nahm die rechte Fahrbahnhälfte in Beschlag. Männer mit nackten, sonnenverbrannten Oberkörpern, buschigen Augenbrauen und dichten Bartstoppeln machten sich an einer großen, stillstehenden Asphaltiermaschine zu schaffen.

Wie überhaupt in jenen Jahren in Jacobsroth und Umgebung viel geschliffen, verbreitert, terrassiert, planiert, aufgerissen und geteert wurde. Am Beginn der siebziger Jahre war die Straßen-Euphorie am höchsten. Man baute in Windeseile die Rheintal-Autobahn, mit dem Ergebnis, daß die Trassen absanken, eine nach der andern, und die Fahrbahn schließlich einem riesigen, gerippten Waschbrett glich. Damals verfiel der Bürgermeister auf die Idee, zugunsten des geradlinigen Verlaufs der Autobahn einen voluminösen Keil aus dem sanft dahinfließenden St.-Ulrichs-Kopf herauszusprengen. Dadurch erlangte die Stadt übrigens kurzzeitigen Weltruhm. Ein einschlägiges Architekturperiodikum kürte die Zerstörung des Hügels im Jahr 1971 zur Weltbausünde Nummer eins. Die Sache geisterte durch die in- und ausländische Presse, wobei der Bürgermeister in jedem Interview auf die unschätzbaren Werkzeugfunde der Bronzezeit aufmerksam machte, die der Durchstoß zu Tage gefördert hatte.

Es ist nicht der Plan dieser Geschichte, just den Ekrem Yilmaz wieder auftreten zu lassen, der vor vielen Jahren im Gemeindekotter von Maienfeld beinahe verhungert wäre. Es ist die Zufälligkeit eines Lebenswegs, ja die Unbegreiflichkeit des Lebens selbst.

– Wie lange *dauert* das noch? schnauzte Ambros einen fremdländischen, schwarzhaarigen Mann an, der in stoischer Ruhe neben einer teergefüllten Schubkarre rauchte.

– Ich?

– Ja, Sie! Wie lange dauerts noch?

– Scheff fragen. Ich Karrette schieben.

– Haben Sie eine Zigarette für mich?

– Du erste, der Sie sagen zu mir.

– Feuer?

– Arbeit scheise, Scheff scheise. Hause gut.

– Woher kommen Sie?

– Türke.

– Und woher aus der Türkei?

– Kappadozien. Dorf auf Berg.

– Weshalb sind Sie von zu Hause fortgegangen?

– Regierung scheise. Ich bauen Haus auf Berg. Aber Berg auf Haus fallen. Schweres Leben. Verhungert. Fast.

– Politisch verfolgt?

– Nix politisch. In scheise Schweiz. Verhungern. Lange, lange Geschichte.

Im Hintergrund fuchtelte ein Mann mit einer grün leuchtenden Kelle.

– Ich glaube, jetzt ist die Straße frei. Na dann. Und danke für die Zigarette.

Ambros legte den Gang ein, holperte über den Schotter dahin, und der Asphaltierer Ekrem Yilmaz nahm die Schubkarre in Angriff.

Als sie den Rheindamm erreicht hatten und aus dem Auto stiegen, war es bereits kühl geworden. Der Föhn war endgültig zusammengebrochen, und die schiefergrauen Wolken trieben wie monumentales Packeis langsam über den Liegenden Papst hinweg.

– Es wird gleich zu regnen anfangen! rief Ambros.

Aber für die Mädchen war er Luft, oder eher noch weniger. Denn sie füßelten schon über den begrünten Hochwasserdeich hinunter und hinein in die endlose Flußaue, hinüber zu der Schafherde, die dort das späte, magere Herbstgras abweidete. Und sie schrien und lachten, als die Herde auseinanderstob, und sie spielten Fangen und wurden selbst zwei Lämmer. Das Geblöke Hunderter Schafe stieg in die regenschwangere Luft, durchsetzt vom fülligen Brummen in den Hochspannungsseilen. Denn Freileitungsmasten mit weitausladenden Traversen wandern dort in der Aue riesenhaft in Richtung Churfirsten.

Bauermeister – dem Willen nach selbst noch ein Junge, leicht anzustecken für Lärm und Bewegung – jauchzte, ruderte mit offenen Armen den Deich hinab, rannte zu den Kindern hinüber, riß Esther hoch, warf sie in die Luft, verfolgte Maudi, warf sie in die Luft und tat Purzelbäume und verunglückte Räder.

– Was kann ein Luftgänger!? schrie er so laut, daß er husten mußte.

– Durch die Lüfte gehen!! Durch die Lüfte gehen!! lachte Esther und machte Luftsprünge. Fang mich doch, fang mich doch!!

Das rote Haar ihres Pagenkopfs wirbelte an Ambros vorbei. Er gab ihr Vorsprung, dann verfolgte er sie mit Löwengebrüll. Sie entschwanden und wurden kleiner, wurden Zwerge. Die Stimmen verebbten. Nur das einförmige Brummen der Hochspannungsdrähte blieb. Und hie und da ein ärgerlich tönendes Blöken.

Und Maudi blieb. Sah ihnen lange nach, wollte gehen. Vermochte es nicht. Ein Lämmchen näherte sich breitstelzig und neugierig, machte kehrt, fing an zu grasen.

Das Kind starrte auf und ins Leere. Der weichgeschnittne, große Mund zitterte, die Augäpfel zuckten, die seegrüne Iris flimmerte. Wind fiel in das hellbraune, bis unter die Schulterblätter reichende Haar und verblies es.

Plötzlich begann das Kind, das stets wenig redete, zu reden. Derart schnell, daß selbst ein sprachvirtuoser Mensch Mühe gehabt hätte, es ihm gleichzutun.

– … weintediemamiundschnattertelautunderputztesichundputztesichundputztesichstundenlanglieberherrfuchswirwollendochfreundeseinsagtedererpelmitweitausgestrecktenflügelndahattenwireinenladenlatuhrziehtmänneranwasmachenSiehierhintendaichnichtbezahlemöchteichihnenwenigstenszurhandgehenihrbeidenseidjarichtigeleseratten!Siesindsehrdirektherrbauermeisterderbubschläftsovielerruhtsichausfürseinegroßekarriereda-di-dadi-da-di-da-diiihdortwirddiemusikliebendeöffentlichkeitmichdascapriccioaufdieabreiseseinesgeliebtestenbrudersBWV992vortragenhöreninscheiseschweizaufandreseite …

Während Maudi so ungeheuerlich redete, war es ihr, als wölbe sich die plane Wiese, auf der sie stand, nach unten. Gleichzeitig erschien der Himmel konvex. Die Berge links und rechts des Rheintals neigten sich wie gigantische, schneeweiße Reißzähne in ihr Gesichtsfeld. Die Wolken rasten über den Horizont, der sich sekündlich verhellte und verdunkelte. Garben verschiedenfarbigen Lichts erblühten am Himmel, vergingen und kamen wieder. Dann spürte sie sich aufgehoben von unsichtbarer Hand, zur Seite gelegt, der Körper schwebend, eine Daumenbreite über dem mörderisch dahinbrausenden grauen Stahl des Rheins. Die Wange dicht über dem reißenden Fluß. Noch eine Idee tiefer, und ihr Gesicht wäre zerfetzt.

– Maudi, Maudi! Komm zu uns herüber! keuchte Ambros, denn die Tollerei nahm ihm, dem so starken Raucher, die letzten Reserven.

– Ich kann nicht schneller gehen, Papa!

– Aber du gehst doch gar nicht!

– Doch, ich gehe! Papa, Papa! Ich kann nicht schneller rennen.

– Du mußt deine Füße benutzen! lachte Bauermeister.

– Ich renne ja! schrie Maudi verzweifelt und vergrub das Gesicht in der Beuge ihres Ellbogens.

Da stutzte Ambros, schärfte den Blick und stürmte zu dem Mädchen hin.

– Maudi, was ist passiert?

Er nahm den wimmernden Körper vom Boden auf, küßte die Stirn, hielt den Kopf schützend in seiner heißen, pulstönenden Hand. Als er dem Mädchen den Mund küßte, erschrak er über den Geschmack des Speichels. Ambros schmeckte Meereswasser.

– Alles ist gut, mein Baby. Alles ist gut. Papa ist bei dir.

– Schau her, Ambros! rief die mit Verzögerung herbeigetänzelte Esther. Das Lamm! Es ist tot.

In dem kleinen Mann mit der John-Lennon-Brille wurde es auf einmal still. Er vermochte keinen klaren Gedanken zu fassen. Er hörte bloß Brummen. Das einförmige, hohle Brummen des Starkstroms in den Masten. Dann brachen die Wolken.

Am 3. Dezember mußte Ambros Bauermeister gehen. Er hatte keine Wahl mehr. Amrei und Margot hatten sich gegen ihn verschworen. Sie drohten ihm mit der Polizei. Er ließ es so weit nicht kommen. Egmont Nigg, der Freund und Maudis Taufpate, verschaffte ihm – freilich auf betrügerische Weise – eine siebentägige *Jubiläumsfahrt* nach Spanien, welche die *Tat* all jenen Lesern schenkte, deren Abonnement bereits 45 Jahre währte.

Er ließ alles zurück. Kleidung, Bücher, Schallplatten, die Armbanduhr – alles. Nur die alte Hornbrille, die ihm zufällig beim Durchwühlen des Schreibsekretärs nach Reisepaß und andern Dokumenten in die Hände fiel, nahm er an sich.

Ambros Bauermeister, dessen Ziel es war, niemals mehr Geld anzurühren, verließ die Rote Villa frühmorgens, bei Dunkelheit. Wie ein Dieb. Das Kind wollte er nicht sehen und Amrei ihn nicht, geschweige Margot. Aber als er sachte das große, kunstvoll geschmiedete Haupttor zuzog, trat eine vermummte Frau zu ihm hin, behandschuht, mit hochgeschlagnem Kragen, Bibermütze und getönter Brille. Er erkannte Ines sofort. Sie umarmte ihn und weinte. Er aber sagte – mit größter Beherrschung die Tränen unterdrückend –, daß man in jeder Sache auch das Gute sehen müsse. Nun könne er seinen großen Studententraum wahrmachen und in Madrid endlich die *Kreuzabnahme* des Rogier van der Weyden im Original sehen.

Die Erde friert 19 Grad. Die Menschen haben Fuchsaugen, und die Kälte vervielfacht ihr frostiges Wesen. Weihnachten ist aus, die Schaufensterpuppen tragen Ballkostüm und Smoking, die Auslagen sind konfettiübersät. Auf dem Platz der Zwei Monde hängen dunkelblaue Männer auf Hebebühnen die Weihnachtsbeleuchtung ab. Die Abenddämmerung geschieht früh, schon um vier sprühen die Lichter der Stadt auf.

Bis zum Ende der siebziger Jahre gehörten in Jacobsroth die winternächtlichen Gassen den Katzen. Kein Spaziergänger verlor sich nachts in der Stadt. Aber seit es Mode geworden ist, auswärts essen zu gehen, kommt schemenhafte Bewegung in die Dunkelheit. Ein Mädchen lacht auf dem Heimweg, und der Klang seiner Stimme wärmt die Hauswände. Oder zwei Geliebte küssen sich frierend. *Das* ist Fortschritt und der Geschmack einer neuen Dekade.

Man geht aus. Zum Italiener, zum Griechen, zum Chinesen, und ein Inder müht sich schon seit drei Monaten in der Philippusstraße ab. Er hat sich verschätzt. Der Rheintaler gewöhnt sich nur langsam an Neuheiten. Am liebsten ist ihm das Neue, wenn es allseits anerkannt ist. Der Inder ist gut beraten, seine sprichwörtliche Geduld zu üben – vorausgesetzt, die Bank tut es auch.

So bricht ein jahrhundertealtes Gesetz. Der rheintalische Mensch aß nie auswärts. Das lag seiner Mentalität so fern wie etwa eine augenblicklich geschlossene Freundschaft oder eine spontane Umarmung.

Als bei Begegnung und Abschied das Wangenküssen en vogue wird – damals sahen schon viele fern –, tut er sich schwer. Er wird rot wie eine Mohnblume und hält nach der durchgestandenen Zärtlichkeit heimlich dafür, daß die Schmatzerei *eigentlich* Blödsinn ist.

Nein, daß einem wildfremde Leute beim Essen ins Maul schauen und das Tischgespräch belauschen, damit hat die ältere Generation Not. *Jeder Hag hat Ohren,* lautet ein Sprichwort in Jacobsroth. Die Jungen sind empfänglicher. Besonders die aus Wien oder Innsbruck heimgekehrten Studenten, die sich – endlich das Studium absolviert –, wieder daheim einnisten.

Der Gallo Nero ist hell erleuchtet an diesem sibirischen Abend, und er quillt vor Gästen über. Das wie ein Speisesaal sich ausdehnende Ristorante des Sizilianers Otello Guerri platzt jeden Abend aus der Naht. Guerri war der erste fremdländische Gastwirt in Jacobsroth überhaupt. Und er könnte dem dahinfrettenden Inder in der Philippusstraße einen Roman darüber erzählen, mit welcher List er anfänglich die Bank hingehalten hat. Zwei Jahre lang.

Guerri ist von ungewöhnlich fröhlichem Wesen. Klein, aber bullig von Statur, mit Spitzbauch, einem sizilianischen Hirtengesicht, mit pechschwarzem, immer klebrig wirkendem Kurzhaar und messerscharfen Stirnfransen. Ganz im Gegensatz zu dem, ohne den Guerri nicht zu denken ist: seinem langhaarigen, augenlosen Bobtail mit Stummelschwanz. Bipo ist, wo Guerri ist, und das gutmütige Tier gehört zum Inventar.

Selbst noch im größten Trubel erkämpfen die beiden einem hereinschneienden Gast ein Plätzchen. Und geht gar nichts mehr und muß der Gast warten, bis ein Stuhl frei wird, zwingt ihn der Italiener mit einem *Madonna!* hinüber zur Bar, wo der Magenöffner aufs Haus geht. Das ist nämlich Guerris Erfolgsrezept.

Lange Jahre hat er den Rheintaler studiert und herausgefunden, daß man auf ihn zugehen muß. Daß man ihn in seiner wortspröden Hilflosigkeit trösten muß, indem man ihm eine Kleinigkeit schenkt, wenn er es auch gar nicht verdient hat. Der Aperitif geht zu Lasten des Gallo Nero, und dem Gast ist es gleichviel, daß es der billigste in Markenflaschen umgefüllte Fusel oder Verschnitt ist. Vor lauter Schmeichelung ertauben ihm glatt die Geschmacksnerven.

Es gibt noch einen weiteren Grund, weshalb das Restaurant so munter oszilliert. Den allerdings kennt Guerri nicht, ja ahnt ihn nicht einmal: Es ist der geradezu gespenstische Kitsch, mit welchem sich das Interieur überzieht.

Die Gemütsorgie beginnt schon bei der Eingangstür. Die Tür wird umfangen von einem ungemein festlichen, aus Kunsttanne und textilem Ilex gearbeiteten Kranz mit Engelchen, Weihnachtssternen, Beeren, Plastikzapfen und kleinen Päckchen darauf. Für Guerri ist nämlich noch immer Weihnachtszeit, und der Kranz bleibt bis zu Mariä Lichtmeß hängen, dem 2. Februar. Dort erst endet für den Catanier die *gnadenvolle Zeit*. Tritt der Gast ein und schließt die Tür, wird es im Handumdrehen Sommer. Ein Gebinde aus voll erblühten Stoff-Sonnenblumen mit zartesten Plastik-Rispen wallt links und rechts des Türstocks in Girlanden herab. In einer Wandnische blinkt der Strahlenkranz einer gipsernen Lourdes-Madonna dem Gast *Willkommen!* Lichterketten laufen an der Decke durcheinander wie auf dem kompliziertesten Steuerpult in Cape Canaveral. An den Wänden prangen Sonnenauf- und -untergänge auf kunstbedrucktem Leinen, ein Kinderbildnis – *Junge im Bollerwagen* – voll zartester Poesie und harmonischer Ruhe. Die Wände entlang, auf Brusthöhe, wandern furnierte Konsolen, auf denen nun wirklich alles Platz findet, was Guerris Herz hochstimmt.

Kleine Jardinieren aus Messingguß mit Kunststoffgeranien, ein vierteiliges Skischweinchen-Set – fröhliche Brettl-Artisten mit blauen Wollmützen –, venezianische Gondeln, Teller mit den Konterfeis von James Dean, Giuseppe Verdi, Papst Johannes Paul dem Zweiten und dem Ersten (Guerri ist ein Anhänger der Vergiftungstheorie, die sich um den Ersten rankt). Nippes überall, überall. Aber der Höhepunkt der Orgie: eine Saloon-Tür, die zwischen Küche und Gaststätte schwingt.

Und dann ein Stück der *wirklichen* Heimat Guerris – die Familiengalerie an der Wand, links des Eingangs. Eine Menge Fotos in holzimitierenden Plastikrahmen. Guerris Brüder, Schwestern, Neffen, Cousinen, Tanten, Onkel und wer sonst noch von Wichtigkeit ist für ihn. Mittendrin, in pompösem Silberrahmen, Gioia, die *mamma.* Aufgenommen bei Sonnenuntergang. Lachsrosiges Gesicht, gepunktete, ärmellose Schürze, aus der die nackten Oberarme wie Würste hervorquellen. Der linke Träger ihres Büstenhalters ist verrutscht.

Gioia hat ihm Kraft gegeben, den rheintalischen Winter durchzustehen. Sie hat dem Sohn im kalten Austria durch ihr Abendlächeln das Herz gewärmt.

Heute sind Tische zu einer langen Tafel kombiniert. Eine Firmenfeier ist im Schwang. Glattrasierte Männergesichter, die ihre Pappnasen auf die Stirn gespannt haben, johlen und prosten aus der Form geratenen Frauen zu, die Hütchen aus roter und grüner Silberfolie tragen. Eine Carmen sitzt da, das Auswerfen des Fächers zum Halbmond will und will ihr nicht gelingen. Ein Burgfräulein und eine Janis Joplin. Es ist Fasching.

Die Tür zum Restaurant springt auf, und herein tritt ein Haufen jugendlich wirkender Menschen – dem Augenschein nach eine Familie. Bipo bellt. Guerri eilt hin und grüßt mit erhobener Stimme.

– *Buona sera,* Signora Mangold!

Er knickst und geleitet die Gäste zum Wandtisch unter der gerahmten Sippschaft. Auf dem Tisch liegt ein Zettel mit fehlerhaftem *reservirt,* und Stoffservietten sind aufgelegt. Da ist Guerri genau: Für Leute, die großzügig speisen, läßt er Stoffservietten drapieren. Für Pizza- und Nudelesser gibts Papier der Marke Dogro. Reserviert wird im Gallo Nero selten. Bis jetzt hat noch jeder einen Platz ergattert. Aber Margot will sich auf keine Warterei einlassen, und es schickt sich, einen Tisch zwei Tage im voraus zu bestellen. Das beeindruckt Guerri enorm, deshalb der Knicks. Verstehen kann er es nicht.

Raoul, der kleingewachsne Kellner, trägt schwer an den Pelzmänteln der Damen. Es setzen sich Margot, Amrei und Ines. Die Kinder Maudi und Esther. Esther mit ihren achteinhalb Jahren hat sich den Winter über verändert. Freilich, sie ist ein Kind. Aber die Gesten, das Mienen- und Augenspiel deuten darauf, daß sie im

Begriff ist, sich etwas anzulernen. Sie wird eine *femina*. Sie flattiert und kokettiert zugleich. Während Maudi das ist, was sie ist. Noch kein sichtbarer Hinweis auf das Einüben des Frauwerdens. Und noch immer schweigsam. Sie krault Bipo das verfilzte Kinn.

Amrei hat Maudi das Haar geflochten. Grad so, wie sie es sich selbst als Mädchen gezopft hat. Unmittelbar nach Bauermeisters Verschwinden hat sie den Namen ihres Vaters angenommen. Sie und Maudi schreiben sich jetzt Latuhr, was Maudi in der Grundschule einige Unannehmlichkeiten verursacht. Die Eltern sind noch nicht geschieden, der Name ist nicht rechtskräftig, doch Amrei läßt sich nicht belehren. Zu groß ist die Wut, und die Trauer ist nicht eingestanden.

Harald weht mit offenem Lederparka an den Tisch und zürnt, daß die Parkplätze immer weniger und die Autos immer mehr werden. Guerri steht bei Fuß, nickt und hilft ihm aus der Jacke. Harald läßt es geschehen. Doch ehe er sich setzt, kommt ihm eine Bosheit. Er beugt sich über den Tisch und verschiebt Gioia. Jetzt hängt sie schief. Er grinst Guerri mit rosigem Milchbartgesicht an. Dann setzt er sich und reibt sich die klammen Hände. Der Sizilianer ist baff und hat plötzlich rehbraune Kindsaugen. Maudi sieht es, und etwas tut ihr weh. Guerri faßt sich, lächelt und hängt die *mamma* wieder grade.

Wer ist dieser Harald, der sich als Ines' Halbbruder bislang nur schattenhaft durch die Geschichte zieht?

Er stammt wie sie aus der Textilfabrikanten-Dynastie Rhombach, die, nach dem Untergang des Hauses Latuhr, zur Nummer eins in Jacobsroth aufsteigt. Adoptiert an Kindes Statt, da kein männlicher Ankömmling mehr zu erwarten, soll er dereinst die Rhombach-Geschicke leiten. Aber Harald studiert *nicht* Betriebswirtschaft, sondern Theologie. Er tritt bei den Jesuiten in Innsbruck ein und bald auch wieder aus. Er ist Müßiggänger, fährt einen weißen 1955er Ford Thunderbird und nimmt Wohnung in der väterlichen Villa, Im Ölrain Nr. 4. Religiöse Fragen erörtern die Freunde lieber nicht mit diesem hochgewachsenen, an sich gutaussehenden und sympathisch wirkenden Mann. Dann nämlich erhalten seine hellgrauen Mandelaugen plötzlich einen fanatischen Glanz. Harald ist ein mysteriöser Mann. Er hat sich insgeheim zum Ziel gesetzt, keusch zu bleiben, das Leben lang. Und er sucht etwas. Etwas, das er irgendwann auf seinem Lebensweg verloren hat. Er sucht sein Herzklopfen.

Amrei hebt die Augen von der Speisekarte. *Tortellini in brodo* und einen kleinen griechischen Salat will sie. Hungrig ist sie nicht. Ihr Blick schleicht rings durch das Lokal, erwischt grad noch die beiden Pizzaioli beim Backofen und deren imponierte Gesichter, in welchen sie deutet, daß sie als Frau taugt. Aber vielleicht meinen die Jungen Ines. Die Augen wandern weiter, entlang der Faschingstafel, und fallen auf Leos Augen, die sich sofort Janis Joplin zuwenden.

Leo, der meineidige Steuerberater und Vedutenmaler. Vaters Rommé-Partner, den Margot anläßlich der *Wir heißen Sie und Ihre Trauer willkommen*-Geschichte aus dem Haus geworfen hat. So viele Jahre ein- und ausgegangen. Amrei tippt Margots Hand an und deutet hinüber. Mit einem Ich-hab-es-schon-gesehen-Blick blättert Margot in der Karte weiter.

Und wieder muß Amrei zu Egmont Niggs Tisch hinuntersehen. Sie kann es nicht fassen. Er ist doch Maudis Taufpate. Wie kann man nur so unversöhnlich sein.

Nigg sitzt an seinem Leibtisch, von wo aus er das Lokal günstig überblicken kann. Guerri hat ihm diskret einen Stuhl ohne Armlehne zimmern lassen, hat die Sitzfläche nebst Unterkonstruktion dreifach verstärkt und mit Eisenwinkeln verschraubt. Es kam nämlich einmal schon beinahe zu einem Unfall, als unter dem Fettwanst der Stuhl wegknackste wie Streichholz.

Der Herr Kritiker schlürft Austern, deren Fruchtfleisch über die Jahre nicht fülliger geworden ist. Er schluckt sie im Angedenken Ambros Bauermeisters (er fehlt ihm wirklich) und liest mit entspanntem Gesicht die eigene Glosse in der *Tat*. Nigg staunt über so viel Scharfsinn. Er muß die Glosse abermals lesen und findet sie noch brillanter. Seine Redaktionskollegen läßt er gern wissen, daß, wenn er an der Schreibmaschine sitze, gar nicht er selbst schreibe, daß die Finger gewissermaßen geführt würden. Mögen sie es ruhig *von Gott geführt* nennen. Dann lachen die Kollegen hinter seinem Rücken, nicht weil sie gottlos sind – weil sie Niggs Weißwurst-Finger vor Augen haben.

Die Jahre sind auch an ihm nicht ohne Leid vorbeigegangen. Im Grunde ein passionierter Mensch, feinfühlig und in dem Willen, auf das Gute in der Welt zu hoffen, verelendet in ihm allmählich der Glaube an die Menschen. Der kulturinteressierten Öffentlichkeit – es sind nur wenige – fällt auf, daß seine Kritiken, die Glossen und Vernissage-Besprechungen im Wortschatz verrohen, ungerecht werden und bisweilen verletzend. Ein Gift schwärt in seiner Seele. Das bringt ihm falsche Freunde und ängstliche Feinde. Er genießt diese Macht wie ein Duodezfürst. In Wahrheit leidet er an Vereinsamung, ohne sie sich einzugestehen. Wenn er abends das Redaktionszimmer verläßt und in der kleinen Wohnung in der Simonstraße Carole Kings *You've Got a Friend* hört, kann er nicht mehr weinen. Er kann auch nicht einschlafen, geht stundenlang herum, lediglich mit einem T-Shirt bekleidet, legt sich auf den Diwan aus oxfordgrünem Kunstleder, onaniert und hat Sehnsucht, sich endlich bei einer Frau ausruhen zu dürfen. Er ist 43 Jahre alt.

Guerri höchstpersönlich bedient den Latuhr-Rhombach-Tisch. Die Vorspeisen: nur Suppen und kleine Salate. Er schielt auf die Stoffservietten, wie sie entfacht werden, und lächelt ein gepreßtes *Buon appetito!*

Maudis Hände sind naß vor Schweiß, und auf der Stirn glitzert Schweiß. Ines, Margot und Amrei lachen, das vernimmt sie. Harald ißt, das vernimmt sie. Ihr Blick vereist in der Salatschale. Aus dem zerbröckelten Schafskäse werden Eisberge, die sie in einem Fernsehfilm über Robben gesehen hat. Aus einer Tomatenscheibe die Sonne. Aus Dill, Petersilie und Minze Äste und Baumstämme. Aus einem Zwiebelring der Mond. Die Gabel entgleitet ihr. Sie faßt sie sofort und hält sie in größter Verkrampfung. Nur Esther sieht, daß mit Maudi etwas nicht stimmt. Und Esther muß plötzlich an den Herbstnachmittag denken, damals am Rhein.

In jener Ecke des Gallo Nero, wo es stets nach Pissoirwürfeln riecht, bei den Toilettentüren, sitzen zwei Männer im Halbdunkeln. Ein Tisch, den verständlicherweise niemand will, dennoch der diskreteste Platz überhaupt. Der eine, mit Birnennase und Tellerhänden, neigt seinen Mund in unverschämter Distanzlosigkeit in das Gesicht eines etwa 20jährigen Mannes, der sein schwarzbuschiges Langhaar zu einem Roßschwanz gebunden hat. Die Birnennase sticht sich in der unrasierten Visage des Mannes, schrickt zurück, um nur erneut wieder auf sie hinzuwandern. Es fallen Hunderter- und Tausender-Zahlen, es erklingt fortwährend die Abkürzung BWV. Der Polizist Eduard Flores, der verhinderte Bachspieler, hat offensichtlich ein neues Opfer gefunden. Er, den man BWV nennt, dringt leidenschaftlich in den schwarzhaarigen Mann. Der stiert eine Frau in marineblauem Pullover an – Amrei. Die Starre des Blicks, die hervorquellenden Augen und der pflaumengroße Adamsapfel deuten auf eine Schilddrüsenüberfunktion. Das BWV nennt den Mann beim Namen.

– Der verfluchte Mordent zwischen viertem und fünftem Finger, Boje. Ich übe wie ein Verrückter. Es geht nicht. Diese verdammten Verzierungen. Aber eines Tages werde ich das *Capriccio* BWV 992 spielen. Ich werde auf die Bühne treten und sagen: Ich erlaube mir, Ihnen heute abend das *Capriccio auf die Abreise seines geliebtesten Bruders* … Hörst du mir eigentlich zu?

Boje hört nicht zu. Er glotzt Amrei an, obwohl er gar nicht glotzt.

Den Herren gegenüber bemüht sich ein blutjunger Mann, ein Kleinkind zu füttern. Es grapscht nach dem Teller, und die Hand patscht ins *risotto casareccio.* Der Mann muß auflachen und hustet naß. Die bleckenden Goldzähne befremden den Jungen, und er fängt zu heulen an. Konstantin S. Izjumov nimmt ihn zu sich, tröstet ihn zart. Der Jacober Junge hat den früheren Sportjournalisten der *Prawda* und jetzigen Ostbeobachter der *Tat* verlassen. Unvereinbar sei die russische mit der rheintalischen Seele. Das Kind ist das Kind einer Freundin.

Izjumov schrickt auf, als habe ihm jemand die Hand auf die Schulter gelegt. Aber da ist keine Hand. Und eigenartig: Sein Blick geht intuitiv auf ein braungezopftes Mädchen, das, weit entfernt, am unteren Ende des Restaurants, kerzengerade und mit über dem Kopf gekreuzten Armen verharrt. Izjumov muß jäh an den Selbstmord seiner Schwester denken, in Moskau, am 15. Mai 1970. Seltsam, seit er hier ist, hat er nie mehr an Sonja gedacht.

– Setz dich *bitte* hin und iß deinen Salat! droht Amrei.
– Das Kind ist ja leichenblaß, bekümmert sich Margot.
– Warum schwitzt sie? sagt Ines.

Da löst das Mädchen mit dem hellbraunen Zopf, dem breiten Mund und den Sommersprossen im Gesicht die Hände vom Kopf, bewegt sich auf Amrei zu, umfängt das Haupt der Mutter, wie sie es noch nie umfangen hat, drückt es an sich und schreit auf. Die Hände stürzen von Mutters Wangen ab, und Maudi wendet sich zu Ines. Suppen- und Salatschüsseln klirren. Maudis Hände fliegen an Ines' Brüste. Die umsitzenden Gäste werden still. Ines erschrickt und wirft die Hände weg. Und Ines sieht Maudis seegrüne Augen, und der Atem bleibt ihr stehen. Das sind nicht Maudis Augen.

Maudi wirft ihren Oberkörper an Margots Brust. Die Gesichter krachen. Margot ringt nach Luft, weicht zurück, besinnt sich auf der Stelle, will das Kind ruhighalten. Es entwischt, fällt in Harald, verliert sich in seinem Haar, die Finger besingen seine Ohren, der Mund seine harten Lippen. Ein Kuß wie noch kein Kuß in Haralds Leben. Nicht einmal von der Mutter.

Es fängt zu regnen an. Maudi spürt es. Maudi sieht es. Münzgroße Tropfen zerplatzen auf den Salatblättern. Tischtuch und Servietten saugen sie ein.

Harald will das Kind am Zopf langen, aber es zieht den Kopf otternschnell zurück, duckt sich, lacht Harald an und schießt davon.

Die Liebe ist schneller.

Steht wie ein Engel vor Janis Joplin, am Tisch der Faschingsgesellschaft. Legt die kalten, gespreizten Finger auf deren verblühte Unterlippe. Und Joplin fühlt das Donnern des Pulses in den Fingerballen des Mädchens. Und Joplin hört den Donner in den eigenen Mund rollen. Und Joplin springt hoch und schreit höher, die büstenhalterlosen Brüste lappen unter dem batikverwölkten Viskose-Shirt, die Perücke fällt.

Wie es regnet! Uii, wie es regnet! Regen prasselt schräg auf glattrasierte Männerwangen und sprengt von den Wangen ab. Regen geht dickstrichig in die Pizzen und weicht sie auf. Regen pfeift in weiß granulierte Wände, und die Wände schwemmen Regen herab. Amrei ruft Maudis Namen. Und ein anderes Mal. Und ein drittes Mal. Und wieder. Und wieder. Und wieder.

Die Liebe kann nicht hören.

Jetzt. Umarmung. Umarmung über alles. Den Menschen auf einmal begreifen. In seiner ganzen, seraphischen Erscheinung. Nichts Fremdes an ihm. Nichts Unbekanntes. Bei ihm sein. Bei ihm wohnen. Bei ihm lieben.

– Maudi, hör auf damit! Sei vernünftig! MAUDI!!

Das Burgfräulein umhalst. Ihr die kleine Hand in den offenen Mund geschoben, bis zum Zungengrund. Das Burgfräulein hat beinahe erbrochen, die Augen noch unbewohnt vor Schrecken.

Mit flachen Händen unter Leos anthrazitenes Sakko, die Lenden entlanggestrichen, in die Achselhöhlen. Dort wie seine Geliebte verharrt, ihm den Hals geküßt. Sich zu Boden geworfen durch seine wehrenden Unterarme. Ein achtjähriges Mädchen.

Am Boden entlang unter Schmerzen. Stuhlbeine, Menschenbeine umarmt. Bipo. Hundsspeichel geht in Kindsspeichel.

Wieder aufrecht, die Zopfstränge lose und verwildert, die Wange zerkratzt, das Stirnhaar naß bis zum Hinterkopf, der kleine Atem eine Maschine. Aufrecht und weiter. Den grünen Pullover aus Chenille an der Schulter zerschlitzt, die Jeans verdreckt. Weiter.

– Gib mir die Hand, Maudi! Es ist alles gut! Gib mir die Hand! Bleib stehen!

Weiter. Quert stolpernd das Lokal. Klatscht an Raouls schlanken, weißbehemdeten Bauch. Raoul, das Gleichgewicht verlierend, verbrüht sich die Hand mit *minestrone.* Sie fallen beide, und der

Kopf des Mädchens auf sein Geschlecht. Und das Gesicht des Mädchens sinkt in sein Geschlecht. Und die blutende Wange ruht an seinem Geschlecht, weich, als seis das ehemalige Spielzeug, der Stoffhund Stan.

Und der Regen strömt aufwärts, und alles dampft. Und das Wasser wird der Rhein, und die Wände schwimmen weg. Und der Rhein dampft und fließt rückwärts. Und die Wolkenberge zerfallen, und ein Himmel aus Milliarden von Sternenlichtern braust über dem Gallo Nero nordwärts.

Es ist still. Es ist Angst. Und die Angst zündet alle an. Und die Angst verzehrt das Erlernte. Die Sprache. Das Denken.

Die Liebe verbrennt nicht.

Dann. Das Geschrei des kleinen Jungen im Kinderhochstuhl an Izjumovs Seite. Amreis Brüllen.

– Lassen Sie mich los!! Es ist *mein* Kind!! Gib mir die Hand, Maudi. Hörst du mich, Kleines? Gib mir die Hand. Gib sie mir. Es wird alles gut, mein Baby. Gib mir die Hand. Da, die Hand. Maudi. Nimm meine Hand, Maudi. RÜHREN SIE DAS KIND NICHT AN!! Nimm meine Hand. Hab keine Angst. Ich bin deine Mami. Hier, die Hand. Nimm die Hand. Maudi. Ich bin bei dir. Keiner tut dir weh. Nimm meine Hand! Jetzt! Nimm sie! Maudi! HÖRST DU MICH!!?? NIMM MEINE HAND!!! MEINE HAND!!!

Umarmen, umarmen. Unaufhörlich. Wieder stehend und nach Körpern gehend. Männerhände. Jungenohren. Frauenmünder. Mädchenhälse. Kinderköpfe. Unaufhaltsam Berührung, Berührung. Umarmung verwehrt, Umarmung versucht. Weggedrückt, weggeworfen, weggeschrien. Das eigene Antlitz verschmiert vom Dutzend der Lippenstifte. Das Antlitz benetzt von Rouge. Das Antlitz kajaldurchfahren. In den Händen das Dutzend billiger Seifen- und Parfümgerüche. Überall Schweiß und überall Speichel. Überall Speichel und überall Schweiß.

Und es wird ein Morgen. Und der Himmel gelbt und bläut. Und hinter Marienruh wächst ein gigantischer Kreisabschnitt herauf, und der Kreisbogen protuberiert in weißem Licht, und das weiße Licht wallt über den Liegenden Papst, und die Silhouette der Bergkette erlangt Bewegung. Der alte Mann mit der dreikronigen Tiara erwacht. Der schroffe Mund tut auf, die gefalteten Hände lösen sich, und die endlos sich dahinziehende flache Brust atmet.

Und Maudi umarmt Izjumov und bricht in seinen Schoß ein. Und Izjumov erträgt die Umarmung, erträgt sie als einziger. Legt die Hände an ihr verklebtes Haar, streichelt das fiebernde Kind und sagt ihm auf russisch: *Engel, es ist gut.* Und das Mädchen muß sich übergeben. Aber Izjumov erschaudert nicht, sondern läßt es geschehen und geht mit den Händen weich über ihre verhärteten Schultern. Bis er wieder zu husten anfängt. Ein langes, nasses Husten.

Schweigsame Betroffenheit liegt wie süßlich-narkotischer Weihrauch über dem Restaurant. Eine Bewegungslähmung scheint Arme und Beine betäubt zu haben. Es dauert eine Weile, bis die Menschen zurückfinden, in ihre Körper, in die Mechanik der Hände. Dann wird Umgefallenes aufgerichtet, Verschüttetes weggetupft. Tischtücher werden ausgerichtet. Man ordnet Kleidung und Frisur. Einige Frauen kichern verschämt. Es wird überdeutlich geflüstert.

Raoul, ein beherzter Mensch, nimmt sich Amreis an. Margot birgt Esther, die jetzt laut weint. Die übrige Bedienung übt sich wieder im Servieren ein, geht unbeholfenen Gästen zur Hand.

Das Kind liegt noch immer in Izjumovs Schoß. Einer der beiden Pizzaioli eilt mit Wasserschüssel und Lappen herbei. Ines nimmt die erschöpfte Maudi zu sich und trägt sie zurück an den Latuhr-Rhombach-Tisch.

– Soll ich, soll ich den Doktor rufen? fragt Raoul Harald.

Harald zieht die Schultern hoch. Er ist kreideweiß im Gesicht. Er lacht ohne Laut.

– Laß uns gehen! schluchzt Amrei.

Sie brechen überstürzt auf. Guerri bringt die Pelzmäntel, will kein Geld nehmen und hofft, daß dem Mädchen nicht etwas Ernstliches widerfahren ist. Im Vorbeigehen hört Margot jemanden über Epilepsie rätseln. Guerri schließt die Tür hinter den Latuhrs und Rhombachs. Raoul hat eine Idee, die beruhigen könnte. Musik blüht auf. Ein Cantautore singt mit rauchiger Stimme *Sudamerica*.

Die Carmen von der Faschingsgesellschaft hat, bei der Suche nach dem Fächer, in etwas Weich-Warmes gegriffen. Sie schreit derart laut auf, daß der Saal augenblicklich wieder verstummt.

Guerri läßt sich nicht trösten und jammert aus vollem Hals. Fleht um und um *Bipo! Bipo!,* aber der Bobtail ist verendet. Guerri rüttelt ihn, wiegt ihn, zeigt ihn seinen Leuten. Sie trauern in unverständlichem Italienisch. Guerri küßt Bipos Pfote, und er küßt ihm sogar die Schnauze.

Plötzlich schmeckt er Wasser des Ionischen Meers. Er schmeckt die salzige Luft im Hafen von Catania. Und sie sitzen am Karsamstag zu zwölft in der winzigen, grüngekachelten Küche, und Gioia entgrätet den Kindern den *baccalà*.

Ob er sich darauf verstehen könne, ihm jenes Gedeck zu *verkaufen,* auf welchem die Dame in dem marineblauen Pullover gespeist habe, die Mutter des epileptischen Kindes.

Raoul gafft den Mann mit dem schwarzen Roßschwanz und den durchdringenden Augen ungläubig an. Der wiederholt die Bitte noch einmal.

Er wolle wie gesagt – in aller Diskretion, versteht sich – das Gedeck jener jungen Frau käuflich erwerben. Den Suppenteller, die Salatschale, das Besteck, das Wasserglas und die Serviette.

Raoul verzweifelt. Ob hier jetzt eigentlich jeder zu spinnen anfange. Doch Boje lächelt ihn mit Stieraugen an. Und wendet sich flink an den verwaisten Tisch, greift mit seinen schlanken, weißen Fingern blitzschnell das, was Amrei berührt hat. Er wickelt alles in die Stoffserviette und lächelt süß, als er darauf einen Abdruck karmesinroter Lippen entdeckt. Er läßt auf dem Tisch einen Geldschein gradesein und kehrt zurück in die halbdunkle Ecke, wo es stets nach Pissoirwürfeln riecht. Boje bemüht sich, die Krebsröte, welche ihm ins Gesicht gestiegen ist, zu übertönen. Er nötigt das staunende BWV hitzig, ihm zu erklären, was ein Mordent ist.

Die Sonne ging nordwärts. Dort, wo sich Ekliptik und Himmelsäquator gemäß jahrtausendealter Beobachtung finden, trat sie in ihr erstes Äquinoktium. Es war Tagundnachtgleiche.

Frühling.

Nebel, der wochenlang im Rheintal nistete, verging plötzlich. Verging so wundersam wie Zuckerwatte im staunenden Kindermund. Der Himmel war ein zerbrechliches, türkisblaues Glas, in das hochfliegende Aeroplane Kondensstreifen kratzten. Die Luft wurde seidig, auch wenn allenthalben ein wütiger Schneewind von Marienruh herab ins Rheintal hineinzürnte. Noch lag die Ebene herbstbraun und gefroren. Die Bäume trauerten nackt. Dem Bodensee ging das Grün aus, und sein Wasser lag schiefergrau.

Dann kam der Frühling über die Schweizer Berge herauf und küßte das Rheintal einen Tag und eine Nacht lang. Denn wirklich über Nacht sickerte ein Löwenzahngrün in die verletzten Wiesen, fuhr ein Ostergelb in die Hecken, und das leise Blau der Leberblümchen strich pausenlos die Waldränder entlang. Die Straßen von Jacobsroth vereisten nachts nicht mehr. Die märzene Nässe auf Teer und Pflastersteinen verging.

Der unheimliche Vorfall im Gallo Nero hatte Amrei derart beunruhigt, daß sie wochenlang von Arzt zu Psychiater und von Psychiater zu Arzt pilgerte. Ja, sie verbrachte Maudi gar zur Beobachtung in die Universitätsklinik nach Innsbruck, wo die Neurologen nicht das mindeste Anzeichen eines zerebralen Anfallsleidens feststellen konnten. Kein Grand mal, kein Petit mal, nicht einmal das leiseste Symptom eines möglichen Jackson-Anfalls, der auf die örtliche Reizung eines bestimmten Hirnbezirks hätte deuten können. Kein Tumor, keine Hirndurchblutungsstörung, kein Geburtsfehler. Die Fallsucht war, soweit Amrei und Margot in Erfahrung bringen konnten, im Latuhrschen Geschlecht nie vorgekommen.

Über Ines befragte Amrei den entschwundenen Ehemann – die Scheidung war noch immer nicht vollzogen –, denn Ines Rhombach stand mit Ambros Bauermeister in brieflichem Kontakt. Ambros übermittelte der Freundin telegrafisch aus Mannheim, daß derlei in seiner Familie unbekannt sei. Stop. Und wenn die Angelegenheit nicht so ernst wäre, interessierte an dieser Stelle die Frage, wie oder welcherart Bauermeister jenes Telegramm aus Mannheim bezahlt hat.

Nein, Maudi litt nicht an Epilepsie. Trotzdem ließ sich Amrei für den Fall der Fälle in Innsbruck unterweisen. Anfänglich hielt sie stets ein Kissen parat, um das Kind, wenn es auf dem Boden läge, vor Kopfverletzungen zu schützen. Sie übte heimlich an sich das blitzschnelle Hervorziehen der Zunge, damit sie nicht zurücksänke – der Erstickungsgefahr wegen. Trug etliche Monate einen Plastilinklumpen bei sich, formte ihn in nervösen Händen und dachte – wenn es soweit wäre –, ihn der Tochter zwischen die Zähne zu pressen, um Zungenbisse zu verhindern. Maudi durfte nicht mehr schwimmen gehen, und die tägliche Flüssigkeitsaufnahme rationierte Amrei im Deziliter-Becher.

Sie hatte Angst. Nächtelange Angst um Maudi. In Esther drang sie immer wieder, ihr selbst das Belangloseste aus Schule und Ballettunterricht zu berichten. Doch es gab nichts zu vermelden. Und wäre etwas Sonderliches geschehen, hätte es Esther aus purem Trotz nicht gesagt. Sie empfand Amrei als entsetzliche Nervensäge.

Als selbst Amrei einsehen mußte, daß ihrem Töchterchen rein gar nichts fehlte, sank der Mutterinstinkt endlich auf ein für alle erträgliches Maß. Maudi durfte wieder in Großmutters weitläufiger Wohnung schlafen, ja, sie durfte drei Zimmer in Beschlag nehmen, ganz für sich allein. Eines davon war jene Dienstbotenkammer, in welcher sie gezeugt worden war. Aber das wußte sie nicht.

Sie liebte den Geruch verwaister Räume, und die Räume konnten nicht groß genug sein. Stundenlang verdämmerten ihre Gedanken in den monumentalen, grau gewordenen Gardinen.

Sie rief sich Figuren, Licht und Landschaften jener Bilder in Erinnerung, von denen bloß noch unverblichene Tapetenrechtecke zeugten. Denn die Bilder wurden immer weniger und die Wandflecken mehr. Sie litt mit Margot, wenn wieder ein österreichischer Kleinmeister von den weißen, spinnengliedrigen Fingern eines Kunsthändlers abgehängt wurde. Deshalb schärfte sie sich das noch Vorhandene ein – bis in die Bildhintergründe. Die Grünschattierungen des Waldes hinter *Amor und Psyche.* Den weißen, rosenbekränzten Stier im *Raub der Europa,* mit seinen geplusterten Nüstern, den einfältigen Augen und der lüstern herauslappenden Zunge. Wenn sie ein Bild auswendig gelernt hatte, sagte sie zu Margot knapp, sie habe es ihr wieder zurückgekauft.

Sie war so gern allein. Auch wenn in frühsommerlichen Nächten der Donner schon auf die Eins krachte oder das Holz der Balken und Decken mit stetigem Knarzen und Knacksen fortarbeitete. Sie entwickelte die Gewohnheit, die Nächte abwechslungsweise in einem der drei Zimmer zu verbringen. Gab den Zimmern Namen: das *Mondscheinzimmer;* das *Zimmer der armen Sünder,* weil es nur über ein Fenster verfügte, dem das Licht von einer riesigen Silberweide verwehrt wurde; und der *Saal der Luftgänger,* die ehemalige Büroräumlichkeit des alten Latuhr und später Großvaters Billardzimmer, obwohl dort nie ein Billardtisch gestanden hatte. Ein hoher, imperialer Raum, schier unbeheizbar im Winter, dessen Südwand über drei Fenster mit wuchtigen, neoromanischen Bogen verfügte. Diesen Raum liebte sie über alles. Besonders im Frühling. Denn von dort aus konnte sie über den Park hinaussehen auf eine Wiese, deren gelbblühende Decke in symphonischer Breite den Abhang hinunterklang. Durchsetzt von den hellen Akkorden der in weißer und rosener Blüte stehenden Kirsch- und Apfelbäume.

Ihr Bettzeug war in Windeseile gepackt, darin hatte sie Übung, denn manchmal fiel die Entscheidung schwer, welcher Raum zur gegenwärtigen Gemütsverfassung paßte.

Einmal, im *Saal der Luftgänger,* als sie eben die blaue Damast-Chaiselongue an eines der kirchtürgroßen Fenster geschleift hatte, wurde sie Ohrenzeugin einer schaurigen Begebenheit.

Es war vorösterlicher Mond, und wenn sie ihn von hier aus auch nicht erblicken konnte, lag die Landschaft dennoch hell, so hell, daß man am Fenster hätte lesen können. Ein Schreien wuchs über die Wiese herauf, gefolgt vom Geschrei einer anderen Kreatur. Erst dachte Maudi, es seien Katzen, die ums Revier stritten, weil deren Laute sich dann immer elend und herzzerreißend ausnehmen. Aber bald hörte sie, daß eines der Tiere ein großer Vogel sein mußte, während das andere wohl eine Katze, ein Marder oder ähnliches war. Und in der Art des Fauchens und Krächzens ahnte sie sofort, daß es da draußen um Leben und Tod ging. Sie stieg auf die Chaiselongue, wurde schließlich Herrin des schon eingerosteten Fenstergriffs, öffnete den Flügel, spähte auf die Wiese hinab, konnte nichts Fremdes ausmachen. Sie lauschte.

Und merkwürdig: Das Krächzen des Vogels wurde immer jammervoller, aber auch das auf- und abwogende Plärren der Katze, oder was sie dafür hielt. Ein mörderischer Kampf war im Gange. Es gab keinen Gewinner, aber es gab auch keinen Flüchtenden. Es gab zwei Verlierer. Für Augenblicke wurde es still, um dann wieder mit ungeheuerlichen Lauten aus qualvollen Hälsen hervorzustürzen. Zwei Tiere brachten sich gegenseitig zu Tode. Und das Töten währte endlos, ohne Unterlaß. Nur hie und da ein kurzes Schweigen, aber nicht um Kräfte zu sammeln, sondern um nicht vor dem andern zu sterben. Denn die Töne wurden dünner und schwächer, und beide Kreaturen litten unvorstellbare Not.

Obwohl Maudi alle Lichter im Billardzimmer entzündet hatte, auf die Fensterbrüstung gestiegen war, mehrmals in die Hände geklatscht und schließlich *Aufhören, Aufhören!* hinabgerufen hatte, verscheuchte sie den Tod dennoch nicht. Der Atem schien den Tieren auszugehen, aber die Herzen schlugen noch. Ein leises, sich selbst abwürgendes Miauen. Ein erschütterndes, von Heiserkeit durchstoßenes Greinen. Dann wurde es totenstill. Aber die Klage erhob sich noch einmal, vielleicht einige Minuten lang, und endlich geschah nichts mehr.

Margot, in Nachthemd und gelöstem Haar, umfing das Kind auf der Fensterbank – ohne es zu erschrecken, und es schlief die Nacht in ihrem Zimmer, in ihrem Bett.

Zum ersten Mal begriff Maudi etwas vom Schmerz in der Natur und vielleicht auch etwas vom Schmerz unter den Menschen. Sie begriff die Unversöhnlichkeit, und daß das Leben mit dem Tod endet, aber noch mehr: daß der Tod nicht ein lebloser Körper ist, wie Großvater vor zwei Jahren, oder ein morscher Baumstrunk, der nach Unwettern im Rhein treibt, oder ein ausgeronnener Igel auf der Teerstraße. Sie erkannte, daß der Tod unter den Lebenden stattfindet. Wenn sie es so auch nicht ausgedrückt haben würde.

Sie, die alle umarmen wollte, die gesamte Jacobsrother Welt, mußte erfahren, daß sich im Grunde nur wenige umarmen ließen. Die Nacht der zwei Verlierer vergaß sie nie mehr. Und es währte fast das ganze Jahr, bis sie im *Saal der Luftgänger* abends wieder die Chaiselongue an das Fenster schaffte.

Das Achte

Im Februar 1981 wurde auch Amrei berufstätig. Ines hatte ihr auf liebenswürdige wie diskrete Weise die Geschäftsleitung der neuen Rhombach-Boutique zugespielt. Ein winziges Geschäft für Feinwäsche und Dessous in der Malchusstraße, Ecke Hauptplatz, gleich hinter dem Rathaus. Dort durfte sie schalten und walten nach Herzenslust. Sowohl, was den Ein- und Verkauf anlangte, als auch die Einteilung ihrer Arbeitszeit. Denn ihr zur Seite stand eine nette, sehr loyale Verkäuferin, die – das wußte Amrei nicht – von Ines angewiesen worden war, ihr in allem das Gefühl zu geben, daß sie noch immer eine Latuhr sei.

Die Arbeit beglückte Amrei, die in das 34ste Lebensjahr ging. Hatte eine Kundin figürliche Ängste, machte sie diese zu ihren eigenen. So sehr ernst nahm sie es mit der Beratung. Begehrte ein vollends unansehnlicher Körper den neuesten Catsuit oder Body, um darin nicht bloß geschmacklos, sondern auch noch lächerlich zu erscheinen, riet sie mit vehementen Gesten und Worten vom Kauf ab. Wenn das nichts nützte, praktizierte sie der wurstumreiften Person eine offene Beleidigung ins Gesicht. Daß die Kundin dann im Staccato die Boutique verließ und ihr für alle Zeit abspenstig wurde, nahm Amrei als das geringere Übel.

Sie war eine ehrliche Haut. Gerade Menschen waren die Latuhr-Frauen immer gewesen. Sie bemühten sich zumindest, so wenig faule Kompromisse wie möglich einzugehen. Natürlich litt jede auf ihre Art am Fehlen des Partners. Amrei mehr als Margot, denn Margot hatte die Einsamkeit beherrschen und lieben gelernt. Doch auch Amrei ließ sich die ersten Jahre auf keine unüberlegte Affäre ein, obwohl sie, hätte Harald die geringsten Anstalten gemacht, ihm ohne Gegenwehr in die Arme gesunken wäre. Eine Unschlüssigkeit des Herzens sagte ihr aber, daß damit das Alleinsein nur aufgeschoben würde.

Sie wäre gar nicht fähig gewesen, einem Mann zu vertrauen. Ihr Herz hing an Ambros. Je mehr die Jahre wurden, desto mehr die Sehnsucht. Das verstand sie selber nicht, und Margot riet ihr an nicht vergehenden Sonntagen, gerade jetzt an den Engel zu glauben, der jedem Menschen beigestellt sei, und *eben nicht* Zerstreuung zu suchen in einer neuen Geschichte. Aber sie verblühe allmählich. Dann verblühe sie eben, sagte dann Margot mit eisigen Augen und warmer Stimme.

Die wirklichen Gründe, weshalb sich Amrei Arbeit verschaffte, waren jedoch Geldsorgen. Denn Margot veräußerte aus der Roten Villa ein gutes Stück um das andere. Möbel, Teppiche, Fayence-Amphoren und Schalen, das Meißner Porzellan mit bemalten Chinoiserien aus dem Jahr 1741 (das allein hätte die Latuhr-Frauen ein Jahr sorglos leben lassen) und schließlich gar den so gehüteten Christbaumschmuck aus der Wiener Jugendstilzeit. Doch die Summen, die das einbrachte, wurden nicht veranlagt oder für die Renovation des Hauses aufgewendet. Nein, das Geld ging andere Wege. Und Amrei wußte es und stand zur Mutter.

Obwohl das Konkursverfahren der Latuhrschen Firma schon lange zurücklag und für die offenen Forderungen rechtlich niemand mehr verpflichtet werden durfte, diese teilweise sogar verjährt waren, fand Margot keinen Seelenfrieden. Insgeheim trug sie sich mit dem Plan, dereinst auch dem geringsten Gläubiger die Schuld verzinst zurückzuzahlen. Ein völlig unrealistischer Plan, weil die Gesamtforderung, die sie in wochenlanger Arbeit aus einem bald 15jährigen Schuldenberg heraufgerechnet hatte, astronomisch war. Trotzdem: Margot verkaufte. An die Kleinen dachte sie zuerst, die Lieferanten und Firmen, von denen mehrere infolge des Latuhrschen Bankrotts untergegangen waren. Dort sprach sie vor, sofern die Inhaber noch ausfindig gemacht werden konnten. Diese schärften ungläubig den Blick, kniffen die Augenlider zusammen und waren sprachlos. Etliche hingegen nahmen das Geld nicht an, denn sie hatten sich im Haß Wohnung genommen, und der Gedanke, diese Wohnung zu räumen, wäre ihnen zur qualvollen Freiheit geworden. Lieber eng wohnen.

Margot. Die so Unnahbare. Diese alternde Dame, deren Lebensprinzip die Contenance war. *Ich erkenne, daher schweige ich.* So trachtete sie zu leben. Sie schwieg bei Dietrich, als er ihren Argumenten die Ohren verschloß und auf die Rommé-Freunde vertraute. Sie schwieg, als Ambros ins Haus kam und Amrei rosenrot sah. Sie schwieg in der Müllerschen Parfümerie, wo sie den einfältigen Dingern beizubringen suchte, daß die Frau das Parfüm trägt, nicht das Parfüm die Frau. Gerade diese Schweigsamkeit gab ihr ungewollte Autorität. Selbst ein Fremder, ein Passant verspürte das Noble, welches aus dem Innern dieser Frau strahlte. Und er hielt rehhaft instinktive Distanz. Die allerwenigsten ahnten, woher diese Vornehmheit wirklich rührte: aus der bedingungslos gelebten Einsamkeit. Margot war eine Meisterin im Lassen.

Ihre Nächte waren hell. Sie litt an Schlaflosigkeit. Ihre Magenkrankheit prägte die Mundwinkel. Noch immer groß von Gestalt – der Körper drang auf die Sechzig –, wirkte sie dennoch wie Ende Vierzig. Ein Vorzug, den die Natur nicht bloß ihr gewährt hatte, sondern auch Amrei, für die mit 19 Jahren der Ausweis an der Kinokasse unabdingbar gewesen war. Man meinte ein Kind vor sich zu haben.

Jugendlich also, obwohl sie sich dem jeweiligen Lebensalter längst entwachsen empfand. Das Haar hielt sie bei Kastanienbräune, stirngefranst, nackenlang und glatt, stets mit einer großen Samtmasche nach hinten gebunden. Die Augen waren Amreis Augen; seedunkel, der Mund prägnant. Aber die Nase stammte vom alten Latuhr; Hakennase, nicht entstellend, vielmehr das Antlitz bereichernd. Ansonsten trug ihr Körper Magerkeit, und die Hände waren knöchern, und sie blieben immer kalt. Der Villenpark gab ihr

Heimat. Besonders der terrassierte Teil auf der Nordseite des Hauses. Dort züchtete sie Rosen am Fuß des mehr zur Zierde dienenden kleinen Weinbergs. Der südliche Teil des Parks lag verwildert. Sie betrat ihn nicht mehr, aus welchen Gründen auch immer. Dafür hatten dort Maudi und Esther ihren *sisters corner* eingerichtet, einen Verschlag im dornigen und lianenverzopften Unterholz, aus dem sie sommers zerkratzt zurückkehrten, von Zecken geplagt.

Sie mied Gesellschaft, um nicht zu kränken. Wenn die Rede auch karg blieb, feige war Margot nicht. Und das wenige, das sie sagte, ging mitten ins Herz. Sie war es einfach leid, wenn andere ihre Offenheit mit Wehtun verwechselten. Deshalb ging sie nicht mehr aus, nur mit der Familie. Das ohnehin selten.

Stifter las sie in den hellen, schlafentwöhnten Nächten. Immer wieder Stifter. Als Internatsschülerin im Sacré-Cœur auf der Riedenburg, hoch über dem Bodensee, hatte sie ihn lesen müssen und ihn gehaßt. Damals war Stifter für sie der Inbegriff der Langeweile. Das Codewort *stifterisch* wirbelte eine Zeitlang blaubestrumpft durch die hochräumige Klasse. *Ist das ein stifterischer Tag. Du stifterische Spielverderberin! Gähn, ist mir stifterisch.* Nach Dietrichs Tod war ihr ein vertrocknetes, ledergebundenes Buch mit Goldschnitt in die Hände gefallen – die *Bunten Steine* –, und als sie die *Vorrede* las, mußte sie plötzlich weinen, *konnte* sie wieder weinen.

Sie war in der Lage, daraus große Passagen auswendig zu rezitieren. Wenn sie den ersten Satz sprach – *Es ist einmal gegen mich bemerkt worden, daß ich nur das Kleine bilde, und daß meine Menschen stets gewöhnliche Menschen seien* –, wurde es um sie herum Musik. Wenn es an die Stelle kam: … *wie jeder Mensch ein Kleinod für alle andern Menschen ist,* mußte sie unterbrechen, weil ihr die Stimme brach. Am Vormittag von Heiligabend wanderte sie allein auf die Marienruh und las dort *Bergkristall,* gleichviel, ob es regnete, schneite, fror oder der Föhn tobte. Sie, die auf die katholische Tradition etwas gab, weil sie sie hassen und lieben gelernt hatte, las abends dann nicht mehr die *Lukaspassage,* sondern die Episode von der geheimnisvollen, ephemeren Lichterscheinung, die sich für die verirrten Kinder Sanna und Konrad draußen in der Sternennacht ereignet. Sie las sie für Maudi, mehr noch als für Amrei, und sagte dann, daß diese scheinbar so unspektakuläre Geschichte das Wunder der Nacht noch um vieles größer mache als der gegenständliche Evangelienbericht. Theoretisch vermochte Maudi dem Gesagten nicht zu folgen. Aber ihre Augen leuchteten trotzdem, denn sie waren angezündet von Margots brennender Stimme. Und Margot wiederum hielt immer dafür, mit der Enkelin zu reden wie mit einem erwachsenen Menschen. Wenn sie die Gartenarbeit machte und ihr das Kind dabei half, wenn sie am wuchtigen Schreibtisch in vergilbte Anwalts- und Gerichtskorrespondenzen Struktur brachte und Maudi – neben ihr kauernd – Struktur in die Hausaufgaben, wenn die Bügelarbeit anfiel und sie gemeinsam die Leintücher falteten, dann versank Margot ins Philosophieren.

– Am Ende unseres Lebens bleibt eine einzige Frage: Bist du dir treu gewesen?

Nein, diese ungemein beherrschte und hart wirkende Frau hatte das Leben nicht verbittert, auch nicht die Krankheit. Sie wußte, daß, je tiefer die Gedanken reichen, desto größer die Sehnsucht wird. Sehnsucht wonach? Die Frage drängte sich Margot Mangold nicht auf. Daß die Sehnsucht da war, das zählte.

Aber. Der Mensch braucht ein Spielzeug. Ein schnelles, ein buntes, ein immer neues. Die Zerstreuung. Sie wärmt ihn eine Weile in der Kälte des Unendlichen. Denn sowie er begriffen hat, daß das Leben an ein Ende kommt – er gibt sich mit dem Spielzeug wirklich Mühe –, erlebt er Ewigkeit. Darum muß er sich hin und wieder in Oberflächlichkeit ausruhen können. Und darum ein neuer Frühling. Der Frühling des Jahres 1982.

Was Räder und Rädchen hatte, wurde aus Kellern und Garagen geholt, abgestaubt, geölt und poliert. Fahrräder, Rollschuhe, Kinderwagen und Dreiräder. Die halbe Stadt vergnügte sich sonntags auf dem in endloser Geradheit dahingestreckten Rheindamm. Was spazieren konnte, ging spazieren. Was radfahren konnte, ging radfahren.

Derweil man radfuhr, sorgte sich die der Stadtverwaltung angegliederte Kriminalpolizei in einfühlender Weise um die Räder selbst. Im *Stadtboten* zeigte sie nämlich das folgende an:

Täglich werden in Österreich etwa 75 Fahrräder gestohlen. Würde das bei einer Österreichrundfahrt passieren, wäre glatt das gesamte Hauptfeld mit einem Schlag ausgeschaltet. Im Rheintal wurden vergangenes Jahr 1292 Fahrräder gestohlen. Daher:

MACHE AUCH DU DIR GEDANKEN UM DIE SICHERUNG DEINES FAHRRADES!

Schließen Sie – auch nur bei kurzer Abwesenheit – den Rahmen samt Vorder- und Hinterrad mit einem Stahlkabel, Stahlbügel oder einer starken Kette an einen feststehenden Gegenstand. Jedoch nicht an einen Hydranten oder an sonst einen festen Gegenstand, der der öffentlichen Sicherheit dient. Das Anschließen eines Fahrrades an einen Hydranten ist strafbar.

Sparen Sie nicht an den Ausgaben für ein Fahrradschloß, wenn Ihnen der Kauf eines neuen Fahrrades viel Geld wert war! Kaufen Sie Fahr-

radsicherungen von guter Qualität – minderwertige sind für Diebe kein Hindernis! Lassen Sie kein Werkzeug in der Sattel- oder Werkzeugtasche. Gelegenheitsdiebe können dadurch leicht Teile ihres Fahrrades abmontieren und stehlen! Dennoch muß Ihr Fahrrad über Werkzeug, Flickzeug und Fahrradpumpe verfügen. Allfälliges Fehlen wird geahndet.

Es besteht für Sie auch die Möglichkeit, Ihre Fahrradnummer bei der Tat *oder bei der* Wahren Tat *registrieren zu lassen. Die beiden Zeitungen starteten vor zwei Jahren die Aktion* Schach dem Fahrraddieb*, so daß ein wiederaufgefundenes Fahrrad dem Eigentümer unkompliziert und rasch zugeordnet werden kann.*

Wenn Sie diese Ratschläge beachten, dürfte einem ungetrübten Radfahrvergnügen nichts mehr entgegenstehen.

Rad Heil!

Die neue Sonne inspirierte nicht bloß die Menschen, sondern auch die Fahrraddiebe von Jacobsroth. Radfahren kam Anfang der achtziger Jahre wirklich allerorten in Mode. Sogar die Türken, die man anläßlich des Baus der Rheintalautobahn zu Tausenden ins Land geholt hatte, fuhren Rad. Wacklig zwar, doch die Söhne schon freihändig und besonders rasant.

Cool wollten sie sein. Das Wort kam in Gebrauch. *Cool.* Die türkische Jugend. Jene neue Generation, die in den dünnwandigen Silos von St. Jacob heranwuchs. Jene schwarzhaarigen, moccaäugigen Kinder, die schon fehlerfrei den rheintalischen Dialekt sprachen, deren Väter sie im Islam erzogen und am Kurban-Fest Lämmer schächteten. Jene Jungen, mit denen sich die Mädchen von Jacobsroth nicht abgeben wollten. Weshalb die Türken begannen, sich als Italiener auszugeben. Im Risiko, der ersten Discothek der Stadt, einem umfunktionierten Stallgebäude, wo noch vor einem Jahr Zuchtvieh versteigert worden war. Sie trugen bis zur Brust offene Hemden und weiße Jeans, weil sie meinten, das imponiere. Aber das Italienisch taugte nicht einmal zum Bezahlen des Gin-Fizz, geschweige zur Einladung auf eine nächtliche Spritzfahrt im geliehenen Cabriolet.

Denn wagemutige Cabriofahrer flitzten bei noch trügerischer Sonne unaufhörlich die Mattheistraße hinauf und wieder hinunter, um in den folgenden Tagen an unerklärlicher Heiserkeit zu laborieren. Ein tomatenroter 58er Corvette Chevrolet parkte etliche Wochen dreist vor dem Café Grauh. Dann verschwand er plötzlich. Die Bank, hieß es schadenfroh, habe dem V8-Einspritzer einen neuen Stellplatz gefunden, und dem, der ihn gefahren hatte, auch. Edwin die Bohnenstange – Schauspieler angeblich, im Begriff, in den Universal Studios die Hauptrolle in einem Zig-Millionen-Dollar-Ding auszufüllen –, Edwin wurde seitdem im Café Grauh nicht wieder gesehen.

Die ersten Sonnenstrahlen reizten zur Unvernunft. Unbesonnen wurden Kredite aufgenommen, Ehen geschlossen und Prozesse geführt.

Jungen, die in Winternächten ihre erste Ejakulation erlebt hatten, machte die Mailuft mutiger, und sie rempelten berollschuht die Brünette aus der 5c-, die Großbusige aus der 6f- oder die Zierliche aus der 7b-Klasse.

Denn ein rheintalischer Junge hat selten die Stirn, einem Mädchen, das er nächtens wach beträumt, zu sagen, daß er es liebhat. Er ärgert oder quält es, um auf sich aufmerksam zu machen. Dergestalt zeigt er, daß ihm das Herz verbrennt. Die Stummen bleiben stumm. Auch im Frühling. Sie setzen auf ihr Augenspiel. Aber es hat keinen Lauf, weil die Angst vor dem *Eigentlich-eher-nicht* zu groß ist.

Als die Vorplätze der Cafés und Restaurants wieder bestuhlt wurden und die Jeunesse dorée ihre kühlen, dunkelbebrillten Gesichter in der Sonne wärmte, verzichtete die moderne junge Frau auf das Tragen eines Büstenhalters. Das hatte sie von den Frühlingen in Wien und Innsbruck gelernt. Sie lümmelte sich in den italienischen Markenstuhl, und indessen sich der Rücken spannte, entspannten sich die Brüste unter dem pfirsichfarbenen, ärmellosen Pikee-Kleid. Das kleine, blendend weiße Dreieck zwischen den halbgeschlossenen Oberschenkeln wirkte auf die Männer wie ein Verkehrsschild, und sie meinten Vorfahrt zu haben. Wenn dann noch unverhofft eine Brise die Brustwarzen steifte, wurden die Männer überhaupt kirre – besonders die Blonden. Alles erotisierte sich. Die Augen, die Hände, die Münder, die Sprache.

In jenem Frühjahr ging Maudis Kinderzeit zu Ende. Zwar setzte ihre Pubertät ein, aber die Menarche blieb aus. Sie erfolgte auch nicht in den kommenden Monaten, was weder Amrei noch Margot beunruhigte. Das könne dauern. Es gebe Mädchen, die erst mit fünfzehn die Blutung bekommen. Esther hingegen brauchte einmal im Monat nicht mehr mitzuturnen, wie Maudi es neidvoll formulierte.

Gleichzeitig kam es zu merkwürdigen Vorfällen. Menschen tauchten auf, von denen niemand wußte, wie Maudi sie kennengelernt hatte. Ihre geradezu unerhörte, ja alarmierende Vertrauensseligkeit wuchs, und sie steigerte sich noch mehr in den Jahren der Adoleszenz. Undurchdringliche Gestalten traten in die weit geöffnete Tür ihres Lebens, vornehmlich Männer, und es schien, als zöge das Mädchen diese Männer magisch an. Vorfälle, Irritationen und Mißverständnisse, deren geringste Ursache im Heranreifen lag, deren bedeutendste aber unerkannt blieb. Alles wurde anders. Für Maudi war es, als veränderten sich plötzlich die Menschen. Weshalb scheuten sich die Leute vor ihr und suchten doch gleichzeitig ihre Nähe? Sie sei doch noch immer dieselbe.

Die sie als Kind erinnerlich hatten, empfanden das Gegenteil. Das einstmals so versonnene und tonlose Mädchen sei nicht mehr wiederzukennen, sagte Ines. Etwas grundlos Rebellisches schwäre in Maudis Herz, diagnostizierte der Klassenvorstand, der Amrei zu einem vertraulichen Gespräch geladen hatte, nachdem es in der Deutschstunde zum Skandal gekommen war. In einem Schulaufsatz zu dem Thema *Wie beurteilst du den Deutschunterricht?* hatte ihn das Kind als Feigling bezeichnet, der, weil er Angst vor sich selber habe, nicht fähig sei, *durch die Lüfte zu gehen,* und es deshalb allen recht machen wolle.

Auch die ansonsten unerschütterliche Freundschaft zu Esther erfuhr Verunsicherung, und Esther erkor sich zeitweise die armselige Juli zur Hauptfreundin – im übrigen das Mädchen mit dem Bruegel-Gesicht, dem Bauermeister einmal diebisch eine Eistüte geschenkt hatte. Freilich gab es für Julis Wahl noch einen anderen Grund: Esther, deren Brüste sich rundeten und die von etlichen Milchgesichtern umschwärmt wurde, erkannte, daß sich der

Glanz der Schönheit vermehrt, wenn er sich mit dem Häßlichen paart.

Freilich. Noch war die Zeit des *sisters corner* im Schwange, in den sich die beiden verkrochen, wann immer es die Witterung zuließ. Jenen Bretterverschlag, den ihnen Harald gezimmert hatte, den nur *Weibsen* betreten durften, wie sie sich auszudrücken pflegten.

Eine winzige Hütte mit undichtem Pultdach, denn Harald versäumte, die Teerpappe fachgerecht zu verlegen. Die Hütte thronte auf Pfählen und just auf dem Strunk jener Fichte, die Bauermeister einst der Sicht wegen gefällt hatte. Das Ganze verfügte über eine Schiebetür, und es gab zwei Gucklöcher in Herzform. Innen herrschte ein Mief aus feuchtem Holz und Papier, ein Mief, der auch im Sommer nicht zu vertreiben war. Wenn Freundinnen zu Besuch kamen, parfümierte Maudi den *sisters corner* mit Mutters *L'Air du Temps.*

An den häufig wechselnden Postern ließ sich die Unruhe erahnen, welche allmählich in die Köpfe der pubertierenden Mädchen kam. Die Epoche der Pferde war vorbei. Jetzt favorisierte man Popstars und Reptilien. Neben Diana Ross hing ein Komodo-Waran, der traurig in den indonesischen Himmel äugte.

Die Sprache wandelte sich. Wurde zweideutiger, verschworener. Eine Geheimsprache hatten sie immer gesprochen. Als im Geschichtsunterricht (beide besuchten die 2c-Klasse des Theresianums am Annenmarkt) der Professor Daut die *Schreckensherrschaft der rheintalischen Vögte* behandelte, mußten sie ohne ersichtlichen Grund derart lachen, daß sie der Daut nachsitzen ließ. Wenn künftig etwas nicht gelingen wollte, das Abstreifen eines Gummistiefels, das Lösen einer Rechenaufgabe, wenn ein Irrtum geschehen war oder ein Ärgernis, seufzte es *Du-Schreckensherrschaft-der-Vögte!* aus ihren Mündern. Sie gaben sich stetig wechselnde Kosenamen. Unzertrennlich schienen sie, und ihre Freundschaft erlebte in jenen Frühlingstagen wahrscheinlich die höchste Nähe, die sich Menschen geben können. Sie liebten sich und meinten damit die Welt.

Es gab Tage, da glaubte die eine ohne die andere nicht eine einzige Stunde auszukommen. Wenn es eindunkelte und im *sisters corner* ungemütlich wurde, es zum Gutenacht ging, kam das Heimweh, sobald man sich den Rücken zugewandt hatte. Immer wieder drehten sie sich um, winkten und riefen einander Zärtlichkeiten nach. Zu Hause angelangt, obwohl sie lediglich acht Häuser voneinander entfernt wohnten, telefonierten sie unverzüglich, und die endlosen Gespräche führten zu dem Ergebnis, daß eine halbe Stunde später Esther am Haupttor stand, Pyjama und Zahnbürste unterm Arm. Sie nächtigten im *Saal der Luftgänger,* auf der viel zu engen Chaiselongue, Gesicht an Gesicht, und Maudi mußte Esther den Unterarm streicheln. Das erst machte sie schläfrig.

Die Blicke der einen schulten sich an den Blicken der anderen, so daß Reden überflüssig wurde. Ja, bisweilen wurde die Augensprache derart virtuos, daß sie in der Lage waren, einander kurze Repliken zu übermitteln, nur durch die Art und Weise, wie sie die Augäpfel rollten, die Brauen hoben oder die Lider schlossen.

Es gab keine Geheimniskrämerei, weder der Seele noch des Körpers, die vonnöten gewesen wäre. Sie schrieben sich Briefe, darin sie einander Treue bis zum Tod versicherten, und daß auf dieser Erde, die von der Atomkatastrophe bedroht sei – wie man täglich hören müsse –, nichts zähle außer der Liebe. Sie beschlossen, Königinnen der Liebe zu werden. Königin Ri und Königin Re. Unter die Kosenamen setzten sie den Mädchenmund aus Mutters Lippenstift, karmesinrot und lavendelblaß. Wieder im *sisters corner* auf ihren Luftmatratzen, gaben sie sich Unterricht darin, wie man als Frau am Morgen zu erwachen habe. Esther spielte eine Schlaftrunkene, wie sie den Handrücken auf die Stirn herabsenkt, die Augenlider langsam öffnet und sie mit den Worten *Liebster, wo bleibt meine Honigmilch?* wieder zufließen läßt.

Was sich an den Körpern zu entwickeln begann, beobachteten sie mit Neugierde und großem Ernst. Als ihre Brüste sich allmählich aufwölbten, hatte Esther wochenlange Sorge. Denn die linke Brust wuchs schwächer als die rechte. Esther weinte und empfand Minderwertigkeitsgefühle. Dann nahm die Herzensschwester ihren Kopf in die Hände, küßte ihn, strich durchs Haar und tröstete. Sie gewahrten aneinander den sich verändernden Körperduft, und daß ihre Stimmen um Nuancen tiefer sanken. Frauen wollten sie sein und unternahmen alles, älter zu wirken. Sie gaben sich als 14jährige. Hätte sie ein Schicksal auseinandergerissen, sie wären Kummers gestorben.

Bis eines augustblauen Abends das folgende geschah.

Es war der erste Sommer, den sie nicht am Ligurischen Meer verbrachten, wo die Rhombachs in Rapallo ein Haus besaßen. Ines, ihr Halbbruder Harald, Amrei und ein paar andere Freunde waren allein unten, wie es hieß, die Mädchen in Margots Obhut. Sie genossen die unerwartete Freiheit, besonders Esther. Denn Harald, der in religiösen Fragen immer verquerer wurde, verstand sich gewissermaßen als ihr Erzieher. Er zwang das Mädchen in eine undurchsichtige, weihrauchende Welt, in einen Kosmos aus Dämonen und Dogmen, den sie nicht durchschauen konnte, dessen apodiktisches So-Sein ihr unbehaglich war und stickig. In einer Mischung aus Triumph und Schuld lauschte sie jetzt am Sonntagmorgen dem Glockengeläute von St. Ursula, streckte die elfenhaften Arme aus und umfing die schlafende Maudi, deren sanft gehender Atem ihr Gewissen beruhigte. Wer ihr schließlich endgültige Beruhigung verschaffte und den Morgenschlaf wieder hereindämmern ließ, war Margot Mangold selbst. Obwohl sich Harald in nahezu aufdringlichen, ja erpresserischen Worten bemüht hatte, ihr eine Zusage abzuringen, rüstete sie sich allein zum Meßgang, und es wäre ihr nicht im Traum eingefallen, die Mädchen aufzuwecken.

Die Nachmittage, in denen die Luft stand, weiß und zum Schneiden wie geronnene Milch, verbrachten sie in den Auen des Alten Rheins, an den sogenannten Baggerlöchern im Magdalenenwald. Dort trugen sie die neuen Bikinis zur Schau, schwarzorange gepunktet und rüschenbesetzt. Wobei anfänglich die Bikinis die Mädchen trugen, nicht umgekehrt. Esther hatte dem Inhalt ihrer Körbchen mit Raffinesse nachgeholfen, die Buben glaubten die Fülle wirklich. Es waren herrliche Tage des Faulenzens und der Albereien. Es waren die Tage des Herzens, des Entdeckens der eigenen Liebesfähigkeit und -sehnsucht.

Wie immer in solch intensiv gelebten Momenten wird eine

Musik zum Synonym für das Unsagbare. Musik, deren Erklingen noch Jahre danach den Geruch und die Farbe der Glücks- oder Schmerzenszeit heraufbeschwören kann. Bis schließlich auch das vergeht und die Musik schal wird, ja lächerlich, weil das Herz sie nicht mehr anzustimmen vermag.

Upside down, boy, you turn me. Inside out and round and round, and round and round. Das war die Formel des Sommers. Rüdi aus der 4c (mit gleichaltrigen Jungen gab man sich nicht ab) ließ die Formel täglich aus seinem Cassettenrecorder scheppern. Er spielte das Lied für Esther. Dann tanzten sie alle. Juli, Wenzel, Gisa, der einhandige Stevie, Maudi, Esther und Rüdi. Ihre erblühenden Körper hatten plötzlich Erotik, und die Bewegungen der Kinder erotisierten ihrerseits die Musik, in der die virile, herausplatzende Macht des Elektrobasses wiederum die Gesten der Mädchen sexualisierte, indessen Diana Ross' so anschmiegende Stimme den Jungenaugen einen Glanz von unschuldiger Lust gab.

Nach dem Baden schwang man sich auf die Fahrräder, radelte zu Gustls Gelateria und verabschiedete sich dort langatmig. Maudi fuhr zum Judastor, wo sie Margot in der Müllerschen Parfümerie abholte. Esther nach Hause, auf das allabendliche Telefonat aus Rapallo zu warten und den Hamster Cäsar zu füttern. Zum Abendessen saß man wieder beisammen, in der Roten Villa.

– Ich muß dir etwas zeigen, hauchte Maudi Esther in den Nacken, die eben das Geschirr in den Spülwagen staute. Dann öffnete sie auf Zehenspitzen die Tür eines Oberschranks und ließ eiligst eine Kaffeetasse in den Rockschößen ihres froschgrünen Strandkleides verschwinden.

– Aber bitte nicht wieder so spät! ermahnte Margot halbherzig, ohne aufzublicken, und las in den Nekrologen der *Tat* fort.

– Ehrenwort! versprach Maudi, küßte Großmutters Wange und zauberte sich mit Esther davon.

– Was willst du mit der Tasse?

– Scht!

Sie verließen das Haus, gingen hinunter in den dicht verwachsenen südlichen Teil des Gartens, über das Wiesenstück, das seit Jahren nicht mehr gemäht wurde und dessen verdorrtes Gras sich langhalsig auf die Erde streckte. Die Sonne sank bereits auf die Brust des Liegenden Papstes, und die Berge, die seine gefalteten Hände darstellen, schimmerten wie roter, öliger Wein.

– Wir müssen leise sein, bedeutete Maudi, als sie zum *sisters corner* hintraten.
– Warum? rollte Esther die Augen.
– Darum! rollte Maudi die Augen.

Dann schob sie mit sachter Bewegung die Tür auf. In der Hütte war es finster, und die Gucklöcher spendeten nicht einmal die kleinste Garbe Lichts.

– Wehe, wenn du mich erschreckst!
– Hör doch!

Esther lauschte und vernahm plötzlich Atemzüge. Ein schweres, aber ruhig gehendes Atmen.

– Da ist jemand! erschrak sie heftig. Im selben Augenblick explodierte das Licht eines Streichholzes. Maudi zündete die Campinglampe an.

Da blieb Esther das Herz stehen. Im Verschlag saß ein Mann – auf *ihrer* Luftmatratze –, Rücken und Kopf an die Wand gelehnt, die Augen gekränkt vom jähen Licht, die Pupillen winzige Sehlöcher. Mit schwarzem, schellackglänzendem Haar und, was ihr sofort auffiel, viel zu warm, ja winterlich gekleidet. Er trug ein wollenes, braunblau gekästeltes Sakko, einen dicken Pullover, darunter ein hellblaues Hemd mit speckigem Kragen.

Noch ehe die Angst sie wirklich überfallen konnte, bemächtigte sie Zorn. Den *sisters corner* dürfe niemals ein männliches Wesen betreten. Nicht einmal Cäsar dürfe es. Dann ergriff sie Angst. Denn als ihr Blick noch einmal in die Augen des Mannes huschte, meinte sie, die Augen sprängen sie an, derart furchterregend quollen sie aus seinem Gesicht.

– Das ist Boje. Boje, das ist Re, meine beste Freundin. Wir sind wie Schwestern. Jetzt komm schon herein! Er ist ein ganz Lieber. Hab keine Angst.

– Tickst du noch richtig?

– Er ist arm. Weil er so aussieht. Aber dafür kann er nichts. Boje, sag Esther guten Abend.

– Guten Abend! sagte der junge Mann, sprach es so laut, als sei Esther schwerhörig.

Wie ihr in der Folge überhaupt sein Reden merkwürdig erschien. Mal war es gedämpft, mal beinahe schreiend. Mitten im Satz konnte die Lautstärke anschwellen oder abnehmen, und das ohne inhaltliche Notwendigkeit. Was Esther nicht wissen konnte, geschweige denn begreifen, war, daß derart unnuanciertes Reden immer das Siegel eines vollends vereinsamten Menschen ist, der kein sprechendes Gegenüber mehr hat, an welchem sich die eigene Stimme eichen könnte.

Schließlich trat sie doch ein. Maudis fortwährende Beschwichtigung sowie die Mischung aus Angst und Neugierde entfachten etwas von Abenteuerlust. Überdies streckte ihr der Mann mit fast minutenlanger Hartnäckigkeit die Hand entgegen, die sie aber ebenso stur ausschlug. Als er sich so nach vorn neigte und sie mit seinen hydrazingelben Zähnen anzulächeln bemühte, sah sie, daß er sein Haar zum Roßschwanz gebunden hatte. Das erweckte irgendwie Vertrauen. Sie wußte nicht weshalb. Vielleicht war es auch die unerschütterliche Grußgeste.

– Boje, sagte Maudi weich, zog die Sandalen aus, ließ sich bei ihm nieder, ging in den Schneidersitz und lehnte den Kopf an seine Seite.

Die Jacobsrother Sommersonne hatte ihr schulterlanges Haar gebleicht, der Teint war dunkel geworden, die Lippen des breiten Mundes von Trockenheit zerspellt. Der Mann tat nichts. Überhaupt nichts. Er saß da und schwieg.

Da zog in Esther eine Erinnerung herauf, die sie längst vergessen meinte. Aber plötzlich war sie da: in Farben, Gerüchen und Klängen. Es roch nach Regen, der Himmel war schiefergrau. Hochspannungsdrähte brummten. Und da war ein Lamm, aus dessen Äser endlos Speichel rann.

– Wer ist dieser Mann? fragte sie halblaut.

– Er war ein Engel, antwortete Maudi. Sagte es so, als habe Esther die Zeit wissen wollen.

Maudi wandte ihr den Kopf zu, und Esther sah, daß die Augen fremd waren, gealtert. Zumindest war das die erste Empfindung.

– Darf man hier rauchen? fragte der Mann mit zerschnittner Stimme.

– Warum reden Sie eigentlich so laut mit uns? ärgerte sich Esther.

– Ich bin so frei, rumorte er, sichtlich bemüht, leiser zu reden.

Er schickte sich an, eine Zigarette zu drehen. Aber Maudi nahm ihm den Tabak aus den Händen, drehte ihm die Zigarette gekonnt, so als hätte sie es oft gemacht, ja befeuchtete sie am Ende gar noch mit der Zunge. Esther saß da mit halbgeöffnetem Mund, staunte, mußte immerzu auf Maudi starren, dann wieder auf den hervorstehenden Adamsapfel des Mannes, der unablässig vibrierte, ja zitterte.

Plötzlich fing Maudi an, den Mann zu liebkosen. Sie zog ihm das Jackett aus, den Pullover, öffnete sein Hemd. Er ließ alles geschehen, ohne Gegenwehr, ohne Frage, ohne geringste Rührung. Er zeigte weder Verwunderung noch Anteilnahme. Sie löste ihm das Haar, nahm es in ihre Hände, ließ es in seine Stirn fließen, so daß ihm sein Gesicht verdeckt wurde. Bei diesem Anblick mußte sie laut auflachen, dann teilte sie das Haar wie einen Vorhang und fiel mit ihrem Mund auf seinen Mund. Sie küßte ihn, und Esther bekam Herzklopfen, und das Küssen dünkte sie eine Ewigkeit.

Maudis Lippen rannen auf sein Brustbein und sogen an seiner Brustwarze. Ihre Hände gruben sich in seine Achselhöhlen. Der Mann rauchte zu Ende, zerdrückte den Stummel an der Wand und schien noch immer ohne Gegenwart. Dann flüsterte sie etwas, dessen Sinn Esther nicht ausmachen konnte.

– Dein Mund hat kein Salz.

Es entstand ein langes Schweigen. Der Oberkörper des Mädchens lag reglos auf der Brust des Mannes, die Augenlider schlossen sich, so als wären sie voll Müdigkeit. Aber die Lippen, das sah Esther, bewegten sich. Und sie bemerkte, wie der Mund zu zucken begann, die Lippen zu zittern, grad so, wie der Kehlkopf des Mannes vibriert hatte. Von einem Moment zum andern brachen aus Maudi Worte von derartiger Geschwindigkeit heraus, wie es Esther noch nie im Leben gehört hatte. Es waren die Sätze des Morgens. Dialoge, die sich in den Baggerlöchern zugetragen hatten. Ihre eigenen Gedanken, die Worte Julis und die des einhandigen Stevie. Alles im Flüsterton und alles aus einem stupenden, unheimlichen Gedächtnis.

Da donnerte Esther der Puls in den Schläfen. Sie riß die Freundin von dem Mann weg, rüttelte sie, schrie ihr ins Gesicht, wohl mehr, um die eigene Angst zu verbrüllen. Aber Maudi erwachte nicht. Nun schwand Esther endgültig der Mut. Das letzte Bild, das ihr von diesem Schauspiel in Erinnerung blieb, war das Bild des traurigen Komodo-Warans an der Bretterwand, wie er in den Himmel äugte. Dann riß sie aus, rannte davon und hatte wahnsinnige Angst. In jener Nacht mußte Juli bei ihr schlafen und in der folgenden ebenso.

Nachdem Esther geflüchtet war, herrschte ein Schweigen im *sisters corner* von mehr als einer Stunde. Dann erhob Boje die Stimme.

– Hast du es für mich?
– …
– Und du hast sie nicht abgewaschen?
– Wie du es gesagt hast.

Er setzte Amreis Kaffeetasse auf seine flache Hand, betrachtete sie schweigend, jedoch mit einem Glänzen in den Augen, als widerspiegelten sie die größte Kostbarkeit der Welt. Und plötzlich entglitt ihm fast so etwas wie ein Lächeln, der Anflug eines Lächelns.

Das Ligurische Meer spülte eine ganz und gar veränderte Amrei an den Ölrain Nr. 12. Wenn sie in der Küche das Frühstück bereitete, sang sie, wenn sie von der Arbeit heimkehrte, war es, als habe sie sich den ganzen Tag lang ausgeruht. Voller Tatendrang war sie in jenen Herbstwochen. Gleich in drei Abendkurse schrieb sie sich ein. *Aquarellieren für Anfänger, Italienisch I und Italienisch II.* Sie trieb Sport. Einmal in der Woche gestattete sie sich und ihrer Tochter Reitstunden im Gestüt Rhetaca beim Katharinen-Stadion. Sie war fröhlich wie nie zuvor, aufgeräumt und wach, voller Ironie gegen sich und die andern. Die Wochenenden gehörten nämlich einem gewissen Matteo in Genua, dem genialsten Jazzklarinettisten, den sie jemals gehört habe. Näheres in Erfahrung zu bringen gelang weder Maudi noch Margot. Sie erstand sämtliche Platten von Paolo Conte, denn Matteo spiele hin und wieder in dessen Band. Einige Gigs da, einige Gigs dort, wie sie sich ausdrückte. Tagelang lief *Sotto le stelle del jazz.* Und Maudi, die am Glück der Mutter teilhaben wollte, durchforstete vergeblich die Plattenhüllen nach einem Musiker namens Matteo. Freitags, Punkt 17 Uhr, brach sie mit ihrem neuen, stahlblauen, briefkastenkleinen Autobianchi in Richtung Italien auf, schnaufte den San Bernardino hinauf und geduldig hinunter nach Genua.

Es war eine beseelte Zeit für Amrei. Die Traurigkeit wich aus ihren Gesten, sie wurde fähig zu Übermut, ihre Rede ging schnippisch. Sie genoß den neidvollen Widerschein in den Augen anderer Frauen.

Wenn nämlich im Rheintal plötzlich eine Seele aufleuchtet, ertrinkt das Gegenüber in Neid. Das war immer so und wird sich niemals ändern, solange sich die rheintalische Welt dreht.

Sie genoß es aber auch, den Blick der Männer wieder auf sich zu ziehen. Ja, sie ließ die Augen ihren Körper entlangwandern, gefiel sich in schneidigen Miniröcken und figurzeigenden Kleidern. Sie kokettierte. Wenn im Café Grauh sich ein Mann geistlos die Bekanntschaft erzwungen hatte, bekam sie Lust, ihn mit der Wahrheit zu brüskieren. *Sie wollen ja bloß mit mir schlafen.* Das konnte sie rundheraus aussprechen, laut, daß es alle hörten. Hätte nun das Rotgesicht geantwortet: *So ist es!,* wer weiß, wozu Amrei solche Ehrlichkeit ermuntert hätte.

Sie wollte leben. Leben mit fünf großen Buchstaben: LEBEN.

Die Matteozeit führte direkt oder indirekt zu einer Entfremdung mit Ines. So interpretierte es jedenfalls Margot. Erst telefonierte man immer weniger miteinander, dann wurde der monatliche Jour fixe im Gallo Nero ausgesetzt. Weil sie sich nicht länger Haralds *blödsinnige Engelstheorien* anhören wolle. Aufgefallen war Margot das Zerwürfnis schon unmittelbar nach der Rückkehr aus Rapallo. Seit jenem Tag stimmte etwas nicht mehr zwischen Amrei und Ines.

Wie überhaupt alle Beziehungen der Latuhrs und Rhombachs irgendwie durcheinandergingen. Die Freundschaften wurden unstet, ließen Verunsicherung oder gar Gekränktheiten erahnen. Zwischen Maudi und Esther, Amrei und Ines, dadurch auch zwischen Harald und Amrei – zwangsläufig freilich.

Bloß Margot blieb in Ruhe. Selbst an dem Tag, da sie ihrer Enkelin eröffnete, daß die Rote Villa zum Verkauf stünde.

Für das Mädchen war das wie Todesnachricht, und sie wehrte sich mit Liebe, Zorn, Wut und Tränen, wehrte sich gegen den Entschluß, den die Älteren ohne ihr Einverständnis gefällt hatten. Sie trug der Großmutter den Plan an, das Gymnasium aufzugeben, um arbeiten zu gehen. Sie sei doch schon fast zwölf und könne sich durchaus als 16jährige ausgeben. Aber Margots Entschluß war wie immer unumstößlich. Die Villa müsse veräußert werden, um Schulden abzutragen. Von dem restlichen Geld wolle man sich zwei kleine Wohnungen kaufen.

Als die Rote Villa samt Grund in der Zeitung annonciert wurde, kam wieder Bewegung in die Müllersche Parfümerie. Das könne doch nicht ihr Ernst sein, litt die weibliche Hautevolee an Margots Statt. Man starb vor Neugierde, das Gesicht einer bankrott gegangenen Textilfabrikantin zu sehen, fühlte Mitleid mit der noch immer vornehmen Dame. Aber es war vorauseilendes Mitleid, das man sich selbst antat. So würde es sein, dachte die Crème der Stadt, wenn ihnen selbst der Konkurs im Gesicht stünde, was der liebe Gott verhüten möge.

Was allem schließlich die Krone aufsetzte: Unter den Bietern fand sich ein auf odiose Weise emporgekommener Strumpfhosenerzeuger, der das Anwesen noch glatt um ein Drittel des Höchstgebotes überzahlen wollte. Der Polyamid-Krösus war nämlich jener Bauer, dem die Latuhrs einst die Heimat abgefuchst hatten, nachdem dessen Vieh an der Maul- und Klauenseuche verendet war. Denn ein Bregenzerwälder Bauer vergißt nie. Das Gute, den Vorteil nimmt er als alltäglich. Über die Kränkung führt er Buch, und der Zorn gibt ihm Kraft für ein ganzes Leben.

Die zu belehren, die unerschütterlich an die Gerechtigkeit des Lebens glauben, diejenigen sollen an dieser Stelle in Kenntnis gesetzt werden, daß es dem Strumpffabrikanten nicht vergönnt war, den Ölrain Nr. 12 zu erwerben. Obwohl die Liegenschaft auf Amrei verbüchert war, folgte Amrei doch dem Rat der Mutter: Niemals gehe es an, daß ihr *Herzenshaus* in die Hände eines haßerfüllten Menschen gegeben würde. Nicht um alles Geld in der Welt. Und so erhielt den Zuschlag ein holländischer Dessous-Designer, ein ganz feinnerviger, glattgesichtiger Mann, durch und durch Gentleman. Henk Immerseel, der eigentliche Erfinder des Push-up-Höschens, jener gesäßhebenden Unterwäsche, die Frauen einen Apfelpo schenkte, Henk Immerseel bezog die Villa im Herbst des Jahres 1986, gemeinsam mit seinem noch sehr jugendlich wirkenden Freund Jaap. Ein Quell der Inspiration für die in stiller Kreativität zugebrachten Wochenenden sollte die ludwigianisch gestimmte Villa für sie werden. So das Ansinnen der beiden Holländer.

Noch war es nicht soweit. Noch blieb alles beim alten, und die

Latuhr-Frauen hatten Zeit, jede auf ihre Weise, Abschied vom Zuhause zu nehmen. Margot schickte sich gelassen hinein, verlor darüber kein einziges Wort. Amrei lebte nur für die Genueser Wochenenden, und selbst noch in Jacobsroth brachte sie in Gedanken ihre Zeit in Genua zu. Nur Maudi sagte wirklich adieu, ein langes Adieu. Denn alles hatte Seele und wollte bedankt und verabschiedet sein. Die Türmchen und Erker, Amreis Wohnturm, die Zimmer, die Vorhänge, das Mobiliar, der Park, die serbischen Fichten, der *sisters corner,* ja gar das Dach aus gewalmten Mönchs- und Nonnenziegeln. Nichts Gegenwärtiges sollte durch die Zukunft ausgeschüttet sein. Kein Geruch, keine Farbe, nicht einmal das Knacksen in den Nuten des Parkettbodens.

Dann saß dieser heranreifende Mensch wieder stumm in ausgeleerten Zimmern, schmeckte den Geruch miefiger Tapeten und starrte stundenlang auf monumentale, graufließende Gardinen.

Eines Februarmorgens, da es draußen so stürmte, daß die Schneeflocken aufwärts strichen, war das Frühstück nicht mehr zubereitet, und die waldblau gekachelte Küche trauerte um Amreis italienische Melodien. Maudi kochte Tee, belegte sich die Brote selbst. Margot litt wieder an der Magensache und war deshalb für zwei Wochen nach Bad Ragaz zur Kur gefahren. Als Amrei auch am Vormittag nicht vom Wohnturm ins Haupthaus herüberkam, beschlich die Tochter ein ungutes Gefühl. Sie warf sich einen Mantel über den Pyjama, ging hinüber, nachzusehen. Dort fand sie sie, verkehrt im Bett liegend, reglos wie ein Stein, wo sie ansonsten schon beim Niederdrücken des Türgriffs aus dem Schlaf schreckte. Es roch nach Alkohol. Es stank nach Alkohol. Das ganze Zimmer lag in alkoholisierter Luft. Amrei war nicht zu erwecken, weder durch Küssen, Kitzeln oder Rütteln, und so ließ Maudi sie liegen, wie sie war, betrunken bis zur Ohnmacht.

Das war in den sogenannten *Energieferien,* jener schulfreien Woche, die im nachhinein als Folge einer mutwillig heraufbeschworenen Ölkrise zu verstehen ist, welche in Jacobsroth ebenso heftig durchlitten wurde und anfänglich gar in Hamsterkäufen ausartete. Man meinte tatsächlich, das schwarze Gold versiege, und deckte sich drum kanisterweise mit Heizöl ein. Ein autofreier Tag wurde national verordnet, und auch im Rheintalischen schickte man sich mit ganz verständiger Miene in den Erlaß. Als dann die Ölmultis wieder zur Vernunft kamen, erachtete man den autofreien Tag für unvernünftig. Der Zucker, das Mehl und die Nudeln aus den Hamsterkäufen verdarben und verwurmten in den Kellern.

Am Beginn der achtziger Jahre erkannten die Jacobsrother Intellektuellen gleichsam über Nacht drei Dinge auf einmal: die Gefahr der Atomkraftwerke, den Naturschutz, und daß die Väter Naziverbrecher waren.

Die *Rheintalische Gesellschaft für Wiedergutmachung* wurde gegründet. Ganz und gar unbeträchtliche Historiker (Gymnasiallehrer zumeist) schwärmten nun zuhauf durchs Land, Schweinereien aus der braunen Vergangenheit aufzudecken. Sie hatten es auf irgendwie sympathisch wirkende, ältere Herren mit grauen Filzhüten abgesehen; die Behutung und das friedvolle Gesicht dünkten sie besonders verdächtig. Sie fingen die Hüte an den Haustüren ab und beflegelten sie mit den allergemeinsten Behauptungen. Aber wirklich fündig wurden sie nicht. Dort, wo sie aber hätten fündig werden können – bei den Vätern nämlich –, verließ sie glatt der Mut. Daher verlegte sich die Gesellschaft in der Folge auf die Errichtung eines jüdischen Museums, obwohl in Jacobsroth zu keiner Zeit Juden gelebt hatten. Eine gewisse Familie Quaidt ausgenommen, die aber schon vor dem Krieg ausgewandert war. Leider, wie Egmont Nigg in der *Tat* aufseufzte. Plötzlich neideten die Jacobsrother dem Nachbarstädtchen Hohenems den jüdischen Friedhof, der wie durch ein Wunder aus dem Dornröschenschlaf erwachte, weil man fand, daß es an der Zeit sei, die Dornenhecken endlich zu schneiden und die Gräber der Vergessenheit zu entflechten. Also wurde ein jüdisches Museum projektiert, und bei der Beschlußfassung im Rathaus von Roth machten die Stadtväter derart leidgeprüfte Gesichter, als unterschrieben sie ihre Demission. So sehr waren ihre Mienen gezeichnet vom Übermaß der Trauerarbeit.

Vergangenheitsbewältigung war das eine Schlagwort, Formaldehyd das andere. In allen Materialien meinte man das schädigende Gas zu gewärtigen. Übersensible Geister vermochten keinen Schlaf mehr zu finden, litten stechende Kopfschmerzen bei dem Gedanken, daß es in ihren Wohnungen immerfort oxidierte. Ameisensäure rochen sie überall, jedenfalls einen irgendwie schneidenden Geruch im Türlack, der Tischplatte, der Bettstatt. Sie rissen Decken und Wände nieder, Böden heraus, sehr zur Freude der Holzwirtschaft, die ihnen *naturbelassene* Hölzer aufschwatzte, doppelt so teuer und im Handumdrehen vergrauend. Daß die Migräne möglicherweise gar nicht Ursache dieses hinterhältigen Gases war, sondern Symptom einer zu Bruch gehenden Beziehung oder eines Lebensplans, das ahnten die Geister nicht. Armes Formaldehyd.

Wäre ein so respektloser Mensch wie Ambros Bauermeister jetzt dagewesen, er hätte seine helle Freude daran gehabt, diese neue Spezies von Naturschützern, Atomkraftgegnern und Vergangenheitsbewältigern zu kränken und bis aufs äußerste zu reizen. Er hätte sich, soviel ist sicher, der Jacobsrother Grünenbewegung angeschlossen, um dann Umweltverschmutzung im kleinen ganz groß zu treiben. Er hätte weiterhin den gefüllten Aschenbecher bei der Ampel entleert, den Müll wild deponiert, wo er seit Jahrzehnten deponiert worden war, am Fuße der Jacober Felswand. Er hätte den autofreien Sonntag genutzt, einmal jubelnd auf der Gegenfahrbahn durchs Rheintal zu brausen. Er hätte den Wagen mit einer besonders aufwölkenden Lauge schamponiert. Er hätte alles unternommen, was gegen die öffentliche Meinung stand. Leider war Ambros Bauermeister nicht mehr zugegen. Leider. Es ist nicht zu verhehlen.

Während die Männer sich den enormen Herausforderungen der Zeit stellten, entdeckten die Frauen – auch gleichsam über Nacht – ihre Neigung zu amerikanischen Seifenopern. Vornehmlich die weibliche Mittelschicht. Als im Fernsehen, das damals Zeit und Geduld hatte und bei Mitternacht in weißes Rauschen überging, die ersten Folgen von *Dallas* und *Denver-Clan* anliefen, schienen die Frauen hypnotisiert. Freilich durchblickten sie das

Chargenhafte der Figuren, die grelle Schwarzweißzeichnung, und ihren liebenden Ehemännern versicherten sie, daß alles zusammen natürlich Unfug sei. Aber wehe, einer der Liebenden wagte es, den fiesen J. R., die verbiesterte Alexis, den dümmlichen Blake mit seiner schönen, aber ebenso einfältigen Krystle zu kommentieren, zu persiflieren. Womöglich noch während Blake gerade wieder furchtbar unter der bösen Exgattin litt und auf ein hundertstes schwor, ihr den Garaus zu machen. Kein Wörtchen durfte fallen.

Mit ihren träumenden, rheintalischen Augen blickten sie hinüber in eine amerikanische Welt, von der sie wußten, daß sie verlogen war, der sie dennoch 40 Minuten lang vertrauten, trotz der dummen Männerwitze.

Das Phänomen ist deshalb erwähnenswert und ein weit wichtigerer Ausdruck der Jacobsrother Sehnsüchte jener Zeit als die Politika um Kernkraftwerke und Waldsterben, weil es zum ersten Mal, wirklich zum ersten Mal das allmähliche Verlöschen von Provinz anzeigte. Das Fernsehen fing an, mehr noch als das Kino, der rheintalischen Mentalität das Fehlen von Welthaltigkeit zu suggerieren. Die Menschen schämten sich plötzlich ihres Dialekts. Anglizismen fielen ein wie Heuschrecken, die Bauernsprache verdorrte. Aber mehr noch: Das Rückgrat verging. Hätte man einen Rheintaler von einem Moment auf den andern nach New York in die 42ste Straße gestellt, er wäre dort nicht fremd gewesen. Durch Manhattan wäre er gegangen, als spaziere er durch Jacobsroth. Nichts wäre ihm neu vorgekommen, staunenswert oder des Innehaltens würdig.

Staunen aber heißt Fremdheit empfinden und ertragen. Staunen heißt emporblicken oder sich niederbeugen. Zum Niederbeugen braucht es Rückgrat. Das gilt es zu bedauern, daß die Rheintaler allmählich das Gehen verlernten. Amerikanisch wollten sie durchs Leben, italienisch, französisch oder sonstwie. Dort meinten sie die Welt. Daß Amerikaner stolpern wie sie, war bekannt. Mußte es einem drum immerzu vor Augen gebracht werden?

Ich muß wieder einmal meine Studienzeit erwähnen: Damals hatte ich einmal eine Phase experimentellen Lebens, in der ich mich als WG-Mitglied versuchte. In dieser sechsköpfigen Männer-WG, die den Namen K.E.U.C.H. trug (Kommune extravaganter undogmatischer Chauvis), gab es einen Typen, der klassischer Pianist (doppelsic!) werden wollte. Ich fand damals Klassik eher beschissen, aber der Typ, ein totaler Beethoven-Freak, brachte mir die Chose bei. Klassik ist allright, wenn nicht dazu gesungen wird. Das große Idol meines Kommilitonen war damals Arturo Benedetto-Michelangelo, ein total abgedrehter Itaker, der aber beim Spielen einen tierischen Imbrunst-Output erzeugte. In Zürich hörte ich ihn zum ersten Mal im O-Ton. Das Ergebnis: Wenn man vorab die sich aufdrängende Zusatzfrage geklärt hat, ob Klassik nicht bloß ein emotionaler Wischmob ist – ein superguter Live-Act! You always meet twice, dachte ich mir, denn Benedetto-Michelangeli spielt morgen abend in der Tonhalle. Nichts wie hin, verdammt noch mal, er ist ein Gigant.

(Recitat mit Arturo Benedetti-Michelangeli. Beethoven, Debussy, Galuppi. Tonhalle am Annenmarkt. Einlaß 19.30 Uhr. Nur noch Seniorenkarten!)

Das ist die Sprache Egmont Niggs. So stand es in der *Tat* zu lesen, umrahmt von einem Foto des Pianisten Wladislaw Stanek (ein Unglück kommt selten allein), welcher erst vergangene Woche in der Tonhalle einen kaum beachteten Chopin-Marathon durchgestanden hatte. Nichts ist erfunden, alles ist wahr und heute noch im Archiv der *Tat* nachzulesen; vorausgesetzt, dem Neugierigen gelingt eine einschmeichelnde List. Wenn einer in den Kellern der *Tat* forschen will, überfällt nämlich den Chefredakteur stets ein merkwürdiges Brummen unter der Bauchdecke, er weiß nicht woher, und das Brummen ist nicht wegzukriegen. Bis heute nicht.

Margot freilich ließ sich zu einem zornigen Leserbrief hinreißen, die Roheit insgesamt beklagend, im speziellen die Rechtschreibfehler und den gleich dreimal falsch geschriebenen Namen. Der Brief blieb der einzige, und Egmont Nigg betrachtete das Schreiben, das mit den Worten *Sehr geehrter Schwachkopf!* anhob, als Ausdruck einer alten Gekränktheit. Denn seit Bauermeisters Abgang verkehrte Nigg nicht mehr mit den Latuhrs.

Die *Wahre Tat* leistete sich in Anbetracht des bevorstehenden *musikalischen Leckerbissens* immerhin eine volontierende Musikkritikerin. Eine ältere Dame mit maskulinem Gesichtchen, hohem Stirnhaaransatz und glatt nach hinten gebügeltem Haar. Zufälligerweise sah sie dadurch dem beschnurrbarteten Meister verblüffend ähnlich. Hätte sie einen Schnurrbart getragen, sie wären wie Zwillinge gewesen. Nun, die Dame schien das Ereignis in moderateren Worten zu würdigen. Dennoch stand außer Zweifel, daß für sie das Faszinosum, das von Benedetti Michelangeli auszuströmen schien, mehr in der Aura der Person selbst lag als im Klavierspiel. Und so füllte das Gesichtchen eine ganze Seite mit Anekdötchen aus dem Leben dieses gottähnlichen Pianisten, welche es mit den folgenden Worten titelte: *Arturo Benedetti Michelangeli – Der apollinische Titan unter den dionysischen Pianisten.*

Ein Schwieriger sei er zu nennen, der stets nachts lebe, weil das Tageslicht seine empfindlichen Augen kränke. Obwohl er unvorstellbar reich sei, trage er seit 23 Jahren denselben Frack, je eine Winter- und je eine Sommergewandung. Auf Schuhwerk achte er überhaupt nicht. Niemand könne sich einen Reim darauf machen, weshalb er an völlig unbedeutenden Orten Konzerte gebe. Aber sogar dorthin müsse ein schwarzer Lastwagen den Steinway verbringen, verpackt in 431 khakibraune Kaschmirdecken. Herr Tallone, der Klavierstimmer, reise immer mit, im Sattelschlepper, wohingegen der Meister in einer Limousine mit getönten Scheiben über Land chauffiert werde. Seit den Tagen des antifaschistischen Widerstands habe er kein Flugzeug mehr bestiegen, obwohl er Luftwaffenpilot gewesen sei. Ferner müsse stets ein großes Sofa herbeigeschafft werden, bezogen mit theaterrotem Samt, auf dem er vor dem Konzert zu ruhen pflege. Fünfeinhalb Minuten vor dem Auftritt bade er die Hände in nahezu siedendem Wasser, um die

Finger gelenkig zu machen. Eine Minute davor müsse Herr Tallone mit einer Haarspraydose auf die Bühne gehen und das Elfenbein der Tasten verkleben, damit die Fingerballen nicht abrutschen. Man wisse zu keiner Zeit, ob er das Konzert nicht im letzten Moment absage. Der Stadt Güssing habe er sich einmal verweigert, weil der dort gesprochene Dialekt angeblich seine Ohren derart kränkte, daß er sich außerstande sah, eine einzige Note zu spielen.

Was Wunder, daß am Morgen des Erscheinens dieser Kuriositäten alle Seniorenkarten binnen einer halben Stunde verkauft waren. Auch Margot Mangold hatte sich Konzertkarten gesichert, schon Monate im voraus, wie es ihre Art und Erziehung war. Sie dachte sich den Abend als eine Art Versöhnungsgelegenheit für Amrei und Ines. Wenn sie schon nicht mehr miteinander redeten, vielleicht bewegte die Musik ihre störrischen Gemüter.

Schlecht hatte der Meister geruht und an dringendem Alpdrücken gelitten. Es war ihm wieder der jahrzehntealte Traum geschehen, worin der Rumpf des Flügels sich wie ein riesenhafter Bauch aufblähte, die Tastatur sich behaarte und die Klavierbeine in Mutters Oberschenkel mutierten. Mit einem *No!-No!-No!* war er aus dem vormittäglichen Schlaf gefahren, und Mamas Stimme war in Wirklichkeit das Singen einer Tischkreissäge, irgendwo im Hotel Dornenkranz, wo er logierte.

Nein. *Nein.* Man könne die Renovierungsarbeiten nicht unterbrechen, sagte der Direktor, auch nicht für ein Stündchen.

Was ihn die Handwerker pro Tag kosteten, fragte der Meister auf englisch. Er wolle ihm einen Scheck über die Summe ausstellen, egal wie hoch. Aber Ruhe müsse jetzt sein.

Das sei ausgeschlossen, darauf der Direktor, auch wenn ein so berühmter Mensch wie der Herr Benediktangeli den Dornenkranz mit seiner Anwesenheit beehre. Er solle ruhig wissen, daß in Jacobsroth keine mafiosen Verhältnisse herrschten, daß die Handwerker hier noch ehrenhaft und anständig seien.

Der Meister senkte das Haupt, und die glatten, nackenlangen Haare flossen auf seine Wangen. So stand er wortlos etliche Zeit vor dem Hoteldirektor. Dann wandte er sich um und verließ den Ort. Er dachte sich flanierenderweise die Stadt zu besehen. Aber noch auf dem Vorplatz des Hotels sprang ihm das Aprillicht so beleidigend in die Augen, daß er die Hand vors Gesicht heben mußte – er, der nachts lebte, höchstens noch in der Dämmerung. Ein Zurück in den Dornenkranz gab es nicht. Der Chauffeur hatte just den freien Tag und war drum nach Zürich zurückgefahren. Ein Taxi, das ihn nach Brescia hätte bringen können (er sehnte sich plötzlich nach den Plätzen seiner Kindheit), war nicht zu finden. Zu jener Zeit gab es kein Taxi in Jacobsroth. Hätte die Agentur das Recital zweieinhalb Monate später angesetzt, *Funktaxi Aufmelk* hätte ihn baff, aber unversehrt nach jenen Plätzen gebracht.

Der alte, zarte Herr wollte weinen. Nachdem er gepreßt hatte, schlurfte er zum Annenmarkt hinunter, zu sehen, ob der Steinway ausgepackt und gestimmt wäre. Er fand über Umwege zur Tonhalle, durfte den Bühneneingang aber erst betreten, nachdem eine weitere Kränkung erlitten war. Der Beleuchter glaubte ihm nämlich kein Wort.

Er habe die strikteste Anweisung, den Flügel zu bewachen wie die eigene Frau. So drückte er sich aus. Und man wisse ja, wie schwierig der Michelangelo sei. Jedenfalls setze er den Job wegen eines übergeschnappten Klimperfritzen nicht aufs Spiel. Erst der Vergleich zwischen dem impressiven Künstlerfoto in der Glasvitrine und der für den Beleuchter erschütternden Realität brachte Klarheit. Er ließ den Klimperfritzen eintreten.

Der Flügel stand geschlossen auf dem Podium. Herr Tallone war offensichtlich beim Mittagstisch. Es war dunkel, wunderbar dunkel, tröstend dunkel und still. Der Meister faltete die Hände zum *Tante grazie!,* tastete sich ins Künstlerzimmer, wo das rote Sofa ihn anhimmelte wie eine Klavierschülerin. Da mußte er noch einmal pressen und aufseufzen. Und er legte sich nieder, erwachte erst um neunzehn Uhr zwölf, als die Garderobieren ihn mit Händeknallen und lärmendem *Gott sei Dank!* aufweckten. Man habe den Herrn Benemangelo in der ganzen Stadt gesucht und sich schon beinahe damit abgefunden, daß er nicht … *Maria und Josef!* knallten sie nochmals freudig mit den Händen.

Die Nachricht, daß der Klaviergott doch nicht abgereist sei, verbreitete sich in Minutenschnelle. Tallone schickte eiligst nach dem Frack im Dornenkranz, kämmte und glättete derweil geduldig das verlegte Haupthaar des Meisters, so lange und mit ein wenig Spucke, bis es die klassische Benedetti-Michelangeli-Fasson wiedererlangt hatte.

Ein gewisses Fräulein Spiegel von der RheiRuF, der Rheintalischen Radio- & Fernsehanstalt, flatterte in die Garderobe, da sich die Tonhalle schon mit musikliebenden, hochgestimmten, in jedem Fall sterbensneugierigen Menschen aus der gesamten Region füllte. Das Fräulein Spiegel hatte zwei Stunden vergeblich im Tonhallencafé auf den Meister gewartet. Sie brauchte ihn im O-Ton, egal wie. Sie wurde vom Intendanten aufs gemeinste unterjocht, wie er überhaupt alle unterjochte, weshalb er innerhalb der RheiRuF die *Hand* genannt wurde. Die Tätigkeit der *Hand* bestand eigentlich darin, Redakteure gegeneinander aufzubringen. Wie auch immer, sie mußte die Story haben. Und das Fräulein riskierte glatt noch einen Knopf an der Bluse.

Was das für ein wundersamer Dialekt sei, bemerkte der Meister in radebrechendem Englisch, als er dem Gespräch zwischen Spiegel und dem Feuerwehrmann lauschte, der sie aus dem Künstlerzimmer werfen wollte. Das Mädchen verstummte jäh. War da nicht im Zuge der Recherchen irgendwo etwas von gekränkten Ohren und Dialekt zu lesen gewesen?

– Lassen Sie den Schmetterling flattern! sagte er auf italienisch.

Der Feuerwehrmann begriff. Sie solle nur näher kommen, liebäugelte der Meister. So stand er – in Frackhose und mit völlig entblößtem Oberkörper – dem Mädchen bis knapp vor Konzertbeginn Antwort auf die allerdreistesten Fragen, von welchen die eine als Beispiel zu genügen hat:

– Arturo. Könnte man sagen, daß die schwierige Beziehung zu Ihrer Mutter der Grund war, daß Sie ein Klavierspieler wurden?

– Das könnte man, Kind, hauchte Arturo und guckte in das

enge Tal, das von zwei puddingglatten Hügeln gesäumt wurde. Er liebte die Frauen und den Komponisten Baldassare Galuppi, dessen *Presto in B-Dur* er der Vergangenheit entrissen hatte.

Der Saal dunkelte ein. Das Hüsteln schwoll an. Eine Duftmixtur aus billiger Seife, preisreduzierten Aftershaves, aus mit Melisse eingeriebenen Rücken (die Seniorenkarten) tränkte die vor Spannung flirrende Luft.

– Nicht zwischen den Sätzen klatschen, Maudi, flüsterte Margot.

Sie saßen im Parterre, die Latuhrs, aufgefädelt wie Perlen. Zur Linken Amreis saß Harald, zur Rechten Maudi. Ines saß neben Margot. Amrei wollte es so haben. Esther war unpäßlich, obwohl Maudi genau wußte, daß es nicht die Tage waren, sondern etwas anderes.

Maudi war von so berührendem Wesen, daß, als sie an Margots Hand durch den Mittelgang schritt, sich Frauen wie Männer nach ihr umblickten. Und diese Frauen und Männer wunderten sich einen Moment, weshalb sie der Kleinen so intensive Beachtung geschenkt hatten. Ein ganz normales Mädchen. Hübsch, aber nicht außergewöhnlich hübsch. Interessant, aber nicht umwerfend interessant. Warum eigentlich? Die wenigen, deren Augen kurz ihre Augen berührten, verspürten plötzlich etwas ungemein Behagliches. Eine warme Brise, die ihr Herz umfing. Der Ton in den Augen dieses Mädchens gab ihnen auf unerklärliche Weise Mut. Und sie fühlten sich wundersam von der Welt angenommen, gehalten, geliebt. Wohlig wurde ihnen, den lebenslang Gekränkten. Sie schrieben es der Aura des geheimnisvollen Mannes zu, der nun das Podium betreten und sie durch Musik beflügeln würde. Allein schon der Anblick des einsam dastehenden, endlos langen Flügels beflügelte sie.

Es ist wahr. Arturo Benedetti Michelangeli durfte mit einem grenzenlos dankbaren Publikum rechnen. Egal was und egal, wie er das Was spielte. Das Konzert würde in jedem Fall triumphal enden. Wenn er nur aufträte, so daß man in späterer Zeit, nach seinem vielleicht gar nicht mehr so fernen Tod, sagen könnte: *Den hab ich noch spielen gesehen.* Worauf dann das Gegenüber ausriefe: *Was! Den haben Sie noch spielen gesehen?* Worauf man mit rheintalischer Untertreibung entgegnete: *Ja. Rein zufällig.*

Tallone kam mit dem Eimer siedenden Wassers. Der Meister patschte die Hände in den Eimer, ließ sie aufquellen, ohne Schmerz zu zeigen. Nur die Oberlippe mit dem Schnurrbart bibberte. Tallone griff nach dem Haarspray, verließ die Garderobe und trat aufs Podium.

Hände explodierten, donnernder Applaus. Tallone trat unbeeindruckt ans Klavier – er schien an diesen Irrtum längst gewöhnt –, nebelte die Tasten klebrig. Der Beifall erstickte im Nu. Der Klavierstimmer trat ab. Es wurde wieder sengend still. Noch sengender und noch sengender.

Dann kannte der Jubel keine Grenzen. *Bravo!* und sich wichtig machende *Bravi!,* Füßetrampeln und Willkommenspfiffe von der Galerie.

– Er will etwas sagen! rief ein schmalgesichtiger Herr über die Köpfe seiner Sitzreihe hinweg.

Es dauerte, bis auch die Galerie die beschwichtigenden Gesten auf dem Podium zu deuten verstand.

– Geschätztes Publikum. Ihr musikliebenden Menschen meiner Heimatstadt Jacobsroth!

– Er spricht ja fließend Deutsch! lispelte eine Dame mit violett getöntem Haar ihrer ebenso violetten Freundin ins Ohr.

– Ist der süß! entzückte sich eine Platzanweiserin.

– Alles Show! Ein Jacobsrother wird der niemals im Leben, zischte ihr Kollege.

Margot Mangold stand der Mund offen, und ein paar Vereinzelte brachten ihn auch nicht mehr zu.

– Das ist doch nicht zu fassen! rief sie aus und wurde unverzüglich von einem salbenglänzenden Frauengesicht ange-*sch!-sch!*-tet.

Das Glanzgesicht war die Gattin des Vedutenmalers Leo. Der saß mit steifem Rücken, verschränkten Armen und musikalisch in die Höhe geschwungenem Haupt (auf dem eine Halbbrille silberte) ausgerechnet auf dem gleichen Platz, eine Reihe vor ihr.

– Ich erlaube mir, Ihnen heute abend das *Capriccio auf die Abreise seines geliebtesten Bruders,* BWV 992, vorzutragen. An diesem köstlichen Klavierwerk, das Bach mit gerade einmal 19 Jahren komponiert hat, finde ich numehr beinahe 25 Jahre lang täglich Trost und Lebensfreude. Es ist mir ein ganz außerordentliches Bedürfnis, Ihnen das BWV 992 gleichsam als Geschenk vor die Tür Ihres Herzens zu legen. Es ist ein trauriges Geschenk, erzählt es doch von Abschied. Es beginnt mit einem zarten Arioso. Der junge Bach hat diesem Arioso ein Programm vorangestellt, ein Motto sozusagen. Es lautet: *Arioso. Ist eine Schmeichelung der Freunde, um denselben* – gemeint ist Bachs Bruder, meine Damen und Herren –, *um denselben von seiner Reise abzuhalten.* Ich werde es jetzt für Sie spielen.

Niemand fand eine Erklärung dafür, wie dieser Unfall geschehen konnte. Der Polizist Eduard Flores, genannt BWV, weil er das gesamte Bach-Werke-Verzeichnis in- und auswendig kannte, die Birnennase, hatte sich in zerknittertem, viel zu weitem Frack auf die Bühne gezaubert. Saß jetzt an dem so kostbaren Instrument (431 Kaschmirdecken, zur Erinnerung), griff mit seinen Tellerhänden hinein und stimmte ein so jämmerlich fehlerhaftes Klavierspiel an, daß selbst die auf der Galerie begriffen, da unten gehe irgend etwas nicht mit rechten Dingen zu. Sogar Leos aufgeschwungenes Haupt verlor etwas von seiner musikalischen Würde.

Hinter der Bühne war der Teufel höchstpersönlich zu Gange. Hektik. Schuldzuweisungen, Konsequenzandrohungen, Hin- und

Hergelaufe, auf leisen Sohlen freilich. Ratlosigkeit. Ein Gutes aber hatte der Unfall doch. Man durfte zum erstenmal die Tauglichkeit der neuen Funkgeräte testen, welche die Stadtverwaltung dem Verein der Freunde der Tonhalle in großzügiger Weise gekauft hatte. Ein Gezische, ein Rauschen, ein Knacksen, ein Pfeifen hinter der Bühne, auf dem Schnürboden, in der Beleuchtungskanzel. Gar noch die Restauration des Tonhallencafés funkte ein *Alles Roger!* herüber.

Und das BWV dilettierte! Mit gewaltigem *Imbrunst-Output,* um den Kulturkritiker Nigg zu zitieren. Kein Mordent saß richtig, kein Triller, kein Praller. Das Arioso entwickelte sich zum Furioso. Die Aufregung, vor den Menschen seiner Vaterstadt zu debütieren, trieb dem Polizisten Schweißbäche aus den Poren. Je mehr die Patzer wurden, desto verzweifelter das Spiel. War ihm, verflixt noch mal, am Vormittag das Stück doch fehlerfrei geglückt. Fast fehlerfrei.

Bis sich endlich einer ein Herz faßte, Tallone, und aufs Podium hinaustrat, dem klatschnassen BWV die eisigen Finger eines Klavierstimmers in die Schulter zu spitzen. Es wurde totenstill in der Tonhalle, nur das Gebläse der Klimaanlage rollte wie ferner, unwirklicher Donner.

Arturo Benedetti Michelangeli war die ganze Zeit in der Gasse gestanden und hatte dem gespenstisch dahinfingernden Menschen zugesehen. Ein unfaßbarer, wortloser Schmerz stand im Angesicht des Meisters, und es war ihm, als vergriffe sich dieser Mensch da draußen an seiner Mutter. Und er, *er* mußte dabeistehen, zusehen, vermochte keinen Schritt tun. Arturo neigte den Kopf, die Haare fielen ihm trauernd in die Wangen, und er wandte sich um, schlurfte in die Garderobe zurück. Zum Feuerwehrmann sagte er die Worte, und er sagte sie auf deutsch:

– Ich will sterben.
– Arthur. Du nehmen. Schneuztuch sauber.

Arthurs wäßriger Blick schwamm auf das rote Sofa. Er legte sich drauf und schlief augenblicklich ein. Schlief wirklich ein. Die ungezählten Kränkungen des Tages, die in der Schändung seines Steinways gipfelten, hatten seine gesamte Lebenskraft verzehrt. Er erwachte die ganze Nacht nicht, schlummerte bis in den nächsten Vormittag hinein und vermochte sich dann an nichts mehr zu erinnern. Tallone verdickte ihm den gewohnten Morgenespresso mit acht Teelöffeln Zucker, unternahm einen vergeblichen Versuch, den Meister endlich von diesen beleidigenden Auftritten in der Provinz abzubringen.

– Was willst du *noch* alles erleben, Arturo? Sie wissen nicht, wer du bist. Können deinen Namen nicht aussprechen. Haben Schweinsohren und dämliche Visagen.

Der Meister winkte ab. Mittags reisten sie weiter nach einem Ort mit Namen Gugging.

Bleibt zu wünschen, daß dem Klaviergott weder die Konzertankündigungen noch die daraufffolgenden Besprechungen in *Tat* und *Wahrer Tat* zur Kenntnis gebracht wurden. Egmont Niggs Rezension hätte er nämlich schon beim Espresso in Händen halten dürfen. Ein Ding der Unmöglichkeit, gewiß. So schnell vermochten selbst die Drucker der *Tat* nicht zu drucken. Nein, Nigg hatte die Hymne bereits am Vortag in die Schreibmaschine gewurstet, um so der *Wahren Tat* voraus zu sein. Bedauerlicherweise hatte er selbst dem Ereignis nicht beiwohnen können, weil eine längst eingegangene Verpflichtung ihn daran hinderte. Er traf in Zürich seine Kommilitonen, und man ließ die alten Zeiten der Wohngemeinschaft K.E.U.C.H. wiederauferstehen. Niggs Kritik, deren voller Wortlaut aus Respekt gegenüber Arturo Benedetti Michelangeli ausgespart bleiben muß, resümierte: *Der Alte hämmerte wie ein MG … Den Beethoven-Groove hat er noch total drauf … Den Presto von Galoppi hätt er sich ins Haar schmieren können, ehrlich … Wer ihn nicht gehört hat, selber schuld … Ein toller Gig!*

Sie warteten vergebens. Amrei verfügte sich zum vierten Mal in den Konzertsaal. Endlos leere Sitzreihen aus verschossenem blauem Samt. Auf dem Podium zwei schwarzhaarige, bierbäuchige Männer, den Steinway einpackend. Die bat sie in ihrem Matteo-Italienisch um Auskunft. Sie hoben die Schultern, grinsten, und Amrei fühlte die Augen ihr ans bestickte Oberteil langen. Ein Platzanweiser scherbelte mit Zylinderschlüsseln. Obwohl sie ihn schon einmal gefragt hatte, tat sie es wieder. Leider könne er ihr nicht weiterhelfen.

Im Foyer, wo die Freunde warteten, vernahm man noch allenthalben die empörten Stimmen derer, die partout ihr Geld zurückhaben wollten. Eine Gemeinheit sei das, eine Frechheit, drang es aus engen Gesichtern. Aber die beiden erschöpften Mädchen an der Kasse antworteten zum hundertsten Mal, daß man sich an den Verein der Tonhallenfreunde, Zebedäiweg, zu wenden habe.

Ines lief außer Atem und mit verneinendem Kopf herbei. Sie hatte die Tonhalle umrundet, im Café geforscht und gesucht. Ergebnislos. Maudi war verschwunden.

– Wer hat sie zuletzt gesehen? drohte Amrei.

– Jetzt beruhige dich!

– Ich *lasse* mich von dir nicht belehren, Ines!! schrie sie die Freundin unvermittelt an.

– Mein Gott, bist du hysterisch geworden. Das passiert doch nicht zum ersten Mal. Sie ist fünfzehn. Sie weiß, wo sie uns zu finden hat.

– Es ist ja nicht *dein* Kind! wütete Amrei sie an.

– Vielleicht hat ihr schon einer den Hals durchgeschnitten. Und übermorgen steht's in der Zeitung, sagte Harald träge.

– Kind! Sie weiß, daß wir im Gallo Nero essen, lenkte Margot ab.

Die Rhombachs fuhren im Thunderbird. Margot und Amrei im Kleinwagen. Im Gallo Nero war reserviert.

Es fing zu regnen an. Aber es war ein seltener Regen. Ein ganz feines Nässen, als sei es Nebel. Ein Nieseln, ein Sprühen aus allerleisesten Wasserteilchen. Warm, wie eine Umarmung. Und doch wandelte sich im Nu die Häuserlandschaft in die Tristesse tage- und nächtelanger Schauer. Denn der Niederschlag war dicht, die Autoreifen sangen schon auf dem Teer. Rinnsale sammelten sich, flossen die Randsteine abwärts.

Otello Guerri wunderte sich aufs neue über die so verfrühte Ankunft der Gäste. Freilich gespielt. Der Skandal war ihm zu Ohren gedrungen, und die Schmach der Konzertabsage, die ihm sein Landsmann zugefügt hatte, stand ihm deutlich ins Gesicht geschrieben. Guerri, der wie kein anderer Ausländer wußte, wozu ein Rheintaler fähig wird, wenn er sich um Geld und Vergnügen gebracht weiß, fühlte sich verpflichtet, die Sache ins Lot zu bringen. Drum empfing er die beanzugten und beabendkleideten Gäste mit aufdringlicher Herzlichkeit.

– Haben Sie meine Tochter gesehen? War sie hier?

– Bis jetzt nicht, Signora. Nicht, daß ich wüßte.

– Amrei. Sie kommt bestimmt! fuhr ihr Margot mit weicher Hand über die Wange.

– Darf ich die Herrschaften zu einem Aperitif einladen? flattierte Guerri, indem er Ines aus dem Mantel half.

– Ich muß telefonieren. Wo ist das Telefon?

– Hinten. Bei den Toiletten, Signora.

– Wen willst du anrufen? fragte Margot.

– Esther. Vielleicht ist sie bei ihr.

Und sie blickte Ines wieder vorwurfsvoll an, verließ den Tisch, querte in zügigen Schritten das Lokal. Die übrigen setzten sich. Raoul füßelte herbei mit der Getränkekarte.

– Ja, wer kommt denn *da!* tuschelte Harald und deutete zur Tür. Ist das nicht dieser Tscheche oder Rumäne, der Amreis Geschirr aufliest? Der Teller- und Löffelsammler?

– Das ist er. Einmal habe ich ihn an unseren Mülltonnen erwischt. Merkwürdige Leute gibt es, zischelte Margot.

– Wie der aussieht! Als sei er zufällig ein Mensch geworden. Eigentlich wollte Gott ein Schwein aus ihm machen.

– Harald, du bist ein böser Mensch, zürnte Ines halbernst.

– Das war nämlich so: Gott wurstete und knetete gerade an einem Menschenklümpchen. Da klingelte das Telefon. Chef, die Leute haben die Schnauze voll von den Schweinereien. *Frieden* wollen sie, Frieden! Also mußte er den Klumpen seinlassen und eine starke Prise Unrecht auf die Welt streuen. Dann kam er zurück und überlegte. Hm? Was wollte ich noch mit dem Fleisch? Ah! Ein Schwein wollte ich machen.

Ines erhob sich, um nach Amrei zu sehen.

– Warum eigentlich gehst du sonntags in die Kirche? fragte Margot kühl.

– Weil ich an Gott glaube.

– …

– Er ist die höchste Form von Ungerechtigkeit, die sich überhaupt denken läßt. Das ist doch anbetungswürdig. Findest du nicht?

– Du bist noch stolz auf deinen Zynismus.

– Ich bin Realist.

– Wer die Menschen verachtet, ist kein Realist.

– Daß ich sie liebe, wäre geschmeichelt.

– Weil du dich selbst nicht achtest, geschweige denn liebst.

– Oh! Die Kunst des Liebens. Sich annehmen lernen. Die Schwächen zulassen. In sich hineinhören, hineinsehen, hineinriechen.

– Und weil du keine Perspektive hast, Harald.

– Bitte?

– Du bist ein ausgeleerter Weinschlauch.

– Sehr metaphorisch.

– Wer seinen Schmerz hergibt, gibt das Göttliche her, sagt Stifter.

– Eine Nummer kleiner hat ers wohl nicht.

– Hat er nicht.

– Ach, ihr mit eurer Emphase, mit eurer peinlichen Gefühlsduselei. Gefühle bekennen! Leidenschaften! Rückfall in die Barbarei.

– Oder schlichte Angst.

– Wovor denn?

– Vor dem Leben, Harald. Einen Zyniker zwingt man nur mit *einer* Waffe.

– Die da wäre?

– Ein passionierter Mensch ist noch kein dummer Mensch.

– Wenn ich das Wort Passion nur *höre!*

– Natürlich.

– Wie, natürlich? Sprich, Meister, und meine Seele wird gesund.

– *Du* hast deinen Meister schon lange gefunden, Harald. Das Leben.

– Haben die Herrschaften schon gewählt? fragte Guerri devot.

– Wir warten noch auf die andern, erwiderte Harald mit eisigem Lächeln.

Die Konversation an den übrigen Tischen handelte ausschließlich von dem auf so kuriose Weise geplatzten Klavierabend. Die Stimmung hob sich allmählich. Die Zungen lösten sich – der Wein. Bald fand man die Sache zum Totlachen, besonders jenen ungeschickten Kerl, wie er plötzlich auf der Bühne gestanden hatte. Ein bärtiger, kurzgeschorener Mann in grüngrauem Trachtenanzug sprang auf und ahmte ihn nach. Der Tisch verfiel ins Kreischen. Im Grunde war man sogar der Ansicht, daß, wäre der Vorfall nicht gewesen, es ein ermüdender Abend geworden wäre. Und so großartig sei dieser Benangeli auch wieder nicht. Da gebe es Bessere. Der das sagte, war die *Hand,* der Radiointendant. Das Fräulein Spiegel, das neben ihm saß, machte ein gelöstes Gesichtchen, und ihr Kirschmund lachte viel.

– Mir tut das weh, wie du mit mir redest, verzagte Ines, den Rücken an das Münztelefon gelehnt.

– Weißt du, was *mir* weh tut? klagte Amrei.

– Müssen wir das unbedingt *hier* bereden?

– Willst du wissen, was *mir* weh tut? Natürlich willst du es nicht wissen. Warum auch.

– Amrei, wir kennen uns jetzt fast ein Leben lang …

– Schweif bitte nicht ab!

– …

– Ich sage es dir zum letzten Mal: Ines, ich will, daß du die Freundschaft mit meinem Exmann abbrichst. Ich weiß, daß ihr euch schreibt. Und ich weiß, daß ihr euch seht. ENTWEDER AMBROS ODER ICH !!

– Schrei mich doch nicht an! Du bist ungerecht in deinem Schmerz. Was kann *ich* dafür, daß du einfach nicht darüber hinwegkommst? Bloß weil die Geschichte mit Matteo schiefgegangen ist, klammerst du dich plötzlich wieder an Ambros. Redet miteinander. Laßt euch endlich scheiden.

– Ich kann es nicht mehr ertragen, daß er zwischen uns beiden steht. Ich spüre, daß er mich nicht losläßt. Er redet über mich …

– Er redet *nicht* über dich! Niemand redet über dich. Ihr seid getrennt, seit vielen Jahren. Du hattest deine Gründe. Was willst du eigentlich?

Die Türe sprang auf und herein stiefelte das Fräulein Spiegel. Sie hatte einen krebsroten Kopf, und ihre Arme schlenkerten beschwipst.

– Huch! rief sie und lächelte dabei Ines an. Ich kanns nicht mehr halten. Wißt ihr, was mein Freund macht, wenn ichs nicht mehr halten kann? Er fährt mir ins Höschen und kneift mir das Döschen zu. Aber dann ist es noch schlimmer!

Sie mußte so lachen, daß sie mitten im Satz davonstürmte, um ein Mißgeschick zu verhindern. Ines schwieg eine Zeit und lauschte dem von Herzen singenden Fräulein Spiegel.

– Laß uns woanders reden, Amrei.

– Ich verlange Loyalität von dir. Wo ist Ambros jetzt?

– Du verwechselst Loyalität mit Erpressung. Keiner bestimmt mir die Freunde. Wenn du meine Freunde nicht ertragen kannst, erträgst du auch mich nicht.

– Wo ist Ambros?

– Quäl dich nicht.

– Wo ist er?

– Nicht in der Stadt.

– WO!!?? DU MIESE NUTTE!!

– Ohlala! tönte es aus der Damentoilette.

– 'tschuldige, Ines. Tut mir leid.

– Ich denke, wir haben uns nichts mehr zu sagen.

– Ines.

– Laß meine Hand los.

– *Ines.*

– Bist du eigentlich blind, Amrei? Bist du wirklich *so* blind? Weißt du nicht, wer Esther ist?

Für einen Moment blieb das Bild stehen, als hätte man die Pausentaste gedrückt. Die Hände, die Münder, die Augen, sogar das Licht der Augen. Die Frauen blickten sich an wie auf einem Standfoto. Dann ertrug es Ines nicht mehr. Ihr breiter, ausdrucksvoller Mund zuckte, die gefaßten Worte drangen nicht mehr von den lavendelblassen Lippen. Ines wußte, daß alles aus war. Sie fuhr sich reflexartig ins heubraune Haar, das ihr bis in die Schulterblätter reichte, löste den Haarreif vom Kopf und setzte ihn wieder ein. Sie wandte sich von Amrei ab und ging davon, schritt gelassen durchs Restaurant, diese schöne, großgewachsene Frau im Cocktailkleid aus schwarzem Samtoberteil und weitgezogenem Rock in grün schillerndem Moiré.

– Fährst du mich bitte nach Hause?

– Warum denn? staunte Harald.

– Entschuldige, Margot, sagte Ines knapp. Harald, hättest du jetzt die Freundlichkeit.

Er gab sich begriffsstutzig, obwohl er den dringlichen Blick seiner Schwester verstanden hatte. Da griff Ines Rhombach den Mantel und verließ unverzüglich den Gallo Nero.

In der Ecke beim Münztelefon lag die Welt da wie ein vergessenes Eilpaket. Zuerst wurde es in Amreis Kopf leer. Dann fanden die Botschaften der Erinnerung, deren Wortlaut längst vergangen war, endlich ihren Adressaten. Bilder klarten auf, Telegramme aus Gerüchen und Farben.

Sie sah einen blitzblauen Herbsttag und einen lockenköpfigen, kleingewachsenen Mann in billigem Staubmantel auf sie zukommen. Der Mann trat heran, küßte lange ihren Mund, obwohl sie sich fremd waren und einander noch nie im Leben gesehen hatten. Sie sah das Neonlicht einer Parklampe ins Schlafzimmer stauben. Sie hörte Grillen schreien, und sie roch Schweiß und vertrocknetes Gras in einer vor Hitze flirrenden Sommernacht. Sie vernahm ihre eigene Stimme:

– Irgendwo da draußen wohnt eine Zwillingsseele.

Sie fühlte, wie Ambros ein genäßtes Laken über ihren heißen Körper breitete. Und sie hörte ihn reden:

– Ich werde dich lieben bis zu meinem Tod. Ich werde mit keiner Frau schlafen, außer mit dir.

Sie ließ den Blick an sich hinabgleiten, betrachtete die schwarzen Pumps aus Chevreau und meinte auf einmal, die Fußgröße sei geschwunden. Die Schuhe waren viel zu weit, und ihr wurde Sturm im Kopf. Sie mußte sich mit den Händen gegen die Wand stützen. Die Wand gab nach, als griffe sie in einen Vorhang.

– Kann ich etwas für dich tun? hörte sie aus der Ferne Leos Stimme in ihre Nacht hallen.

Der Vedutenmaler stand hinter ihr, offensichtlich schon etliche Zeit, und er wiederholte abermals die Frage. Auf seinem besorgten Gesicht blitzte die silberne Halbbrille. Als er Amreis Oberarm berührte, schrak sie auf, starrte ihn benommen an, faßte sich und flüchtete aus der Toilette.

– Kinder, ich habe Hunger wie ein Holzfäller! rief sie, an den Tisch zurückkehrend, und klatschte in die Hände.

Margot sah ihr in die seedunklen Augen und begriff alles.

– Maudi hat ein Schwesterchen bekommen. Wie findet ihr das?

Da blickte selbst Harald etwas benommen und fing an, in der Stoffserviette zu nesteln.

– Und *ihr* habt es *immer* gewußt! Herr Ober! rief Amrei.

Raoul flitzte herbei. Sie bestellte Wein, den schwersten, den öligsten. Und sie aß wirklich wie ein Holzfäller. Margot schwieg, die ganze Zeit über. Harald indessen war aufmerksam wie selten. Nicht eine Sekunde ließ er Amrei aus den Augen. Es interessierte ihn, was in einem Menschen vorgeht, der eben von seinen eigenen Illusionen zerschmettert und zerstampft wurde. Und er empfand zum ersten Mal so etwas wie Zuneigung für Amrei. Ja, er hätte sie jetzt umarmen mögen. Die Hände wurden ihm weich und die Stimme auch. Er betrachtete ihr erloschenes Gesicht, und die stumpfen Augen rührten ihn an. Er dachte, ihre Hand zu fassen. Nahm sie aber nicht. Derlei Tröstung hätte die Brutalität von Amreis Zusammenbruch nur verschleiert. Nein. Er wollte klaren Geistes der geheimnisvollen Zerstörung einer menschlichen Seele beiwohnen. Und er hörte beinahe wieder sein Herz schlagen.

Sie hatten den Gallo Nero bereits verlassen, als Guerri an den Tisch trat, ihn neu aufzudecken. Er gewahrte drei große Geldscheine obszön aus der Stoffserviette Haralds hervorlugen. In einer Reflexbewegung riß Guerri den pechschwarzen Hirtenkopf in die Höhe, um die Ahnenwand zu prüfen. Und wirklich:

Der Sonnenuntergang hing verkehrt, und Gioias lachsrosiges Gesicht stand kopf.

– Warum tut er das? Habe ich ihm etwas angetan? erforschte Guerri sein ministrantisches Gewissen, drehte das Bild um, so daß Gioias fröhliche Eidechsenaugen wiederum das ganze Lokal einnehmen konnten.

Ob er sich darauf verstehen könne, ihm das Moccatäßchen zu verkaufen, aus welchem das Radiofräulein eben getrunken habe, schrie und flüsterte ihm Boje gleichzeitig in den Rücken.

– Warum *fragen* Sie überhaupt noch? Nehmen Sie doch die Kleine samt Gedeck mit nach Hause!

– Nur die Tasse. Und den Löffel vielleicht.

– Ach, gehen Sie mir aus den Augen!

Sie standen auf dem Hauptplatz. Amrei wankte. Margot umfaßte ihre Schultern. Sie redeten keine Silbe miteinander, verharrten und warteten doch auf nichts. Harald nahm den Digestif im Café Grauh.

Der herzförmige Platz der Zwei Monde glänzte wie eine Schellackplatte. Das orangene Licht der über den Platz gespannten Mittelleuchten zerstäubte im Sprühregen, und die Gebäude rings lagen, sofern sie nicht erleuchtet waren, in nahezu schwarzer Nacht. Von der Kirche St. Ursula konnte man lediglich den vorkragenden Giebel und die darunterliegende Säulenvorhalle erschließen.

Hinter den schaufenstergroßen Scheiben des Café Grauh herrschte schwitzende Geschäftigkeit. Die Jugend rauchte, lärmte und schwadronierte. Es schien, als wollten sie heute nacht allesamt abheben, die Schwüre wahr machen und endlich nach Amerika, Australien oder auf die Bahamas auswandern. Von außen besehen, wirkten die Menschen im Café Grauh immer wie Passagiere, die sehnlichst darauf warteten, daß der Flieger endlich aufgetankt würde und die Tragflächen enteist.

Ansonsten lag der Platz der Zwei Monde still und traurig. Nur der siebende Regen, dem sich jetzt ein handwarmer Wind dazugesellte, ließ Unruhe aufkommen. Sie waren wie Geliebte, Wind und Regen. Geliebte, die einfach kein Fortkommen kannten. Fielen sich in die Arme, behinderten einander Gang, Richtung, Blicke und Ohren. Preschten vor, taumelten zurück, bliesen sich in den Nacken, benetzten sich die Stirn.

Margot wollte fahren. Wieder bat sie geduldig um die Autoschlüssel, die ihr Amrei endlich aushändigte. Noch ehe sie einstiegen, mußte Amrei erbrechen, den öligen Wein und die Portion des Holzfällers. Es währte etliche Zeit, bis der brennende Schmerz, der ihr vom Oberbauch in die Brust aufstieg, allmählich verklang. Margot schwieg.

– Mama. Ich möchte sterben.

Margot schwieg. Noch nie in ihrem Leben war sie der Tochter so nah gewesen. Und weil sie ihr so nah war, tröstete sie ihr Kind nicht. Weder mit einer Geste noch mit einem einzigen Wort.

Amrei wollte nicht heim. Noch nicht. Im Regen wolle sie gehen. Dort, wo jetzt kein Mensch zu finden sei. Hinunter wolle sie, an das Ufer des Rheins. Margot folgte ihr. Sie querten den Platz der Zwei Monde, ihre leichten Mäntel näßten ihnen schon die Rücken.

Du hast es die *ganze* Zeit gewußt. Mama, wie konntest du mich *so* verraten? Wem kann ich jetzt noch glauben?

– Bevor ich es gewußt habe, hast du es gewußt. Und zwar lange davor.

– Das ist nicht wahr!

– O doch, Amrei. Ich kenne dich *zu* genau. Du hast diesen Mann geradezu in die Arme einer anderen Frau *getrieben*. Dein Innerstes hat Ambros nie vertraut. Wie ich Dietrich nie vertraut habe.

– Aber Vater hat dich nicht so dreckig *betrogen*.

– Das ist nicht der Punkt. Es geht darum, ob ich ihn geliebt habe. Ich habe ihn nicht geliebt. Ich bin wie du. Eine Latuhr. Ich habe ihm so lange mißtraut, bis er den Glauben an sich selbst verloren hat. Am Ende sogar den Glauben an seine eigene Liebesfähigkeit. Daran ist er zerbrochen. Er wurde wankelmütig, ja, der ganze Mann fing an zu wanken ... Ich halte wenig von freudianischer Logik, weil jede Erklärung Rechtfertigung ist. Dieses unerforschliche Leben ist nicht zu rechtfertigen. Aber Dietrichs Gleichgewichtsstörung war der Ausdruck einer Seele, die ihre Ordnung verloren hatte. Und dieses furchtbare Mißtrauen in uns, für das wir nichts können, hat auch Ambros zerbrochen. Unsere Männer waren naiv, unbedacht, und sie lebten fraglos. Sie lebten das, was die Latuhrs nie leben konnten: sich selbst.

– Ich werde ihn umbringen. Mama, ich bringe ihn um. Er ist der verlogenste, hinterhältigste Mensch, der mir jemals begegnet ist.

– Solange du ihn mit Haß verfolgst, hat er Macht über dich. Und ihr kommt voneinander nicht los. Erinnerst du dich noch an die Nacht, als er unten stand?

– ...

– Er hätte die ganze Nacht gewartet. Er wäre geblieben. Er wäre deinetwegen erfroren. Ich werde seine Worte nie mehr vergessen, wie er in unseren alten Benz einstieg und sagte: *Es geht um mein Leben.* Und weil seine Liebeskraft so ungeheuerlich war, so ausschließlich, so unbedingt, bekamst du Angst. Nicht Angst vor ihm. Du hattest Angst vor dir selbst. Was hättest du diesem Wunder entgegnen können, wenn dich plötzlich ein wildfremder Mann umarmt und küßt und augenblicklich weiß, daß *du* für ihn bestimmt bist?

– Also bin *ich* noch die Schuldige?

– Du verstehst mich sehr genau.

– …

– In der Liebe gibt es keinen Schuldigen, Annamaria. Es gibt nur Liebende und Nichtliebende. So wird es immer sein. Und träfen sich jemals zwei Menschen, von denen jeder den andern meint, nicht den Traum vom andern … sie hätten sich *nichts* zu sagen, *nichts* zu geben. Das ist wie ein dunkles, ungeschriebenes Gesetz. Ein Liebender trifft immer auf einen Nichtliebenden. Einer wird immer mehr lieben, der andere weniger.

– …

– Nein. Wenn *wir* beide uns etwas vorzuwerfen haben, dann das: Daß wir meinten … unsere Männer könnten uns heilen. Könnten uns zu Liebenden machen. Zu Vertrauenden … Hier! Nimm mein Taschentuch.

– Warum geht in meinem Leben alles schief? Alles geht daneben.

– Weil du andere für deine mißglückten Träume verantwortlich machst. Was wolltest du in deinem Leben nicht alles werden! Tierärztin, Schauspielerin, Meeresforscherin. Jeder Traum hätte sich erfüllt, egal welcher. Aber das Gegenteil von Träumen ist Zweifeln. Daß beides zusammengehört, daß der Tag die Nacht braucht, das ist dir nie klargeworden. Die Zweifel in dir waren immer stärker. Du hast begonnen, anderen Stimmen zu glauben. So verliert man Zeit, Amrei. Ich weiß, wovon ich rede.

– Du hättest mich *zwingen* müssen!

– Das habe ich Vater auch vorgeworfen. Er wurde zornig. Weißt du, was er geantwortet hat? *Du kleines Miststück! Du willst, daß ich dir die Freiheit wegnehme, damit ich verdammt werde?* Das habe ich lange nicht verstanden. Als Dietrich anfing, unsere Firma zu ruinieren, die einzig mögliche Rebellion gegen mich, habe ich Vater langsam begriffen. Und ich weiß, er wäre jetzt stolz auf mich. Denn ich habe Dietrich gelassen.

– Ist man wirklich nur auf dieser Welt, um unglücklich zu sein?

– Ja.

– Das *sagst* du so einfach?

– Es gibt nur den Moment. Der Augenblick ist die höchste Form von Ewigkeit. Vergangenheit und Zukunft sind Umwege. Sie führen weg von dir.

– Mama, was hat mein Leben überhaupt noch für einen Sinn?

– *Keinen.*

– …

– Das ist ja das Unerträgliche. Daß wir in unserem Leben keinen Sinn entdecken können. Aber es ist gleichzeitig das Wunderbarste, das Kostbarste und das Größte, das wir überhaupt haben. Sinnlosigkeit ist der äußerste Ausdruck von Freiheit. Jetzt gibt es nur noch dich. Du wirst vor niemandem Rechenschaft ablegen müssen. Vor keinem Gott und vor keinem Menschen. Aber vor *dir,* vor dir wirst du stehen müssen.

– …

– Diese Freiheit, kleines Miststück, werde auch ich dir nicht wegnehmen.

– …

– Kind, wir erkälten uns.

– Seit vielen Jahren hast du mich wieder Annamaria genannt.

– Hab ich das?

– Mama. Wie soll es jetzt weitergehen?

– Wie es jetzt weitergeht? … *Allein* bleiben. Wir lieben ein einziges Mal. Und wenn wir soweit sind, ist es entweder zu früh, oder es ist zu spät. Alles andere ist Arrangement … Ich werde dich *nicht* trösten. Ich werde dir den Schmerz *nicht* wegnehmen. Ich bin da.

Noch in derselben Stunde verging der sonderbare, warm dahinstäubende Regen. Die Nacht klarte auf, an drei oder vier Orten des rheintalischen Himmels. Eine beinahe orangene Mondsichel schiffte an dem Wolkenfenster vorbei, das sich jetzt über Jacobsroth aufspannte. Und das so erschöpfte Licht sank auf die Dächer des Städtchens, erfüllte sein Umland mit dem bräunlichen Firnis abgenützten Goldes. Der Rhein wurde eine rötlich schimmernde Stoffschleife, die das Tal gleichsam in eine prachtvolle Morgengabe verpackte. Die drei Kirchtürme der Stadt auf dem Hügel wuchsen um die Wette, und in den Rother Gärten standen vereinzelt blühende Kirsch-, Magnolien- und Apfelbäume in fahlblauem Licht.

Aber der zauberische Anblick währte nur kurz, das Wolkenfenster brach zusammen, um sich an anderer Stelle wieder aufzubauen. Jetzt ließ es sich am Nordhimmel für kurze Dauer im Großen Wagen wandern. Obwohl dieses Sternbild doch vielmehr einem Papierdrachen ähnelt, wie ihn die rheintalischen Jungen im Herbst auf die Mädchen oder die ätzenden Schwestern herabschießen lassen. Es ließ sich träumen in diesem Trapez unmöglicher Distanzen, und Alkor, charmantester Lichtpunkt dicht über dem mittleren Deichselstern, hätte in dieser Nacht einen liebenden Gedanken geborgen.

Ein dritter Wolkenkorridor wurde geöffnet, und sein Ende bildete eine riesenhafte Lünette, deren gebleichtes Sternenlicht auf der schneeigen Brust des Liegenden Papstes reflektierte. Aber seltsam: Schon unmittelbar vor der Bergkette, welche die Wolken staute, schien es dickstrichig zu schütten, während im Lee der Berge ein Regenschatten sich ausbreitete – Föhn über den Churfirsten.

Dieses ungewöhnliche Schauspiel währte vielleicht eine halbe

Stunde, dann erfaßte ein mäßiger Landregen das gesamte Rheintal. Aber aus diesem Landregen wurde gegen Morgen ein Dauerregen, der sich im Laufe der folgenden Tage zu einander abwechselnden Strich- und Platzregen auswuchs. Ja, es goß unaufhörlich aus allen Himmelsenden. Die Tage blieben graue Morgen, elektrisches Licht brannte noch am Mittag.

Amrei hatte nach jenem verhängnisvollen Abend nicht im Wohnturm genächtigt. Sie schlief in Margots Wohnung, in deren Bett und Armen. Etwas, das seit der Vermählung mit Ambros Bauermeister nie mehr geschehen war. Denn noch als 20jährige schlüpfte sie allenthalben in Mutters Bett, in der schwelgerischen Illusion, die Kleinmädchenzeit heraufzuholen. Dietrich hatte schon seit ihren Kindertagen nicht mehr neben Mutter geschlafen.

Margot schloß kein Auge und verfiel in Grübelei. Bildern hing sie nach. Der auf der Bühne stehende Irre, wie er seinen eingeübten Text dahersagte und dann so stümperhaft spielte. Amreis Anblick, als sie erbrach. Haralds ausgeleerte Augen und sein Satz, daß Gott die höchste Form von Ungerechtigkeit sei. Mochte er vielleicht am Ende doch recht behalten? Gegen drei Uhr wurde ihr Atem plötzlich derart jagend, daß sie meinte, am Herz wachse eine Geschichte.

– Mein Gott, *wo ist* Maudi? sagte sie halblaut und marterte ihr Gedächtnis, aus Fragmenten ein Ganzes zu bilden.

Zuletzt hatte sie das Mädchen auf den Russen zugehen sehen und ihn begrüßen. An Izjumovs schmalem Gesicht hängend, fand sie sich wieder im Gallo Nero, mitten in dem merkwürdigen Vorfall, der plötzlichen Raserei Maudis, für die sie bis heute keine Erklärung finden konnte. Denn Izjumov war es doch gewesen, der das Kind endlich besänftigt hatte, jedenfalls brach es erst in *seinen* Armen zusammen. Aber gleich färbte wieder Haralds Gesicht herauf, und so ging es die ganze Zeit durch Bilder und Jahre, kreuz und quer.

Als sich ihr Herzgang beruhigte, fand sie gegen fünf doch eine

Stunde Schlaf, wurde aber von der Schwüle des an sie gepreßten Körpers aufgeweckt. Es war eben zu lange her, sie war der Nähe ihrer Tochter entwöhnt. Margot löste sich behutsam aus den verlegten Armen Amreis, erhob sich aus dem Bett und schlich hinaus.

In keinem der drei Lieblingszimmer eine Spur von Maudi. Im *Zimmer der armen Sünder* deutete das gepackte Bettzeug darauf hin, daß sie vorvergangene Nacht hier geschlafen hatte. Es war nämlich ihre Gewohnheit, nach dem morgendlichen Duschen Laken, Kissen, Decke und Überdecke aufeinanderzutürmen, um für die kommende Nacht alles griffbereit zu haben. Auch wenn sie im selben Zimmer blieb.

Margot wanderte durch den kalten, bilderentleerten Flur hinüber zur Küche. Dort kochte sie sich grünen Tee, dessen Blätter sie zuvor über siedendem Wasser dämpfte, um die blaßgrüne Farbe am Leuchten zu erhalten. Sie liebte diesen ganz undefinierbaren Farbton. Er erinnerte sie an die großgeblumten Stofftapeten in Bellagio, wo sie bis in die sechziger Jahre hinein ein prachtvolles Haus besessen hatte. Und wie sie durch die zwei türhohen Küchenfenster hinaus in den regendunklen Morgen blickte, ging ein Heimwehgefühl nach jenem Haus in ihr spazieren. Sie las in Stifters *Nachsommer,* blieb jedoch unruhig und zerstreut. Als der Morgen nicht mehr fern war, griff sie zum Telefon, um Ines Rhombach anzurufen.

Eine vom Schlaf verräumte, aber wundersam zarte Stimme erklang am anderen Ende. Nein, Maudi sei nicht hiergewesen, und Esther habe bei Juli Bayer geschlafen. Doch Esther wisse auch von nichts. Sie selbst habe sich nicht anzurufen getraut, wegen der gestrigen Auseinandersetzung. Man solle vorläufig einfach abwarten. Spätestens im Unterricht müsse sie ja auftauchen. Die Kinder seien eben in einem widerspenstigen Alter. Da nütze nicht Milde noch Strenge. Während Ines in diesen Halbheiten redete, erriet Margot eines genau: Auch Ines war bange, auch sie hatte Gedanken, gegen die sie sich wehrte.

In der 5c-Klasse des Theresianums erschien Maudi nicht. Weder am Morgen noch am Vormittag. Sollte sie aber doch noch auftauchen, wollte der Klassenvorstand Frau Mangold umgehend benachrichtigen. Der Platz neben dem einhandigen Stevie, der Dutzendstuhl aus Eisenrohr und furniertem Holz, blieb leer. (Stevie repetierte die fünfte Klasse, und er hatte Maudi zur Sitznachbarin erwählt.)

Ehe Margot das Haus verließ, erwog sie, Amrei aufzuwecken. Sie ließ es jedoch sein und schrieb auch keine Notiz. Statt dessen ging sie hinunter in den Keller, von dort hinüber zur Garage. Es goß aus Kübeln, und die Scheibenwischer, trotz höchster Stufe, gaben kaum Sicht. An der Toreinfahrt fiel ihr plötzlich der *sisters corner* ein. Sie griff nach dem Schirm, verließ den Wagen bei laufendem Motor, eilte hinunter zum Bretterverschlag, schob die Tür leise auf und wurde wiederum enttäuscht. Auch hier keine Maudi. Es tropfte aus der Decke. Die Poster wellten sich an den Wänden. Die Luftmatratzen und Wolldecken faulten am Boden wie nasses Brot. Als Margot wieder einstieg, entdeckte sie eine ärgerliche Laufmasche am Schienbein. Und vor der Müllerschen Parfümerie parkend, fand sie Blut an Volant, Schalthebel und Türgriff. Sie hatte sich am rechten Handballen geschnitten.

Amrei wurde wach erst gegen Mittag. Aber sie erwachte nicht wie gewohnt; bleiern, lustlos, lange nicht in den Tag findend. Sie öffnete die Augenlider, und die Gedankenschwere aus nicht mehr erinnerlichen Fernträumen blieb aus. Sie wurde wach und fühlte sich so leicht wie die Schirmchen des Löwenzahns, wie sie verblasen schließlich doch zu Boden gaukeln. Sie dachte an gar nichts, weder an die nächtliche Katastrophe noch an Ambros Bauermeister, weder an Esther noch an Maudi. Sie spürte ein fragloses, ja geradezu unfaßliches Glück, eine Art kindliche Weihnachtseuphorie. Sie mochte plötzlich wieder den Geruch ihres Körpers, schmeckte den Atem, der gar nicht erwachsen war, sondern nach dem Grapefruitduft eines Kindermunds ging. Ihre Lippen wurden voller, schwollen an, ohne daß sie es merkte, und der prasselnde Regen wirkte auf sie aphrodisisch, ganz unerklärlich. Im Kopf phantasierte es auf einmal erotisch, und der Körper begehrte Berührung. Eine in all den Jahren der Einsamkeit ganz und gar verleidete Erfahrung. Denn am Morgen galt sie ihren Geliebten immer als Spielverderberin. Das war schon zu Ambros' Zeiten so gewesen. Sie schloß die Augen, begrub den Kopf in den Daunen, tat sich eine Vertrautheit an, die sie keinem Mann je preisgegeben hatte. Nachdem die Hitze auf Stirn und Geschlecht verklungen war, schlief sie wieder ein. Schlief eine weitere Stunde, und als sie zum zweiten Mal erwachte, hieß der erste Gedanke: *Wo ist Maudi?*

Aber Maudi blieb verschwunden. Und sosehr man sich anstrengte, ein Indiz, eine letzte Beobachtung, eine noch nicht erwogene Möglichkeit zu entdecken, es nützte nichts. Da der Nachmittag laut Stundenplan frei war, verabredete sich Amrei mit Esther, und zwar im Haus der Rhombachs selbst. Das erstaunte Ines. Mit deutlich erkennbarer Verunsicherung öffnete sie der Freundin die Tür, wagte nicht, ihr in die Augen zu blicken. Doch Amrei wirkte sonderbar gelassen, verdächtig gelassen, wie Ines das besonnene, ja nahezu gelöste Verhalten empfand. Amrei drang geduldig auf Esther ein. Und Esther antwortete, wo sie es verantworten durfte. Nach anderem Umgang als dem ohnehin bekannten befragt, verschwieg sie sich gekonnt. Ein Reden hätte nämlich zur Folge gehabt, daß das feingesponnene Netz um Rüdi zerfallen wäre. Rüdi war ihr erster Geliebter. Maudi und Juli waren die Mitwisser, die Alibigeber für die Nächte im Risiko, die Nachmittage in seiner Bude. Esther mit ihren 15 Jahren war bereits eine ganz ausgebuffte Schwindlerin, und sie wußte über die Gesetzmäßigkeiten des Lügens genau Bescheid: Sprich ohne Emotionen, präge dir die Lüge exakt ein, um dich später nicht in Widersprüche zu bringen. Was du verschweigen kannst, kann dich nicht zu Fall bringen. Natürlich griff die Unwahrheit nur deshalb, weil sich Ines mit ihrer Tochter nie wirklich ernsthaft auseinandersetzte. Eine Mutter erkennt ihr lügendes Kind an den gespreizten Nasenflügeln.

So verlief die Befragung ergebnislos, und Amrei verließ die Rhombachs in dem Gefühl, auf alles eine, freilich enttäuschende, Antwort bekommen zu haben. Sie unterließ es im übrigen nicht, beim Abschied Ines die Stirn zu küssen und ihr zu sagen, daß zwischen ihnen alles gut und neu sei.

Als es nachtete, wurde die Zeit in der Roten Villa bitter und die

Gespenster in den Köpfen größer und mächtiger. Von Maudi noch immer keine Nachricht. Der Regen platschte und prasselte ohne Unterlaß, im Radio wurde Sturmwarnung für den Bodensee gegeben. Punkt 20 Uhr, das war das festgesetzte Ultimatum, verließen Amrei und Margot das Haus, fuhren zum Gendarmerieposten, wo ein jungenhafter, rothaariger Beamter die Vermißtenanzeige mit hartnäckiger Langsamkeit in die Schreibmaschine klackte. Ines und Esther kamen zu mitternächtlicher Stunde herüber und sahen doch nur die ausgehöhlten, weinenden Augen Amreis und das stumpfe Gesicht Margots. Sie spielten gemeinsam Halma, dann Trivial Pursuit, aber die Zeit wurde monströs, und bangstes Schweigen wechselte mit mutwilliger Ausgelassenheit. Kein Anruf, kein Lebenszeichen, kein Wunder. Auch die folgenden Tage und Nächte nicht.

Am späten Nachmittag des vierten Tages von Maudis Verschollensein erreichte das Unwetter seinen niederschlagsreichsten Höhepunkt. Die Traufen der Stadt faßten das Wasser nicht mehr. Die Schächte und Kanäle quollen über. In den Fluren der Rheinebene bildeten sich große Tümpel, denn die Erde war aufgeweicht und vollgesogen und des Regens lange schon überdrüssig. Gigantische Wolkenwalzen verfinsterten das Land. Und es war, als näherten sie sich bereits dem Boden, so tief neigten sie die Bäuche herab. In den umliegenden Talschaften gingen vereinzelte Muren nieder. Die Furten mit dem Auto zu queren bedeutete Lebensgefahr. Der Bodensee trat bei Bregenz über die Mole, schwemmte sich hinein bis zu den Bahnhofsgeleisen, und es hieß, der Rhein könne jeden Augenblick über seinen ersten Damm springen. Es fehlte vielleicht noch eine Handesbreite. Aus diesem sanften, stets grüngrauen Fluß war ein zorniger Strom geworden. Erdbraun schob er sich dahin, war voller Hunger, denn er führte wuchtige Stämme und Hölzer mit sich, die er an höher liegenden Ufern abgerissen hatte. Dann verging die Sintflut, nicht jäh, aber die Wolkendecke lichtete sich, und hoch über der Jacobsrother Wand bat ein kurz währender Regenbogen um Verzeihung. Es war Freitag nachmittag, die Kirchenglocken läuteten Christi Tod.

Zuerst ein düsterer, enger Flur. Eine Steintreppe leitet hinab in den Keller, eine Halbtreppe nach oben in das Wohnzimmer. Hier sind die Lichtschalter bedeutungslos, die Glühbirnen herausgedreht, und wenn es ein Licht sein *muß,* das spärlichste: 15 Watt. In diesem engen, gestaffelten Reihenhaus an der nach Osten ausfallenden Mattheistraße, bleiben die Rolladen geschlossen. Sie bleiben es immer. Eine Lebensgewohnheit, seit die Eltern nach Deutschland verzogen sind und die Schwester nach Paris. Dann die Treppe hinauf, an die Wohnzimmertür, die offensteht. Geiziges Licht einer Stehlampe. Bläulich flirrender Widerschein des Fernsehers. Eine Stollenwand aus finsterem Holz. Bücher in wenigen Gruppen, aber gleichen Zuschnitts. Quartalsvorschläge einer Buchgemeinschaft. Ein unvollständiges Lexikon, da die Mitgliedschaft gekündigt, vermutlich.

Auf weiteren Regalflächen ein Sammelsurium von Dingen, die nicht zusammengehen, aber dennoch wie Ausstellungsstücke zur Schau gestellt sind: ein Paar weißwollene Damenhandschuhe, ein violettes Brillenetui, Besteck unterschiedlicher Art. Eine filigran modellierte Kaffeetasse, Nagellackflacons, Trinkgläser. Wieder etliche Kaffee- und Moccatassen gleicher Marke. Trockenblumen, ein grünoranger Schal, eine schwarzrote Umhängetasche mit der Aufschrift *Ascari* in eingestanzten Lettern, ein angebrochener Lolli, Stoffservietten und so fort.

In einer Ecke des Raums eine offene Feuerstelle mit weit auskragendem Kaminmantel, viel zu groß in Anbetracht der Raumproportion. Ausdruck eines kurzatmigen, bürgerlichen Wohlstands.

Und in einer vom Blaulicht des Fernsehers steingrau schimmernden Ledercouch ein unbeweglich dasitzender Mann. Grader Rücken, den Nacken versteift. Das Gesicht glattrasiert. Sein Ausdruck Anstrengung. Er trinkt einen heftigen Schluck gelblichen Wassers aus einer Moccatasse. Sliwowitz. Seit einer halben Stunde trinkt er Schnaps. Er sieht klar. Im Schnapstrinken hat er Dauer. Boje.

Die *Hand* führt durch die *Lokale Stunde,* die vorabendliche Sendung für die Region. Der bärtige Vierziger mit Stoppelfrisur und verschlagenen Augen, um die er weiß, redet in jovialem Ton. Er verleiht dem Text improvisatorischen Charakter, woraus unweigerlich ein Versprecher nach dem andern folgt. Das regionale Fernsehen ist neu und seine Moderatoren unerprobt. Das ist die eine Erklärung. Die andere, daß ihnen der rheintalische Dialekt zu sehr die Zunge hemmt.

Boje verharrt reglos. Gleich wird das Fräulein Spiegel – nur darauf wartet er – die Nachrichten verlesen. Er kennt den wöchentlichen Turnus unter den drei Sprecherinnen. Da ist sie. Schön und kirschmündig und von unverdorbener Koketterie. Wie sie herausflirtet! Boje verschenkt ein Lächeln.

Die Schlagzeilen handeln vom Unwetter. Einem Bauern in Fußach sind fünf Schafe ersoffen (Spiegel sagt *ersoffen).* Ein Autofahrer hat die Weisung der Straßenmeisterei nicht beachtet und die Furt bei Dornbirn zu passieren versucht. Ein geistesgegenwärtiger Rentner stellt sich ihm in den Weg, worauf ihn der Wagenhalter angeblich ohrfeigt. Der Rentner erstattet Anzeige. Die Stadtverwaltung von Jacobsroth informiert: Das angeschwemmte Holz des Rheins ist Freiholz und darf ungeniert abgeholt werden. Man bittet sogar darum, zwecks sauberer Umgebung.

Boje hört nicht zu. Er vernimmt nur den auf- und abwehenden Klang ihrer Worte. Was gäbe er jetzt drum, ihren kamillegelben linken Ohrclip zu besitzen. Was gäbe er drum! Er starrt auf ihr Ohr, auf die Wange, auf den Hals, auf das Schlüsselbein. Er meint die Halsschlagader mit der Hand zu fühlen, den Puls des Mädchens. Seine Augen tränen. Sie röten sich. Er hält den Atem an. Er muß den Ohrclip haben.

Eine Meldung des Veterinäramtes will Spiegel verlesen. Sie hebt an. Da gleitet die Kamillenblüte von ihrem linken Ohrläppchen ab. Sie springt auf den Tisch und dann zu Boden. Das Mikrofon übermittelt ein gläsern scherbendes Geräusch. Spiegel blickt verirrt aus dem Fernseher. Sie will das Malheur parieren. Aber dann tut sie, als sei gar nichts geschehen und liest die Meldung fort. Je länger sie liest, desto bohrender die Peinlichkeit im Kopf. Sie errötet, selbst für die Zuseher erkennbar, und ist heilfroh, daß der Nachrichtenblock zu Ende ist. Bojes unwägbares Antlitz. Schrekken und Triumph. Der Mund wie im Schrei. Kein Laut. Die Augen entgeistert, Magneten, und eine geplatzte Ader wölkt blutig. Es ist wirklich wahr. Er hat den Beweis. Die so lange betrauerte Kraft kehrt zurück. Er kann Menschenwillen brechen. Er kann Lebensläufe verstören, fremde Gedanken lenken. Boje bekommt keine Luft mehr, die Lungen stechen, und er meint, der Schädel springt ihm auf.

Die *Hand* nimmt Spiegels Mißgeschick als Überleitung und witzelt.

– Tja. Die schwerbehangenen Frauen machen uns Männern die Geldtasche leicht. Doch nun zu einem ernsten Thema. Leider noch immer kein Lebenszeichen von der 15jährigen Maudi Latuhr, die nun – wir haben bereits berichtet – den fünften Tag als abgängig gilt.

Während das Fernsehen ein Bild von Maudi zeigt – ein stark vergrößerter Ausschnitt aus einem Klassenfoto (die Latuhrs fotografierten nie) –, bittet die *Hand* um zweckdienliche Angaben und nennt die Telefonnummer der Kriminalpolizei. Gleichzeitig erfährt das spärliche Licht in Bojes Wohnung Helligkeitsschwankungen. Es nimmt ab, nimmt zu, vergeht beinahe, blüht wieder auf. Und plötzlich wird es gleißend hell, einen Gedanken lang. Dann bricht der Strom zusammen.

Sackschwarz der Raum. Nur noch das flockende Fernbild der *Hand* auf Bojes tränender Netzhaut. Auch das verlischt. Der Atem findet in den Körper zurück, glättet sich. Aber in den Ohren ist ein Singen, ein heiseres Singen. In einer Sprache, die Boje nicht spricht. Er weiß, daß es englisch singt. Und es singt mit seiner eigenen Stimme. Mit seiner eigenen Stimme singt es englisch, obwohl er – Boje befühlt ungläubig die Lippen – schweigt. Der Herzgang wird langsamer, die Hände eiseskalt. Es sind englische Worte, das weiß er. Dann wird es still in ihm. Die alte, furchtbare Stille, die er kennt. Niemand je an seiner Tür. Keiner, der ihn andenkt. Keine Frau, die sein Gesicht im Herzen trägt. Trotzdem die quälende Ahnung, jemand warte auf ihn, draußen. Er überlegt:

Soll er ihn suchen, um doch wieder einsam heimzukehren? Boje sitzt wach in der Finsternis, bis hinter der Stadt der Morgen graut.

Gesessen und nicht getröstet. Gewacht und doch wieder um die Hoffnung bestohlen. Weg! Bloß weg von hier, denkt er. Hinaus. Er steht auf, die Knie geben nach. Ihm wird schwindlig. Der Alkohol, das Alleinsein. Nur irgendwohin. Boje wankt, bleibt dennoch Herr seiner selbstgeschaffnen Dunkelheit, tappt in den Keller, vergißt die Regenjacke. Zurück in den Flur. Dann das Fahrrad. Das Fahrrad der Pariser Schwester. Wohin? Er kippt das Garagentor. Das Licht eines vollendeten Morgens verlacht ihn und die Regenjacke. Er tritt in die Pedale. Die Mattheistraße hinunter. Plötzlich wieder der entzündete Gesang im Kopf. Worte, die er noch nie gesprochen hat. Das Flehen seiner eigenen Stimme. Krächzender Hilferuf, als neige sich bald sein Leben. Wird er allmählich verrückt? Egal wohin. Bloß weg!

In den sanften Mulden, in den Schößen der Magerwiesen von Marienruh, frühstücken die ersten Sonnenstrahlen. Sie machen sich über das nasse, grelle Gras, trinken den Tau, und ihr Morgenatem sind seicht dahinziehende Nebelschwaden. Die Sonne blitzt unschuldig herauf. Die rheintalische Luft ist kalt und gläsern, denn das Unwetter hat sie reingewaschen. Es herrscht eine Fernsicht von schier unermeßlicher Weite, und der Himmel prahlt in virtuosem Blau. Wären jetzt die Alpen nicht, man dürfte hinunter bis auf norditalienische Städte blicken.

Noch liegt das Tal selbst in der Morgendämmerung. Aber entlang des Rheindamms sind schon Bauern und Kleinhäusler zugange, das Schwemmholz fassen. Und sie tun es *ungeniert,* wie es das Fernsehfräulein anempfohlen hat.

Dann, etwa drei Kilometer von Jacobsroth entfernt, stromaufwärts, mehrere Wagen, lichtblitzend, stroboskopisch. Gelblicht und Blaulicht. Ein Polizeiauto, die Feuerwehr, das Rote Kreuz, ein Traktor mit Anhänger. Eine Sirene würgt ab.

Und die Männer sind erregt, ihre Worte und Gesten erhitzt, denn das Mädchen lebt noch. Schwächlich zwar, aber solange es singt, lebt es. Solange die dünne, entzündete Stimme klingt, lebt es. Flüche fallen übereinander. Georg, dem der Traktor gehört, ein phlegmatischer Mann um die Vierzig, weigert sich, den Stamm mit der Seilwinde zu heben. Der Stamm sei morsch, und er könne das Kind gänzlich erdrücken.

– Kannst du mich hören? ruft ein weißbemantelter Sanitäter in den höhlenhaften Verhau aus Schlamm, verquerten Stämmen, armdicken Ästen und rostenden Blechteilen.

Maudi antwortet nicht. Sie singt. Der Mann zündet mit dem Handscheinwerfer in die fuchsbaugroße Höhle und sieht wieder die nackten, papierweißen Fußsohlen, die gertendünnen, gebläuten Beine und das laubbedeckte Geschlecht. Keine Arme, Hände, keinen Bauch. Mehr ist nicht zu erraten.

– Wenn du mich hören kannst, gib mir bitte ein Zeichen mit dem großen Zehen!

– *Upside down, boy, you turn me … Inside out and round and round … Instinctively you give to me the love that I need …*

Nach lautem Hin und Her übernimmt ein Kriminalbeamter die Verantwortung, und erst jetzt sieht sich Georg bereit, den Stamm zu heben. Er zittert, als er die Hydraulik bedient. Mit Motorsägen und Sapinen, Äxten und Spaten arbeiten sich die Männer behutsam zu dem Mädchen vor und hebeln es schließlich heraus.

Es ist unbekleidet, das Haar vom Schlamm verklebt, die Lippen blau gedunkelt. Schürfungen an Armen und Beinen. Unter der beinahe durchsichtigen Haut schimmert ein hundertfaches Geäder.

Die Sanitäter heben Maudi auf die Krankentrage und decken sie zu. Georg, der die Augen aus Ehrfurcht vor dem Nacktsein abgewandt hat, wagt jetzt einen huschenden Blick auf das Gesicht des Mädchens, dem er das Leben gerettet hat. Und es dünkt ihn, als hätte es nur auf diesen Moment gewartet. Als er diese Augen sieht, übermannt ihn plötzlich ein so unbeschreibliches Glücksgefühl, wie er es noch nie erlebt hat. Und diese reifen, so ausgeruhten, alles umarmenden Augen gehen ihm nicht mehr aus dem Sinn.

Im folgenden wird der Kriminaltechniker feststellen, daß Maudi, um nicht im tage- und nächtelangen Schauer zu erfrieren, in diesen Berg aus Morast und Holz gekrochen ist, der dann, bedingt durch den endlosen Regen, in sich zusammenstürzte. Auf der Röntgenstation der Lazarus-Klinik wird man – trotz der vielen schmerzhaften Frakturen – über die Geistesgegenwart dieses Menschen staunen, darüber, wie er sich das Leben erhalten konnte, indem er die empfindlichsten Körperteile mit Laub und Schlamm verschloß, indem er, um nicht einzuschlafen, bis zur äußersten Heiserkeit sang. Aber:

Ein betroffenes Schweigen wird eintreten, wenn der Chirurg an dem Hals des blessierten Mädchens Würgemale entdeckt. Die gynäkologische Untersuchung wird zu dem Ergebnis gelangen, daß eine Vergewaltigung ausgeschlossen werden kann. Und doch wird im Verlauf dieser Untersuchung eine mysteriöse Entdeckung gemacht.

Das Mädchen verfügt über einen männlichen Chromosomensatz. Zwar ist Maudis äußerer Phänotyp vollkommen weiblich, aber die Gebärmutter ist nicht ausgebildet, sie fehlt überhaupt. Desgleichen die Eierstöcke. Darum die so lange ausgebliebene Menarche, die auch nie geschehen kann. Maudi wird nicht gebären. Sie leidet am *Syndrom der testikulären Feminisierung.* Ein sehr seltener Geburtsfehler, den zu erklären noch immer die Vererbung herbeigeredet wird. Und das medizinisch so Verblüffende: Kann sich ein Mensch nicht männlich ausbilden, erhält er den weiblichen Habitus. Ein gleichsam ungeschriebenes Gesetz. Der *sinus urogenitalis* differenziert sich in feminine Richtung. Maudi ist weder Hermes noch Aphrodite, auch nicht beides gleichzeitig. Maudi ist ein Mann, der phänomenologisch eine Frau ist. Oder anders ausgedrückt: Ehe Maudi ein Mann war, war sie ursächlich Frau.

Über die Brust des Liegenden Papstes ergießt sich hellrosa das Morgenlicht. Es rinnt mählich die Bergkette hinab, und die Nachtschatten im Rheintal verkürzen sich, müssen weichen.

Auf der Dammstraße nähert sich ein Radfahrer dem Fundort. Boje verlangsamt das Tempo. Vage kann er ausmachen, wie ein Mensch auf eine Tragbahre gelegt und in den Krankenwagen verbracht wird. Boje steigt vom Fahrrad herunter, schiebt es einige Schritte. Dann verläßt ihn der Mut, und er bleibt stehen. Das zuckende Blaulicht macht ihm Gewissensbisse, obwohl er sich vor der Polizei nicht zu fürchten braucht. Bankangestellte und Polizisten irritieren ihn. Das war schon immer so. Das untätige, nocturnale Leben, das er führt, gilt diesen Menschen schon als Verbrechen. Er wendet sich um und fährt in die Stadt zurück. Er ist sterbensmüde. Angezogen legt er sich auf die erstbeste Schlafstätte. Auch das eine Gewohnheit. In seinem Haus hat er schon überall geschlafen. Als er die Augen schließt, muß er an den kamillefarbenen Clip denken.

– Anna, flüstert er, und der Name dringt ihm zart von den Lippen. Es ist das erste Wort, das er seit Tagen gesprochen hat. Das erste Wort, das ihm gelingt. Boje dreht sich zur Seite, riecht an dem muffigen Stoff der gepolsterten Küchenbank. Er sieht die Mutter Honig machen. Sieht den Saft der Tannenjährlinge durch das über vier Stuhlbeine gespannte Windeltuch ins Einweckglas tropfen.

Die Augen. Diese Augen. Diese Augen. Diese unglaublichen Augen. Wie ein ganzes Heufuder Glück. So ruhig, wie der gesunde, volle Stall. Wenn alles Vieh schläft und man nur sein Schnauben hört.

Georg Moll stand träumend im weiß flutenden Neonlicht seines Kuhstalls, das Kinn auf die gekreuzten Handflächen gelegt, gestützt vom Stiel der Heugabel. Er nahm einen tiefen Atemzug, denn diese warme, dampfende Luft war ihm der liebste Geruch auf der Welt. Jede seiner zwölf Milchkühe hatte einen Namen, und über dem Futtertrog hing eine kleine Schiefertafel, Geburtsdatum, Namen und den Tag der Besamung anzeigend. Er vermochte die zwölf Kuhgesichter tatsächlich zu unterscheiden. Einmal hatten er und sein Bruder Ulrich eine Wette abgeschlossen: Wer erkennt die meisten Kühe am bloßen Geruch des Fells? Ulrich unterlag jämmerlich, und so verfügte man sich ins Restaurant, wohin einen normalerweise nicht zehn Ochsen schleifen konnten, denn ein Bauer ißt daheim. In der Philippusstraße tafelten sie vier Stunden lang beim Inder, ließen sich abschließend die pappigen Fladenbrote, die Reis- und Fleischreste in Stanniol einwickeln und vergaßen Trinkgeld zu geben. Der Inder verneigte sich höflich, und es gilt nachzutragen, daß ihn die sprichwörtliche Geduld auch in Jacobsroth nicht verlassen hatte. Nach drei Jahren gähnender Leere begann das Restaurant Maharadscha sich zaghaft zu füllen.

Die Kunst liegt im demütigen Warten. Vielleicht hat Otello Guerri den Inder ermutigt, oder die Griechen, die Chinesen. Merkt nämlich der Rheintaler, daß ein Ausländer noch beharrlicher schweigen kann als er, wird ihm das Herz weich, und er empfindet glatt Zuneigung. In solchen Momenten denkt er gern, daß zwischen ihm und dem Inder eigentlich überhaupt kein Unterschied besteht. Zu seiner Frau sagt er: *Alle Menschen sind gleich, auch wenn sie Inder sind.*

Georg griff wieder die Heugabel und schüttelte den Tieren das Stroh für die Nacht unter die Bäuche. Sein rundes Gesicht, dessen schwarzer Vollbart sich schon grau kräuselte, bekam wieder den träumerischen Ausdruck. Er hielt in der Arbeit inne. Seine braunen Augen dunkelten vor Sehnsucht. Er mußte diesen Menschen noch einmal sehen. Nur noch einmal wollte er dieses Mädchen sehen. Diese Augen. Diese Augen von einer Milde, wie die schäumende Milch im Melkkübel.

Was vorläufig an der Rekonstruktion des so rätselhaften Verbrechens an Maudi Latuhr beigebracht werden konnte, wurde beigebracht – geradezu nichts. Das Mädchen verschwieg sich auf sehr merkwürdige Art. Sie ließ zwar die Fragen geschehen, aber sie antwortete nicht. Und das mit äußerster Hartnäckigkeit. Als ein Kriminalbeamter in seiner Hilflosigkeit zu drohen begann, blickte sie ihn mit derart zornigen Augen an, daß er unverzüglich die Befragung abbrach.

Nun, die Kriminalpolizei fand, etwa vier Kilometer vom Fundort des Mädchens entfernt, die silbernen Ballschuhe, das zerfetzte, einteilige Kleid aus waldgrünem Samt sowie einen Teil der Unterwäsche. Mehr nicht. Das Gebiet wurde noch am selben Nachmittag zwischen Fundort und vermutlichem Schauplatz des Mordversuchs abgeriegelt. Aber die vielen Leisen, welche Traktoren, Anhänger und andere Fahrzeuge in den aufgeweichten Boden geschnitten hatten, verunmöglichten eine Spurensicherung. Die Holzschwemmer waren früher dagewesen, und die Fußabdrücke Legion.

Eines jedenfalls stand fest: Das schwerverletzte Mädchen mußte sich unter irrigen Schmerzen noch vier bis fünf Kilometer weit geschleppt haben. Das endgültige Bulletin lautete auf Spiralfraktur am linken Schienbein, was den Schluß zuließ, daß die Zertrümmerung nicht durch einen vom Holzhaufen herabfallenden Stamm verursacht worden war, sondern durch Menschenhand. Weiters sprach das Bulletin von Frakturen am Schlüsselbein, an den drei mittleren Fingerknochen der rechten Hand, von Quetschungen, Hautabschürfungen und großflächigen Hämatomen am Rücken. Ferner entdeckte man am rechten Oberarm eine Art Bißwunde. Um Herkunft und Deutung dieser Verletzung zu klären, mußte eigens aus Innsbruck ein großgewachsener, traurig dreinblickender Mann herzureisen. Ein kahlköpfiger Mensch, dem sogar die Augenbrauen fehlten. Der Gerichtsmediziner prüfte die Wunde und fotografierte sie umständlich. Sie rührte zweifelsfrei vom Biß eines Menschen her. Aber der bedrückte Mann fand noch mehr heraus.

Bei dem Biß handle es sich um einen sogenannten Kreuzbiß, was einen Rückschluß auf die Kieferstellung zuließe. In jedem Fall sei der Oberkiefer zu schmal ausgebildet. Das könne er mit Sicherheit behaupten. Eine Gewebeprobe erwies, daß der Täter (man ging stets von einem einzelnen Mann aus) Zahnfüllungen trug. Diese Erkenntnis ließ das Alter des Täters vielleicht etwas eingrenzen. Aber wer in Jacobsroth trug keine Zahnplomben?

Maudi schlief zwei Tage lang, ohne zu erwachen, bedingt durch die Anästhesie, denn die Knochen einzurichten erforderte Allgemeinnarkose. Die erste Zeit nach dem Aufwachen war aufregend wie nie in ihrem Leben. Menschen gingen ein und aus. Stets neue Gesichter beugten sich über sie. Sorgenvolle Mienen und Grimassen aus gespielter Fröhlichkeit. Spezialisten eilten herbei, und sie erkannte einen neuen Sachverständigen daran, wenn er sie mit einem langgezogenen *So, Maudi!* begrüßte.

Die Liebsten kamen. Amrei verharrte die ersten Nächte überhaupt bei ihr, und sie weinte viel. Der Gedanke, daß sie und Margot in der mutmaßlichen Nacht des Verbrechens ganz in der Nähe des Kindes gewesen waren, auf dem Rheindamm nämlich, trieb ihr Hilflosigkeit und Bitternis in Augen und Mundwinkel. Die 5c versammelte sich vollzählig. Der einhandige Stevie schwor, Maudi zu rächen, den Mörder so lange im Ried zu suchen, bis er ihn gefunden hätte.

– Du Vollkoffer, parierte Rüdi. Glaubst du, der wartet im Ried auf dich? Da muß man organisiert vorgehen.

Er hielt die Hand der schönen Esther noch inniger, ja, die Hände schienen überhaupt ineinander verwachsen.

– Ich glaube, die bringen dich noch in *Aktenzeichen XY ungelöst.* Dann getraue ich mich wieder nicht aufs Klo, sagte Juli aufgewühlt.

Allesamt verstummten sie bei dem Gedanken, den nachgestellten Mordversuch im Fernsehen zu erleben.

Besagte allmonatliche Fahndungssendung war das Kindertrauma jener Fernsehzeit überhaupt. Sie wurde zu den prachtvollen Klängen aus Charpentiers *Te Deum* eröffnet, dem Signet der Eurovision. Das war stets ein feierlicher Fernsehmoment, bedeutete es doch, daß jetzt die gesamte deutschsprachige Welt zusah. Es bedeutete aber ferner, daß nun sämtliche Verbrecher aus Österreich, der Schweiz und Deutschland auch zusahen. Darin lag das Problem. Wenn der todernste Eduard Zimmermann, den noch niemand je hat lachen sehen, mit dicker Hornbrille und Grabesstimme einen Banküberfall in Gießen, einen Prostituiertenmord in Detmold rekonstruierte, wurde es in den Jacobsrother Stuben mucksmäuschenstill. Man wähnte nämlich den Detmolder Mörder gewiß in die äußerste Provinz der Eurovision flüchten, also ins Rheintalische. Die Fenster wurden geprüft, ob sie tatsächlich verschlossen, eine im Abendwind lendende Gardine reizte zu äußersten Mutmaßungen, die Türschlüssel wurden doppelt gewendet.

Die Schreckensherrschaft der Vögte stand da, der Professor Daut mit unsicheren, überflüssigen Händen, und Maudi merkte, daß er Mühe hatte, die Tränen zu verpressen. Der Klassenvorstand ließ, da er verhindert, Süßigkeiten in Kreppapier übermitteln. Ja, eines Nachmittags fanden sich sogar Großvaters Rommé-Freunde Max, Leo und Hans als Besucher ein. Sie vermochte sich allerdings nur dunkel an Großvater zu erinnern. Noch weniger an die jahrzehntelangen, bis über das Grab hinaus stets treu gebliebenen, immer für ihn dagewesenen und ihn immer verehrt habenden Freunde, weshalb das Besüchlein etwas tonlos verlief. Man hatte sich nicht gerade viel zu erzählen.

Viermal wurde ihr Krankenbett in eine andere Station geschoben. Zuletzt rollte man sie wieder in die chirurgische Abteilung zurück, fünfter Stock, von wo aus sie eine glänzende Aussicht in das sanfte Hügelland bis hinein ins Liechtensteinische genießen durfte. Ja, zeitweilig – allerdings nur eine Woche lang – mußte ein Polizist die Tür des Krankenzimmers bewachen. Maudi kam in die Schlagzeilen von *Tat* und *Wahrer Tat*.

Der Polizist, der sie zu schützen hatte, war Eduard Flores, das BWV. Sie wurden Freunde, vom ersten Moment an. Er breitete ihr sein armes Leben aus. Daß er einfach keine Frau finde, daß er das Bachsche *Capriccio* nicht mehr ausstehen könne, geschweige denn üben. Daß seine Großmutter irrte, da sie sagte, der Junge habe Pianistenhände. Daß sich der Vater jetzt bestimmt im Grab über ihn gräme. Denn er, Eduard, schlafe zwar noch immer viel, aber nicht, um sich für die Karriere auszuruhen, sondern von diesem hoffnungslosen, unnützen, furchtbaren Leben.

Da blickte ihn Maudi mit großen, ernsten Augen an und gab ihm, er wußte nicht woher, auf eine ganz wundersame Weise Mut.

– Eduard, sprach sie, noch von Heiserkeit gezeichnet, du *mußt* wieder Klavier üben. Du mußt, du mußt!

Hernach sagte sie etwas, das seinen linkslastigen Mund mit der beinahe fehlenden Oberlippe erstarren ließ. Die Pupillen öffneten sich, wurden zu Knöpfen – seis aus Erschrecken, seis aus Beschämung.

– Ich werde deine Frau sein.

An Maudi Latuhr hatte sich etwas vollzogen, ein Geheimnis, das jeder, der in ihre Gegenwart kam, sofort verspürte, jedoch nicht beschreiben konnte. Die Begegnungen hatten – äußerlich gesehen – eines gemeinsam: Irgendwann im Verlauf des Krankenbesuchs entstand eine unerhörte, keinesfalls peinigende Stille. Berichtenswertes erübrigte sich plötzlich, Mitteilungen, Fragen, und dadurch die Worte selbst. Die zu ihr kamen, wollten ihr Trost bringen und das Geschenk der Nähe. Aber seltsam: *Sie* wurden getröstet, *sie* wurden mit ungeteilter Nähe überhäuft. Wie mochte das sein, dachte etwa der Professor Daut, als er im weiträumigen Fahrstuhl ins Parterre fuhr, daß dieses Kind einen so wärmte? War es doch beinahe erschlagen worden. Hatte es doch das Furchtbarste gesehen, was ein Mensch sehen kann: den gewaltsamen Tod.

– Wer ist dieses Mädchen, das da oben im fünften Stock liegt? fragte Margot einmal halblaut, da sie mit Ines den Ölrain hochkurvte, aus der Klinik heimkehrend.

– Ich weiß es auch nicht, sagte Ines, worauf Margot beinahe erschrak, denn die Frage hatte mehr ihr selbst gegolten.

– Ist dir aufgefallen, daß sie nicht mehr redet wie früher? sprach Margot jetzt erlöster.

– Warum schweigt sie so hartnäckig? Warum erzählt sie nicht, was in jener Nacht wirklich passiert ist?

– Weil sie ihren Mörder kennt, sagte Margot kalt, und weil sie ihn schützen will. Diese idiotischen Befragungen, diese stupiden Verhöre. Sollen Maudi doch in Ruhe lassen. Sie wird nicht reden … Ines, ich meine etwas anderes. Sie sagt Dinge von einer Tiefe, die ein Kind ihres Alters unmöglich begreifen kann. Irgend etwas Ungeheuerliches ist in jener Nacht passiert. Etwas … das sie dreißig Jahre vorwärtsgebracht hat. Wie kann ein 15jähriges Mädchen sagen: *Das Gesetz wiederholt sich so lange, bis es der Mensch nicht mehr braucht.* Woher hat sie das?

– Hat sie wohl irgendwo gehört. Die Mädchen in dem Alter sind immer sehr philosophisch.

– Eben *nicht* gehört. Das ist es ja … Sie hat es *erlebt.*

– Es ist alles so schrecklich, flüsterte Ines und steuerte zum Haupttor der Roten Villa. Weiß sie schon, daß sie nie Kinder bekommen wird?

– Ja.

– Wer hat es ihr gesagt?

– Ich.

– Und?

– Hat nicht sonderlich drauf reagiert. Ich glaube, eine Frau spürt das ohnehin. Jede Frau, die keine Kinder bekommen kann, hat es schon als Mädchen gewußt. Ach, übrigens! Wir haben einen Käufer für die Villa gefunden. Es ist ein holländischer Fabrikant. Sehr feinsinniger, gebildeter Mensch. Ich glaube, das Haus verdient ihn, und er verdient es. Er trägt einen wundervollen Namen. Immerseel. Er schreibt sich Henk Immerseel.

– Das ist alles so schrecklich, wiederholte Ines und zog, was nicht ihre Art war, die Nase hoch. Und Amrei?

– Der Arzt hat ihr Medikamente gegeben.

– Die arme Amrei.

– Schon gut, Ines. Wir haben alle unser Kainsmal. Ehe ichs vergesse: Ich weiß, daß Ambros Bauermeister bei einem Banküberfall in Ulm verhaftet wurde.

– Du *weißt* es?

– Deshalb sage ich es dir.

– Aber …?

– Er hat dich gewiß auch gebeten, die Kaution zu bezahlen. Ich finde, doppelt die Dummen sollten wir nicht sein. Was meinst du?

– …

Es war gegen 21 Uhr. Abnehmender Mond. Der Winter besuchte unverhofft das aprilene Rheintal. Drei Tage lang wollte er bleiben, ehe er wieder in nördliche Richtung abreiste. Die chirurgische Station lag schon in den Händen hellblau gewandeter Nachtschwestern. Das Licht der Korridore wurde auf Halbdunkel gefahren. Es spiegelte sich matt im schiefrigen Grau der Linoleumböden, war ein Geleis, dessen Linien in der Ferne die Nacht kreuzten. Der halbverglaste Personalraum mutete an wie ein nächtliches Schaufenster im Regen. Ein Krankenwärter strickte. Eine Schwester sah fern: *Einer wird gewinnen.*

Da wurde auf Zimmer 534 sachte die Türklinke niedergedrückt, die Tür in leichter Woge geöffnet und ebenso geräuschlos geschlossen. Er hatte sich den Sonntagsanzug angetan und eine Krawatte mit falschem Knoten in den Hemdkragen geklipst. Er roch noch immer nach Stall, obwohl er sich gebadet und den Kopf gewaschen hatte. Ja, sogar der Bart war gestutzt. Georg hatte sich schön gemacht für die Augen.

– Wer sind Sie? Was wollen Sie? fuhr Amrei in heillosem Schrecken zusammen.

Dadurch erweckte sie das Kleinkind, das neben Maudi lag, die Beine hochgebunden, vergipst bis an die Hüften. Das Kind gluckste, tat ein paar Seufzer, wollte greinen, schlief jedoch wieder ein.

– Gelobt sei Jesus Christus, erwiderte der fleischige, untersetzte Mann ebenso verstört, weil ihm nichts Besseres einfiel als diese altmodische Grußformel, die in seiner Familie noch gepflegt wurde.

– *Sie* sind es, Herr Moll! begeisterte sich Maudi in gedämpfter Stimme. Ist das schön, daß Sie mich besuchen!

– Ich dachte: Gehst du mal vorbei. Heimgehen kannst du immer noch, grummelte Georg.

– Ist *alles* in Ordnung, Mami! Das ist der Herr Moll, der mich gefunden hat. Bitte holen Sie einen Stuhl! Setzen Sie sich! Es war ein schönes Foto von Ihnen in der Zeitung.

– Haben Sie es auch gesehen?

– Ich hab es sogar ausgeschnitten.

– Ich auch. So ein Zufall.

Obwohl er klobige, hornverhärtete Hände besaß, waren die Gesten doch präzise, ja beinahe elegant. Das wirkte komisch, weil ungewollt. Er griff die Stuhllehne, trat ans Bett und setzte sich, nachdem er sich Amrei namentlich vorgestellt hatte. Maudi hieß ihn die Schublade des Nachtkästchens öffnen. Er gehorchte und fand den Zeitungsausschnitt. In seiner trocknen, an sich wortkargen, aber humorigen Art hob Georg zu erzählen an, wie es zu dem Foto gekommen sei. Und je mehr er redete, desto quicker wurde ihm die Zunge. Das gab es bei ihm selten. Geradezu nie.

Plötzlich am Morgen sei ein Reporter von der *Tat* im Stall gestanden, habe ihm gratuliert und gesagt, daß er froh wäre, wenn das hiesige Land mehr solche tapferen Männer hervorbrächte. Er habe leider ganz wenig Zeit und müsse eigentlich schon sausen. Drum solle er ihm in kurzen Worten bitte schildern, wie er die Maudi Latuhr aufgefunden hätte. Das habe er dann auch gemacht. Zum Schluß wollte der Reporter ein Foto von ihm schießen, was er jedoch eisern abgelehnt hätte. Der Reporter hätte aber einfach nicht lockergelassen. Also gut, habe er daraufhin gesagt, aber nur mit meiner Gundis. Na schön, solle er die Gundis rufen. Das Problem sei dann gewesen, daß die Gundis um keinen Salzstein in der Welt aus dem Stall hinausgemocht habe. Drin war es dem Reporter zu dunkel. Es handle sich um einen komplizierten, hochelektronischen Fotoapparat. Also hätten sie beide an der Gundis gezerrt, bis es ihr schließlich zu dumm geworden und sie zur Stalltür hinausgerumpelt sei. Wenn man jetzt das Bild einmal genau ansehe, erkenne man deutlich, wie benommen die Gundis dreinblicke. Er selbst übrigens auch.

Amrei mußte derart herausprusten, daß ihr der Pfefferminztee aus der Tasse schwappte. Maudi krümmte sich, und der vergipste Körper tat ihr weh. Die Art, wie Georg die Geschichte vortrug, wie er die Augen rollte, das kindliche Staunen, dazu das bärtige runde Gesicht, das sich im Nu zum Pokerface glätten konnte, die listigen Augen – das alles erheiterte die Latuhr-Frauen ungemein. Als er die Frauen lachen sah, denn das war sein Geschenk für die Kranke, taute Georg Moll richtig auf.

Erst auf der Heimfahrt wurde er sich dessen bewußt, daß er in der Lazarus-Klinik sein Herz verlegt hatte. Verloren an Amrei, an diesen blondgewellten Frauenkopf mit den dunkelgrünen, müden Augen, dem einprägsamen Mund, der streng gegen die Welt stand. Er schnupperte immer wieder an der Innenfläche seiner Hand, denn sie barg vom Abschied den Duft, den er im Selbstgespräch *nobel, nobel* nannte: *L'Air du Temps.* In Grind, seinem Heimatort, angelangt, tappte er in den Stall, sah nach dem Vieh, kraulte Gundis die Stirn und sagte: *Nobel, nobel.* Dann ging er auf sein Zimmer und schlief wie ein Fürst.

Grind war ein unverbrauchter kleiner Flecken. Es lag etwa acht Kilometer von Jacobsroth entfernt, eingezwängt in ein schmales, langgezogenes Tal, das von zornigen Felswänden umstellt war. Die Berge warfen gefräßige Schatten auf den Weiler, so gefräßig, daß dort im Winter vier Monate kein einziger Sonnenstrahl sich blicken lassen durfte. Für den Skitourismus zu niedrig gelegen, für die Kirschbäume zu hoch, für die Rheintaler zu unwegig, für die Bergfreunde zu unspektakulär, schlummerte diese winzige Siedlung wie Dornröschen. Eine Schotterstraße führte hinauf, eine Sackgasse. Sie endete vor einem jammersalten Bauernhaus, der Heimat Georgs. Auf den Magerwiesen hinterhalb des Bauernhauses aber standen wie zufällig hingewürfelt vier blitzneue Häuser, von denen das hinterste noch im Rohbau stand und, das konnte man erahnen, einer sehr eigenwilligen Architektur folgen würde. Mehr gab es in Grind nicht zu sehen. Alle Häuser dieses Weilers gehörten der Familie Moll, genauer gesagt: Sie gehörten Georg, standen ihm verbüchert. Er und sein von Geburt an hörbehinderter Bruder Ulrich hatten sie mit eigenen Händen erbaut. Zwar lebten die Eltern noch, es existierte ferner eine ältere Schwester, die strikt ledig bleiben wollte, und doch wohnten sie allesamt in dem verwitterten Vaterhaus, hausten unter einem gemeinsamen Dach. Vor zweien der neuen Häuser parkten große Autos vornehmer Marken, abgetakelt allerdings, aber noch fahrtüchtig. Auf den Hutablagen dieser Autos glimmerten und glitzerten Kissen und Wimpel, von Gold- und Silberfäden durchwirkt. Es waren die Karossen der Mieter, zweier türkischer Familien.

Mit 18 Jahren war Georg das Bubenzimmer zu eng geworden. Im heiratsfähigen Alter von 19 Jahren beschloß er, seinen eigenen Hausstand zu gründen. Er fing an, ein großes Haus zu erbauen. Ein sehr großes Haus, dachte er doch, darin eine vielköpfige Familie zu beherbergen. Er, der Bruder, der Vater, ein paar befreundete Handwerker bauten an dem Haus 18 Monate lang. Dann stand es da als prächtige Morgengabe für eine tüchtige, gut wirtschaftende Braut in spe. In schneeweißem Putz, Satteldach und grünen Fensterladen prangte es, umrundet von einem Gemüsegärtchen, das seinerseits von einer dicken, hüfthohen Mauer umlagert wurde, die ihrerseits wiederum – weil die Mauer doch allzu nackt – von dicht stehenden Thujen umkränzt war. So sah es aus, und jedes Traumhaus eines rheintalischen Hagestolzes sieht so aus.

Bedachterweise nahm Georg nicht das erstbeste Mädchen zur Frau. Denn jetzt hieß es aufpassen. Ein funkelnagelneues Heim zieht natürlich berechnende, nur nach Äußerlichkeiten gehende Dinger an. Für so ein Geschleife war er nicht zu haben. Überdies könnte es nicht schaden – um sicherzugehen –, brächte das Mädchen selbst ein paar grüne Schürzen mit in die Ehe herein, und damit meinte er Grund und Boden.

Drei Jahre lang stand die *sinnlose Hütte* leer, wie er sich enttäuscht ausdrückte. Dann vermietete er das Objekt. Aber in den Nächten wälzte er sich schlaflos. Was, wenn morgen die Frau seines Lebens plötzlich vor ihm stünde? Und er könnte ihr kein Zuhause bieten. Die türkische Familie einfach hinauszuwerfen, das brächte er nicht übers Herz. Und so machten sich die Molls daran, ein zweites Haus zu bauen. Die Arbeiten an dieser Baulichkeit währten nur acht Monate, denn Georg erwog, daß in den Zeiten der Ölkrise und des drohenden Atomtodes höchstenfalls eine vierköpfige Familie zu verantworten sei. So fiel die Baulichkeit im gesamten etwas kleiner aus als die erste, aber nicht minder hübsch. Das zweite Heim äugelte mit seinen ammoniakgeputzten Fenstern stolz in die südliche Gebirgswand, deren wütende Felsriffe sich wiederum ins Fensterglas schnitten.

Überflüssig, Georg zu predigen, daß er jetzt doppelt Obacht haben müsse. Der Neid sei im Rheintal auf die Welt gekommen, und die Mädchen von heute liederliche Weibsbilder. Sein verhutzeltes Mütterlein predigte dennoch, wann immer er auf den Traktor stieg, den grünen Deutz, um in die Stadt zu rumpeln.

So vergrauten auch die Fenster des zweiten Hauses, denn es blieb leer. Er vermietete es abermals und fand nächtens in seiner Bubenkammer wenig Schlaf.

Er baute sich ein drittes Haus, mehr spaßeshalber, weil er nach getaner Arbeit doch immer so munter und unternehmungslustig sei und man in den Discotheken, den Wirtschaften und Cafés ohnehin nur sein Geld verjuble. Das dritte Heim, ein Jux wie gesagt, wurde ein winziger Bungalow. Georg plante, nur noch ein Kind zu zeugen, einen Sohn, der später die Landwirtschaft weiterführen sollte. Für mehr Kinder könne er wirklich nicht einstehen, wenn man sich die triste Weltlage ganz klar vor Augen bringe. Und das müsse man.

Der Bungalow verstaubte und wurde abermals vermietet. Vermietet an einen polnischen Musikanten, Wladislaw Stanek – es ist wahr –, den Chopin-Vollender schlechthin, dem der Kohlenstaub in Krakau so zu schaffen gemacht hatte und der nur der guten Luft wegen im Rheintalischen wohnen blieb. Ein älterer Herr zwischenzeitlich, der einstmals den Polizisten Eduard Flores alias BWV zwingen wollte, Bach wie Chopin zu spielen.

Wenn Georg an schwülen Sommerabenden in der Bubenkammer lag, von den Storzen frischgemähter Wiesen verletzt, vom Staub der Heublumen angegraut, wenn es überall so ungemein würzig nach Ernte duftete, wenn er durch das schmale Fenster in den glühenden Horizont blickte, auf die Nase des Liegenden Papstes – mehr zu sehen erlaubte die Talenge nicht –, dann wurde ihm so elend, und er bekam Heimweh daheim. Ach, was gäbe er drum, sich endlich an der Schulter eines rheintalischen Mädchens ausruhen zu dürfen. Eines Mädchens, das ihn meinte und nicht die Miete. Was gäbe er drum, den Kopf an ihren Hals zu legen und einfach draufloszuplaudern, wonach ihm gerade der Sinn stand.

Ob es klug wäre, jetzt den alten Deutz zu verkaufen und den noblen, superstarken Fendt anzuschaffen. Oder doch dem Maschinenring beizutreten, in welchem Verein die umliegenden Bauern einen gemeinschaftlichen Fuhrpark unterhielten, die enormen Erhaltungskosten zu senken …

Georgs vierte Baulichkeit, obwohl im Rohbau befindlich, verriet die gänzliche Aufgabe seiner Verehelichungspläne. Er war dabei, ein Haus ganz für sich allein zu bauen. Er plante ein kleines Schloß. Sollte sein Schmerz wenigstens ein schönes Zuhause haben. Drei plumpe, rundliche Türme, eingefaßt von so etwas wie einer verqueren Wohnlichkeit mit Satteldach. Natürlich würde der obligate weiße Putz, würden die grünen Fensterladen, die Mauern und Thujen das Ganze abschließend behübschen. Denn in so einer Zeit, da schon bald die ganze Welt den Bach abwärtsgehe, müsse man auf sich selber schauen und sich die letzten paar Jährchen mit Behaglichkeit verschönen.

Wer wollte Maudi Latuhr umbringen? Und mehr noch: Warum? Wenn es nun offensichtlich kein Verbrechen sexueller Natur war, was dann? Ein Raubüberfall? Den Aussagen der Amrei Latuhr-Bauermeister zufolge trug das Mädchen niemals Geld bei sich. Eine Marotte angeblich. Das Papier, das Metall ekelte sie an. Nicht aus hygienischen Gründen, aus moralischen. Weil die Menschen es immer mit Gewissensbissen berühren. Erstaunliche Gedanken einer Fünfzehnjährigen. Aber was um alles in der Welt geschah in den Nächten vom Dienstag, dem 22. April, auf Samstag, den 26.? War es doch eine versuchte Vergewaltigung? Das Mädchen hatte sich gewehrt und dadurch den Täter noch panischer gemacht. Gewiß hatte es geschrien. Er dachte, es zu erschlagen, zu erwürgen, um sich hernach an ihm zu vergehen. Irgend etwas hat ihn jedoch davon abgehalten. Was? Jemand, der auf dem Rheindamm vorbeifuhr? Bei diesem Unwetter? Und wozu? Die Dammstraße führt nirgendwohin. Sie geht gewissermaßen ins Leere, eben den Rhein entlang. War es Eifersucht? Eine Rachetat? Die Protokolle der Befragungen, auch bei böswilliger Interpretation, ergaben nicht den leisesten Anhaltspunkt. Keiner der Klassenkameraden wußte etwas von einem in Maudi unglücklich verliebten, gekränkten Jungen. Wer wollte diesen Menschen auslöschen? Weshalb? Und warum schwieg die Maudi Latuhr? Der Schock freilich und die Angst, der Mörder könnte noch einmal auftreten. Aber steckte nicht noch mehr dahinter? Was stand wirklich hinter dem Ganzen?

Das waren Izjumovs Überlegungen und Fragen, die er in etlichen, ja sogar außergewöhnlich zahlreichen Artikeln und Glossen zur Diskussion stellte. Der 27jährige Konstantin Serafim Izjumov, der durch seine vorbildliche, schon beinahe ein Jahrzehnt währende Arbeit im Ressort für Nekrologe nunmehr zum Chefredakteur für Lokales aufgestiegen war, er wurde nicht froh. Das Verbrechen beschäftigte seine Phantasie wie keinen anderen Berichterstatter. Sei es, weil er bekanntermaßen der letzte Augen- und Ohrenzeuge vor Maudis Verschwinden gewesen war. Sei es, weil ihn wieder die Erinnerung an den so mysteriösen Abend im Gallo Nero heimsuchte, da dieses Kind in einem Anfall von Wahnsinn alle Menschen umarmt und geküßt hatte und erst in seinem Schoß zu Frieden gekommen war. Sei es schließlich, weil er an diesem Fall wieder einmal die ihm so schleierhafte rheintalische Seele studieren durfte, deren Geheimnis sich erst in der Art und Weise lichtete, wie hierzulande ein Verbrechen geplant und ausgeübt wurde.

Verbrochen, gestohlen und sich vergangen wird im Rheintalischen nämlich auf sehr kuriose Weise. Es gibt kaum ein Vergehen, ein Delikt, das in seinem Hergang nicht einer gewissen Ironie entbehrte. Wie es der Fall einer 82jährigen Rentnerin aus St. Jacob anzeigt, die im Supermarkt ein tiefgefrornes Huhn gestohlen, es unter dem Hut versteckt hatte und schließlich, weil die Warteschlange an der Kassa endlos, in Ohnmacht gefallen war. Das eisige Geflügel hatte ihr das Gehirn betäubt. Oder jener 66jährige, *honorige und allseits beliebte* Bürger, der, ehe er sich an Unmündigen aus der Nachbarschaft vergriff, einen Streichelzoo mit Kleintieren anlegte und eine Damhirschzucht, um so die Buben anzulocken.

Oft saß Izjumov bis über Mitternacht an seinem nach Möbelpolitur duftenden Arbeitsplatz und interpretierte die Anklageschriften und Urteilsbegründungen rheintalischer Gerichte. Ja, es wurde sein Steckenpferd. So auch jetzt, in der versuchten Ermordung der Maudi Latuhr.

Er beugte sich über die Konvolute und fertigte mit filigraner, kalligraphischer Handschrift und blassem Bleistift Notizen an. Sein Schreibtisch wachte über den verschlafnen Saal.

Das Möbel stand, wie alle *Tat*-Schreibtische, hinter zwei künstlichen Capensien in Plastiktöpfen versteckt. Eine Hilfeleistung für die etwas Bedürftigeren, die im Maschineschreiben noch immer nicht versiert waren, damit sie nicht der andauernden Spöttelei ihrer Kollegen ausgesetzt wären. Schutzmaßnahme auch für jene, welchen der Anblick des Gegenübers schlicht und einfach die Gedanken abschnitt.

Denn der Verleger Hansmarius Sot hielt auf ein günstig gestimmtes Umfeld in diesem Großraumbüro, weshalb er Capensien in Massen ankaufte, genauer gesagt eintauschte. Als Gegenleistung erhielt die Firma Floraldekor drei ganzseitige Anzeigen, in denen sie ihre Palette an Kunststräuchern ausbreiten durfte, nebst einem euphorischen Hintergrundbericht mit dem Titel *Sattes Grün und üppige Blüte – Ohne Wasser und Pflege zeitlos frisch.*

– Tja, mein Guter, pflegte Sot zum Landespräsidenten beim täglichen Mittagstisch zu sagen, die wirklich großen Geschäfte sind Tauschgeschäfte. Da siehst du kein Geld, Kuno.

Er selbst thronte in dem besagten Großraumbüro auf einem erhöhten Podest, um einen Blick hinter die Capensien riskieren zu können. Bedurfte doch die Meinungsvielfalt, diese wildwuchernde Pflanze, intensivster Pflege. Aber zurück zu Konstantin S. Izjumov. Der hockte also beim gelbfließenden Licht der Tischlampe in die Nacht hinein und studierte die Berichte und Protokolle zur Causa Maudi Latuhr. Die flüchtig gemachte Nebenbemerkung in der Einvernahme der Esther Rhombach geisterte ihm wieder durch den Kopf. Als sie und Maudi noch klein gewesen, so Rhombach, sei in deren Nähe ein Lamm gestorben. Sie habe sich das nicht erklären können.

Merkwürdig, daß ihm diese Passage einfach nicht aus dem Sinn ging. Und seltsam auch, daß, wenn er an das tote Lamm dachte, er gleichzeitig Sonja assoziierte, die ältere Schwester, die am 15. Mai 1970 in der Dimitrower Chaussee, Nähe Botanischer Garten, tot aufgefunden worden war. Selbstmord, zweifelsfrei, wie der Arsenspiegel anhand der gerichtsmedizinischen Marsh-Probe ergeben hatte. Ein Moskwiter stirbt nicht daheim. Nicht in der Kommunalka, auf offiziellen elf Quadratmetern. Der Tod ist eine Brücke, ein Garten, wenigstens ein langer Prospekt.

Izjumov verfiel ins Sinnieren, und bald war er der Junge, der mit dem Vater Jagd auf Eichhörnchen machte, im Sokolnikij-Park, in den Anlagen des Freiluftbades an der Moskva und einmal auf ganz gefährliche Weise im Alexandergarten, beim Lenin-Mausoleum. Die Felle waren begehrt. Ein Feh ermöglichte der Familie Fleisch für drei Sonntage. Und es langte sogar zu Orangen. Er sah plötzlich die weißen Bäuche der auf so qualvolle Art verendeten Kätzchen. Die Augen, ohnehin große und geheimnisvolle Schächte, dünkten ihn noch geweiteter und von widerhallender Anklage. Am schlimmsten war es im Winter, wenn an den Hörnchenohren die entzückenden Haarpinsel wuchsen. Dann war der Anblick unerträglich.

Das warme Licht der Federzugleuchte erhellte sein androgyn wirkendes, schmales Gesicht. Eine sehr glatte Stirn, die selbst dann nicht in Falten ging, wenn er die schwarzen, dünnen Augenbrauen hochzog. Izjumov war ein schöner Mann, von beinahe aristokratischer Ausstrahlung. Volles, schwarzes, kurzgeschnittnes Haar, das eine Naturlocke in die Stirn wölbte, die Ohren freigelegt. Eine geradezu vollendete Nase, ein enger Mund, dessen Lippen einen Deut Resignation verrieten und vielleicht gerade dadurch in sinnlicher Schwüle prangten. Weißer Teint, spitzes Kinn, das noch durch den rotschimmrigen, präzise geschnittenen Spitzbart verlängt wurde. Schwermütige Augen, als liege in ihnen das Stereotyp der russischen Troika, wie sie in die eisige Wintersnacht hinausschellt.

Auf einmal schreckte sein müder Körper vom Tisch auf. Eine Erkenntnis jagte förmlich durch den ganzen Leib.

Sonja hatte von Geburt an keine Gebärmutter gehabt.

Und er wurde nervös, ja bekam Herzklopfen. Er dachte plötzlich auf russisch – so viele Jahre nicht mehr –, und er fluchte russisch, da er die Mappe mit dem Befund des Rechtsmediziners nicht auffinden konnte. Der Befund, dessen Xerokopie er sich durch eine Indiskretion in Innsbruck beschafft hatte. Izjumov gärtnerte in seinen Papieren, jätete sie um und um, immer hektischer werdend. Dann fand er ihn, zuunterst, und der Atem blieb ihm aus. Er las und las wieder.

Chromosomensatz 46, XY … Androgen-Unempfindlichkeit aller Körpergewebe … Fehlen des Uterus und der Eierstöcke … Hoden in den Leisten ausgebildet … Testosteron jedoch unwirksam … Weibliches äußeres Genital …

Er las die Worte wieder und wieder. Dann wurde ihm schwindlig. Er überflog Esther Rhombachs Repliken vom toten Lamm, und mit einemmal ahnte Konstantin S. Izjumov, daß in der Maudi Latuhr etwas vor sich ging oder sich etwas wiederholte, das ungeheuerlich war. Gab es einen Zusammenhang zwischen Sonja Izjumov, Maudi Latuhr, dem toten Lamm, dem Anfall im Gallo Nero und schließlich dem versuchten Mord? Wie durch einen Windhauch angeblasen, mußte er plötzlich lachen. Ja, er lachte derart irrig, daß ihm selbst unheimlich wurde.

In den folgenden Tagen ließ er die Sache ruhen, ohne selbst ruhig zu werden. Dann nahm er den Telefonhörer, rief im Theresianum an, um sich mit Esther Rhombach zu treffen.

So? Das habe sie gesagt? Daran könne sie sich nicht mehr erinnern. Aber es stehe in der Einvernahme. Izjumov wußte, daß sie log, und er spürte, daß er ihr weder drohend kommen mußte noch sanft.

Ob sie jetzt gehen dürfe? Sie dürfe gehen. Aber sie dürfe auch wiederkommen, wenn sie das Gewissen plage. Er sei kein Polizist.

Nach der Verabredung mit Esther fuhr er spontan in die Lazarus-Klinik, Maudi zu sehen. Er stand schon vor 534, als ihm unvermittelt ein Gedanke kam. Er ließ die Türklinke sein, wandte sich um und ging davon. Er beschloß, von nun an in ihrer Nähe zu bleiben, jedoch auf unerkannte Weise. Nur so mochte sich das Geheimnis um diesen Menschen erhellen. Und dadurch vielleicht auch um Sonja.

Am Nachmittag setzte er sich an seine elektronische Schreibmaschine und entwarf eine seltsame Glosse, in welcher er die Frage der Todesstrafe behandelte. Diese Glosse zündete eine Bombe, weil sie dem Mordanschlag nunmehr eine gesellschaftliche Dimension verlieh, die so nicht herzustellen war. Izjumovs Bemerkungen riefen unzählige Geister auf den Plan, die schon lange darauf gewartet hatten, ihrer persönlichen Lebenskränkung Luft zu machen. Über Wochen hinweg diskutierte die Leserschaft das Pro und das Contra, ja, die *Tat* richtete ein eigenes Leserforum ein, in dem nachgerade jeder seine Tiraden in mehr oder weniger sublimer Weise ausbreiten durfte. Bemerkenswert auch, daß man im Ressort für Lokales peinlich darauf achtete, die Stimmen für die Todesstrafe in leichter Mehrzahl zu halten.

Unglücklicherweise verübten zu jener Zeit die Kinder des Ekrem Yilmaz – der Name steht hier für die türkische Enklave in den Wohnsilos von St. Jacob –, mehrere Einbruch- und Ladendiebstähle. Für die Rheintaler willkommene Projektionsfläche der eigenen Unzufriedenheit. Die Autobahnen waren nämlich erbaut, die dunklen Augen überflüssig geworden. Und das Schlimmste: Diese dunklen Augen hatten Stolz, und die Münder sprachen fehlerfreien rheintalischen Dialekt.

In einem Punkt läßt sich der rheintalische Mensch nicht übertreffen: Anstatt auf den eigenen Schmerz hinzugehen, geht er weg. Wissentlich oder unwissentlich. Kopfüber flüchtend oder sich davonschleichend. In jedem Fall ist er nicht daheim, wenn ihn das Leben besuchen will, mit all seiner Pracht und Grausamkeit. Er läßt sich verleugnen.

Maudi genas. Die Besuche wurden spärlicher. Das Interesse erlahmte. Endlich auch das öffentliche. Nur Margot und Amrei kamen täglich zu ihr herauf. Und noch jemand: der einhandige Stevie. Mit der Eifrigkeit eines Pennälers trug er ihr den versäumten Lehrstoff vor. Daß jetzt die *Linearen Gleichungssysteme mit zwei Variablen* besprochen würden und einem eigentlich wenig entginge. Daß die *Lesson VII – Environmental Pollution* dran sei, er die Vokabeln für Maudi herausgeschrieben habe und in Geschichte die *Sachsenkriege* Karls des Großen. Welchen Gegenstand Stevie auch behandelte, in Wahrheit handelte alles vom Fach Erste Liebe. Er war so in Maudi verschossen, daß, wenn er die Klinik betrat, das Herzklopfen nicht mehr wegging.

An ihrem Bett stundenlang verharrend, widerfuhr ihm eines Tages etwas Unerklärliches. Er wußte nicht, was er davon halten sollte. Es war marternd und erlösend zugleich. Die Schwester war eben dabei, Maudi aufzubetten. So lag sie einige Momente nur im mintgrünen Longshirt da. Ein ganz seidiges Shirt, auf dem der Aufdruck *Happy together* zu lesen stand. Natürlich wandte Stevie die Augen von ihr ab, jedoch zu spät, und so mußte sein Blick über ihre Brüste streichen, und er gewahrte deutlich den dunklen Hof ihrer Brüste, und daß sich die Knospen gegen die Seide stemmten. Da wurde ihm heiß und kalt. Er mußte seufzen, ohne daß er es wollte. Die Hände zitterten ihm, denn er fühlte, daß etwas dabei war, sich zu verlieren. Dabei genoß er es, nicht ohne sich gleichzeitig dafür zu schämen. Der Kopf eine Tomate, fuhr er fort, an der *Linearen Gleichung* zu lösen, preßte das Schulheft fest in den Schoß, so daß alles noch schlimmer wurde, ihn noch mehr erregte. Dann fühlte er warm das sich Verlierende, und er bekam Angst. Er hoffte, da es vorbei war, so etwas nie mehr erleben zu müssen.

Als er sich einmal ganz nahe über sie beugte, ihr im Atlas Feuerland zu zeigen und die Magellanstraße, roch er den talgigen Duft ihres aufgefächerten, krausen Braunhaars. Diesen Geruch konnte er nicht mehr vergessen, und wann immer er später einem Mädchen nahe war, roch er in dessen Haar unwillkürlich Maudis Aroma. Es war einfach da. Stevie litt an dieser Erinnerung, die immer stärker war als die Gegenwart. Er litt darunter, dem anderen Mädchen unrecht zu tun. Seine rechte Hand besang nämlich nicht das Mädchen, sie besang Maudi.

Schließlich fand er doch den Mut, sich ihr zu eröffnen. Er war es leid und empfand es auch nicht zuträglich, seine ganze Zuneigung in das *Fränkische Reich,* die *Linearen Gleichungen* oder in die *Nahrungsvakuolen der Süßwasseramöben* zu legen.

– Willst du mit mir gehen?

Es entstand eine lange Stille. Maudi blickte den schmalwüchsigen, zartknochigen Jungen unverwandt an. Ihre Augen lagen ruhig, und die Iris war ein grüner, unberührter See. Auf den benetzten Lippen des üppigen Mundes glitzerte das Licht der Neonröhre über ihrem Bett.

– Stevie. Du bist ein so lieber Mensch. Aber mein Platz ist nicht bei dir. Du bist gesund. Ich weiß, daß du stark bist. Ich weiß, daß du stark bleiben wirst …

– Du findest mich nicht hübsch. Wegen der Hand. Kann ich verstehen.

– Du bist ein sehr hübscher Junge, Stevie.

– Okay, dann könnten wirs doch versuchen.

– Wie soll ich es dir erklären? … Ich weiß jetzt, wo ich hingehöre … Ich gehöre zu denen, die nicht sterben können.

Als sei er lautlos ermahnt worden, löste er die Finger von ihrem linken Ohr, die es minutenlang umspielt hatten. Er schluckte, und obwohl er nichts begriff, begriff er alles. Von einem Mädchen abgewiesen zu werden – die empfindlichste Niederlage für einen Jungen seines Alters. Beides stieg ihm gleichzeitig zu Kopf: Zorn und Sehnsucht. Weil Stevie aber eine schöne Seele besaß, ließ er Maudis Willen wirken. Um die Traurigkeit zu übertönen und die Tränen nicht augenscheinlich werden zu lassen, repetierte er die englischen Vokabeln fort.

– *To encroach* … Mh? … *to encroach,* Maudi.
– Ich werde nicht mehr zur Schule gehen, Stevie. Du bist der erste, der es weiß.

Er nickte zögerlich, und dann kamen ihm die Tränen wie ein Sturzbach. Sie sagte, er solle sich zu ihr legen. Er tat es, senkte den Kopf auf ihren vergipsten Unterarm und schluchzte. Sie redeten kein Wort mehr miteinander, bis die Nachtschwester kam und ein Gestürm entfachte, daß aus hygienischen Gründen derlei Sachen nicht erlaubt seien.

Was Maudi gegenüber Stevie angedeutet hatte, sollte sich in den letzten zwei Wochen ihres Krankenhausaufenthaltes erfüllen. Zwischenzeitlich durfte sie das Zimmer verlassen, und sie liebte es, durch die gebohnerten Gänge zu humpeln, in Zimmer zu treten, wo Geschichten darauf warteten, endlich erzählt zu werden. Sie war eine vollendete Zuhörerin. Am allermeisten faszinierte sie die Intensivstation. Dorthin verfügte sie sich nach dem Abendessen, wenn es eindunkelte. Sie war dem Internisten wohlbekannt und durfte deshalb an die Betten treten, dort verweilen, so lange sie wollte.

Nicht wissend, was sie wirklich anzog, empfand sie dennoch eine Art Magie, die von dieser Station ausströmte. Ein zauberisch

Stilles. Vielleicht, weil hier die Grenze zwischen Leben und Tod sich aufzuheben begann.

Wenn die Nacht gänzlich eingebrochen war und das hundertfache Leuchten, Oszillieren, Blinken, Blitzen und Flimmern der Lämpchen und Monitore angehoben hatte, ja überhaupt alle diagnostischen Apparate Morsezeichen in die Finsternis absetzten, wenn der Strom in Reanimations-, Infarkt-, Intoxikations- und Dialyseapparaturen auf so mannigfaltige Weise sirrte und surrte, wenn der menschliche Odem zur endlos gleichlaufenden Maschine wurde, dann glaubte Maudi Latuhr sich dem Geheimnis am nächsten. Und damit meinte sie ihr eigenes Leben.

Diesen nach dem mysteriösen Mordanschlag so völlig veränderten Menschen trieb von nun an eine einzige Frage um: *Wer bin ich?* Zu Margot sagte sie später einmal, daß es Menschen auf dieser Welt gebe, die in einer Art Mischzustand existierten. Sie wüßten nicht, ob sie den Toten gehören oder den Lebenden.

– Herr Doktor, kommen Sie schnell! hauchte die Internistengehilfin aufgeregt.

– Was gibts?

– Die Kleine. Sie wissen schon. Die jede Nacht herkommt. Sehen Sie nur!

Der Arzt ging raschen Schrittes zur Intensivstation. Es war kurz vor Mitternacht. Die Schwester ging so dicht neben ihm, daß er beinahe über ihren weißen Pantoffel stolperte. Es schien, als suchte sie Körpernähe, um sich selbst Mut zuzusprechen. Vorbei an dem traumatisierten Jungen, von welchem der Internist bereits wußte, daß er querschnittsgelähmt erwachen würde, hinüber zum überfetteten Mittfünfziger, dessen noch im Schlaf zornig wirkendes Haupt unversöhnlich von den Schultern wegstrebte. Dann gewahrte er Maudi, wie sie den Kopf nahe über das Gesicht eines vermutlich schon hirntoten jungen Mannes beugte. Die Schwester griff den Stationsarzt beim Arm, blickte in sein von Akne erodiertes Antlitz, mit der Aufforderung, nicht näher zu treten. Sie blieben stehen. Das Mädchen redete, und die unbehaarte, spiegelglatte Brust des Toten wölbte sich in mechanischer Monotonie ruhig auf und nieder.

– Sie redet nicht von sich aus, tuschelte die Nachtschwester.

Der Arzt stand unbeweglich da und lauschte. Die Lichter der Reanimationsapparaturen reflektierten auf seiner modischen, dünnglasigen Brille, und das Flimmern erzeugte auf den Gläsern ein Fernbild gleich dem Anblick einer nächtlichen Stadt aus großer Entfernung.

– Tatsächlich, raunte der Internist, so spricht kein Kind.

Maudi merkte nicht, daß sie aus der Halbdunkelheit heraus beobachtet wurde. Sie senkte ihren Mund noch tiefer auf die halbgeöffneten Augen des jungen Mannes. Das Haar floß auf dessen glatten Brustkorb, und Schweiß glitzerte ihm in den Stirnlinien. So verharrte Maudi lange Zeit. Bis sich wiederum Botschaften auf ihre Lippen übertrugen.

– Ich fühle nichts, das ich nicht schon gefühlt hätte. Ich sehe nichts, das ich nicht schon gesehen hätte …

Der Sommer verbrannte wie ein Streichholz. Kurz während, an seinem einwöchigen Ende Stadt und Land versengend. Ein dreistündiger Platzregen in der letzten Augustwoche, und das Himmelslicht wurde herbstlich, der Äther seidig, reingewaschen von den Fabrikdünsten der Industrie entlang des Rheins. Die ersten Ahornblätter fleckten gelb.

Die Rhombachs waren wiederum vollzählig nach Rapallo gefahren. Ines hielt dafür, Rüdi die Anwesenheit in der Villa unterhalb des Montallegro zu verstatten, wiewohl sich Harald dagegen aussprach. Aber Esther wäre in diesen fünf Wochen Kummers gestorben und Rüdi auch. Zwei tote junge Liebende waren nicht zu verantworten. Rüdi verstand sich wortlos mit dem alten, sehr einsilbigen Rhombach, indessen er Haralds Zynismen geduldig aus dem Weg ging. Die Hände der Liebenden wirkten noch immer ineinander verwachsen, wenngleich es einmal aus Rüdis Mund herauszürnte:

– Hiermit beende ich offiziell unsere Beziehung!

Das war an einem zikadendurchwisperten Abend, hinter großwüchsigen Oleandern. Ines wurde unabsichtliche Ohrenzeugin des Streits. Aber schon am folgenden Morgen jonglierte Rüdi die Honigmilch auf Esthers Zimmer, und Ines wähnte einen Briefumschlag auf dem Tablett liegend. Oder war es nur die Serviette?

Maudi verlebte den Sommer zu Hause. Sie zerstreute sich selten in der Stadt oder in den Auen des Alten Rheins. Kaum ging sie aus. Und wenn, nur für Einkäufe. Sie mochte nicht ins Risiko und nicht ins Café Grauh. Mochte auch keinen Besuch empfangen, nicht einmal Stevie, der so liebeskrank geworden war, daß er nicht mehr essen konnte und sich schließlich – es drang durch Juli an ihre Ohren – am Auspuff seines Kleinmotorrads aus diesem Leben verdampfen wollte. Es gelang ihm nicht, er mußte den Kummer weiterleben.

Und sie hatte wieder Schweigsamkeiten, sprach kaum zwei Worte des Tags. Als sei sie das Kind von damals geworden, das eine Stille zu ertragen imstande war, die selbst Margots gelassene Art durchschnitt. Dennoch hielt sie Maudis Verstummen stand. Mit unendlicher Geduld wirkte sie auf Amrei ein, das Kind in seinen Gedanken nicht zu stören. Es habe eigene Wege, das grauenvolle Erlebnis am Rhein zu verarbeiten. Doch Amrei wollte die Tochter in eine Psychotherapie verbringen. Es gelang ihr nicht. Am Morgen des Tages der ersten Sitzung war Maudi verschwunden. Sie hinterließ einen Zettel auf dem Küchentisch.

Komme heute abend wieder. Mami, sei mir nicht böse. Kuß von Deiner Dich immer liebenden Maudi.

Sie war auf die Marienruh gewandert, verbrachte dort oben den Tag, pflückte Walderdbeeren für den Hunger, schlief eine Stunde unter Buchen. Statt auf die vor lauter Liebenswürdigkeit, Sensibilität und Verständigkeit nur so quarrenden Fragen des Analytikers zu antworten, las sie in Rilkes *Duineser Elegien,* daraus sie – nach Großmutters Vorbild – ganze Passagen auswendig lernte. An den schon abgezählten Sommertagen, da die erhitzte Luft in flirrende Bänder zerschnitten war, lag sie bäuchlings im Schatten einer Silberweide, deren hochgewölbte Krone das *Zimmer der armen Sünder* verdunkelte und ihm recht eigentlich diesen Namen gegeben hatte. Den *sisters corner* betrat sie nicht mehr, und der Verschlag faulte vor sich hin. Die Reptilienposter wellten und verblaßten an den Wänden, und der Komodo-Waran äugte noch immer traurig in den indonesischen Himmel.

Maudi las. Nietzsches *Morgenröte,* Stifters *Bunte Steine,* aber auch ihre alten, zerlegten Kinderbücher. *Hanni und Nanni.*

Nur einer hätte den Anblick dieses so vollendet einsseienden Menschen verdient. Stevie. Das Runzeln ihrer Stirn, wenn sie den geschrifteten Gedanken nicht folgen konnte. Die Bewegungen des Mundes, der das Lesen mitvollzog. Das Innehalten und Aufblicken. Die leuchtenden Augen. Das einprägende Wiederholen einer Wendung, eines Wortes. Das sommersprossige Gesicht, auf dessen Wangen die Schatten der mit seidigen Haaren bedeckten Blätter der Silberweide gaukelten. Die geröteten Oberarme. Das Brummen einer Hummel in ihrer Nähe. Das kurze, englische *Shit!,* wenn ihr das linke Bein einschlief, wie so oft seit der Genesung ... Stevie wäre neben dem Mädchen gesessen, ohne es im geringsten berühren zu müssen. Vielleicht hätte er gedacht, daß es genau dieser Anblick sein mußte, weshalb es einen Sinn hatte, als Mann auf dieser Welt zu sein. Nur dieses Bild: der geliebte Mensch, unberührt. Denn eine Umarmung hätte ihn jetzt an dem so geliebten Du schuldig gemacht.

Dann war der Sommer an den Herbst verkauft. Das aber bedeutete für die Familie Latuhr, Abschied vom Ölrain Nr. 12 zu nehmen. Abschied vom *Herzenshaus,* welchen Namen Margot ihm einst gegeben hatte. Eine lichte Neubauwohnung in der Dreikönigsstraße, Nähe Simon-Zelotes-Platz, war gefunden. Im Apostelviertel auf der Jacober Seite, noch der Altstadt zugehörend, kurz: eine akzeptable Gegend. Nicht unbedingt ruhig, nicht unbedingt laut. Eben den Umständen entsprechend. Das war in der ersten Septemberwoche.

In jenen Tagen beobachteten aufgeweckte Nachbarsfrauen hinter ammoniakgeklarten Fensterscheiben einen brandneuen Traktor mit Anhänger, einen funkelnd roten Fendt, den Ölrain hinauf- und hinabholpern. Georg half den Frauen beim Umzug. Er war auf eine wunderbar unaufdringliche Weise einfach da, ohne daß ihn jemand um Hilfe gebeten hätte. Und er genoß es, mit den drei so noblen Frauen am Küchentisch zu sitzen, ihre Traurigkeiten durch Späße zu zerstreuen, das dünne Parfüm ihrer Hälse in seine bauchigen Nasenflügel aufsteigen zu spüren. Gar tiefe Atemzüge tat Georg in der waldblau gekachelten Küche, in der schon alles auf Abschied deutete. Kisten und Kartons. Holzwolle. Offne Schubladen, weitgespreizte Schranktüren.

Einmal, da er sich abmühte, mit Löffel und Gabel die Spaghetti in mundgerechter Portion einzudrehen, sein bärtiges Gesicht sich immer mehr dem Teller zuneigte, fiel Amreis Blick auf seine dicht behaarten Unterarme, die dennoch von glatter Haut zeugten. Einmal, da er ihren Schminktisch auf den Anhänger federte, als seis eine Streichholzschachtel, zersprangen ihre Gedanken auf seinen nackten Schulterblättern. Und einmal, da er aufgrund ihrer Ungeschicktheit in der Handhabung des Schraubenziehers derart lachen mußte, daß er zum Lausbub wurde, fühlte sie plötzlich eine Brise von Verliebtheit ihr Herz anwehen.

– Um Gottes willen, brauste es in Amreis Kopf, du darfst dich an diesem Mann nicht verschulden.

Schulanfang, und Maudi hätte durchaus in die sechste Klasse aufsteigen dürfen, der Direktor enthob sie aller Nachtragsprüfungen. Aber sie erschien nicht beim Eröffnungsgottesdienst in St. Ursula und nicht im Theresianum. Sie erschien überhaupt nicht mehr und brach das Gymnasium ab. Das führte zu lauten Kontroversen in der Roten Villa, in der man die letzten Tage dahinimprovisierte. Je uneinsichtiger Maudi, desto verbitterter Amrei. Sogar Margot führte einmal die Rede zugunsten Amreis.

Da blickte Maudi die beiden Frauen mit einer so ungeheuerlichen Wildheit an, mit so gespenstischem Zorn, daß ihnen angst wurde. Und sie brüllte aus ganzer Kraft und tobte irr, beinahe eine Stunde lang. Ließ sich nicht berühren, nicht beruhigen. Schrie immerzu und immerfort dieselben Worte.

– NICHTS WISST IHR!! NICHTS!! ICH BIN EIN LUFTGÄNGER!!! NICHTS WISST IHR!!

Amrei vermochte sich nicht zu beherrschen. Die Wertlosigkeit ihrer mütterlichen Autorität steigerte die Kränkung nur noch heftiger. Mit einem nicht für möglich gehaltenen Fußtritt sprengte sie die Tür zum *Mondscheinzimmer* und wollte das Kind an den Haaren zur Vernunft zwingen. Aber dazu kam es nicht. Ja, sie gelangte nicht einmal in Maudis Nähe. Etwas von unerträglicher Hitze warf sie rücklings an die Türkante. Der Hinterkopf klatschte in den Türstock. Es knirschte, dann schwand Amrei die Gegenwart, und sie knackte vornüber mit der Stirn in den Parkettenboden. Eine dunkle Nässe floß am Scheitel ins blonde Haar. Margot, die Amrei abwehren wollte, stand in der Tür und erschrak wie nie in ihrem Leben, da sie erst Maudi und dann Amrei erblickte. Später deutete sie das vermeintlich Gesehene als ein Zerrbild, als einen Streich, den ihr die Augen im Moment äußerster Erregtheit gespielt hatten.

Maudi war eine Riesin, und das Haupt der Riesin beugte sich unter der Zimmerdecke. Dabei war es ja bloß das kleine, schluchzende Mädchen, das fort und fort von einem Luftgänger wimmerte.

Eine Gehirnerschütterung, eine Platzwunde, zum Glück nichts Schlimmeres. Und Amrei fand sich bald wieder auf den Beinen. Eines jedoch schien sie jetzt und für immer begriffen zu haben: Maudi war nicht mehr ihr *Kleines,* ihr *Baby,* ihr *Kind.* Sie war eine erwachsene Frau, allen Gleichaltrigen um Jahre voraus. Und merkwürdig: Als sei ein unsichtbares Band abgerissen, gab sie ihrer Tochter seit jenem Tag keinen Kosenamen mehr. Maudi selbst war über das Vorgefallene am allerunglücklichsten. Sie umsorgte und verzärtelte Amrei, schlief bei ihr im Bett, weinte unvermittelt und wußte sich auf das Ganze keinen Reim zu machen. Aber die letzten Tage in der Roten Villa waren so ereignisreich, daß bald wieder anderes die Aufmerksamkeit auf sich zog; die Kisten und Kartons voller liebgewonnener, aber auch schwerer Gedanken.

Henk Immerseel, der Erfinder des spektakulären Push-up-Höschens, der gesäßhebenden Unterwäsche, logierte schon seit drei Tagen im Hotel Dornenkranz. Das Hotel erfuhr zu der Zeit eine sehr gründliche, aber rabiat ausgeführte Innenrenovation. Dort einigermaßen Schlaf zu finden war ein Kunststück. Immerseels jugendlicher Freund Jaap erlitt einen Gehörsturz, indessen der glattgesichtige Herr anscheinend schlummerte wie ein Murmeltier. Margot Mangold war die Verzögerung sehr peinlich, die Schlüsselübergabe hätte schon längstens geschehen müssen. Aber man hatte sich in den Ausmaßen der neuen Wohnung gründlich verschätzt, und so mußte Georg etliche Möbelstücke wieder in die ludwigianische Villa zurückverbringen. Margot ließ den Immerseels täglich Süßigkeiten aus Andis Konditorei und Gelateria aufs Zimmer stellen. Ja, sie dachte für die Hotelkosten aufzukommen, was der Apfelpo-Erfinder mit auf einmal sehr resolutem Ton ablehnte.

Dann kam der endgültige Tag. Beim Frühstück tauschten die drei Frauen kaum einen Gedanken aus. Margot hatte sich freigenommen, Amrei ebenso. Bloß Maudi schien vergnügt und schwebte in die Küche herein wie eine Daunenfeder. Sie hatte sich für diesen Anlaß das schönste Kleid angetan, das sie besaß. Ein Stretchkleid aus nachtblauem Samt, mit einer Schulterpartie aus gerafftem Chiffon. Alles ganz schlicht, und Maudi trug auch keinen Schmuck. Lediglich eine feuchtglasige Tönung aus lachsfarbenem Lippenstift belegte ihren großen, spitzwinkligen Mund mit der leicht ausgebogenen Unterlippe.

Ob sie denn nicht wenigstens ein kleines bißchen traurig sei, schnupfte Amrei. Nein, gurrte Maudi, sie habe diesem Haus schon lange adieu gesagt. Sie habe alle Erinnerungen im Herzen eingeschlossen. Selbst die Dolden der Tannen im Park. Selbst die gewalmten Mönchs- und Nonnenziegel des Daches. Alles. Dann trank sie ihren Kakao aus und sagte beiläufig, daß sie lesen gehe, in den Magdalenenwald, und vor Nachmittag nicht zurückkomme.

Lieben und Lassen

Ein müde aufgelegter Nordwind schob die Wolken langsam voran. Sie wogen schwer, aber nicht zum Bersten schwer. Der dichte, schon vereinzelt bunte Mischwald, der den alten Rheinlauf säumte, fleckte das spiegelglatte Wasser in ein düsteres Grün. Die Radwege blieben leer. Entlang des jenseitigen schweizerischen Ufers joggten drei Mädchen. Und alle trugen sie fröhlich wirbelnde Roßschwänze. Eine Kreissäge heulte aus der Ferne, und ihr Blatt sang in einförmiger Geduld, wenn es das Schichtholz zerschnitt, Raummeter um Raummeter. Das war das Geräusch des Herbstes: der Ton der Kreissägen landauf und landab.

Maudi lauschte dieser genuin rheintalischen Herbstmusik, stand am Ufer des großen Weihers, wo der Wald am dunkelsten war. Lehnte das Fahrrad an einen verkrebsten Baumstrunk, breitete die Wolldecke aus, setzte sich drauf – die festlich Gekleidete –, nahm die *Morgenröte* zur Hand und begann zu lesen. Aber bald wurde die Lektüre gestört. Ein aufgeregtes Treiben nahm Maudis ganze Aufmerksamkeit in Beschlag.

Dort, wo etliche Bruchweiden in Einserreihe die Böschung bestanden und sich die Äste beinahe bis ins Wasser neigten, entfachte sich ein lautes Geschnatter. Kreise wellten sich in den papierglatten See. Maudi schärfte die Augen, und hinter schuppiger, dunkelgrauer Rinde meinte sie einen Fuchsschweif auszumachen. Einen winzigen Moment lang sah sie ihn tatsächlich; Meister Rotschnauz, wie er groß und prächtig, mit steilen Ohren davonstaubte, hinein ins Unterholz. Die Entenfamilie war ins Wasser gepascht und fand lange nicht mehr zur Ruhe. Stets aufs neue hob sie zu krächzen und zu schnattern an, und die Vögel hielten sich dicht beieinander. Schließlich kam doch noch Frieden in ihr Gefieder. Dann trieben sie in gelassenen Abständen den Weiher abwärts und gründelten an seichter Stelle nach Verdaubarem.

Da überwältigte die junge Frau eine schier unerträgliche Sehnsucht. Eine Sehnsucht ohne Namen. Sehnsucht, die nichts je vergleichbar Gefühltes kannte. Weder Schmerz noch Freude. Weder Abschied noch Begegnung. Weder Trauer noch Hochzeit. Maudi ließ den Oberkörper zurücksinken, schloß die Augen und verharrte lange Zeit bewegungslos. Nur ein einziger Gedanke blieb die Musik ihres Kopfs: Sie wollte sich von nun an verschenken an jeden, der ihrer Nähe bedurfte. Den Fuchs galt es zu lieben, den Feind. Denn er war auch einmal Kind gewesen.

Für die Gekränkten mußte sie da sein, nicht für die Kranken. Für die Beleidigten, nicht für die Leidtragenden. Und für die, die kränkten, die beleidigten. Für alle, deren Kraft geschwunden war, die Fehler wieder zu machen. Die alten Fehler des Herzens. Für alle, denen je eine große Hand übers Gesicht gegangen ist. Deren Gedanken verdunkelten, deren Leben verdämmerte, die müde waren, müde, so seelenmüde.

Jetzt erkannte sie das Abenteuer ihres Lebens. Hier, am großen Weiher liegend, unter schiefergrauem, sich violett tönendem Septemberhimmel. Ein Abenteuer, auf das der Mensch nur ein einziges Mal zugerüstet wird: auf das Aufleuchten der Seele mit plötzlich hundertfacher Helligkeit. Auf die sich zauberisch vollziehende Verschönung des ganzen Körpers und all derer, die er jetzt berührt oder andenkt. Auf das Magischwerden selbst noch der Landschaft, in die er tritt.

Worte verflachen das Geheimnis. Nur noch Musik kann herbeigerufen werden. Denn jeder Sinn bleibt verborgen. Das *ist* sein Geheimnis.

Ab dem 250. Takt der Mozartschen *Figaro*-Ouvertüre, wo sich die Musik gewissermaßen selbst injiziert und vom rechten Vorhof des Herzens in die rechte Kammer schießt, durch die Lungenarterien zu den Lungen, neue Frequenz erhält, zum linken Vorhof zurückkehrt, zur linken Kammer und von dort in die Aorta, wo das Metrum so heftig wirkt, daß sein Widerhall in sämtliche Gewebe des Körpers dringt, um hernach zu den Hohlvenen zurückzukehren. Und das alles mit einem Herzschlag. Wenn je auch nur ein einziges Signal unverzerrt von einem Herzen ins andere gedrungen ist, dann ist es nicht die Wehmut enttäuscht Liebender. Nicht sind es Kindsaugen, nicht Umarmungen. Es sind die Töne dieses Mozartschen Wunders.

Die junge Frau erwachte. Es war ihr, als habe sie Schritte vernommen. Jemand beobachtete sie, denn das Rascheln verstummte. Er mußte ganz in ihrer Nähe sein. Er konnte sie sehen, beinahe berühren. Sie hielt die Luft an, und als der Wind eine Gedankenlänge stillstand, hörte sie ein deutliches Atmen. Ein Atmen aus beschwerter Brust. Nicht aus Erhitzung, sondern aus Krankheit. Und Maudi erkannte diesen Atem wieder, und sie bekam den Mut der Todesangst.

– Du kannst mir nichts antun.

Sie sprach es Wort um Wort, fest und deutlich, um Furchtlosigkeit zu suggerieren. Sie lauschte. Es rührte sich nichts. Kein Knacksen, kein Rascheln. Das Atmen blieb plötzlich aus. Er war da. Er hielt nur den Atem an. Maudi stand linde auf und klemmte mit gespielter Gelassenheit ihre Sachen auf den Gepäckträger. Schubste das Fahrrad an, stieg auf und fuhr davon. Trat langsam, langsam, indessen der Puls dahinraste.

Es kreuzten sich die Wege der Halbschwestern, denn Esther war im Begriff, nach der Roten Villa zu gehen, den Abschied erträglicher zu gestalten. Ines hatte sie das geheißen, und sie selbst werde umgehend nachfolgen. In der Parkeinfahrt stand ein schwarzer Mercedes mit gelbem Kennzeichen. Ein junger Mann musterte unablässig die Fassade des Hauses. Hie und da neigte er den Kopf merkwürdig zur Seite, als müsse er etwas aus dem Ohr herausschütteln. Jaap, der kurzzeitig im Dornenkranz Ertaubte. Großmutter stand bei dem Herrn Immerseel, und beide lachten sie herzlich.

– Wir gehen hintenrum, flüsterte Maudi, und Esther folgte ihr sachte über den Kies.

Wirklich zueinander hatten sie nicht mehr gefunden. Die vollendete Zeit im *sisters corner* war endgültig Vergangenheit. Rüdi beanspruchte Esthers freie Zeit. Weil nun aber auch sie wußte, daß Maudi ihre Halbschwester war, bemühte sie sich, wie eine Schwester zu wirken. Dabei waren sie einmal wirklich Geschwister gewesen, ehe sie überhaupt wußten, daß sie es tatsächlich sind. Königin Ri und Königin Re.

– Tut mir einen Gefallen, schnalzte Amrei, die beiden im Hinterflur überraschend.

Sie bat darum, die Schuhkartons vom Dachboden zu holen, denn die habe sie glatt vergessen. Das kam den zweien zupaß. So entrannen sie der Fragerei und bemühter Höflichkeit der neuen Hausbesitzer. Sie stiegen ins Dachgeschoß, das von riesigen Ausmaßen war und dessen Pfetten, Pfosten, Sparren, Zangen, Schwenkbuge und Kehlbalken sich in enormer Kompliziertheit verschränkten, verzapften und verblatteten. Durch winzige Lichtgaden, Dachreiter, Schlepp- und Walmgaupen stäubte der Schein eines wolkigen Mittags herein. Spinnenverwobene Sprossenleitern drangen noch höher, bis unter den Spitzboden. Fußballgroße, silbergraue Wespennester klebten am Kehlgebälk.

– Das ist vielleicht irre hier oben! staunte Esther.
– Du mußt auf den Balken gehen, weil der Boden manchmal morsch ist.
– Was ist das dort drüben?
– Das ist ein uraltes Motorrad, sagte Maudi und zog die Plane weg.
– Das wär was für Rüdi. Wie kommt es hierher?
– Weiß nicht.
– Und sogar mit Seitenwagen! Irre! Wie in den Kriegsfilmen.
– Ich glaube, es hat meinem Urgroßvater gehört.
– Meinst du, daß es Margot hergibt? Würdest du mit ihr reden?
– Red du mit ihr.
– Wär das eine Überraschung! Rüdi hat nämlich in drei Wochen Geburtstag.

So verbummelten sie die Zeit auf dem Dachboden und vergaßen Amreis Schuhschachteln. Beiden vergrauten schon die Hände vor Staub. In den Haaren fransten Spinnweben, und der Rücken von Maudis Samtkleid war völlig verschmutzt. Denn sie hatten eine Entdeckung gemacht. In der untersten Schublade einer bauchigen Kommode fanden sie drei Schachteln, deren Karton mürbe war und beinahe auseinanderbrach. In den Schachteln schlummerten Fotos und Briefe. Unleserliche Briefe, geschrieben in Kurrentschrift.

– Das sind bestimmt Liebesbriefe, entzückte sich Esther.

Maudi durchblätterte einen Packen gezähnter Fotografien. Familienbildnisse. Zerquälte Gesichter. Menschen im Sonntagsstaat. Ein Priester in randloser Brille und römischem Kragen. Eine junge Frau mit Gretchenfrisur, im Krankenbett. Auf der Rückseite der Aufnahme die Worte in Blockbuchstaben: *Odette La Tour. Vevey, 1936.*

Maudi wollte eben den nächsten Stoß sichten, als vor ihren Augen ein Knabenbildnis vorbeihuschte. Sie blätterte zurück, zog das Foto heraus, betrachtete es. Fast noch ein Kind, sah der Junge mit erwachsenen Augen den Betrachter an. Sein halber Körper war zu sehen, aufgebaut vor einem landschaftlichen Leinwandprospekt. Ein Wegkreuz mit expressiv leidendem Christus, das den Anfang einer Schlucht aus geglätteten Felswänden bezeichnete. Plötzlich wanderte ein Schatten auf Maudis Gesicht, und sie bekam ungeheuerliches Herzklopfen. Dann, sie wußte nicht weshalb, schob sie das Bildnis unbemerkt auf jenen Haufen, den sich Esther gleich vornehmen würde. Das Herz schlug Maudi im Hals, und es donnerte in den Fingerballen.

Sie sah ihn sofort. Im ersten Moment. In der Sekunde. Ohne Umweg. Augenblicklich. Jäh. *Ihn.* Kein Gedanke, der Wort werden konnte. Kein erinnerliches Bild. Kein alphabetisiertes Gefühl. Ihre Augen stürzten auf ihn und begriffen den Menschen auf einmal in seiner ganzen, seraphischen Erscheinung. Nichts Fremdes an ihm. Nichts Unbekanntes. Immer bei ihm gewesen. Bei ihm gewohnt. Ihn immer geliebt.

Das staubige Licht prallte auf Esthers Stirn, und ihre Augen starrten auf den Jungen, den sie jetzt in beiden Händen hielt. Ihr prägnanter Mund, dessen Lippen kräftiges Rot trugen, verpreßte sich. Die Zähne bissen unsichtbar auf das Innenfleisch der Unterlippe.

Maudi sah das alles, sprang auf, wandte sich von Esther ab, ihr diese grandiose Gegenwart nicht zu schmälern.

– Ach! Mamis Schuhe! lenkte sie ab.

Und Esther ließ den Jungen blitzschnell in der Gesäßtasche ihrer Jeans verschwinden.

Den Immerseelschen Höflichkeiten entwischten die Mädchen dennoch nicht. Der junge Jaap zupfte klebrige Spinnwebenfetzen aus Esthers Rothaar und grinste breit wie ein Laubfrosch, obwohl er eigentlich nur schmunzelte. Henk stupste mit seinem Zeigefinger den Staub von Maudis Nasenspitze. Ines war mit Erdbeerkuchen gekommen, und so verzehrte man die letzte Mahlzeit stehend, von Papptellern. Dann übergab Margot die Schlüssel, Immerseel verneigte sich.

– Wo ist Amrei? fragte Ines.
– Sie will zu Fuß nachkommen, sagte Margot.

Ihre Schritte knirschten zum letzten Mal durch den Kies. Margot wandte sich nicht um, schloß das schmiedeeiserne Tor der Auffahrt. Maudi packte die Schuhschachteln in den Kofferraum. Alle stiegen sie in den Wagen und fuhren beengt in Richtung Dreikönigsstraße.

Das knappe Schlafzimmer im zweiten Stock des Wohnturms wirkt auf einmal weit. Die Fensterladen sind halb geschlossen. Über die Linien und Maserungen der Kassettenwände wandert nochmals der Traum von geglückter Ehe. Amrei blickt empor in das königsblau bemalte Kreuzrippengewölbe. Wie oft hat sie die goldenen Sterne in diesem Baldachin mit ihren innersten Gefühlen betraut. Nein. Traurig ist sie nicht. Und stünde jetzt Ambros vor ihr, sie könnte ihm sagen:

– Alles ist gut. Meine Zwillingsseele. Es ist alles gut, Zwillingsseele.

Als sei ein Wunder auf die Stadt Jacobsroth gefallen, als habe der kaum zu erblickende, winzige Alkor plötzlich die Deichsel von Mizar und Alioth überleuchtet, als sei die Mondsichel auf die Rundung des weiblichen Geschlechts verweicht, als müßte jetzt der stillste Punkt der Nacht alles und jeden miteinander versöhnen, im Lieben und noch mehr im Lassen, als seien unerhörte Sonderlichkeiten geschehen, wurde es in den Menschen um Maudi Latuhr auf einmal weit und schön.

Alle, deren Leben hier erzählt wird, standen in mehr oder minder geheimnisvoller Beziehung zu dieser Frau. Ihre Lebensläufe glichen den Schächten und Stollen unter Tage, in denen sie ohne erkennbares Fortkommen gruben, allzuoft kleinliche Ingenieure, ängstliche Bergleute des Herzens. Die Maudi Latuhr je begegnet waren, fanden auf unerklärliche Weise Sinn in der sinnlosen Graberei, und hielt die Kraft auch nur für Stunden. Ja, schließlich bedurfte es nicht einmal mehr ihrer physischen Anwesenheit, um schwerelos zu sein und ohne Beweis daran zu glauben, daß die Luft wirklich trug.

Das Lieben und das Lassen geschah an Maitagen, in November- und Dezembernächten folgender Jahre. Je in anderer Gestalt und je in der endlichen Erkenntnis, daß größte Nähe größte Einsamkeit bedeutet. Sosehr sich diejenigen, die sich nunmehr begegneten, in engster Umarmung hielten und ihre Gesichter, ihre Körper, ihre Phantasien ineinander woben, so sehr vernahmen sie gleichzeitig die Wehmut des Abschieds. Aber – das Unerklärliche – sie ertrugen ihn. Wenigstens für Stunden. Sie ertrugen das *du*.

Es war bei St. Ursula, am Platz der Zwei Monde, der deshalb so heißt, weil sich in grauer Vorzeit die Rother und Jacober angeblich derart zerstritten hatten, daß sie nicht einmal mehr den Anblick des Mondes miteinander teilen wollten. Die Vorhalle von St. Ursula mit ihren sechs mißglückten ionischen Säulen war in der letzten Hälfte der achtziger Jahre zum Treffpunkt einer irritierten Jugend geworden. Punks und Skinheads rotteten sich dort zusammen, Betrunkene und türkische Jungen. Die Räumlichkeit ermöglichte ihnen zweierlei: Schutz vor Regen und Gelegenheit zur Provokation. Die samstägliche Vorabendmesse, da ein biederliches Kirchenvolk sich an diesen gekränkten Kindern hindurchzwängen mußte, bot fortwährenden Anlaß zu lautstarken Auseinandersetzungen. Wohl erblickte ein beschlipster Vater seinen beschwipsten Sohn, blondiert, ausrasiert an den Schläfen, in Bomberjacke und Doc-Martens-Stiefeln. Freilich blickte er weg und zeigte bei der Polizei dessen Freunde an, die er namentlich kannte und für das Unglück seines Kindes verantwortete.

An einer der ionischen Säulen also, mittags im Mai 1987. Föhnwind hatte tags zuvor die Wiesen so lange gekämmt und gestriegelt, bis das Hochgras zu Boden lahmte. Gegen den Säulenschaft schmiegte sich ein Pärchen, Punkmädchen und Skinheadjunge. Es küßte sich ohne Unterlaß. Das Mädchen, großgewachsen, trug eine Bürstenfrisur in intensiver Grünfärbung. Ein so leuchtendes Grün, wie aus alten Technicolor-Filmen. Die Lippen waren nahezu schwarz geschminkt. Der Bursche war kahlgeschoren.

– Ich will dich, Baby, jetzt, flüsterte der Junge und stemmte sein Knie in ihren Schritt.

– Mach mich nicht schwach! hauchte das Mädchen, krallte die Finger in sein Gesäß.

– Weißt du was?

– Nein.

– Wir ficken im Beichtstuhl.

– Arsch! Ich will, daß wir uns liebhaben. Echt liebhaben. Küß mich!

– Im Beichtstuhl.

– Was Schnelles läuft heut nicht bei mir, okay?

Der Cassettenrecorder zu Füßen des Pärchens spielte *Eisgekühlter Bommerlunder* von den *Toten Hosen*. Drei, vier Passanten schüttelten die Köpfe. Die meisten bekümmerten sich nicht. Bis ein beanzugter Mann mit rotem Aktenkoffer die Treppe herauftrat und mit schwammigen Lippen die Lautstärke der Musik verfluchte. Da drehte ihm der Skinhead das Mädchen frontal vor die Brust und schrie:

– Willst du ihr mal hinlangen, Krawattensau!? Kostet dich einen Hunderter!

Die Punkerin mähte auf und lachte. Der Mann wurde rot wie sein Aktenkoffer und stockte.

– Wie der glotzt. Dem geht schon einer ab, quäkte die Punkerin.

– Versau dir bloß nicht deine Hose! Wär ja schad drum! kreischte der Skin.

Der Mann wurde zornig, ballte die Faust, wollte dem Jungen eine Ohrfeige knallen, besann sich plötzlich, als er dessen zum Äußersten entschlossenes Gesicht sah. Er trippelte die Treppe hinunter, als sei nichts passiert. Dann wandte er sich noch einmal um.

– Mit euch Abschaum werden wir schon noch fertig!

– Selber Abschaum! meckerte das Mädchen hinterdrein.

– Komm doch rauf, du schwule Sau! Traust dich nicht!? Komm her!! rief ihr Freund.

– Laß ihn!

– Ich schneid dir die Eier ab!! brüllte der Bursche quer über den Platz.

– Laß ihn, Rüdi! bettelte Esther.

Rüdi schnaubte und zitterte, aber Esther zündete sich eine Zigarette an, legte sie ihm an die Lippen. Er tat einen heftigen Zug. Das beruhigte ihn. Er stoppte die Musik, packte den Recorder, und beide gingen sie weg, engumschlungen, schwergestiefelt.

Den Nachmittag vertaten sie im Blue Note, auf dem Bahnhofsgelände, wo das städtische Gesundheitsamt eine Art Treffpunkt für Drogensüchtige eingerichtet hatte. In der leerstehenden Lagerhalle, vielmehr Baracke, gab es improvisierte Wohnlichkeiten, eine Teeküche und sogar warme Mahlzeiten. Das Blue Note hatte den Vorteil, daß sich dort ungeniert dealen ließ. Rüdi tauschte seine Methadon-Tropfen gegen Rohypnol ein, und mit dem Rest des Geldes, das Esther zu Hause für ihn gestohlen hatte, kaufte er sich zwei Trips Heroin.

Alles unter Reinhards wohlwollender Aufsicht und mit dessen Gratisspritzen, den frischverpackten. Reinhard, Leiter der Suchtgiftstelle, war ein ehemaliger Rockmusiker, der angeblich in den Siebzigern einen österreichweiten Number-One-Hit gelandet haben soll. Er selbst besaß allerdings keine Pressung mehr davon, weil sich seine Ex die ganze Plattensammlung unter den Nagel gerissen hatte. Bis auf ein einziges Stück; die erste Single von Jimi Hendrix. Eine Originalausgabe, die er unter Aufbringung allen Mutes den langnagligen Fingern der Ex entrissen hatte.

Der butterweiche Reinhard mit der nunmehr schütteren Löwenmähne ließ also die Dealerei geschehen. Denn er wußte zu genau, daß unter Junkies nur eine einzige Regel gilt: Jeder betrügt jeden. Warum lügen, wenn das ganze System verlogen ist, wie es verlogner nicht geht, dachte der müde Löwe und verschloß die Augen. Die Verfallenen dankten es ihm lauthals und mit Schulterklopfen, verpetzten ihn jedoch gleichzeitig beim Rauschgiftdezernat. Reinhard wahrte geduldig alle Gerichtstermine, denn die Stelle im Blue Note war ihm so sicher wie der nächste Prozeß. Alles bloß Scheingefechte, nicht einmal halbherzig geführte. An der Heilung seiner Kinder waren weder das Gesundheitsamt noch Reinhard wirklich interessiert.

Wenn er ab und zu *Hey Joe* von Hendrix spielte, träumte er vom Comeback und dem Geruch der Marshall-Verstärker, den er so gerne wieder einmal in seine Concorde-Nase lüfteln verspürt hätte.

Rüdi verschlief den Rest des Nachmittags im Blue Note, und Esther verschenkte sich wieder an den Anblick des so geheimnisvollen Jungen, den sie vor einem Jahr im Latuhrschen Dachboden aufgefunden hatte. Was war seither nicht alles geschehen, dachte sie und durchblätterte ihre Erinnerungen. Der bigotte Onkel, der ihr eine Welt aufzwingen wollte, an die er selbst nicht glaubte. Ines, die nichts begriff und sich auch nie bemüht hatte, etwas zu begreifen. Der Schulabbruch. Neue Leute. Und der Vater, der nur ins Haus kam, wenn er Geld brauchte.

– Die ganze Welt ist ein riesiger Scheißhaufen, räsonierte Esther still. Aber du, mein Süßer, mein Engel, du bist der einzige Mensch, dem ich echt vertraue. Für dich würd ich auf den Strich gehen. Für dich würd ich sterben.

Sie hielt das Foto dicht vor die Augen, schärfte den Blick, ließ ihn über die pomadigen, linksgescheitelten, wohl hellbraunen Haare des Jungen wandern. Die hohe Stirn hinab, entlang der steil ansteigenden Brauen, auf die schweren Lider der ungewöhnlich tiefliegenden Augen. Am Saum des breiten Nasenbeins nieder auf den elegant gezeichneten Mund mit den waagrechten Mundwinkeln und der so betörenden Mulde zwischen Nase und Oberlippe, dem Philtrum, das bloß einen winzigen Deut von Vertiefung zeigte.

Esther drehte die Fotografie um, schloß die Augen und memorierte die Aufschrift: *Engelbert Quaidt. Von Th. J. Köchle. Photograph. Jacobsroth.* Das Mädchen sah auf den neben ihr narkotisch schlafenden Rüdi, bemerkte die Schweißtropfen auf seiner Stirn, wußte, daß er bald hochfahren würde, elend, um sich die Spritze zu setzen. Da faßte sie einen stillen, die Konsequenzen nicht im mindesten ahnenden Plan:

– Wenn es wirklich einen Sinn auf der Welt gibt, dann ist Engelbert Quaidt noch am Leben und wartet auf mich. Ich werde dich suchen, mein Süßer. Ich werde dich finden.

Rüdi wälzte sich einige Male um und um. Dann erwachte er. Esther verbarg das Bildnis eiligst in der zerschlissenen Jackentasche. Er durfte es niemals zu Gesicht bekommen, geschweige irgend etwas von ihren Tagträumen erfahren. Engelbert Quaidt war ihr größtes Geheimnis und gleichzeitig ihre größte Scham. Nicht einmal zu vergleichen mit Nacktheit. Höchstens mit Verrat.

Rüdi hatte schlierig glänzende Augen, sein Mund roch übel. Esther half dem vom Rohypnol noch gänzlich Benommenen auf die Beine. Sie verließen das Blue Note, nahmen den Stadtbus, der sie auf die Rother Seite brachte, wo sie, seit es wieder warm geworden war, ein Versteck bewohnten. Krochen durch ein Loch im engmaschigen Drahtzaun hindurch, das Rüdi mit der Blechschere herausgezwackt hatte, trampelten bergabwärts durch verwildertes Gebüsch und verkrümelten sich in ihrer Behausung. Unauffindbar für jeden, uneinsehbar durch das vehement verwucherte Gestrüpp.

Esther öffnete die zwei herzförmigen Gucklöcher, um wenigstens einen Lichtstrahl zu erhaschen. Aber Rüdi herrschte sie an, die Läden auf der Stelle zu schließen. Sie tat es, steckte Kerzenstummel an, zog sich die leopardscheckigen Stiefeletten aus, warf sich auf die miefende Luftmatratze und rauchte eine Zigarette. Unterdessen setzte sich Rüdi die Spritze. Sie beobachtete ihn von der Seite, wie er umständlich hantierte. Dann half sie ihm, löste den Gürtel an ihrer Hose, zog ihn heraus, band Rüdi den Oberarm ab und wunderte sich wieder über die plötzlich so mannhaft hervorquellenden Adern.

Sie saßen wortlos beieinander, rauchten, und das Tonband hatte *No One Is Innocent* bestimmt schon dreimal durchgeleiert, als Rüdis Pupillen wieder drogiert waren, klein wie Stecknadelköpfe.

– Rüdiger, schnurrte Esther, ich will mit dir schlafen.

Sie zog ihm die Bomberjacke aus, öffnete sein Hemd und küßte mit der Zungenspitze das Kinngrübchen. Die dunklen, dichten und bumerangförmigen Augenbrauen, die hohe Nase mit den dünnwandigen Flügeln. Hielt sein Gesicht in ihren kleinen, immerkalten Händen und konnte nicht davon ablassen, es anzusehen. Es war ihr, als sei plötzlich die alte Milde auf seine Lippen zurückgekehrt, die Ruhe, die sein sinnlicher Mund mit der leicht aufgeworfenen Oberlippe früher einmal verbreitet hatte. Oder war es bloß eine Täuschung der rotflackernden Grablichter?

– Du wirst mich verlassen, nicht wahr? murmelte Rüdi.
– Ach, Baby! ruckste Esther wie eine Taube.
– Klar. Einer, der so scheiße drauf ist wie ich.
– Du bist nicht scheiße drauf. Du bist einfach zu schwach für diese Welt.
– Morgen fang ich ein neues Leben an. Ich schwörs dir.
– Komm jetzt nicht mit dieser Leier.
– Ehrlich, Esther! Der Stoff hat mir das Gehirn zugekackt. Aber ich komm weg davon.
– Schsch.

Sie ließ ihren Mund niedergehen und küßte den Geliebten zungig. Hob das Gesicht, ließ es wieder mit geöffneten Lippen auf dessen Mund fallen, von neuem und abermals von neuem, kurz und heftig. Biß weich in seine Unterlippe, sog sie ein, ließ sie aus, zog den Kopf zurück, betrachtete Rüdis geschlossene Lider, lief mit ihrer kleinen Zunge darüber. Lief über die Stirn, schmeckte den Schweiß und das Salz seiner Gedanken. Öffnete seine Gürtelschnalle, löste drei Hosenknöpfe, zog das Hemd heraus, entblößte den Oberkörper, umrandete mit ihrer Nasenspitze seinen Bauchnabel, wanderte über den Bauch und hinauf auf die glatte, nahezu unbehaarte Brust. Legte ihr Ohr auf das Brustbein und lauschte dem unregelmäßigen Herzgang. Tippte den Rhythmus mit ihren Fingerballen auf seine Bauchdecke, minutenlang.

– Willst du, daß ich dich ausziehe?

Rüdi nickte. Mit gewandten Händen schnürte sie die gestollten Lederstiefel auf, entrindete die Füße, griff den genoppten Gürtel und riß ihn mit einem starken Ruck aus den Schlaufen, schälte Rüdi die Hose herab. Er half ihr dabei, machte eine Brücke aus seinem Unterkörper. Esther genoß den Augenblick, wenn sie ihrem Geliebten die Boxershorts herunterstreifte. Sie mochte sein aufschnellendes Glied, wie es auf den so eingesunkenen Unterbauch sprang, sich streckte, beinahe bis zum Bauchnabel.

Ein stechender Geruch, den sie ertrug, weil sie Rüdi einmal wirklich geliebt hatte. Die Bitterkeit seiner Achselhöhlen, der üble Morgenmund, die Füße im Schweiß, das alles hatte noch immer den Geschmack der Kindheit. Und die schlafverklebten Augen am Morgen waren der kleine Junge überhaupt. Wohl hatte sie ihm beigebracht, wie sich ein Junge an seinem Geschlecht zu waschen hat. Er gab sich anfänglich Mühe. Aber wie hätte es ihm zur Gewohnheit werden sollen, wenn man ihm daheim nicht einmal das Zähneputzen beigebracht hatte. So gleichgültig war er der Mutter.

– Willst du mich ausziehen?

Er verneinte. Sie entwand sich rasch ihrer zerrissenen T-Shirts, eines mit dem Aufdruck *Genesis* und eines mit *Pink Floyd*. Knallte die Zebrahose in die Ecke, nahm das schneidende Ohrgehänge ab, ließ den Rückverschluß ihres BHs mit mühelosen Fingern aufspringen.

– Mach das noch einmal, flüsterte er.
– Was?
– Wie du den BH ausziehst.

Also verhakte sie den Büstenhalter und ließ ihn wieder aufplatzen. Rüdi liebte die Gekonntheit ihrer Handbewegungen. Esther schabte sich das Oberteil ab, strich das Höschen herunter, und die Teile wanden davon. Die champagnerfarbene, spitzengesäumte Unterwäsche, die so gar nicht zu einem Punk gehen mochte. Eine letzte Reminiszenz an den Rhombachschen Geschmack – Ines' Vorstellung einer unaufdringlichen Erotik.

Sie legte die geglättete Hand auf sein entflammtes Glied und die andere Hand an die kühleren Hoden. Schaute ihn an, und er sah ihr in die Augen. Öffnete ihm die Beine, setzte sich auf seinen linken Oberschenkel, preßte ihr Geschlecht darauf, und der Junge fühlte die Haut des Oberschenkels sich benetzen. Behutsam schlich seine Hand dazwischen. Er ließ die Finger sich nässen, zog die Hand hervor, gab sie seinen Lippen, schob sie wieder zwischen Geschlecht und Oberschenkel, ließ sie dort ruhen, ohne Esther zu bedrängen.

Und wieder schauten sich die beiden an, so stumm und vereinsamt. Bald hielt er ihrem Augenlicht nicht mehr stand, und sein Blick irrte über den aufgeregten Körper der Geliebten.

– Es ist aus zwischen uns, nicht wahr? murmelte er und atmete jetzt ruhiger.

Sie aber erwiderte nichts, beugte sich vornüber, schenkte ihm die Brust. Die gepellte, milchweiße Brust mit dem rosigen Hof und der wie geschnitzten Mamille. Rüdi schloß die Augenlider, benetzte seine trocknen, aufgequollenen Lippen mit Speichel und ließ die gesteifte Knospe seine Unterlippe besingen. Mit beiden Händen griff er in Esthers Kniekehlen, die kalt und verschwitzt waren. Sein Mund tauchte in ihre Brust, sog daran, und er tat den Mund noch weiter auf, noch mehr davon zu erlangen.

Da umfing sie den kahlen Kopf, stemmte die Hände gegen Schläfen- und Scheitelbein, warf ihm Küsse auf die Stirn. Rüdis Finger wanderten indessen über ihren glattgespannten Po, trachteten nach dem Geschlecht, und als sie es erlangten, sanken sie hinein, nicht tief, aus Angst vor Widerwillen, sondern blieben darauf liegen, ohne Fordern. Und Rüdi empfand etwas von männlicher Genugtuung, eine gestillte Neugierde. Gleichzeitig bekam er unsägliches Heimweh und wußte nicht wonach. So hätte er sterben mögen. Denn er dachte an den Tod.

Plötzlich riß sich Esther von ihm los – vielleicht auch vom Tod – und ließ sich rücklings an seine Seite fallen. Winkelte die Arme ab, verbarg die Hände in den Höhlen ihrer Hüften.

– Jetzt sind wir schon zweieinhalb Jahre zusammen und haben noch nie miteinander geschlafen. Ich meine, echt miteinander geschlafen.

Er schwieg, fischte nach der Zigarettenschachtel, entdeckte die letzte darin, knurrte, langte nach dem Grablicht, zündete sie an, tat einen ersten tiefen Zug. Rauchte die Zigarette mit der Geliebten, indem er sie abwechselnd von Mund zu Mund reichte, darauf bedacht, jeden Zug gerecht zu verteilen.

– Da an der Wand, wo die Reißnägel sind, hing einmal ein Poster mit einem total schönen Komodo-Waran drauf. Weißt du, wo Komodo ist?

Sie erwartete keine Antwort, starrte auf die Astlöcher in den ergrauten, ungehobelten Brettern und träumte den längst vergangenen Tagen im *sisters corner* nach. Auf einmal mußte sie wieder an Engelbert Quaidt denken, an dessen Augen und an den so unglaublichen Prinzenmund. Der Gedanke ärgerte sie, mehr noch, sie empfand sich als Verräterin. Jetzt, da sie mit Rüdiger so innig war, wob sich ein anderer in ihre Gedanken hinein.

– Mich friert. Leg dich auf mich drauf.

Er gehorchte und klatschte den schmächtigen Körper auf ihren. Sie fingen an, sich wieder mannigfaltig zu küssen, tiefzungig, die Zähne umrundend, die Augenlider, Nasenflügel und -spitzen. Von Esthers nachtblauem Lippenstift hatten sich bloß noch schwarze Fäden in den Furchen erhalten. Sie zwang Rüdis Schulterblätter an sich, und noch fester, um so den Prinzenmund zu vertreiben. Da stockte sein Atem, wurde hastend, der Herzgang ein Plungerkolben in zu enger Pumpe, nahe daran, sich zu verschweißen. Esther verspürte das Glied wiederum wachsen, krallte die Finger in den Rücken des Geliebten, indessen er sich in ihrem grün-rötlich schimmernden Bürstenhaar verkrampfte. Ihre engen Körper wetzten sich aneinander, und Rüdis stechende, stopplige Wange rauhte ihre Wange auf wie Schleifpapier, erhitzte und entzündete die pfirsichne Haut. Der Junge begann zu keuchen, bäumte sich auf, und plötzlich warf sein Glied dünnstrichigen Samen über Esthers Bauch und Rippen. Der Junge gellte auf, verweigerte sich aber jeden erneuten Laut wie zur Entschuldigung. Dann sank er wie ein verfrüht gewelktes Blatt auf die Geliebte herab, kam zitternd zu Frieden. Das Rückgrat entlang lief ihm der Schweiß, und er rann ihm die Schläfen herab.

Nach einer Weile faßte er das Mädchen kraftvoll an den Hüften, wandte es zur Seite, winkelte ihm die Beine an, öffnete sie halbwegs, legte das Ohr auf das rotsilberne Schamhaar, dann den Mund. Floß mit der Zunge über die weiche, voll gewordene Sichel, machte ihr ganzes Geschlecht in den Mund eindringen, biß weich in es hinein, verspielte sich mit Vorsicht daran, so lange, bis eine erste große, warme Welle Esthers Körper durchflutete. Dann noch eine. Und schließlich noch eine. Und eine letzte. Wie die Fernwellen, sommernachts in Rapallo am Meer.

Dann schliefen sie ein, und seine Hand ruhte wie immer an ihrer Scham. Esthers Arm lag unter seinem Nacken. Sie selbst dämmerte vielleicht eine Stunde, vielleicht mehr, erwachte hustend. Er schlummerte so tief, daß weder ihr Husten ihn erweckte noch der Umstand, daß sie sich von ihm löste. Esther betrachtete die verklebte Spur auf ihrem Bauch und strich mit dem Fingerballen das verschüttete Geheimnis entlang. Dann erhob sie sich, kleidete sich an, sehr gemächlich, ließ ihn nicht aus den Augen, wischte sich die kajalverrußten Tränen von den Wangen. Küßte ihm schließlich den Mund und gab seiner Stirn, sie wußte nicht warum, ein Kreuzzeichen. Blies die Grablichter aus, denn es könnte ein Unglück geschehen und er verbrennen. Schob die Tür auf und verließ den Geliebten.

Sie trottete nach der Rhombachschen Villa. Sie lag ja bloß acht Häuser entfernt. Da mußte sie so heftig weinen, daß sie nicht mehr imstande war weiterzugehen. Sie setzte sich auf eine Gartenmauer, schluchzte und kreischte laut auf, so daß die Hunde der Nachbarschaft anschlugen. Rosebud, die alte Afghanin der Grabhers, erkannte sie am heiseren Belfern. Esther blinzelte mit verschwommenem Blick in den Mond. Und der schon morgendliche Mond jener Nacht war eine halbverzehrte Blutorange.

Quaidt? brauchte Margot erst gar nicht lange zu überlegen. Freilich kenne ich den Namen. Einem Quaidt hat früher einmal die Rote Villa gehört. Wie kommst du darauf?

– So.

– So?

Ob sie mehr über die Quaidts sagen könne, begehrte Esther mit vollem Mund zu wissen, verdrückte hungrig ein Kuchenstück. Margot schaute diskret auf die verdreckten Fingernägel des Mädchens, musterte aus den Augenwinkeln heraus die ganze verwahrloste Erscheinung und empfand Mitleid, ohne es auszubreiten.

Ihr Vater habe Ende der dreißiger Jahre das Haus erworben. Aber nicht aus der Hand der Quaidts, sondern von einem gewissen Herrn Maser. Sie sei damals 14 Jahre alt gewesen. Erinnerlich habe sie nur, daß die Quaidts eine jüdische Fabrikantenfamilie gewesen seien, die Österreich – als die Zeichen der Zeit dringend darauf standen – verlassen habe.

– Mh-h, nickte Esther. Aber wo die hingezogen sind, weißt du nicht.

– Jetzt iß erst mal den Kuchen. Soll ich dir was Warmes machen?

– Mh-h, bejahte sie mit Hamsterbacken.

Margot verfügte sich in die Küche und zauberte im Handumdrehen ein Kartoffelgratin hervor.

– Weshalb willst du das alles wissen? schrie sie aus der Küche herüber, das Rauschen des Dunstabzugs zu übertönen.

– Einfach so!

– Wie bitte? schallte Margots Stimme noch kräftiger.

Kurz darauf trat sie mit einer kleinen Kasserolle ins Wohnzimmer.

– Gemütlich habt ihrs hier. Das Sofa kenn ich. Neu bezogen. Da haben wir oft drauf geschlafen. Was macht die Maudi eigentlich?

Margot erwiderte keine Silbe, und Esther sah einen Schatten in ihr Gesicht ziehen. Etwas Graues wie Gram. Die unbedarft gestellte Frage mußte Schmerzliches angerührt haben, und Esther fühlte, daß es taktlos wäre, weiter in Margot zu dringen. Statt dessen putzte sie die ganze Portion weg, schlang mit dem Appetit eines Holzfällers und so hastig, daß sich Margot wundern mußte, wie man sich nicht die Zunge dabei verbrannte. Es wurde lange Zeit still zwischen den beiden. In einem vermeintlich günstigen Moment erhob Esther die Augen. Aber die Augen des Gegenübers waren gerüstet, und so trafen sich die Blicke ins Herz.

– Du kannst kommen, wann immer du möchtest.
– Ich komm schon klar.
– Das weiß ich.
– …
– Brauchst du Geld?
– Sag ich nicht nein.
– Da.
– …
– Schon gut.
– Tja dann … vertschüß ich mich.
– …
– Ähm … Sag Maudi und Amrei … du weißt schon.

Auf dem Simon-Zelotes-Platz stehend, guckte sie noch einmal zu den Fenstern der Latuhr-Wohnung empor. Wieder trafen sich die Augen. Esther wollte winken, brachte es aber nicht über sich. Im Weggehen überlegte sie, weshalb ihr Margot die ganze Zeit so fremd vorgekommen war.

– Sie färbt sich die Haare nicht mehr, deutete sie. Und abgenommen hat sie auch. Sie ist alt geworden. Sieht echt krank aus. Und wieso will sie nicht über Maudi reden?

Die Punkerin schlenderte hinüber zum Platz der Zwei Monde. Aus der Ferne schon konnte sie Rüdi ausmachen. Er war der Kleinste unter den Skins. Sie trat hin, die Burschen röhrten und grölten, waren allesamt betrunken. Rüdi sah sie, indem er wegsah.

– He! rief sie gekränkt. Kennt man einen nicht mehr?

Sie dachte, ihm das Geld in die Bomberjacke zu schieben, da spuckte ihr der Junge einen gelblichen Schleim ins Gesicht.

– Fick dich selber, du! lallte er sie an.

Zirka drei Monate später, im August – Esther wußte, daß das Immerseelsche Pärchen nur im August zur Sommerfrische kam –, klingelte sie an der monumentalen Rundbogentür der Roten Villa. Nichts regte sich dahinter. Aber kurz darauf vernahm sie das Geräusch eines Motorrads, wie es die Auffahrt heraufknatterte. Jaap lenkte das alte, heeresgrüne Steyer-Puch-Gefährt, und Henk saß im Beiwagen.

Es war ein linder, prachtvoller Sommertag gewesen. Die beiden hatten mit dem kostspielig restaurierten Motorrad einen Ausflug ins aufwärtsstehende Land gewagt. Waren den ganzen Tag lang über Wiesen und Auen gebraust, ja geflogen, wie es sich für Holländer schickt. Sie schweiften hinein bis in die süßliche Gegend des Bregenzerwaldes. Im Gasthaus Butterblume hatten sie Kässpätzle mit Apfelmus gegessen, was der Verdauung etwas Sorgen bereitete, und nach endlosen Umwegen wieder aus dem Bregenzerwald herausgefunden.

Jaap löste den Riemen an seiner Lederkappe, die aussah wie ein illyrischer Helm, zog die orangene Skibrille ab und herrschte das Punkmädchen an. Das sei Privatbesitz. Sie solle sich gefälligst davonmachen. Esther zeigte ihm ein *fuck you!*.

Henk, der sich ebenfalls seiner Kopfbedeckung entledigte – sie ähnelte einem böotischen Helm –, vermochte zu beruhigen. Das tue ihm ehrlich leid, sagte er, nachdem er sie angehört hatte, aber man habe das Gerümpel auf dem Dachboden schon vor einem Jahr durch eine Reinigungsfirma entsorgen lassen. Sie könne natürlich nachsehen, ob noch was zu finden wäre.

Esther tat es unverzüglich, und Henk mußte sich einmal mehr anhören, daß er viel zu gutmütig sei für diese Welt. Justament wildfremdes Gesindel ins Haus zu lassen.

Die bauchige Kommode, in der sie das Bildnis aufgefunden hatte, war nicht mehr da, und die Kartons waren ebenfalls verschwunden. Reinlich und sauber ging es jetzt auf dem riesigen Dachboden zu. Esther zog enttäuscht ab.

Nachts in ihrem Zimmer dröhnte dann unaufhörlich *God Save The Queen* von den *Sex Pistols.* Esther entkleidete sich, duschte lange und legte sich, ohne sich zu frottieren, auf das unberührte Bett. Griff wieder nach der Fotografie und schaute unverwandt auf den Prinzenmund mit dem so weich gewölbten Philtrum. Las wieder und wieder die Worte auf der Rückseite: *Engelbert Quaidt. Von Th. J. Köchle. Photograph. Jacobsroth.* Da kam ihr eine Idee.

In den folgenden Tagen und Wochen begann sie mit der Intuition eines Historikers aus dem wenigen eine Spur zu rekonstruieren. Zuerst durchforstete sie das rheintalische Telefonbuch nach Namen, die in irgend möglicher Schreibweise das lautmalerische *Quaidt* ergeben könnten. Sie wurde nicht fündig. Dann machte sie sich auf die Suche nach *Th. J. Köchle.* Sie fand glatt einen Eintrag, der ausgerechnet auf *Esther Köchle* lautete. Die rief sie an. Es stellte sich heraus, daß es sich um eine nahe Verwandte des Fotografen handelte, nämlich um dessen einzige Tochter. Mit sich aufhellender Stimme bat Esther um ein Treffen.

Eine etwa 70jährige, offenbar alleinstehende und gar nicht verbittert wirkende Dame öffnete die Tür. Sie erholte sich zwar schwerlich von dem Schrecken, den ihr der Anblick dieses neongrünen Schopfs und der zerrissenen Kleider eingejagt hatte, zeigte sich aber von ihrer hilfsbereitesten und leider auch von ihrer geschwätzigsten Seite.

Ihr liebevoller Vater Theodor Joseph Köchle habe bis Anfang der sechziger Jahre ein Lichtbildstudio in Jacobsroth unterhalten, und zwar in der Bartholomäusgasse, in jenem Haus, wo sich jetzt die Naggsche Buchhandlung befinde. Er sei wohl schon 26 Jahre tot – es komme ihr vor grad wie gestern –, aber der Schrank mit der Kundenkartei stehe noch immer im Keller. Es handle sich übrigens um ein vorzügliches Rolladenregal der Marke Bene, was ihn damals ein kleines Vermögen gekostet habe, jedoch der neueste Stand gewesen …

Esther setzte den nostalgischen Gefühlen der beinahe kahlköpfigen Dame ein abruptes Ende, indem sie ihr das Foto in die gichtigen Hände drückte. Ob sie es wohl datieren könne? Sie erhielt eine verblüffende Antwort.

Aber gewiß könne sie das. Die Leinwand im Hintergrund, mit dem vorzüglich getroffenen Kruzifixus und den erhabenen Bergen, die habe der Vater bis zum Jahr 1939 verwendet. Das wisse sie deshalb so genau, weil damals durch die Ortsparteileitung der NSDAP eine Weisung an sämtliche Fotografen des Landes ergangen sei, die christlichen Prospekte durch heldisch-germanische zu ersetzen. Aus dem Wegkreuz sei später eine verkrüppelte Pinie geworden, den Nazis zum Trotz. Ferner: Dem langspitzigen Hemdkragen nach zu urteilen und vor allem der bis hoch über die Ohren ausgeschornen Frisur, käme für die Datierung lediglich die Mitte der dreißiger Jahre in Frage.

Esther tappte in den Keller und begann, Kundenkarteien und Rechnungsbücher des Herrn Köchle von 1939 an abwärts zu studieren. Und tatsächlich. Nach etlichen Tagen und nachdem sie sich allmählich in der Kurrentschrift zurechtgefunden hatte, fand sie in einem Quartheft eine mit grüner Tinte geschriebene Eintragung vom 15. Juni 1937: *Engelbert Quaidt, Sohn des Juden und Trikot-Erzeugers Simon Quaidt. Zehn Jahre alt. Photographiert an seinem Geburtstage.* Am unteren Rand der fleckigen Heftseite stand eine Anmerkung mit Bleistift: *Gegen vorherige Bezahlung.*

Sie riß das Blatt heraus, bekam Gewissensbisse, hatte ihr die alte

Dame doch so bereitwillig geholfen. Aber es ging um ihr Leben, rechtfertigte sich Esther vor Engelbert Quaidt, und darum sei alles erlaubt.

So kam sie auf der Suche nach ihrem Prinzen einen unerwartet großen Schritt voran. Er war am 15. Juni 1927 geboren. War also gegenwärtig genau 60 Jahre alt und Zwilling im Sternzeichen. Eine Milchmädchenrechnung.

– Auf das Alter kommt es nicht an, gell, Engelbert? brummte Esther und küßte den Prinzenmund.

Warum schwieg Margot Mangold, die ihr Haar nicht mehr bei Kastanienbraun hielt, als Esther sie nach Maudi befragte? Warum hatte sie die Frage kompromittiert? Ausgerechnet sie, die weder ein Mensch noch das Leben bloßstellen konnte. Ausgerechnet sie, deren Prinzip es immer gewesen war, die Angst vor dem Gegenüber zu überwinden, indem sie die Angst vor sich selbst besiegte. *Der Feind lauert innerhalb der Mauern,* pflegte sie zu sagen. War etwas vorgefallen? Galt es etwas zu verbergen? Und vor wem? *Vor wem?* Sie unterhielt ja keine Freundschaften, außer zu Amrei und Maudi. War furchtlos und brachte allezeit den Mut auf, die Menschen zu verlieren. Standorte des Herzens, Fixsterne, deren ruhiges und so unerklärliches Licht im andern ein hysterisches Flackern entfachte und entweder in Verehrung oder aber Verachtung zurückzüngelte. Immer von geringer Dauer und geringem Schein.

In einer Kleinstadt wie Jacobsroth wird geredet, hundertzüngig, und der rheintalische Mensch übt sich hinter dicht stehenden Thujen in Denunziation. *Reden dürfe man wohl noch,* geht ein gern zitiertes Wort in seinem Mund. Er *übt* sich wie gesagt darin. Meisterschaft erlangt er selten. Denn neben der Enge seines Thujengärtchens verstellen ihm noch zwei andere Dinge den Weitblick: die Unfähigkeit, sich selbst zu ironisieren, und der schwerfällige Dialekt, natürlich. Also reicht die Kunst der Verunglimpfung im höchsten Fall fürs Allerkränkendste: Maudi sei eine Hure geworden.

Solches drang in der Müllerschen Parfümerie an Margots Ohren, freilich aus empörtem Mund, dessen Unterlippe die Oberlippe überlappte. Und die Lappende fügte noch perennierend hinzu, daß, auch wenn es so wäre, man so etwas doch nicht über einen Menschen verbreiten dürfe. Auch wenn es wie gesagt so wäre, was es bestimmt nicht sei – niemals, nein niemals habe einer das Recht, die Maudi zu verurteilen. Man könne in das Herz eines Menschen eben nicht hineinsehen.

Gleichgestimmtes, wenn auch nicht expressis verbis, mußte Amrei vernehmen. Allerdings blieb sie erstaunlich gelassen, ganz im Gegensatz zu Margot. Wie sie überhaupt einen neuen Umgangston zu ihrer Tochter fand. Weder dahinplätscherndes Alltagsgeriesel noch die für Amrei sonst so typischen Crescendi übersteigerter Anteilnahme. Seit dem Vorfall im *Mondscheinzimmer,* da eine unerklärliche Macht sie von Maudi weggeschleudert hatte, ertrug sie die Fragen ohne Antwort. Maudi kam, aß zu Mittag, verschwand wieder, sagte nicht wohin, und oftmals blieb ihr Bett unberührt. Amrei ließ es geschehen, auf ungekannte Weise.

Möglich, daß die Radikalisierung Esthers, zumindest was deren Sprache und Äußeres anlangte, ihr dabei half, Maudis Lebensentwurf zu tolerieren. Seit sich nämlich die Töchter derart verändert hatten und einander entlebt, schmolzen Amrei und Ines wieder zusammen. Eine merkwürdige Legierung aus Tröstung und Rechtfertigung. Weit triftiger jedoch für Amreis Fähigkeit im Lassen war die Beobachtung, daß Maudi völlig eins schien mit sich und ihrer Welt, wie auch immer sie gestaltet sein mochte. Dieser Mensch *war* das Glück. Sie sah es, wenn er mit so ruhigen Gesichtszügen zu Tisch saß.

Einen heimlichen Wunsch träumte Amrei allerdings fort: Es müßte doch endlich auch Maudi erkennen, daß sie ihres Vertrauens würdig geworden war. *Sich lieben heißt aneinander arbeiten.* An diesen Satz, den sie einst in einer schwülen Sommernacht zu Ambros Bauermeister gesagt hatte, glaubte sie noch immer.

Noch jemand hätte dem Gedanken, daß Liebe Arbeit ist, stieren Blicks beigepflichtet. Er empfand sich weiß Gott als ein Bergmann der Liebe. Seine Stollen, seine Schächte reichten weiter und tiefer als die eines jeden Mannes in Jacobsroth. Keiner verehrte die Frauen so wie er. Davon war er überzeugt, und er hätte sich nicht gescheut, es öffentlich zu behaupten oder dafür den Beweis anzutreten. Denn seit er gereift war, grub er nach der Silberader, die er das Geheimnis der Weiblichkeit nannte.

Ein Mann der ersten Reihe war er nicht. Wie verabscheute er es, wie unfein dünkte es ihn, wenn sich ein Kerl an die eben erst erblickte unbekannte Schöne heranspielte. Plötzlich schon ihre Hand griff – welch unverdiente Köstlichkeit! – und die gebläute Nase in den Duft ihres Halses hineinschwang. Das mitanzusehen, mußten seine Augen oftmals erleiden.

Erst neulich, als ein tomatenroter 58er Corvette Chevrolet dreist vor dem Café Grauh parkte, in der Fußgängerzone, und Edwin die Bohnenstange das Lokal mit überbordenden Gesten in Beschlag nahm, amerikanischen Gesten, wie er meinte. Ausufernde Arme, in die Höhe geworfenes Haupt und jedem unbedingt ein *high five* in die Hand klatschend. Selbst dem genervten Kellner Ivo zum x-ten Mal, so daß ihm schließlich doch noch das Tablett entglitt und alles zu Boden schepperte. *That's life!,* pflegte Edwin nach jeder Bemerkung zu sagen, und handelte sie vom Wetter.

Und es klappte. Nicht zu fassen! Er sah es mit eigenen Augen: Die Bohnenstange riß eine Elfe an sich, und sie folgte ihm, und sie tuckerten davon. Einfach furchtbar, geradezu widerwärtig! Vorboten des abendländischen Untergangs. Das Zu-Ende-Gehen der Courtoisie. Eine Frage der Zeit, bis der letzte Gentilhomme auf diesem Planeten verschwunden wäre. Er nämlich war einer der allerletzten. Darin herrschten keine Zweifel in ihm.

Im übrigen mußte man sich wirklich wundern, wie unvorsichtig die Herrschaften von der Bank geworden waren, so einem Windbeutel von Schauspieler Kredit zu geben. Ein weiteres Wetterleuchten für den Untergang des Abendlandes. Denn wie hätte er sich sonst den Chevrolet zurückkaufen können, an dem er sich einst überschuldet hatte? Wie denn? Von der Gage jedenfalls nicht. War doch die angeblich so berührende Sequenz in dem *gigantischen* Hollywood-Streifen *The Forgotten Creed,* in dem Edwin einen KZ-Häftling vorgestellt hatte, aufgrund der Überlänge des Films dem Schneidetisch zum Opfer gefallen.

Man durfte sich ehrlich wundern. Wenn nämlich er, *er* in der Bank vorstellig wurde, eine geringfügige Kontoüberziehung zu erwirken, hieß es zuerst einmal warten, warten. Dann klickte es mit geschwinden Fingern in die Tastatur des Computers. Das grünliche Licht des Bildschirms warf einen unheilkündenden Widerschein auf das Angesicht des sogenannten Kundenbetreuers. Die Stirn wurde immer sorgenvoller, und schließlich brach es laut aus dem Betreuermund heraus, so daß es aber auch wirklich jeder hören konnte:

– Tja, Herr Birke! Was machen wir mit Ihnen?

Wenn er es in seinem nun schon 35 Jahre währenden Leben zu rein gar nichts gebracht hatte, das ihm Ruhm, Geld oder öffentliches Ansehen hätte bescheren mögen, in einer Materie empfand er sich als reicher Mann unter lauter Bettlern: Keiner begriff die Frauen so wie er. Keiner bewunderte sie so wie er. Keiner hatte größre Achtung vor dem Wunder der Weiblichkeit als er. Er fühlte sich als der größte Liebende seiner Zeit. Einer Endzeit, wie gesagt. Davon war er beseelt.

Mein Gott, liebte er die Frauen! Diese undeutbaren Wesen! Diese unbegreiflichen Geschöpfe! Ihre kurzen, ihre langen Hälse! Ihre Köpfe und Köpfchen, Nasen und Näschen, Münder und Mäulchen. Ihre so unvergleichlichen Stimmen, die nicht Stimmbruch erleiden mußten. Ihre so vollendete Haut, die sich nicht veraffen mußte, wie die behaarte und bärtige Haut des Mannes.

Ihre je neu geformten Brüste, Ruhekissen der Welt, dahinein selbst noch der häßlichste Schuft sinken durfte, sich von der eigenen Bosheit zu erholen. Ihre Taillen, wie Blumensträuße sich verjüngend, ihre vollmondigen Hüften. Die Flanke am Rand ihrer Bäuche. *Mein Gott,* ihre Bäuche! Mittelbäuche und Unterbäuche. Die Leistenbeugen, endlicher Beweis, daß die Welt ein Dreieck bleiben wird. Die betörende Hügelung der Venus, und das immerglatte Geschlecht. Das je anders erdachte *Döschen,* mal geschlossen, mal halbgeöffnet. Nicht wie das wurmende Etwas des Mannes. *Auch deine Wunde, Rosa,* pflegte er in einem Celanschen Wort still vor sich hin zu träumen.

Von Rosas Beinen und Rosas Po handelten die Träume sonderbarerweise nicht. Erst an den Fußfesseln entzündete sich wieder die Phantasie. *Mein Gott,* die Fußfesseln! Diese weißwachsigen, mit einer Hand zu umspannenden und zu verehrenden Fußfesseln der Frauen! Ihre immerkalten Söhlchen der Größe 38. Diese in den Kosmos hineingetanzten Abdrücke. Nicht der gestampfte, männische Tritt, dessen Abdruck doch erodieren muß, weil er keine Musik hat.

Er war ein Freund der Kosmetikindustrie – niemand hat je diesen Freundschaftsbeweis von ihm eingefordert – und somit ein resoluter Verfechter von Tierversuchen. Je quälender die Versuche, desto zielführender. Und das Ziel war doch die Erhöhung der fraulichen Schönheit. Er schätzte die Erfindung des Lippenstifts weit epochaler ein als die Erfindung der elektrischen Glühbirne. (Selbst benutzte er kaum welche, und wenn es ein Licht sein mußte, das spärlichste: 15 Watt.)

Augenkosmetika konnten ihn fast um den Verstand bringen. Stunden über Stunden verbrachte er in der Müllerschen Parfümerie, sich von Margot Mangold oder Traugott Müller jun. persönlich die Substanzen in den Schminkminen der Augenbrauenstifte erklären zu lassen. Die Konsistenz der Kajalzeichner, der Mascaras für die Wimpern, der Eyeliner zur Lidumrandung. Die Chemie der Lidschatten, der Tuschen, der Puder und Cremes. Er war von eselshafter Geduld, ließ sich durch dazwischentretende Kundschaft nicht abwimmeln. Fand er, daß für diesen Tag genug gelernt sei, verließ er die Örtlichkeit mitten im Satz und grußlos, aber vollen Herzens. Das trug er dann eiligst nach Hause, in seine stetig vernachtete Wohnstatt an der Mattheistraße, um ja kein Quentchen davon zu verlieren. Sein angereichertes Herz aus pigmentiertem Indigo, Karamel, Eisenoxid und Kohlenstoff, gebunden in Bienenwachs, Paraffin und Cetylalkohol.

Erlüftelte die Nase einen ihr unbekannten, nicht zu benennenden Duft, lahmte sie nicht wie Edwins Römernase plötzlich frech am Hals der so Duftenden, nein, sie umwortete diesen neuen Geruch mit Farben und Adjektiva, schlich sich unverzüglich in die Müllersche, roch so lange, bis der Duft einen Namen hatte. Nina Ricci.

Alles im *Dunkelland der Weiblichkeit* mußte erforscht sein, erahnt wenigstens, ehe man einen Schritt ins Unwägbare setzen durfte. Mit größter Behutsamkeit hieß es die Expedition antreten. Es hieß einen unsichtbaren Ariadnefaden auslegen, um beschrittne Wege nicht aufs neue einzuschlagen. Es hieß leise sein, unendlich leise, um die *Antilopen Gottes* nicht zu verstören, wenn sie vollendet eins im Dunkelland ästen. Es hieß warten können und Geduld üben. Tag um Tag, Jahr um Jahr. So lange, bis die Antilopen ihn plötzlich als ihresgleichen empfunden hätten. Aber in dieser endzeitlichen Welt schien das Wartenkönnen eine Untugend geworden, und er selbst blieb immer ein Zuspätkommender. Andere erlegten die Antilopen, rissen sie. Und das Unbegreifliche: Diese zeigten nicht die geringste Gegenwehr, ließen sich, scheints, willig reißen, willig erlegen.

Ihre Gedanken! *Mein Gott,* wie die Frauen denken! Apologetinnen des Widerspruchs. Selbst das höchste Paradoxon und doch überzeugender als jede kurzatmige, virile Logik. (Er war, wie zu ersehen ist, in all den Jahren, da er das Gramgeröll seines Bergwerks verschob, zum Philosophen gereift.) Was geht bloß vor in ihren Seelen? Daß sie von heute auf morgen beschließen, mit dem Lieben aufzuhören oder anzufangen. Liebt ein Mensch, liebt er immer. Liebt er nicht, liebt er nie. Oder war alles ganz anders? Im Dunkelland?

Von den zahllosen Schiffbrüchen im Dunkelland und den aus

Erschöpfung abgebrochenen Gewaltmärschen einmal abgesehen: Eine tatsächliche Reise, die ihn aus Jacobsroth hinausführte, hat er getan. Er fuhr mit dem Fahrrad in Richtung Florenz.

In den hochglanzigen Quartalsvorschlägen der Buchgemeinschaft, welche ihm die Pariser Schwester überlassen hatte, entdeckte er den Fotoband *Unvergeßliches Florenz,* ins Bild gesetzt von Franca Tossi, beschrieben von Rolf von Pütz. Er fingerte lustlos darin herum und plötzlich versetzte ihn der Anblick von Santa Maria del Fiore, vom Piazzale Michelangelo aus gesehen, in helle Aufregung. Eigentlich war es nur die Kuppel des Domes, für die Pütz in der Bildlegende die folgenden Worte gefunden hatte:

Seht hierher! Welch ein architektonisches Wunderwerk! Welche anmutige Meisterschaft! Welche Kühnheit und welche Erhabenheit über die täglichen Vexationen des Lebens! Seht, o seht!

Tief geprägt durch die immerwährende Beschäftigung mit der Welt der Frauen, assoziierte er die Kuppel folgerichtig mit der Erhebung eines weiblichen Busens. Selbst die Lichtlaterne ließ sich mit wenig Phantasie als eine in Kunst verdichtete Brustwarze interpretieren, wie sie sich in den florentinischen Himmel steifte.

Die steingewordene Brust des Brunelleschi mußte er mit eigenen Augen sehen.

Also strampelte er über den Brenner bis hinunter nach Verona, wo ihm das Fahrrad gestohlen wurde. Irgendwie – er war allzeit hart im Nehmen – stand er dann doch eines Nachts auf dem Piazzale, weinte wie ein Kind und rief die Pützschen Worte *Seht, o seht!* aus. Seit dem Tag begriff er die Frauen nicht mehr bloß als eine philosophische Frage, nein, ihr Wie und Warum ließ sich auch in der Kunst erörtern und zu einem Ende bringen.

In einem anderen Quartalsband mit dem Titel *Gizeh – Zeugnis erstarrter Ewigkeit* (ebenfalls aus Pützscher Feder) gelang es ihm unschwer, die Pyramiden als die Dreiecksfläche der weiblichen Scham aufzufassen. Man brauchte ja bloß das Buch auf den Kopf zu stellen – das für die ganz Begriffsstutzigen. Aber es führte zu weit, hier sämtliche seiner kunsttheoretischen Überlegungen, den weiblichen Körper betreffend, auszubreiten.

Er war verrückt nach Frauen, sammelte alles, was mit ihnen in

Verbindung gesetzt werden durfte. Er klassifizierte sie in Elfen, Frauen und Menschen. Die er begehrte, hieß er Elfen. Die seine Aufmerksamkeit nicht über Gebühr strapazierten, Frauen. Hilflose und unförmige Körper, bösartige Charaktere oder Greisinnen nannte er Menschen. Männer blieben letztklassig.

Die weibliche Wesenheit berauschte sein gesamtes Fühlen und Denken. Gedanken, die keinem zu denken gaben, weil er in seinem Leben nicht einen einzigen Freund besaß, geschweige denn eine Freundin. Und um den Irrsinn überhaupt zu vollenden: Er hatte noch nie im Leben eine Frau erkannt. Er war Jüngling bis auf den jetzigen Tag. Die Liebkosungen der Maudi Latuhr, vor vielen Jahren im *sisters corner,* blieben die einzigen auf seiner Brust.

Boje. Boje Birke. Eigentlich Bolko. Die Mutter, zungenschwer und mit quergestelltem Kiefer, seufzte ihn seit Kindertagen mit *Boje* an. So wurde der Laut Gewohnheit. Sie blieb das einzige weibliche Wesen, das zweimal in der Woche an seine Tür trat, die herumstreunenden Katzen nicht dazugerechnet. Sie blieb es, wenn sie aus Lindau herüber nach Österreich fuhr. Allerdings nur bis an die Tür. Dort stellte sie ihm Gares in luftverschloßnem Tupper-Plastik hin, schob einen Geldschein in den Briefschlitz, so daß der Sohn wenigstens nicht ganz verkommen mußte.

Es war an einem bissigkalten Novemberabend, am Ende des Jahrzehnts. Der größte Frauenkenner des ausgehenden Jahrhunderts, imposantester Liebhaber wider deren Wissen, vermochte nicht in den Schlaf zu finden. Ein Unglück war geschehen, ja mehr noch, eine Katastrophe:

Das Fräulein Spiegel, der Kirschmund, die schönste und fröhlichste Elfin des Rheintalischen, die Co-Moderatorin der *Lokalen Stunde,* Anna, deren Parfüm er in der Müllerschen als von Nina Ricci kreiertes erschnuppert hatte, war im wörtlichen Sinn von der Bildfläche verschwunden. Erst dachte er, es liege an einer Turnusverschiebung unter den drei Fernsehsprecherinnen. Dann wähnte er sie unerwartet beurlaubt. Schließlich sah er vorabends einen blondgemèchten Kopf, einer Bratpfanne ähnlich, sich im

Bildschirm impertinieren, eine gewisse Michaela Pfandl – übrigens der Klasse *Mensch* zugehörend –, und da wußte er, daß alles aus war. Etwas Furchtbares war mit Anna geschehen.

Wiewohl er sich seelisch und auch potentiell befähigt sah, sämtliche rheintalischen Elfen gleichzeitig zu erledigen – die hervorquellenden Augen verspritzten schier, wenn er sich vor dem Spiegel einen *Giacomo Girolamo Casanova* nannte –, Anna war und blieb die Lieblingselfin. Alles wußte er über sie, hatte in den verstrichenen Jahren keine Gelegenheit versäumt, Wege und Lebensgewohnheiten der jungen Frau zu studieren. Kannte die Restaurants, ihre Leibspeise. (Es war ihm geglückt, durch Einpökelung den Rest eines Faschiertenbratens sowie ein Häppchen Blaukraut zu konservieren. Die entzückende Trophäe dorrte noch immer im Buchregal dahin.) Er kannte Beruf und Namen ihrer Liebhaber – Haifischmänner in Hawaiihemden – und hatte folglich die immerzu wechselnden Wohnadressen des Mädchens präsent. Fuhr Anna auf Urlaub, schummelte er sich telefonierend ins Reisebüro und erzwang Antwort. Sie bevorzugte Nacktbadestrände. Welch eine Vergeudung an die Augen der Haifischmänner!

Ein leichtes für Boje herauszufinden, weshalb Anna Spiegel der *Lokalen Stunde* verlustig gegangen war. Das Bratpfannengesicht, des Intendanten neue Flamme, schmorte vor Eifersucht ob der wunderbaren Zuschauerzensuren der Kollegin. Der Intendant hingegen, der Billardkopf, niederträchtiger Kerl und intern zu Recht die *Hand* geheißen, der glühte vor Liebe zur Pfandl und hatte das Fräulein Spiegel gefeuert.

Wie Boje das in Erfahrung brachte? Er lieh sich den vermotteten Overall seines Vaters, schmierte die Hände mit Kettenöl schwarz, begab sich in die Kantine des Fernsehgebäudes und lauschte drei Tage lang dem dort mit staunenswerter Offenheit zur Schau gestellten Ekel gegenüber der *Hand*. So viel Zungenzeigen hatte er weiß Gott in zehn Jahren nicht gesehen.

Es fuhr wie erwähnt spätabends Boje Birke aus der grauen Ledercouch heraus und verließ das zwischenzeitlich mit Massen von fraulichem Krimskrams verwachsne Wohnzimmer. Trat hinaus in die klamme Novembernacht, deren Unwirtlichkeit seiner Laune grad zupaß kam. Der säbelnde Wind dünkte seinem misanthropischen Gesicht wie ein Mailüftchen. Er stach die Mattheistraße hinauf und blickte grimmig zu den spärlichen Fenstern empor, in denen noch ein Licht brannte.

– Wer muß in dieser Nacht nicht wieder Entsetzliches erdulden? dachte er. Welche Elfin, welche Antilope? Und sie ahnt nicht, daß ich an ihrem Fenster vorüberschreite. Ach, ich weiß ja, wie ihr leidet. Und ich kann euch nicht erretten. Es gibt keinen Gott. Wirklich nicht.

Er schlug den Kragen der Windjacke auf, zog den Kopf ein und stiefelte über den Platz der Zwei Monde, in Richtung Café Grauh. Und es lag wieder da wie ein wartender Flieger, dem der Tower die Startbahn verweigert, weil die Tragflächen vereist sind. St. Ursula schlug wohl halb zwölf, die Lichter im Grauh dimmten plötzlich auf. Eine gastronomische Unart allerorten, die Sperrstunde anzuzeigen. Daß ein Wirt jemals in die Hände geklatscht und *Freunde, Sperrstunde!* gerufen hätte – undenkbar. Im Ja-Sagen, aber Nein-Meinen wird der Rheintaler doch unübertroffen bleiben müssen.

– Sperrstunde, mein Freund! grüßte der Kellner Boje verabschiedenderweise.
– Darf ich mich wärmen? lärmte dieser und schauderte selbst über die vergriffne Lautstärke, setzte die Bitte gedämpfter nach.

Ivo, der langbeinige Serbokroate, rollte die Augen und verfügte sich an den Ausschank, die Gaggia vom Kaffeesatz zu säubern.

Eine Handvoll dürrer, angetrunkner Visagen umsaß einen schweigsamen Mann in schwarzem Rollkragenpullover. Der Mann war so unfaßbar dick, daß die Körper der ihn Umringenden sich auf Zahnstocher verdünnten. Er hatte ein böses und sehr verbittertes Antlitz, das in einem Schauzeigen von Weltschmerz durchaus reüssiert hätte, wäre nicht diese bleischwere Brille gewesen, die seinen Klotzkopf geradezu ins Lächerliche zog. Ein Brett vor den

Augen mit Gucklöchern, so daß er einem Panzerknacker ähnelte, dem Comic strip entsprungen. Dabei handelte es sich um Egmont Nigg, den so gefürchteten Kulturkritiker der *Tat.* Man erspürte die Furcht an der tänzelnden Eilfertigkeit der Zahnstocher. Allesamt piksten sie gleichzeitig auf seinen Zähnen herum. Aber Nigg enthielt sich hartnäckig jeder Äußerung, was die Zahnstocher noch geschwinder piksen machte.

Es mochte sich an dem Tisch um künstlerisch veranlagte Leute handeln, überlegte Boje, vernahm er doch ein babylonisches Durcheinander ihm unbekannter, zuhöchst impressiver Wortsalven.

– … dasinterundmultimedialevorgehenindertechnologiegestütztenkommunikationherrobernocheinbier!verbindetdochdievirtuelleebenemitderrealentransformationsdingszumbeispielderminimalartoderderlandartnehmenwirmeinenbetonkäfermeinbetonkäferhateineassoziierendebegrifflichkeiteintranslozierendeselementeinscheißladenistdashier!ichmeinederunterschiedzwischeneffektundaffektistwohljedemhiergeläufig …

Den, der so eloquent vor sich hinbellte, nannten sie Muff. Er trug Brille, und zwar die getreue Replik des Niggschen Brillengestells. (Eine nicht unerhebliche Beobachtung für das sich gegenseitig befruchtende Verhältnis zwischen Kritik und Kunst.) Boje lauschte den Muffschen Ausführungen, rieb sich die Kälte aus den Händen und staunte über so viel Kunstverstand in so knapp bemessener Redezeit. Und er fühlte sich fast ein wenig klein, jedenfalls empfindlich ungebildet. War doch auch er dabei, die Kunst als ein Abbild alles Weiblichen zu entdecken. Er spitzte die Ohren, mehr von Muffs Reichtum zu erschleichen, als ihm plötzlich etwas wie eine große Hand ins Herz langte, es aus der Brust riß und vor seinen Augen auswrang. So jedenfalls seine nachträgliche Bildfindung für diesen ungeheuerlichen Augenblick.

– ANNA! heulte er auf.

Zum Glück überbellte Muff den Bojeschen Freudenschrei, und dieser dankte es ihm heimlich zigfach. Eine derart rüde Entgleisung aus dem Mund des letzten abendländischen Gentilhommes wäre im Grunde nicht mehr wiedergutzumachen gewesen, zürnte er mit sich.

Aber sie war es wirklich! Mausallein am Tisch Nr. 12, dem Tisch der Fernsehleute, der hintersten Örtlichkeit des Lokals. Rührte das Löffelchen mit wächsernen Fingerchen im Espressotäßchen. Und das kleine Fingerchen stand dabei ab, und das Löffelchen wanderte im Uhrzeigersinn, niemals dagegen. Und das leere Weinglas! Weißwein, abends immer. Eine Weißwein-Elfin. Rohrendorfer Chardonnay, der zur klassischen österreichischen Küche geht, zu Kalbsschnitzel oder Huhn. Sie war es ohne Zweifel! Daß er sie nicht gleich erblickt hatte! Unverzeihlich! *Mein Gott,* wie schön sie erst war, wenn kein Haifischmann die Flossen an sie legte.

Er schluckte trocken. Die Lippen bebten, und der Kehlkopf zitterte vor Freude. Das verwilderte Haar der zusammengewachsenen Augenbrauen tanzte in die Stirn. Die eingesunkenen, schräg nach unten stehenden Augen fuhren Achterbahn. Die hohlen Wangen – zwei eigelbe Teddybären als Preis im Büchsenschießen. Die ölige, zum Pferdeschwanz gebundne, an den Schläfen schon melierte Frisur – der Himmel der Kirmesnacht.

Das war die Stunde seines Lebens. Auf diesen Moment hatte Boje Birke harren müssen, dafür das Studium der Sinologie in Wien abbrechen, die Sonntage verschlafen, all die Jahre das Porzellan, die weißwollenen Damenhandschuhe, Brillenetuis, das Besteck, die Nagellackflacons, Stoffservietten, Trockenblumen, Essensreste, Tücher und Tüchlein und was noch alles sammeln müssen.

Es gab *doch* einen Gott.

Fräulein Spiegel hob die Tasse an den traurigen Kirschmund und schlürfte den Mocca. Ein Häuflein allerschönsten Elends, saß sie da, dank *Hand* und Bratpfannengesicht. Das mußte er dem Intriganten-Intendanten doch zugute halten. Die Frau ließ das Köpfchen hängen und sinnierte. Die Fingernägelchen tackten einen gleichförmigen Rhythmus auf die Marmorplatte. Sie trug das karamelfarbene Set aus kurzer, ärmelloser Weste und langem Pulli, mit dem sie der Bootsbauergeselle Elmar Kuhlau am 25. September gekauft hatte. Er hatte mit Scheckkarte bezahlt.

– Hat der feine Geselle je erwogen, aus welchem Material die Strickware besteht? verzettelten sich Bojes brodelnde Gedanken. Natürlich nicht. Bouclégarn, wie lachhaft billig! Anstatt diese kostbarste Haut mit höchster Qualität zu verhüllen. Anna trägt Kaschmirwolle, Unwissender du! Aber mit Scheckkarte zahlen, natürlich.

Er kniff die Augen zusammen, um den Blick zu schärfen. Anna hatte hochgestecktes Haar. Eine Strähne lendete ins Gesicht, und es dünkte ihn, er habe noch nie in seinem Leben eine so melancholische Haarsträhne gesehen. Er mußte diese Strähne aufheitern. Das galt es hier und jetzt.

Und er fing an, sich das Hirn noch irriger zu verwinden. Wie er am günstigsten und ohne Knieerweichen vom Tresen hin zum 12er Tisch gelangen könnte, von Punkt A nach Punkt B. Vorbei an der lärmenden Künstlerschaft, stracks durchs Lokal, Annas Augen Paroli bietend. Ob er die rechte Hand lässig in die Sakkotasche schieben sollte? Und welchen Vorwand er unternehmen könnte, sie anzusprechen? Da sehnte er sich Edwin die Bohnenstange heftig herbei. Vielleicht, daß ihm der Schauspieler eine List verraten möchte, einen simplen, immer funktionierenden Trick.

– Bloß keinen Schnitzer machen. Laß sie noch ein paar Takte auf den Tisch trommeln. Mein Gott, wie schön sie ist! Wenn sie wüßte, wer hier in diesem Café steht. Was für ein guter, ehrlicher und zärtlicher Mann. Siehst du es denn gar nicht, Anna? Fühlst du meine Schwingungen nicht durch den Äther wallen? … Die Zigarette wartest du noch ab. Man stört eine Dame beim Rauchen nicht …

So ging es fort in seinem Kopf, und als das Mädchen die Zigarette ausgedämpft hatte und sich nach dem Kellner wandte, meinte

Boje ohnmächtig zu werden. Er fühlte, daß ihr Blick ihn leicht gestreift hatte. Anna bezahlte und wechselte Worte mit dem Kellner. Daß Eifersucht zu so häßlichen Gedanken befähigen konnte, hätte Boje nicht für möglich gehalten. Er mußte endlich handeln. Egal wie. Da türmte sich das Gespenst des Bootsbauergesellen Elmar Kuhlau wieder vor ihm auf. Der mochte jeden Moment die Szene betreten. Vielleicht war er bloß noch vier oder fünf Atemzüge vom Grauh entfernt.

Anna schickte sich zu gehen an. Praktizierte das samtene, breitkrempige Hütchen auf den Kopf, rückte es zurecht, tauchte mit einem dankenden Lächeln in den Mantel hinein. Einem Lächeln, das Ivo galt, dem galanten Kellner. Was hätte Boje für dieses Lächeln nicht gegeben! Er hätte sich – es ist die pure Wahrheit – den kostbaren Roßschwanz abschneiden lassen. Gesetzt, daß sich diese Sekunden hätten wiederholen lassen, er wäre zum 12er Tisch gestürzt und hätte geschrien:

– Laß *mir* den Mantel! Nimm meinen Roßschwanz dafür!

Jedoch. Anna trat schon aus dem Hintergrund hervor. Sie machte einen geschickten Bogen um die alkoholisierte Künstlerschaft. Muff suchte einen Diskurs anzustrengen über den *legendären VW-Käfer,* welchen er in den Siebzigern unter Aufbringung allen Mutes und größter Entbehrung in Beton gegossen hatte, die heillose Verbetonierung der Welt anzuprangern. Egmont Nigg rannen derweil die Augenlider zu wie Mörtel.

Anna trippelte herüber. Sie hatte dicht an Boje vorbeizugehen, der Tresen wuchtete sich links von der Eingangstür ins Lokal. Das Herz, das Boje zwar schon einer ausgewrungen hatte, dünkte ihn lauter als Muffs naßhustendes Blaffen.

– Noch einen einzigen Schritt! fieberte es in seinem Kopf.

Er bekam entsetzliche Angst, das erste erhobene Wort könnte wieder in der Lautstärke verunglücken.

– Sie geht vorbei … Noch ist es nicht zu spät. Noch nicht … Greift nach der Türwelle … Mein Gott, diese Fingerchen! … Die Chance ist nicht vertan. Berührt ja erst die Türwelle. Öffnet die Tür … Alles gut. Zeit genug … Tür ja noch halb geschlossen. Was heißt halb geschlossen? Dreiviertel geschlossen! Bei der Wahrheit bleiben!

Anna ging weg.

– Ähh! Wenn du …! grunzte es aus seinem Mund heraus.

Mehr drang nicht von den Lippen des größten Frauenkenners endzeitlicher Welt. Keine Silbe, kein weiterer Laut. Schenken wollte er der Entwichenen den Tschechowschen Satz: *Wenn du jemals mein Leben brauchst, komm und nimm es dir.* Er war ihm irgendwie auf die Zunge gefallen. Aber bekanntlich sind das Denken und das Sprechen Todfeinde.

Anna gehörte der bitterkalten Novembernacht und Bojes Leben ihm allein.

Seinem noch immer erhobenen Arm ging die Luft aus, und er quiekte wie ein absterbender Luftballon an die Seite zurück. Oder war es das laute Aufseufzen? Ivo brachte das Tablett mit den Resten von Annas verstrichener Zeit, warf Boje einen fragenden Blick herüber, deutete auf die Moccatasse.

– Für deine Sammlung, sagte er mit einem Ton versuchter Tröstung, weil er sah, wie sehr dieser Mann im Schmerz erstarrt war.

Schweigend drückte er ihm das wer-weiß-wievielte Täßchen in die Hand, das je eine Schöne im Café Grauh an die Lippen geführt hat. Boje umschloß es mit eiseskalten Fingern, unfähig, ein Wort zu sagen, und versteinte ganz. Auf Stirn und Schläfen äderte es dunkel.

Mit dem Instinkt eines sterbenden Tieres wälzte er sich dann unvermittelt in die Nacht hinaus. Untergehen, bloß noch untergehen wollte er. Aber mit Würde. Von keinem gesehen und von *keiner* beweint. Boje Birke ging nicht unter, weil niemand kam, sich das Leben bei ihm abzuholen. Also mußte er es behalten.

– Die Genialität hat nun mal ihren Preis, brummelte er, mittags auf dem Steinboden seines düster beengten Flurs erwachend.

Fertig mit der Welt der Frauen, war er gegenwartslos niedergesunken und eingeschlafen. Doch der Plan zu sterben bewahrt den Menschen vor seinen unerträglichsten Nächten. Der Mensch kämpfte sich also auf, und gegen Nachmittag beschloß er, einen Spaziergang durch das sich schon einwinternde Städtchen zu unternehmen. Er fand die Hausschlüssel nicht. Als er schließlich doch sein Heim verließ, entdeckte er sie außen an der Tür steckend, wunderte und ärgerte sich gleichermaßen über diese Unvorsichtigkeit. Die Angst, daß jemand unbefugt eintreten könnte, ist bekanntlich dort am größten, wohin sich nicht einmal ein nasser Hund freiwillig verkriecht.

Die gläserne Novemberluft verblies die nächtliche Niederlage mit ein paar Gesichtsstreichen. Beim Judastor angelangt, kam dem König der Elfen, dem rheintalischen Alberich, plötzlich eine glänzende Idee, wie die über alles auf der Welt geliebte Anna Spiegel doch noch zu erobern wäre. Er kehrte unverzüglich um. Nicht lange, und er kramte im Keller nach einer verstaubten Schreibmaschine, ja wirkte geradezu vergnügt dabei. Hätte ihn jemand belauscht, er hätte eine mißlich intonierte Phrase aus Leporellos Registerarie vernehmen dürfen.

– *Ma in Ispagna son già mille e tre. Tie-ti-ti-die-di-di mille e tre …*

Endlich fand Boje Birke die ausgetrocknete Olympus, trug sie hinauf ins Wohnzimmer und entwarf den folgenden Brief:

Jacobsroth, den 21. 11. 1989

Sehr verehrter Herr Fernsehintendant,
tief erschüttert habe ich die Entlassung der Anna Maria Spiegel (geb. am 6. 1. 1963 in Roth, Familienstand ledig) zur Kenntnis nehmen müssen. Diese Entscheidung ist unfaßbar, weil das Fräulein Spiegel die großartigste Fernsehsprecherin ist, die jemals in der Lokalen Stunde *zu sehen war. Wie Sie wissen, dringt ihr exzellenter Ruf bis hinaus ins Allgäuische und hinüber in die Ostschweiz, soweit der Empfang der* Rheintalischen Rundfunk- &Fernsehanstalt *eben reicht. Es wäre für mich ein leichtes, Ihnen das Jubelzeugnis meiner Lindauer Freunde beizubringen. Freunde, deren Ansehen und gesellschaftliche Stellung Sie im übrigen nicht unterschätzen sollten.*
Ich bitte Sie deshalb eindringlich – ich darf im Namen aller Zuseher sprechen –, diesen barbarischen Willkürakt ungeschehen zu machen und das Fräulein Spiegel baldmöglichst wieder in der Lokalen Stunde *zu beschäftigen.*
Gestatten Sie mir, Ihnen diesbezüglich eine Frist bis zum 28. des Monats zu setzen. Verstreicht sie und bleibt der Anna Maria Spiegel der Bildschirm weiterhin verwehrt, darf ich Ihnen mit höflicher Bestimmtheit eine Reihe von Maßnahmen ankündigen, die dazu führen werden, die RheiRuF *aufzulösen.*
Mit freundlichen Grüßen, auch an Frau Michaela Pfandl, Ihr Bolko Birke, Mattheistraße 157/12.

Man wird recht behalten dürfen in der Vermutung, dieses Brieflein sei erst gar nicht auf den Tisch der *Hand* geflattert, sondern gesechstelt in den Papierkorb der Michaela Pfandl. Das hätte es aber nicht sollen, wie sich Wochen nach Ablauf des Ultimatums für beide auf geisterhafte Weise herausstellen sollte. Soviel sei vorweggenommen: Mit der Vernichtung des ambitionierten Schreibens wurde nämlich die einzige Spur verwischt, die gradewegs in das Schaltzentrum der sogenannten Telebande geleitet hätte, unter welchem Phantom Boje Birke kurzzeitige Berühmtheit erlangte. Der Brief hätte nämlich die Autorschaft ausgeplaudert und dem unheimlichen Spuk im Studio 4 der RheiRuF ein rasches

Ende gesetzt. Die Pfandl aber vermochte den Absender einfach nicht mehr aus dem Gedächtnis heraufzuholen, wiewohl sie sich dessentwillen fünf kostspieligen tiefenpsychologischen Sitzungen hingab.

Auch Boje wußte um den kapitalen Fehler und ärgerte sich schrumpelig über so viel Dummheit, Name und gar noch Adresse anzuführen. Er ließ die Sache vorerst ruhen, machte drei Monate verstreichen. Er warf die Olympus in den Rhein, verfaßte die zukünftige Korrespondenz in der klassischen Erpressermanier, indem er nächtelang Wortfitzel aus diversen Magazinen (Frauenjournale, versteht sich) herausschnitt und diese dann geduldig montierte. Von nun an übte er alleräußerste Vorsicht. Bei der Klebearbeit strich er Amreis weißwollene Fingerhandschuhe über – lang war es her, daß er ihr nachgestellt hatte. Die Botschaften hüllte er in blaue, längliche Kuverts, wie sie gern von behördlicher Seite verschickt werden, den Empfänger einzuschüchtern. Die Kuverts warf er in die Schlitze stets anderer Briefkästen der Stadt.

Nein, das Schreiben vom 21. 11. 1989 hätte niemals gesechstelt in den Pfandlschen Papierkorb schneien dürfen.

Geographie einer Nacht: Als Boje Birke in völliger Kapitulation aus dem Café Grauh in die Nacht hinausgetürmt war, begegnete ihm die Maudi Latuhr.

Was ließ diese beiden Menschen, deren Lebenswege sich nicht mehr gekreuzt hatten, einander plötzlich unerwartet begegnen? Mußten sie erst die tausend Umwege gehen, die ungezählten Tätigkeiten in der Motorik des Alltags verrichten, um dann, an jenem bestimmten Punkt der Nacht, ohne Verabredung, ungeahnt, an denselben Ort zu gelangen? Denn das Aufeinandertreffen war nahezu unwahrscheinlich, erwägt man die je subjektive Zeit und Richtung des einzelnen und seines Tageslaufs. Aber wenn lediglich der Schnittpunkt von Raum und Zeit dieser Begegnung zählt, dann war sie von abstruser Pünktlichkeit und Genauigkeit, und ein undeutbarer Plan lag ihr zugrunde.

Gehorcht jede menschliche Bewegung, jeder Tritt, jeder Gedanke einem Gesetz? Ist der scheinbare Irr- und Umweg, die Verzögerung und Beschleunigung, Verfrühung und Verspätung schon Teil der Formel? Gibt es eine ernsthaftere Kategorie in der Entfernung und Richtung der Menschen zueinander als die der Zufälligkeit?

Unlesbar bleiben die Landschaften und Länder der menschlichen Seele noch immer. Die Karten, nach denen wir uns orientieren, zeigen nicht einmal die Richtung. Aber wir müssen uns ja richten und wissen gleichzeitig, wir richten falsch. *Zufall* heißt die Karte, die uns leiten soll. *Zufall,* dieser Atlas mit den weißen Seiten, soll uns trösten, uns bohrender Fragen entheben. Ist Irrfahren nur im Weglosen?

Oder lag das unvermutete Zusammenkommen von Maudi und Boje nicht schon beschlossen, lange vorausgefühlt, da sie morgens und mittags erwachten? Mußte *er* seinen Tag nicht nach einem ungeheuerlich exakten Zeitplan in Untätigkeit vergeuden? Mußte er nicht abends aus dem Schlaf herausfahren, auf die Sekunde genau in die Kälte hinaustreten? Auf die Sekunde genau über den Platz der Zwei Monde stürzen? In ebendiesem Tempo? Mußte er nicht sterben wollen, um in *ihre Nacht* treten zu können?

Als Boje nach dem für ihn so katastrophalen Versagen an der geliebten Anna Spiegel die Nacht suchte, rannte ihm aus der Paulsgasse eine junge Frau entgegen und direkt in die Arme. Er sah noch, wie sie den Mantel verlor. Sie rannte um ihr Leben. Er wußte es augenblicklich.

– Halten Sie mich fest! schrie Maudi. Bitte halten Sie mich ganz fest!

Durch die Wucht des Aufeinanderprallens stürzten sie fast um. Boje ruderte mit den Armen, und sein Rücken plattete gegen ein verdunkeltes Schaufenster. Das mächtige Glas vibrierte bedrohlich. Er hörte den jagenden Atem des Mädchens. Das Gesicht vermochte er nicht zu erkennen. Es herrschte sackschwarze Finsternis auf dieser Seite des Platzes. Das Mädchen bohrte den Kopf in seine Rippen.

Er solle sie um Himmels willen festhalten, bebte Maudi, nur festhalten. Wenigstens so tun, als halte er sie fest.

Aber seine Arme lahmten, und nie hatten die Hände gelernt, Schutz zu geben oder Wehr. Ein unerwartetes Ereignis versetzte ihn überdies fast immer in den Zustand einer Art Bewußtlosigkeit. Die Gedanken fuhren Karussell, den Worten wurde schwindlig. Noch um vieles hilfloser stand er da als die Frau, die er nicht erkannte und die jetzt so sehr Hilfe brauchte.

– Er ist da, flüsterte Maudi und verpreßte sich das Keuchen. Er will mich auslöschen.

Sie sagte *auslöschen.* Nicht umbringen oder töten. Boje wunderte sich. Als sei es Eingebung, begriff er, daß sie nicht die körperliche Tötung meinte. Sie rannte vor etwas anderem davon, denn er verspürte keine Angst an ihr. Jedenfalls nicht die Angst vor dem physischen Schmerz. Das machte ihn noch konfuser. Alles ging so schnell, zu schnell für einen Zauderer, der er nun einmal war.

Er lauschte ihrem überanstrengten Herzen. Gleichzeitig vernahm er Schritte. Knirschende, heftige Schritte, dann langsamer werdend und schließlich verstummend. Sie hallten heraus aus der spärlich erleuchteten Paulsgasse. Er meinte einen Schemen von Mensch zu erspähen, den Schatten eines Schattens. Paralysiert durch die jäh eingetretene Situation – noch den mißglückten Satz vom Leben auf der Zunge, das sich Anna bei ihm abholen hätte können –, nun plötzlich in der Umklammerung einer wildfremden Frau, wußte er sich keinen Rat mehr. Blieb einfach stehen, regungslos, lehnte an der Glaswand wie ein vergeßner Müllsack.

Indessen hielt Maudi den Atem an. Er tat es ihr gleich, weil die Schritte wieder in Gang kamen. Leiser zwar, behutsamer, aber instinktiv die Richtung erahnend und den Ort, an dem sie sich verbargen. Es war so dunkel, daß sich die Pupillen erst an die Schwärze zu gewöhnen hatten. Also blieb nur das Hören.

Die Schritte verstummten. Minutenlang. Es wurde still. Nur das fern rollende Gebläse einer Klimaanlage oder Heizung war zu vernehmen. Boje wähnte sich schon in Sicherheit und den Verfolger abgeschüttelt. Da blitzte ihm ein Gedanke auf: Die Stille war eine List und der Jemand noch immer da. Boje bekam Angst. Sein Herz füllte sich randvoll mit Angst. Die Hände fingen zu zucken an. Vor dem Café Grauh, auf der gegenüberliegenden Seite des Platzes, entfachte sich ein Lärm. Boje atmete erlöst aus. Die betrunkene Künstlerschar. Muffs schwerzüngiges Fluchen ob der verweigerten letzten Runde schmiegte sich ihm an die Ohren wie die tröstende Stimme der Pariser Schwester, damals in Kindertagen.

Da fühlte er das Mädchen plötzlich nach seinem Kopf tasten. Es zog ihn zu sich, legte ihm die verfrorne Hand auf den Mund, wandte sich an sein Ohr.

– Er steht neben mir, hauchte sie derart leise und tonlos, als habe es Boje stumm gedacht.

Und wirklich: Da stand ein Mensch vor ihnen. Boje wußte nicht, woher er kam. Eine Erscheinung ohne Licht. Zum Angreifen nah. Vielleicht eine Armlänge weit entfernt. Und lauerte. Unterdrückte den Atem wie sie. Gab nicht einen Ton von sich. Jemand Schmächtiger, den Umrißlinien nach zu deuten. In Jacke und übergezogener Kapuze. Boje sah etwas an der Jacke schimmern. Reißverschlüsse vielleicht. Der Mann hielt etwas in Händen. Etwas Weiches. Ein schwarzes Etwas. Ein Tuch, ein Kleidungsstück. Um darunter die Waffe zu verbergen? Und Boje fühlte, daß ihm dieser Mensch jetzt direkt in die Augen hineinsah, auch wenn weder Augen noch Gesicht da waren. Er wußte es.

Der Mann hob die Hände. Boje schloß es aus dem Rascheln im Stoff der Jacke. Boje fühlte sein eigenes Augenwasser vibrieren. Derart donnernd war sein Herzklopfen. Und er meinte, jetzt sei das Leben aus. Obwohl er vor noch nicht einmal zehn Minuten hatte sterben wollen, weil er bezüglich Anna die hundertste Chance vertan hatte, sehnte es ihn jäh und irrig nach dem Leben. Eine Erinnerung tropfte ihm in den Kopf: Er sah die Mutter Honig machen. Sah den Saft der Tannenjährlinge durch das über vier Stuhlbeine gespannte Windeltuch ins Einweckglas tropfen. *Ein* Mal noch wolle er den Honig der Rottannenzweige schmecken, bettelte er stumm und heftig. Ein allerletztes Mal.

Dann fühlte er, daß ihm der Mund geküßt wurde, und es geschah aus Todesangst. Wie Abschiednehmen, endgültiges. Der Kuß schmeckte bitter und salzig, und Boje roch eine feuchte Luft, die ihm das Haar verklebte. Sah plötzlich Wellen branden. Sah das Meer, das er noch nie in seinem Leben gesehen hatte. Und im selben Augenblick wurde die Frau von dem Unsichtbaren berührt. Er trug Handschuhe, breitete etwas über ihre Schultern aus. Boje stand das Herz still. Nein, noch nicht sterben müssen. Und mit einem gellenden Schrei stieß er das Mädchen von sich weg, überließ es dem, der ihm nach dem Leben trachtete.

– Engel Boje!! schrie Maudi Latuhr, daß es durch Mark und Bein drang.

– Ich kann nicht mehr!! brüllte dieser und hob sich davon.

Er glitt aus und fiel. Stand schon wieder auf den Beinen, schneller, als er gestürzt war, fing an zu laufen, zu rennen, die Paulsgasse hinauf, die Mattheistraße hinunter, ohne sich umzublicken. Und brüllte immerzu, daß er keine Kraft mehr habe, einfach keine Kraft mehr, keine Kraft mehr. Keine Kraft. Mit bebenden Händen suchte er nach dem Schlüsselbund, fand ihn endlich, riß die Tür auf, vergaß die Schlüssel abzuziehen, schlug die Tür zu und taumelte gegen sie. Dann verging ihm die Gegenwart.

Unterdessen war Maudis Verfolger in die Nacht zurückgewichen. Aber er blieb in ihrer Nähe, selbst dann noch, als sie in die Dreikönigsstraße gelangte. Blieb sie stehen, blieb er stehen. Auf einmal fing er zu husten an. Er suchte das Husten zu verbergen, doch es wuchs und wurde heftiger. Dann vernahm Maudi Schritte sich in der Dunkelheit verlieren. Es wurde Frieden. Oben in Margots Zimmer brannte noch Licht. Maudi fror. Sie hüllte sich tiefer in den Mantel, den ihr der Verfolger über die Schultern gelegt hatte.

Allen wurde sie zum Rätsel. Die sich ihr nahe glaubten oder geglaubt hatten, standen fassungslos vor diesem Leben, dessen Entwurf sie nicht begreifen konnten und schließlich als *planlos* abtun mußten. Denn erklären konnten sie sich die Wege der Maudi Latuhr nicht mehr. Selbst bei geduldigster Toleranz, die immer in Gleichgültigkeit endet, selbst im äußersten Sein- und Geschehen-Lassen.

Margot, deren Herzenskraft allmählich versiegte, wollte sich nicht damit abfinden, daß ein junger Mensch seine Lebenszeit in derart aberwitziger Weise vergeudete. Zu diesem Ergebnis gelangte sie, wenn sie das wenige zusammenfügte, das sie an der Enkelin beobachtete und an dem häßlichen Gerede über sie.

Auch Amrei verstand die Welt nicht mehr. Mußte mit ansehen, wie sich die Karrieren der Gleichaltrigen allmählich gestalteten und Maudis ehemalige Mitschüler entweder schon berufstätig waren oder das Studium zügig voranbrachten. (Eine rheintalische Mutter schenkt naturgemäß den euphorischen Erzählungen jener Mütter Glauben, darin deren Kinder zu Innsbruck und Wien nachgerade durch die Semester *fliegen*.) Freilich ärgerte sich Amrei ob dieser kleinbürgerlichen Gesinnung. Aber die Kinder der anderen kamen voran, und sie erschufen sich einen Sinn. Einen Sinn, den sie selbst im Leben nie gefunden hatte. Mußte sich denn *alles* wiederholen? Mußten die Kinder die Eltern wiederholen, die Kindeskinder die Kinder? sinnierte sie in wach vertanen Nächten.

War es nicht zum Beispiel Esther gelungen, auf dem Holzweg umzukehren? Hatte sie nicht wie durch ein Wunder aus der Punker-Szene herausgefunden, aus dem verrotteten Milieu der Bahnhofsgegend? Es glückte ihr tatsächlich, so sah es aus, das Leben auf die rechte Bahn zu lenken. Hatte sie doch zwischenzeitlich die Matura nachgeholt. Und seit Herbst studierte sie brav im ersten

Semester Judaistik. Das talentierte kleine Biest war bereits in der Lage, etliche hebräische Worte aus dem Gedächtnis aufs Papier zu setzen. Sie hatte es mit eigenen Augen gesehen. Von rechts nach links.

Sogar Georg Moll aus Grind, die Gelassenheit höchstpersönlich, verstand rein gar nichts mehr. Georg, der Maudi an einem Frühlingsmorgen des Jahres 1986 halb erschlagen im Rheingelände aufgefunden hatte und auf diese Weise in das Leben der Latuhrs getreten war. Dessen Stallgeruch Amrei in der Dreikönigsstraße nicht mehr hätte missen mögen, wenngleich er und sie kein Liebespaar geworden waren. Georg stand vor einem Rätsel. Wenn er in Grind sein Tagwerk vollbracht hatte und den Kühen das Nachtstroh unter die Bäuche rieseln ließ, hielt er mit seiner alten Gundis Zwiesprache darüber, was sein Herz beunruhigte. Antwort gab Gundis keine, aber eine geduldige und über alles verschwiegene Zuhörerin, das war sie.

Das Gemauschel um die nunmehr 19jährige Maudi Latuhr verstummte nicht. Der versuchte Mordanschlag vor drei Jahren war noch nicht vergessen, im Gegenteil, er steigerte kurzzeitig die Attraktion der Gerüchte. Als es offensichtlich war, in welchen Kreisen sie verkehrte, als sie in Begleitung von Alkoholikern, Bettlern oder sonstwie verkommener Individuen gesehen wurde, als man beobachtete, wie sich dieses Mädchen aus doch ehemals vornehmem Haus in aller Öffentlichkeit von schrundigen Gesichtern küssen ließ, von wandelnden Schnapsleichen berühren und von vom Bau der rheintalischen Autobahn verkrüppelten türkischen Körpern umarmen, als dies alles stadtbekannt wurde, stellte ein ehemaliger Freund des Hauses Latuhr hinter vorgehaltener Hand einige Überlegungen an. Zu seinen Rommé-Freunden sagte Leo, der Vedutenmaler:

– Im letzten *Spiegel* habe ich einen interessanten Artikel gelesen. Er handelte von den Verdrängungsmechanismen der Deutschen. Wißt ihr, jedes Opfer wählt sich seinen Täter aus. Irgendwie. Die Juden haben sich die Nazis als Mörder ausgesucht, weil sie von den Nazis heimlich bewundert und geliebt wurden. Das wird eben verdrängt. Man kann das Verdrängungsmodell beliebig auf den Alltag übertragen. Die kleine Latuhr zum Beispiel. Wißt ihr, eigentlich will sie untergehen. Sie lebt ja nur das konsequent weiter, was der Firma beschieden war: der Bankrott.

– Findest du das nicht an den Haaren herbeigezogen? quakte Hans.

– Ehrlich gesagt seh ich da auch keinen Zusammenhang, zirpte Max.

– Habt ihr den *Spiegel* gelesen? schnatterte Leo.

Die Delinquenten taten verstummt einen Schluck vom 16jährigen Lagavulin, ließen ihn auf der Zunge liegen, im Gaumen torfen und bedauerten, just den letzten *Spiegel* nicht gelesen zu haben. Grad den nicht. Daß im übrigen die Rommé-Freunde am Latuhrschen Bankrott nicht ganz unbeteiligt gewesen waren, ging ihnen allen nicht auf.

Vieles in der Fama über Maudi war Erfindung, vieles Böswilligkeit, einiges Projektion (sie sei mannstoll), und weniges stimmte wirklich.

Es stimmte, daß die junge Frau nicht in der Lage war, zwischen Freunden und Fremden, Bekannten und Unbekannten zu unterscheiden. Wer ihr begegnete und sich von ihrem ausgeruhten, seegrünen Augenlicht erwärmen ließ, dem geschah es, daß er plötzlich von ihr umarmt war und gehalten. Es schien, als habe sie nicht das mindeste Feingefühl für die körperliche Distanz der Menschen zueinander. Als sei dieser instinktive Selbstschutz gar nicht in ihr ausgeprägt. Eine noch nie gesehene Person bedeutete Wiedersehn. Intensivste Nähe glückte innerhalb weniger Augenblicke. Aber diese Nähe war ja nicht auszuhalten. War die Schrecksekunde ausgestanden, befiel die Umarmten eine Empfindung von Peinlichkeit. Sie schämten sich. Einige beschimpften Maudi.

Wird ein Rheintaler in den Arm genommen, meint er sich auf den Arm genommen. Berührung und Zärtlichkeit kann er mühsam ertragen. Ja, bisweilen kränkt sie ihn sogar. Denn sie erinnert ihn dunkel an das einzigartige Gesetz, das einem Naturgesetz in diesem winzigen Landstrich gleichkommt, demnach sich hier zwei Menschen niemals gleichzeitig in der Liebe treffen dürfen. Weder ist es erzählt worden noch musiziert, noch aufgeschrieben, daß sich Mann und Frau jemals mit derselben Kraft geliebt hätten. Immer war einer schwächer. Einer immer stärker. Einer immer zu früh, einer immer zu spät. Immer. So immer.

Maudis unbedachte Herzlichkeit, das Fehlen von Skepsis, körperlicher Scheu oder Ekel, ihr so berechnungsloses Wesen, war der halben Stadt bekannt, vornehmlich auf der ärmeren Jacober Seite.

Von außen gesehen stimmte es, daß sie mit Männern zweifelhafte Kontakte unterhielt, daß in der Folge etliche meinten, sie ansprechen zu dürfen. Rother, Jacober, Türken und Jugoslawen. Vage traten sie ihr entgegen oder pfiffen nach ihr, so daß *sie* herbeizukommen hatte, stets auf der Hut, daß es niemand beobachtete. Sie benahmen sich wie Freier bei Huren; verschämte, uneinsichtige Buben, denen die Mutter grad eine Lüge aufgedeckt hatte. Und Maudi folgte dieser Lüge.

Es stimmte, daß sie von der Hand in den Mund lebte, daß ihr Zuhause die Stadt wurde, die Wohnungen unaufgeräumten Elends, die vor Einsamkeit blankgestarrten Wände und die von bleierner Resignation durchgefaulten Betten. Und es stimmte schließlich, daß sie ihr äußeres Erscheinungsbild oft und oft wandelte. Sie tat alles, um dem Elend Gegenwart zu geben. Es war ihr gleichviel, daß diese Gegenwart einer männlich sexualisierten Vorstellung zu gehorchen hatte. Darum ging es der Maudi Latuhr nicht. Der Körper war ihr wenigstes, das sie zu vergeben hatte. Gegenüber Amrei erwähnte sie einmal beiläufig und in der für sie so fragmentarischen Weise, daß sie sich als jemanden empfinde, dem der Körper *geliehen* worden sei. Sie gehöre nicht dazu. Er sei nun mal um sie herum. Hilflos müsse sie sich darin ausdrücken.

Sie begriff sich als Geschenk. Man durfte sich ihrer bedienen, ohne sie verdienen zu müssen. Für Vampire war sie geschaffen. Stillte Herzensdurst, Körperdurst, gab sich hin in dem Wissen, nichts dafür zu bekommen. Denen, die Hoffnungslosigkeit predigten, die Wahrheit um- und umwandten, deren Herz ausgeleert war, mußte sie begegnen. Die suchte sie. Sie galt als verrückt geworden.

Dabei war sie eine fragile Person, unfähig zur körperlichen Gegenwehr. Aber die ungeheuerliche, ja wilde Seelenkraft schien niemand an ihr entdeckt zu haben. Weder die Gekränkten, bei denen sie Wohnstatt nahm, noch diejenigen, die sie ob des Lebenswandels verachteten und sich empört oder angeekelt von ihr abwandten.

Kinder erfrechten sich schon, die Hure Maudi zu erniedrigen. Es war in den Auen des Alten Rheins, an ihrem Lieblingsplatz, wo sie Rilke rezitierte und Nietzsche. Es war beim Baden. Zwei etwa zehn- und zwölfjährige Buben umstanden sie plötzlich, wollten sie ärgern, beschimpften sie, kniffen ihr schließlich in die Brüste, der ältere trat mit dem Fuß in ihr Geschlecht. Die Mutter der Buben sah es und unternahm dagegen nichts. Der Jüngere spuckte Maudi an. Der andere riß sie an den Haaren, prellte ihr mit der kleinen Faust eine Nuß auf den Hinterkopf. Die Mutter sah es und verharrte tatenlos. Wie eine Salzsäule stand sie in der Ferne, staunte offenen Mundes, warum sich das Mädchen nicht im geringsten gegen die Bosheiten wehrte. Auch die Jungen wirkten irritiert, und der kleinere bekam Mitleid mit der Frau, die nicht einmal die Hände schützend über den Kopf hob. Er sah bloß die Augenlider im Reflex zucken, als sein Bruder ihr die Faust abermals in den Hinterkopf nußte. Das rührte ihn an, und auf der Stelle verging ihm die Lust am Quälen.

Wird Schmerz nicht mit Schmerz vergolten, erhält der Mißhandelte auf einmal unerklärliche Macht über den, der ihn quält. Entweder läßt der Mißhandler die Quälerei sein, oder die Lust daran steigert sich erst recht. Denn der Ältere zündete sich eine Zigarette an und deutete auf die glimmende Spitze. Da stürmte endlich die Mutter herbei, gab beiden Söhnen einen rauschenden Klaps auf den Hintern und boxte sie vor sich her, die Böschung abwärts. Dabei hatten die Buben nur das Urteil vollstreckt, das die Mutter vermutlich längst über Maudi gefällt hatte.

Als Maudi sich im Spätsommer 1988 die Haare abschnitt und in engsten Shorts und transparenter Bluse durch die Straßen flirrte – einer ihrer Männer wünschte es so –, wurde Margot wütend wie noch selten zuvor. Noch nie hatte Maudi sie derart aufgebracht erlebt.

– Hast du eigentlich den Verstand verloren!? Hast du nicht mehr den geringsten Respekt vor dir selbst?

Sie tobte und schrie Maudi an, indessen die Enkelin auf nicht eine einzige Frage Antwort gab, nicht einen einzigen Vorwurf entkräftete, sondern schwieg und der Großmutter unverwandt in die Augen starrte. Als Margot endlich zu einem Schweigen kam, stürzten dem Mädchen plötzlich pralle Tränen über die Wangen.

– Wenn *du* nicht weißt, wer ich bin, wer soll es dann auf dieser Welt wissen?

Sie raunte es mit so dunkler Traurigkeit, daß der kranken, alt gewordenen Dame selbst das Wasser in die Augen trat.

Wer war Maudi Latuhr? Dieses schlanke, kraushaarige Mädchen von nicht großem Wuchs, breitem Mund, etwas abgeplatteter Nase und den so vollendet reifen Augen. Nicht mit übermäßiger Schönheit bedacht wie etwa die Halbschwester, die um wenige Wochen ältere Esther. Auf was für ein Leben richtete sich dieser Mensch ein? Suchte er den Untergang, wie Leo es vermutete? Was ging in dieser Persönlichkeit vor? In diesem Paradox von euphorischer Anhänglichkeit und äußerster Selbstverschwiegenheit? Wer war diese Frau, die im medizinischen Sinn gar keine Frau war? Von der Chromosomenstruktur her ein Mann, phänomenologisch eine voll ausgebildete Frau, jedoch ohne den weiblichen Zyklus und unfähig zu gebären. Ein Mann in einer Frau.

Zu guter Letzt: Wer hatte an dieser wehrlosen, gesellschaftlich völlig unerheblichen Person auch nur das geringste Interesse? Denn jemand verfolgte sie seit Jahren mit unglaublicher Hartnäckigkeit. Er hielt sich stets in ihrer Nähe. Und er trachtete ihr nach dem Leben, soviel ließ sich mit Gewißheit erkennen. Aber weshalb? Sie nach drei Jahren vernichten zu wollen, weil sie in der Nacht des Verbrechens womöglich ihren Mörder erkannt haben könnte, ergab wenig Sinn. Der Fall galt als unaufgeklärt. Ad acta. Er interessierte niemanden mehr. Nicht einmal Konstantin S. Izjumov von der *Tat,* der sich in den ersten Monaten auf skrupulöse Weise der Sache angenommen hatte, dessen Ambition es gewesen war, als Journalist die Unfähigkeit der Kriminalpolizei zu entlarven, indem er selbst das Verbrechen aufgeklärt hätte. Nein, der Täter durfte sich in Sicherheit wiegen. Vielleicht nicht zuletzt aufgrund des hartnäckigen Stillschweigens der Maudi Latuhr selbst. Denn sie kannte ihn vermutlich, um Margots Überzeugung zu folgen.

Wer wollte sie auslöschen? Wer mußte sie auslöschen? Aber kann die Frage, nach dem, was bisher bekannt war, nicht auch umgekehrt lauten:

Wer ließ Maudi noch immer *leben?* Und welche geheimnisvolle Wechselwirkung bestand zwischen ihr und ihrem Verfolger? Wer suchte wen?

Der Winter legte den Kindern einen milden Schnee auf die Fensterbank. Aus Kathedralen schwarzer Wolken stäubten zwei Tage und drei Nächte lang Schneeflocken in Nadeln, Prismen und Sternen auf die Erde herab. Die rheintalische Landschaft wurde weich und zart und zum Verschenken leicht. Jedoch innerhalb zweier Stunden stiegen die Temperaturen an, und der so dicht gefallne Schnee erlitt Sackungen, wurde grau und naß. Auf der Brust des Liegenden Papstes aber trieb ein kälterer Wind das Weiß zusammen wie eine Schafherde. Es entstanden gefährliche Wächten, Lawinen schoben ab, da es gegen Nachmittag auch dort einwärmte. Schon trauerten die Kinder im Tauwetter, als wiederum unerwartet arktische Kaltluft in das Tal brach. Die Luft wurde schneidend, die Schneedecke harschte, und in schattigen Regionen sproß märchenhafter Diamarnstaub an Pfählen und Tannenzweigen, reifte ein Niederschlag in Form glitzernder, beinahe selbsttönender Schneekristalle. Die Kälte blieb und starrte das Land zwei Dezemberwochen lang an. Dann wandte sie sich ab, und Föhn regierte die Weihnachtszeit.

Es schien, als sei das launige Wetter jener Wochen zum Ausdruck der gestaltlosen Unruhe in der Stadt auf dem Hügel geworden. Viele Dinge gingen vor sich. Mit dem Ende des Jahrzehnts erlahmte die Textilindustrie, die dem Land eine schier immerwährende Prosperität gesichert hatte. Ein Konkurs jagte den andern, wenngleich die Zeitungen lediglich von einem *temporären, standortbedingten Konjunkturtief* zu berichten wußten. Große traditionelle Namen verschwanden plötzlich aus den Handelsregistern, und, was nur wenige wußten, das Textilhaus Rhombach mit an die 800 Beschäftigten stand vor dem Ruin.

Gleichzeitig wurde in der Stadt gebaut wie noch nie zuvor. Ein nur scheinbarer Widerspruch. Wenn einem Rheintaler die Möglichkeit zur Geldvermehrung genommen wird, darin er seine Daseinsberechtigung erkennt, bleibt ihm bloß noch der leerlaufende Motor, der ihn täglich an- und umgetrieben hat. Und dieser Motor hoher Drehzahl ist das Minderwertigkeitsgefühl, die prasselnde Maschine von einer Herzstärke, die nur der Tod abzustellen weiß. Was also machen mit der alles überlärmenden Sehnsucht, etwas zu gelten?

Urbanität um jeden Preis. Der Mensch lernt plötzlich Italienisch und Englisch. Sprachen, die er entlang des Alpenrheins nie wird gebrauchen können. Dabei läge in seinem Dialekt alle Kosmopolitik des Herzens.

Italianità und *Amerikanismus* waren die Schlagworte jener Zeit. Alles Bäuerische mußte vergehen, Glasfronten und Chromstahl-Interieur ersetzten engfenstrige Fassaden und eichegetäfelte Stuben. Eine neue Generation glattgesichtiger Architekten liftete die rustikalen Falten im Antlitz der Plätze. Wer von den 30jährigen etwas auf sich hielt, frühstückte in Mario-Botta-Stühlen, sonnte sich in Le-Corbusier-Liegen, ließ sich die Wohnung, die jetzt *Appartement* oder *Penthouse* hieß, mit dem neuartigen Niedervolt-Lichtsystem designen und kaufte die Küchengerätschaft der Marke Alessi. Sündig teure Namen mußte alles haben, denn namenlos billig fühlten sie sich selbst.

Und das Heimweh der Jugend in der Fremde zu Wien und Innsbruck wurde unerträglich, wenn die Mutter ihnen zum Nikolaustag ein Päckchen mit Lebkuchen und Nüssen schickte, eingewickelt in das heimatliche Zeitungspapier. Sie glätteten es noch immer behutsam, verzehrten den Lebkuchen und lasen mit wäßrigen Augen, was im Rheintal vor sich ging.

Es weihnachtete in den illuminierten Gassen von Jacobsroth. Nur noch wenige frömmelten in St. Ursula der Ankunft des Herrn entgegen. Denn wie überall war auch im Rheintalischen die katholische Kirche im Vergehen. Die, welche noch zu glauben meinten, wollten das wenige nicht hergeben, und alle schwitzten sie von Geschäft zu Geschäft und meinten das Liebhaben. Und das Liebhaben war ein Parfüm, eine Krawatte oder ein außerirdisches Zwergenwesen mit blauen Riesenaugen.

An kam doch bloß Rührseligkeit. Dann Melancholie, dann Sinnleere. Was man über Wochen in Werbung und Auslagen beschwörend zu verhindern gesucht hatte, trat in der Nacht von Heiligabend ein. Wenn die Christmetten verklungen waren, das Fernsehen die Bänder des Vormittagsprogramms wiederholte oder in weißes Rauschen überging, dann wucherte plötzlich der Schmerz, metastasierte am eigenen Leben. Jetzt wurde es Weihnacht, wurde es festlich. Denn es war einstmals dazu erfunden worden, den Menschen wenigstens eine Nacht lang in seine größte Einsamkeit hinabzustoßen.

Dem Pensionisten Jakob Alge zum Beispiel wurde am Vormittag des 9. 12. Weihnacht. Ihm war die Frau an einem dunkelroten Oktoberabend verlorengegangen. In der Trauerrede hatte der Priester von den Wolken des Himmels erzählt, in denen die Lebenden die Toten sehen können, wenn sie nur lange genug hineinblickten. Alge sah Tag und Nacht in das Dach der schwarzwolkigen Kathedrale hinein und erblickte, wie er im Abschiedsbrief hinterließ, Friederike nicht. Dann entsicherte er seine Wehrmachtspistole. Dann schoß er sich zweimal in die Hand, wohl zu prüfen, ob die Schußwaffe noch taugte, und dann schoß er sich durch die geschloßnen Lippen.

Der Föhn legte das Land trocken, Tage vor Weihnachten. Auf dem glatten Plateau der Marienruh hinterspielte Mondlicht die Waldungen, leuchtete Schneisen aus, in denen sich Freunde, wären sie einander zufällig begegnet, an der Silhouette des Körpers, an den vertrauten Bewegungen erkannt hätten. Die Morgen waren frühlingshaft, und an Heiligabend, als die Geschäfte um 16 Uhr schlossen und die Straßen plötzlich so leer wurden, daß auch sie hätten verkauft werden können, an Heiligabend roch es hie und da süßlich nach Himmelsschlüssel.

In der Wohnung der Latuhrs, wo es nach Zimt roch, wo Amrei den diesjährigen Weihnachtsabend mit besonders liebevollen Händen herbeisehnte, war es zum Streit gekommen. Es mochte ihr nicht in den Kopf, daß sich Maudi nicht einmal an Heiligabend Zeit für die Familie nehmen wollte. Nach tagelangem Verschollensein war sie plötzlich frühmorgens in der Dreikönigsstraße aufgetaucht, hungrig, ungewaschen, mit übernächtigten, dunkelrändrigen Augen. Amrei wollte erst gar nicht wissen, wo und mit wem sie die Nächte verbracht hatte. Aber eines meinte sie doch verlangen zu dürfen; daß das Fräulein Tochter wenigstens diesen Abend daheim verbrächte. Sie wies mit verhohlenen und dadurch erpresserisch klingenden Worten auf Margot, die im Schlafzimmer lag, der es seit Wochen nicht mehr warm wurde, selbst unter zwei Lamadecken nicht.

Maudi aß und schwieg. Dann badete sie. Noch über der Badewanne lamentierte Amrei und stockte erst, als ihr Blick zufällig die Vernarbung an Maudis Oberarm streifte, die Bißwunde aus der Verbrechensnacht. Schuldgefühle beschlugen ihr Herz, grad wie den Spiegel der Dampf. Und es war wieder dieser verrückte Gedanke da, daß sie in jener Nacht, als es geschah, ganz in ihrer Nähe gewesen war. Die so unerbittlich Schweigende zog sich ein rotes, lammwollenes Kleid an, dazu blaue Kniestrümpfe. In Amrei stritt das Lassen gegen den Zorn.

– Wie billig du geworden bist. Schau dich doch an! Kniestrümpfe!

Aber Maudi erwiderte kein einziges Wort, und die Mutter unternahm einen letzten Überredungsversuch, an dessen Gelingen sie selbst nicht mehr glaubte.

– Ich bitte dich, bleib heute abend bei uns. Mir ist so schwer, wegen Mama.

Maudi hob den Kopf und sah ihr in die Augen. Da vermochte Amrei dem so warmen Augenlicht dieses Menschen keine Silbe mehr entgegenzustellen. Sie sahen sich an. Amrei nickte und drang nicht mehr weiter auf Maudi ein.

– Zwei Päckchen sind für dich abgegeben worden. Drüben auf der Chaiselongue.

Die Türglocke summte zweimal kurz und einmal lang. Amrei wußte, wer es war, wandte sich trotzdem zur Gegensprechanlage. Maudi warf einen Blick auf die Päckchen. Sie erkannte beide Handschriften sofort. Auf dem einen standen Adresse und Absender in Kurrentschrift zu lesen. Der Absender lautete: *Königin Re.* Die gestauchte und zackige Handschrift auf dem anderen gehörte Stevie. Sie entkernte geduldig sein Geschenk.

In Lyon lebten er und seine Familie jetzt. Er habe neue Freunde gefunden. Die Franzosen seien nicht wie ihr Ruf. Im Grunde unterschieden sie sich nicht von den Menschen, die er in Jacobsroth lieben oder meiden gelernt habe. Ihr Savoir-vivre habe ihn schon richtig angesteckt. Man esse nur noch auswärts, und das stundenlang.

In dem Etui, das in etliche Schächtelchen verpackt war, fand sich ein feingliedriges Halskettchen. Der Anhänger war ein vergoldeter, winziger Flügel, und auf der Rückseite des Flügels lagen die Worte eingraviert: *Meinem Engel Maudi.*

Georg trat ein. Vielmehr trat zuerst die Weißtanne ein, dann er. Der Baum war von vollkommener Symmetrie, und die Zweige prangten dicht. Schon im Sommer hatte er ihn ins Auge gefaßt und nun im Grinder Wald für Amrei gefällt. Sie war über den ebenmäßigen Wuchs hell entzückt, ja schrie fast auf und gab Georg drei Wangenküsse anstatt der unverbindlichen zwei. Es kam zu einer Nasenkollision, und beide mußten lachen. Auf Georgs Gesicht glänzte der Stolz aus Grinder Lausbubenzeit.

– Nobel, nobel! begrüßte er Maudi mit seinem bärtigen Lächeln, und er meinte dabei wohl ihr Kleid und die blauen Kniestrümpfe.

– Frohe Weihnachten, Georg, sagte Maudi.

– Wir stellen ihn hierher! ging Amrei dazwischen.

Georg wußte, was dieser Ton zu bedeuten hatte. Er zwinkerte Maudi zu, und sie zwinkerte zurück.

Ehe sie die Wohnung verließ, begab sie sich in Margots Schlafzimmer. Margot lagerte hochgebettet. Ein übler Geruch durchwirkte die Luft. Maudi öffnete das Fenster, blickte hinunter auf den verwaisten, föhnverwirbelten Simon-Zelotes-Platz, trat an Margots Bett und setzte sich auf die Bettkante. Die Großmutter schlummerte todestief. Maudi betrachtete die Ampullen auf dem Nachtkästchen. Dann fiel ihr Blick auf die *Bunten Steine.* Sie nahm den goldgeschnittenen, abgegriffenen Lederband und blätterte nach jener Stelle, daraus man an Heiligabend immer rezitiert hatte. Sie fand sie mühelos, waren die Worte doch mit grüner Tinte unterstrichen, der gesamte Absatz gar rot umrandet. Stumm überflog sie die ersten ihr so vertrauten Sätze aus Stifters geheimnisvoller Lichterzählung.

Wie die Kinder so saßen, erblühte am Himmel vor ihnen ein bleiches Licht mitten unter den Sternen …

Maudi schloß das Buch, legte es an seinen Platz zurück.

– Frohe Weihnachten, Margot.

Sie schwieg eine Zeit und sagte dann:

– Wenn du mich brauchst, werde ich dasein.

Sie erhob sich, nahm Großmutters Kopf in beide Hände und küßte die glitzernde Stirn. Als sie Margot berührte, zuckte es elektrisch in den Fingerkuppen; die Perücke, das synthetische Haar.

Dann ging sie weg, nahm den Bus nach der Jacober Seite, stieg an der Ecke Mattheistraße/Zebedäiweg aus, schlenderte die Johannesgasse hinauf und gelangte zum Haus Nr. 87, klingelte und betrat die Wohnung des Ex-Polizisten Eduard Flores. Denn sie fühlte, daß es der Tag sei, ein Versprechen einzulösen.

Ich werde deine Frau sein, hatte sie einmal in der Lazarus-Klinik zu Eduard Flores gesagt. Das wollte sie ihm nun erfüllen.

Zeit war für Maudi Latuhr nicht eine Frage der Dauer. Sie war eine Frage von Wahrhaftigkeit. Danach lebte sie kompromißlos. Andere, vom Leben Gekränkte, warteten auf sie. Viele warteten, dessen war sie sich gewiß. Je mehr sie an ihr zehrten und sogen, desto größer aber wurde die Lebenskraft. Das war ihr Geheimnis. Und instinktiv ahnte sie, daß die verborgene Seite des Wissens die menschliche Ohnmacht ist. Also begab sie sich in eine neue Wohnung unaufgeräumten Elends, mit vor Einsamkeit blankgestarrten Wänden und einem von bleierner Resignation durchgefaulten Bett.

Es dunkelte mählich ein. Im Wohnzimmer des Eduard Flores lief der Fernseher. Der Fernseher lief immer. Geldsummen überboten sich. Großherzige Spender wollten nicht genannt sein. Die geringeren Beträge flossen am Bildschirmrand von links nach rechts als Inserts vorbei. Der Moderator malte den Zusehern die Härte des russischen Winters aus. Er bemühte sich, ein frostiges Gesicht zu machen. Ein salzburgischer Dreigesang beim knacksenden Kaminfeuer wehrte dem russischen Winter.

Flores übte Klavier im Nebenzimmer. Die Tür war offen. Maudi stand zehenspitzend auf einem Stuhl und hängte Lametta in den aufgeputzten Baum. Hie und da fielen ihm schon die Nadeln aus. Sie mußte behutsam sein. Der Mann unterbrach sein Spiel, trat in die Tür und betrachtete Maudi. Sie erinnerte ihn an das epileptische Mädchen im Theresianum, das er zeit seines Lebens nicht mehr hatte vergessen können.

Er war damals 15 Jahre alt gewesen und fühlte sich immerzu müde. So müde, daß er sich nach dem Aufwachen am liebsten gleich wieder zu Bett begeben hätte. Es war sein heimlicher Wunsch, das Leben zu verschlafen. Aber die Großmutter fand, daß er Pianistenhände habe. Also wurde er zum Klavierunterricht gegeben. Das geschah im Jahr 1956. In eben diesem Jahr war dem polnischen Klaviervirtuosen Wladislaw Stanek die Flucht aus dem Land hinter dem Eisernen Vorhang geglückt. Eine Geschichte, die damals großes Aufsehen erregte. Man fühlte sich geschmeichelt, daß ein so berühmter Mensch sich ausgerechnet dieses Städtchen zum Exil erkoren hatte. Wie bitter mußte doch die Verfolgung gewesen sein, daß jemand so weit gebracht wurde, bis in das entlegene Jacobsroth zu flüchten. Wie bitter.

Flores' umtriebige Großmutter, eine stählerne Frau, die unter Asthma litt und süchtig nach Marillenknödeln war, erreichte, daß ihr Eduard in die Klavierklasse des Polen aufgenommen wurde. Obwohl Eduard keinerlei Anstalten machte, an der polnischen Musik etwas *Göttliches* zu finden und erst recht nicht an den Berceusen und Barcarollen des Frédéric Chopin, Staneks *liebem Gott*. Daheim konnten sich die Flores' kein Klavier leisten, dafür durfte oder mußte Eduard – je nach Standpunkt – im Theresianum üben. Dort stand den ärmeren Kindern ein Klavier zur Verfügung, ein verstimmter, nußbrauner Bechstein, und die Kinder hatten sich in einen strikten Übungsplan zu fügen. Eduards Stunde folgte auf die des besagten epileptischen Mädchens in dem scharlachroten Kleid. Er begegnete ihm zum erstenmal in dem von der Abenddämmerung eingegrauten Korridor des Theresianums. Er hatte sich in der Zeit vertan, war aus dem nachmittäglichen Schlaf herausgefahren und meinte, es sei schon sechs.

Er sah das Mädchen sofort. Im ersten Moment. In der Sekunde. Ohne Umweg. Augenblicklich. Jäh. *Es*. Seine Augen stürzten auf es und begriffen den Menschen auf einmal in seiner ganzen, seraphischen Erscheinung.

Und er wußte, daß er dieses dürre, hinfällige Kind, wie es sich an nichts anderem festhielt als an den geliehenen Klaviernoten, immer geliebt hatte. Es verschwand hinter der Tür des Probenraums und fing zu spielen an. Er lauschte die ganze Stunde lang, und das Herzklopfen verging ihm nicht mehr. Da erahnte Eduard, daß Musik nicht Note, Rhythmus, Takt, Fingersatz und Dominante bedeuten konnte. An diesem Tag schlich sich die Musik gewissermaßen in sein Herz und umschmeichelte es, wie die schnurrende Katze das Bein. Eduard konnte das Stück nicht mehr aus den Ohren vertreiben, das Stück, an welchem das Mädchen in jenen Wochen übte: *Capriccio auf die Abreise seines geliebtesten Bruders.*

Da glaubte er, den Wladislaw Stanek verstanden zu haben, wenn dieser mit verdrehten Augen und unsäglichem Deutsch von Chopin redete. Hinter Frédéric Chopin stand ein Mädchen, *mußte* eines stehen, ein Mädchen aus Krakau. Wie hinter Johann Sebastian Bach das scharlachrote Mädchen stand.

In den folgenden Tagen und Wochen fühlte er sich als der umschwärmteste Beau von Jacobsroth, der hochaufgeschossene, stekkendünne, pickelübersäte, schiefmundige und langnasige Eduard Flores. Am Morgen war er plötzlich auf eine ganz wundersame Weise ausgeruht. Den Plan, das Leben zu verschlafen, ließ er als dumme, pubertäre Grille fallen.

Am 25. März des Jahres 1957, abends gegen halb sechs, kam er wie gewohnt zur Übungsstunde ins Theresianum. Er pflegte von nun an eine halbe Stunde früher dazusein. Es waren die schönsten und aufregendsten Minuten seines Lebens. Lauschend stand er an der Tür, dahinter die Angebetete übte. Woche um Woche trug sie das rote Kleid, als besitze sie gar kein anderes. Dazu die blauen, verschossenen Wollstrümpfe. In der Art und Weise des Klavierspielens erspürte er bald die Wesenszüge ihres Charakters. Daß sie ein aufbrausendes Ding sein konnte, aber dennoch geduldig. Ein irgendwie schwermütiger Mensch und dann doch wieder voller Humor. Das lernte er daran, wie sie geduldig Phrase um Phrase wiederholte, die Praller, die Triller und Mordents wütend ausexerzierte oder den Fingersatz leise fluchend in die Musik hineinzwängte. Eduard fand, daß sie eine große Pianistin abgeben würde, getraute sich aber nicht, es ihr zu sagen, wenn sie Punkt sechs die Tür aufriß, ihn anlächelte und durch den Korridor davonflirrte. Er fand auch, sie gebe die schönste Pianistin ab, die jemals auf dieser Erde wirken würde. Das zu sagen, getraute er sich noch weniger. Eigentlich hat er nie ein Wort mit dem Mädchen gewechselt. In Gedanken schon. Viele, viele Worte, endlose Romane lang. Aber eben.

An dem erwähnten Abend des 25. März blieb es still hinter der Tür. Kein Ton erklang. Eduard stutzte, hatte sie doch nie die Stunde geschwänzt. Er wagte nicht einzutreten und nachzusehen. Möglich, daß sie erkrankt war. Und er sehnte sich heftigst eine Influenza herbei, so daß er ihr in der Krankheit nahe wäre. Ja, er fühlte, diagnostizierte er kühl, schon ein leicht piksendes Kopfweh in den Schläfen.

Keine Note erklang in dem Probenraum. Aber ein merkwürdiges Atmen war da, als sei jemand die Brust mit dem ganzen Gewicht der Welt beschwert worden. Es klang nach Röcheln. Eduard bekam kalte Hände.

In den Jahren danach hat er sich oft diese quälenden Minuten des 25. März in Erinnerung gerufen. Er wußte, daß in dem Probenraum etwas vor sich ging. Er wußte im nachhinein sogar noch viel mehr: Als er an die Tür getreten war, hatte er wie durch Eingebung gefühlt, daß sich in dem Zimmer etwas Schreckliches ereignete. Und er erinnerte sich genau an die ersten Gedanken: *Da muß ein Mensch sterben.* Er hätte alles verhindern können. Den furchtbaren Konjunktiv wurde er bis heute nicht mehr los.

Das Mädchen habe angeblich noch ganz schwächlichen Herzgang gehabt, so der Arzt gegenüber Wladislaw Stanek. Aber das Gehirn sei eine Zeitlang ohne Sauerstoff gewesen, und so habe das Kind, bedingt durch den Anfall, schließlich sterben müssen. Es sei erstickt. Eigentlich sei der Kleinen Gutes widerfahren. Wer wisse, ob sie nicht für immer schwerbehindert hätte durchs Leben gehen müssen. Wäre nur jemand eine Viertelstunde früher dagewesen, fünf Minuten hätten womöglich noch gereicht, so der Arzt. Und Wladislaw Stanek ahnte, daß der Arzt noch mehr wußte, es aber nicht preisgab.

Nun. Eduard Flores war eine *halbe* Stunde früher dagewesen und mit ihm eine furchtbare Ratlosigkeit und eine jedes Handeln lähmende Angst. Diese Angst hatte ihn schließlich aus dem Theresianum fortgetragen. Diese Angst war größer als die Liebe zu dem scharlachroten Mädchen.

Maudi dekorierte den Christbaum mit überschwenglichem Lametta, gab den rotgoldenen Bäuchen der Tannenketten Symmetrie. Eduard Flores prallerte und trillerte wieder im Nebenzimmer, und der Fernseher lief. Mußte laufen, mußte immerzu laufen. Manchmal sogar mit abgedunkeltem Bild. Hauptsache, daß jemand *redete* in der Wohnung. Denn Flores hätte sonst womöglich die Stille nicht ertragen. Wenn nur jemand redete, so daß er selbst das Reden nicht verlernte. Davor war ihm angst: daß ihm allmählich die Sprache abhanden kommt und die Worte entfallen.

Er träumte einmal, wie er dem türkischen Fräulein in der Brotabteilung des Supermarkts einen *Guten Morgen!* wünschen wollte. Er stand vor dem Fräulein und konnte sich nicht mehr daran erinnern, wie man sich ausdrückt, einen guten Morgen zu sagen.

In der Stadt galt er als Spinner, und jedes Kind kannte ihn unter dem Spitznamen BWV. Angeblich habe er sämtliche Nummern des Bach-Werke-Verzeichnisses im Kopf gehabt. Seine Idée fixe, überfallsartig auf den rheintalischen Konzertpodien zu erscheinen und nach hochgeschraubter Rede an die *Menschen seiner Heimatstadt* den Interpreten zu desavouieren, indem er sich dreist an den Flügel setzte und die immer gleiche Musik zu klimpern anhob, deren Notentext er nicht beherrschte, diese geltungssüchtige Manie hatte ihn zwischenzeitlich sogar den Posten gekostet. Mit den Jahren fand das nämlich niemand mehr lustig, wie damals, als er den berühmten Arturo Benedetti Michelangeli so jämmerlich blamiert hatte, vielmehr die Stadt Jacobsroth blamiert vor Benedetti Michelangeli.

Das BWV war zum öffentlichen Ärgernis geworden. Zu einer *Sauerei,* wie es einmal vor Gericht hieß, nachdem es einen Vortrag in der Klavierklasse des Theresianums gestört, die Eltern um den Genuß der Menuette ihrer fleißigen Kinder gebracht hatte. Flores wurde auf Hausfriedensbruch verklagt, mehr als einmal, und mußte tief in die Tasche langen. Dessenungeachtet tauchte er immer wieder dort auf, wo eine Klavierdarbietung zu erwarten war. Weil die Belästigungen kein Ende fanden, wurden bald schon die Platzanweiser angehalten, vor und während des Konzerts verdächtige männliche Subjekte um die 50 zu observieren, die sich durch expressive Nasen auszeichneten. Trotzdem gelang es dem Ex-Polizisten immer wieder – er arbeitete jetzt als Büttgehilfe in einer Papierfabrik –, sich den Weg zum Pianoforte freizuschlagen. Er wuchs sozusagen an seinen Verhinderern, und die Ränke und Finten, das Podium im richtigen Augenblick zu erstürmen – oft mitten im Vortrag –, beanspruchten bald mehr Ausdauer als das hoffnungslose Ansinnen, die Bachsche Musik endlich fehlerfrei zur Aufführung zu bringen. Er war jetzt 47 Jahre alt und übte seit

32 Jahren an einem Stück Musik, das Bach mit 19 Jahren in vielleicht einer Stunde aufs Papier geworfen hat. Als kurzes Adieu für den geliebten Bruder.

Mit einer ans Verrückte grenzenden Hartnäckigkeit saß dieser Mann noch an Heiligabend am Klavier, murkste an den barocken Ornamenten herum, weit davon entfernt, all den Prallern, Trillern, Mordents und Doppelschlägen jene Leichtigkeit zu geben, durch die sie wie die Funken der Wunderkerzen vom Christbaum gefallen wären.

Der Baum nahm sich prächtig aus, fand das scharlachrote Mädchen, fand Maudi Latuhr. Sie bat den Eduard, sich das Kunstwerk anzusehen, aber der machte keine Anstalten, sein erbittertes f-moll zu erlösen. Sie trat an die Tür und hörte ihm zu. Die Stelle mochte sie besonders; den Beginn des Adagissimos, das Bach mit den Worten *Allgemeines Lamento der Freunde* überschrieben hat. Sie kannte das Stück inzwischen ebensogut wie der, der an ihm verzweifelte. Diese geradezu sachliche Traurigkeit in den wenigen Takten ließ sie an zu Hause denken, und daran, wie unversöhnlich sie ihren Lieben den Rücken zugewandt hatte. Reue empfand sie nicht, und Mitleid auch nicht. Sie zog die Tür behutsam zu, um Eduard nicht zu stören, und verfügte sich in die Küche, die nicht mehr darstellte als eine feuchtdunkle Besenkammer mit winzigem, nicht zu öffnendem Kellerfenster. Dort schickte sie sich an, ihm die Leibspeise zu kochen. Er war süchtig nach seiner Großmutter Marillenknödel.

Der Fernseher lief, und die Hauptnachrichten wußten von einem Vulkan, der irgendwo ausgebrochen war. Von Seehundbabys, die, durch Luftwaffenmanöver der NATO aufgeschreckt, aus den angestammten Gründen geflüchtet waren. Es folgte ein längerer Bericht über Bethlehem und die Geburtsstätte Jesu. Daß es zweifelhaft sei, wie das Archäologen-Ehepaar Catherine und Mark Hull herausgefunden haben wollte, ob Jesus in jener Grotte auf die Welt gekommen, über die Konstantin der Große dann die kleeblattförmige Basilika erbauen ließ. Andere Wissenschafter kamen zu Wort. Es folgten Kommentare von Gläubigen und Ungläubigen. Die Worte der Ungläubigen, das hörte Maudi, wirkten sachlicher als die Worte der Gläubigen. Dann folgte Werbung. Dann das Wetter. Dann wieder Werbung.

Der Föhnwind führte jetzt eine deutlichere Rede auf den Plätzen und Straßen von Jacobsroth. Laub und Zweigwerk entwand er, trieb es in Wolken fort. Hausfassaden pfiff er an. Mit Fenstern zürnte er, daß sie ächzten, und die Drähte an den Traversen der Hochstrommasten schwangen so weit aus, als spielte er Seilhüpfen damit.

Der Fernseher lief. Flores übte Arpeggios. Das Klavier verstummte für einige Augenblicke. Dann unternahm er einen erneuten Versuch, das *Capriccio* fehlerlos zu spielen. Er gab dem Stück gleichzeitig Grave, Largo und Lento, kurz: Er spielte in Zeitlupe. Maudi werkte in der engen, miefigen Küche, in der es nach feuchten Mauern und verdorbenem Obst roch. Mit ungeschickten Händen formte sie einen Marillenknödel nach dem andern, ließ ihn in das siedende Wasser tauchen.

Und plötzlich, aus dem Nichts und ohne ersichtlichen Grund, wurde ihr schwarz vor Augen. Die Hände fingen zu zittern an. Das Herz tönte ihr dunkel und raste wie ein Schnellzug durch die Nacht. Der Atem verkürzte sich, und sie meinte, ohnmächtig zu werden. Sie riß die Augen auf, sich zu gewärtigen, wo sie war und was sie tat, lehnte den Kopf gegen die Tür des Oberschranks, zu warten, bis der Schwindelanfall vorüber wäre. Dann begriff sie alles:

– Papa!

Sie riß die Küchentür auf, stürmte ins Wohnzimmer, sah auf den Fernseher, und bald traute sie ihren Augen nicht mehr.

– Wenn Sie sich bitte vorstellen möchten.

Die Kamera hielt groß auf das Gesicht eines jugendlichen Quizmasters. Den schon erkalteten Augen, dünnen Lippen und wundersam weißen Zähnen ließ sich eine ehrgeizige Karriere prophezeien. Dann schnitt sie auf den dauergewellten Kopf einer Frau, und die Frau war aufgeregt und verhaspelte sich.

– Bitte halten Sie das Mikrofon näher ran. Unsere Zuseher wollen auch etwas von Ihnen haben.

– Oh, Pardon … Also … Ich heiße Marlene Dittrich …

– Marlene Dietrich? Das is ja klasse!

– Neinnein. Dittrich ohne ie und mit zwei t.

– Wie man unschwer am Dialekt hört, kommt unsere Kandidatin aus Österreich. Stimmt das?

– O ja.

– Und woher bitte aus Österreich?

– Aus Linz an der blauen Donau.

– Aus Linz. Das liegt … Nich verraten! … in Niederösterreich.

– Net gaunz. Oberösterreich.

– Tja. Was weiß schon ein dummer Deutscher, wie ich einer bin.

– Mocht nix, Herr Goldner.

– Marlene, welchen Beruf üben Sie aus?

– Stellwerksmeisterin.

– Stellwerksmeisterin. Mh. Das klingt sehr österreichisch. Wenn Sie das bitte unseren deutschen Zusehern erklären möchten.

– Nojo. Ich regle sozusagen den Zugverkehr.

– Ah-ha! Daher Ihr Spezialgebiet: Lokomotiven von 1935 bis 1945. Ist das korrekt wiedergegeben?

– Des is richtig, Herr Goldner.

– Einen tollen Applaus für unsere … Marlene Dieeetrich!

– Danke … Vielen Dank. Dankschön.

– Nun zu unserem nächsten Kandidaten, meine Damen und Herren. Unser nächster Kandidat kommt aus der Schweiz … Grüezi, Schwiiiz! … Wenn Sie sich bitte auch in wenigen Worten vorstellen möchten.

Die Kamera schwenkte auf einen graugelockten, kleingewachsenen, etwa 45jährigen Mann mit Sonnenbrille und aufgedunsenem Gesicht. Es schien, als hielte sich das Kameraauge auf taktvolle Distanz, denn es zeigte den Mann nicht im Porträt. Aus begreiflichen

Gründen. Das Antlitz war durch eine Art Hautleiden übermäßig gerötet. Die Oberfläche schuppte und schälte sich ab, die Wangen schienen vernarbt.

Maudi hielt die Luft an mit geöffnetem Mund, und sie mußte immerzu auf den Fernseher starren. Das Klavierspiel des Eduard Flores verklang, obwohl er fortspielte. Verebbte wie ein Schlager, dessen Refrain sich nun immerfort in den Äther hinausdrehen würde. Die Augen tränten ihr, denn selbst der Lidschlag vergaß sich. Sie starrte den Mann mit der Sonnenbrille an und litt an der Mühe, die er hatte, ein erstes Wort zu finden. Seine Lippen bebten. Er wollte reden. Die Worte waren formuliert. Aber die Zunge ließ sie nicht los. Oder war es nur Lampenfieber?

Der Quizmaster gebot sich Geduld. Aber diese Geduld hatte nur den Zweck, die Sympathie der Zuschauer zu vermehren. Denn seine Hände zeigten sein wahres Gesicht, fingerten nervös in den Stichwortkarten und veranschlagten die so kostbar verstreichende Sendezeit.

– Wir müssen unseren verehrten Zusehern vielleicht erklären, daß unser Schweizer Kandidat blind ist. Richtig?

Der Mann nickte.

– Und dennoch hat Herr Ambros Bauermeister aus Landquart in Graubünden den Mut gefunden, in meiner Show *Doppelt oder Nichts* aufzutreten. Also ... ich finde das echt klasse. Ich finde, das verdient einen Riesenapplaus ... Nun. Bitte erzählen Sie unserem Publikum etwas über sich. Wer Sie sind. Wie Ihr Wissensgebiet lautet.

Der Mann stockte noch immer.

– ... Ich bin ein Luftgänger, formten Maudis Lippen, ohne hörbaren Laut, und Ambros Bauermeister sagte augenblicklich genau dieselben Worte.

– Ein *Luftgänger!* Das haben Sie schöööön gesagt. So über den Wolken, nicht wahr, wo die Freiheit grenzenlos sein muß …

– Nein! entgegnete Ambros mit eisiger Stimme.

– Dann sagen Sie uns bitte, was ein *Luftgeher* ist, parierte der Quizmaster verunsichert, jedenfalls immer das letzte Wort habend.

Die Kamera wagte sich nun doch auf das Gesicht dieses elenden Mannes, und sie verriet das, was den Quizmaster verunsichert hatte. Ambros' verlederte Wangen hatten sich benetzt.

Maudi starrte in den Fernseher hinein. Ihr mageres Antlitz schimmerte in gelbgrünem Feuer, und das krause, dunkle Haar stand in silbernen Lichtgarben. Die Augen widerspiegelten den sonnenbebrillten Mann, und die Augen verbrannten. Die Lippen ihres breiten Mundes waren verdorrt, und von der Stirn ging ein gefährliches Fieber aus. Nichts gab es mehr auf der Welt, das etwas wog. Es gab nur noch diesen ungeheuerlichen Augenblick.

Und beide, Tochter wie Vater, fingen gleichzeitig zu reden an, und sie redeten mit einer Zunge und in einem Tonfall:

– Ein Luftgänger ist ein Mensch, der nur auf sein Herz hört. Er gehorcht niemandem auf der Welt. Der Luftgänger tut, was er will. Der Luftgänger hat vor nichts und niemandem Angst. Vor allem nicht vor sich selbst. Und weil er keine Angst hat und immer auf sein Herz hört, kann er durch die Lüfte gehen.

Der Quizmaster senkte das Haupt und raschelte im Papier der Stichworte. Er vergaß seinen durchtrainierten Körper. Vergaß das aufrechte Rückgrat. Blickte irritiert zwischen den Kameras hindurch, in den Weltraum hinaus sozusagen, und nicht in die Wohnzimmer. Vergaß die großgraue Schrift seines Teleprompters. Vergaß die Allüre, das dichte, seidene Blondhaar zurückzuwerfen. Vergaß die Briefe, in welchen Frauen jeden Alters eben diese Geste des bübisch zurückgepfiffenen Blondhaars so liebten an ihm. Er alterte und stand am Ende seiner ehrgeizigen Karriere, und nur Frauen sahen, daß er plötzlich nicht mehr mächtig war, bestaunt und uneinnehmbar für jeden. Einen Augenblick lang sahen sie es. Sehnsucht setzte Schnitte in ihre vom Bildschirm fluoreszierten Gesichter, und sie fielen Goldner entgegen und wußten nicht warum.

– Wie könnte man diesen Abend ... Heiligabend ... stimmungsvoller beschreiben, als es der Herr Bauermeister eben getan hat? Ich finde, das ist einen ehrlichen Applaus wert ... Herr Bauermacher ... Bauermeister, selbstverständlich ... Sehen Sie! Sie haben mich ganz von der Rolle gebracht ...

– Darf ich jemanden grüßen? unterbrach ihn Ambros in ruhigen Worten.

– Aber klar doch dürfen Sie! Ich *bitte* Sie sogar darum!

Der sonnenbebrillte Mann mit dem zerfressenen Gesicht schwieg eine Zeit, und sein Haupt vereiste in jener Richtung, die ihm wohl der Bildregisseur im Probendurchlauf zugewiesen hatte.

– Ich liebe dich, Annamaria ... Über alles, das kommt und das geht.

Der Quizmaster ließ eine rhetorische Pause, bis, wie er meinte, die Worte den Äther durchquert und die Fernsehwelt des *Doppelt oder Nichts* sie vernommen hätte.

– *Meine Damen!* ... Gibt es *eine* Frau hier im Saal oder an den Bildschirmen, die jetzt unserem Kandidaten nicht zu Füßen läge? ... Mein Neid verfolgt Sie, Herr Bauermeister!

Beifall donnerte los und mußte erst gar nicht vom Applausmacher aufgeschildert werden.

– So, nun aber wieder zum Ernst des Lebens. Es geht heute um viel Geld. Sie wissen, liebe Zuseher, daß sich in unserem Jackpot noch immer rund 50 000 Mark befinden. Kann es ein schöneres Weihnachtsgeschenk geben, frage ich Sie? ... Herr Bauermeister:

Ihr Spezialgebiet sind die schottischen Malt-Destillerien. Wir haben also in unserem Schweizer Kandidaten einen exzellenten Whisky-Kenner vor uns. Und nun aber zu unserem Kandidaten aus der Bundesrepublik ... Wenn auch Sie sich bitte kurz vorstellen ...

Maudis Augen bannten den Bildschirm noch immer. Nichts an Ambros entging ihr, wenngleich die Fernsehkameras ihn nicht mehr porträtierten. Mußten sie Vater zeigen, schien es, als seien die Objektive auf der Hut vor neuen Überraschungen. Sie zeigten ihn nicht mehr groß, die Einstellungen starrten, grad wie sein unbewegliches Haupt.

Indessen wurde es, je weiter *Doppelt oder Nichts* vorankam, in Maudis Körper sengend heiß. Und sie fühlte, daß ihre Augen bald nicht mehr in der Lage sein würden, das Bild zu schärfen. Farben übersteuerten sich, aus Rot wurde ein grelles Rot. Aus dem grellen Rot bald ein Gelb, und schließlich empfand sie sich in ein weißes Licht getaucht, unfähig, Konturen zu erkennen. Sie hörte bloß noch, was dort in dem Fernseher gesprochen wurde. Und auch die Worte rannen allmählich ineinander, und dann explodierte das Licht. Kam an, ehe es vom Bildschirm ausgeflossen war. Sätze kehrten in die Münder zurück, ehe sie gesprochen waren. Zeit verging, ehe sie vergangen war.

Da schrie eine Stimme auf im Klavierzimmer und überschlug sich vor Freude. Die Tür wurde blitzartig aufgetan, und Eduard Flores erschien im Türrahmen, in seinem Jogginganzug aus Polyacryl, der so vertragen war und schmutzig, daß er mehr rostrot aussah als orange. Flores' schiefstehendem Mund entglitt ein weiterer Schrei, jedoch in Schrecken. Denn er sah ein gleißendes, unfaßbar helles Licht ihm an den Körper greifen, und das Licht protuberierte darauf und warf ihn zurück und tief hinein in das Klavierzimmer.

Im Nu stand er wieder auf den Beinen, und er dachte, die Fußsohlen verbrennten ihm. Er brüllte laut und schmerzlich auf. Mit ausgeleerten Augen stand er da, fühlte noch immer eine unerhörte Hitze auf Stirn, Mund und Händen. Er meinte zu halluzinieren, unternahm einen neuerlichen Versuch, in das Wohnzimmer zu treten. Dort gewahrte er – er nannte es später eine *Fata Morgana* – Konturen aus Licht, und das Licht war ein riesenhafter Mensch, und das Haupt des Riesen beugte sich unter der Zimmerdecke. Er hörte Stimmen. Darunter Maudis Stimme. Eine Stimme, so schnell redend, wie er derartige Schnelligkeit noch nie vernommen hatte.

– … dervulkanwarammittwochüberraschendausgebrochenimschleswigholsteinischenwattenmeersindindenvergangenentagenungewöhnlichvielverwaisteseehundbabysaufgetauchtesistzubezweifelnobjesuswirklichindergrottegeborenwurdedaswettervonmorgenhieraufunseremsatellitenbildultramilddabrenntnichtsdaziehtnichtsmachtkinderhaarsuperprächtigmarlenedietrichdasisjaklassegrüezischwiiizichfindedasverdienteinenriesenapplauskannerdurchdielüftegehendarfichjemandengrüßen …

Dann muß Flores die Zeit geschwunden sein. Er wußte nicht wie lange. Als er die Augen wieder auftat, lag er auf dem Teppichboden. Der Fernseher lief. Er sah das selbstvergessene, scharlachrote Mädchen in den Fernseher starren. Jemand sang *White Christmas.* Er getraute sich nicht zu bewegen, wagte nicht einmal den Finger zu rühren, stellte sich tot, um herauszufinden, was in dem Zimmer eigentlich vor sich gehe. Nichts ging vor sich. Maudi sah fern. Der Christbaum nahm sich von unten so riesig aus wie ein fünfgeschossiges Wohnhaus. Flores wartete eine Zeit. Dann fühlte er einen entsetzlichen Schmerz. Seine linke Handfessel brannte.

– Jesus! Ich hab mir die Hand gebrochen, schrie er auf ohne einen Laut.

Und die Gegenwart verdämmerte ihm wieder.

– Sind Sie bereit, Herr Bauermeister?

– …

– Hier also die Frage: … Wann darf ein Whisky nach dem Gesetz als Scotch bezeichnet werden? Zeit … läuft!

Der Quizmaster warf sein Blondhaar zurück und beäugte Ambros Bauermeister mit jungenhafter Frechheit. Ambros räusperte sich und überlegte. Die Lippen präparierten Worte, die sie wieder verwarfen. Der Sekundenton der elektronischen Uhr piepte.

– Sie haben ja 30 Sekunden … Zeit genug.

– Also … Der Whisky muß … Es hängt davon ab … Die Lagerung …

Das Sie-haben-verloren-Signet erklang. Der Quizmaster machte ein betrübtes Gesicht und seufzte.

– Ach, ist das schade, jammerschade ist das! Damit scheidet unser Schweizer Kandidat leider aus. Aber ich will Ihnen die Beantwortung der Frage nicht vorenthalten: Der Whisky muß per Gesetz drei Jahre in Schottland reifen und … und einen Alkoholgehalt von mindestens 40 Prozent vorweisen … Schade, schade. Aber es ist ja nur ein Spiel, und unser *Doppelt-oder-Nichts*-Maskottchen im Wert von 50 Mark ist Ihnen sicher.

– Geben Sie mir noch eine Chance. Bitte. Ich brauche das Geld.

– … ?

– Ich bitte Sie darum.

– Tja … Da bin ich jetzt ehrlich gesagt überfordert. Was sagt die Regie? … Ah! … Wie? … Die Regie ist einverstanden, und ich denke, unser Publikum auch. Es ist ja Weihnachten … So. Unsere bezaubernde Annette bringt mir jetzt die Zusatzfrage. Vielen Dank, liebe Annette. Sind Sie bereit, Herr Bauermeister?

– …

– Whiskyfässer bestehen bekanntlich aus Eichenholz. Nennen Sie mir die *lateinische* Gattungsbezeichnung der *Bäume,* und nennen Sie mir *drei* Arten … Haben Sie die Frage verstanden?

– Ja.

– Gut … Zeit … läuft! Ist das aufregend heute.

– Es handelt sich um die Gattung *Quercus.* Und die Arten .... *Quercus Cerris* ... Quercus ... Quercus ... Quercus ...

Die Zeit verstrich, das Signet wimmerte, und Ambros Bauermeister, dessen Vision es einmal gewesen war, das Leben lang kein Geld zu berühren, schied aus. Maudis Gesichtszüge lagen ebenso versteint wie die ihres Vaters, den sie seit Kindertagen nicht mehr gesehen hatte. Nicht einmal der Schatten von Regung trat in ihre Augen, als sie sah, wie der Quizmaster den Mann mit der Sonnenbrille verabschiedete. Als er von der *fabelhaften* Assistentin Annette mit unsicheren Händen aus dem Studio hinausgeleitet wurde – mit Händen, die Sorglichkeit zeigten und doch nicht den Stolz dieses Mannes verletzen wollten.

Aus Flores' Marillenknödeln wurde nichts. Noch in derselben Nacht begleitete Maudi Latuhr ihn in die Ambulanz der Lazarus-Klinik, wo man die blessierte Hand röntgte und lediglich als geprellt diagnostizierte. Flores war den ganzen Weg lang außer sich vor Übermut und Freude. Zum ersten Mal hatte er das *Capriccio auf die Abreise seines geliebtesten Bruders* BWV 992 fehlerfrei gespielt. Zum ersten Mal.

Maudi indessen war nicht mehr wiederzuerkennen. Sie redete hastig und viel und erzählte von Dingen, deren Zusammenhänge ihm nicht begreiflich waren. Sie gab ihm keine Antwort auf seine Fragen. Gerne wäre er ihr jetzt nahe gewesen. Einen einzigen Satz von dem, wie ihm dünkte, wirren Zeug konnte er im Kopf behalten: *Ein jeder Engel ist schrecklich,* sagte sie und wiederholte es fort und fort. Nein, sie sprach es nicht: Eigentlich sang sie. Ihr Reden war Singen.

Gegen vier Uhr morgens, da sich beider Köpfe allmählich abgekühlt hatten, näherte sich Eduard Flores der Maudi Latuhr in sexueller Weise. Er brauchte sie nicht um ihre Einwilligung zu bitten. Sie war für ihn da, und er bat auch nicht, und sie tat, was er von ihr verlangte. Eine Erektion gelang ihm nicht. Aber eine Erniedrigung.

– Ich könnte dir jetzt den Hals umdrehen. Wie wäre das? Ich könnte dir den kleinen Hals so lange würgen, bis du tot bist. Das kann lange dauern. Eine halbe Stunde lang. Wie wäre das? Was wäre das? Nein, Emily. Nein, nein, Emily. Nein, nein, nein.

Maudi fror. Sie zog die Decke seines verfaulten Bettes über ihren Körper und schwieg.

In der Säulenhalle von St. Ursula stand am Morgen des dritten Weihnachtstages eine junge, seltsam gekleidete Frau. Sie trug ein altmodisches, dunkelblaues Topfhütchen und war in einen knöchellangen, ebenso ältlichen Krimmermantel gehüllt. Sie wartete und äugte verträumt in den schneienden Morgen hinaus, denn der Föhn war nächtens zusammengebrochen und der Winter endgültig angekommen. Die junge Frau ließ den noch lidschweren Blick über den Platz der Zwei Monde streichen, und sie war wohl der einzige Mensch, der sah, daß die Stadt nicht mehr *da* war. Jedenfalls nicht in der vertrauten Weise.

Wo sich das Café Grauh befunden hatte, gähnten die schmalen Fenster der Papeterie Daut den schneeigen Morgen an. Die geteerten Straßen waren zu Schotterwegen verkümmert, und an der so belebten Mattheistraße, die jetzt Kernstockstraße hieß, lagen zierliche Gärtchen, umstellt von gußeisernen Zäunen. Windschiefe Holzmasten säumten die ehemals durchlärmte Hauptverkehrsader, und die Leitungsdrähte schwangen launig zwischen Porzellanisolatoren. Geschäftshäuser, Gehöfte, Mauern und Brunnen standen plötzlich an Orten, wo sie nie gestanden hatten. Ein imposanter Bau mit Walmdach und klassizistischer Loggia legte sich quer über die Simonstraße. Es gab dort kein Durchkommen mehr. Neben St. Ursula, wo sich ein glattgesichtiger Büroklotz befunden hatte, wuchtete das Confectionshaus Starck sein schweres Dachgebälk in den Hauptplatz hinaus, der nunmehr Reichsplatz hieß. Wege und Gassen, die man bislang befahren oder durchschreiten konnte, existierten nicht mehr oder gehorchten anderen baulichen Gesetzmäßigkeiten. Die gesamte städtische Weihnachtsbeleuchtung war verschwunden, die Geschäftsauslagen auf drei oder vier Schaufenster geschrumpft. An einer Häuserwand warb ein großes Emailschild für das Waschmittel IMI, das es nicht gab. Hinter dem dünnen Glas eines Schaufensters prangte ein schwarzlackiertes Fahrrad, und sein Preis war eine winzige Lächerlichkeit: 116 Schilling.

Aber das Allerungewöhnlichste an diesem Morgen des dritten Weihnachtstages: Über der Stadt Jacobsroth lag eine noch nie gehörte Stille. Nicht die Schneeflocken dämmten den Lärm. Der Lärm war einfach nicht mehr da. Kein einziges Motorengeräusch war zu vernehmen, und als doch plötzlich ein Auto über den Reichsplatz ratterte, war es ein eischalenweißer Adler-Trumpf-Junior aus dem Jahr 1936. Das Rheintal war auf Rheingau umbenannt worden, und vor der Kurzwarenhandlung Aufmelk, darin sich doch das Restaurant des Otello Guerri hätte befinden müssen, harrte eine grauschwarze Männer- und Burschenschlange auf Zuteilung von Pfeifen- und Kautabak.

Ein kalter Wind stand auf und staubte der jungen Frau die Schneeflocken ins Antlitz. Esther Rhombach suchte Schutz hinter einer Säule, zog ihr blaues Hütchen in die Stirn und träumte sich fort in dem Anblick der Stadt Jacobsroth, wie er sich Ende der dreißiger Jahre jenem Jungen dargeboten haben mußte, auf dessen Suche sie sich begeben hatte, jenem Jungen mit Namen Engelbert Quaidt. Esther war zu einer berührend schönen Frau geworden, denn ihre Augen waren gereift und trugen Sehnsucht. Trugen ein nicht mehr endendes Verlangen nach der Zwillingsseele, deren Leuchten sie zum ersten Mal umfing, als ihr Maudi auf dem Dachboden der Roten Villa jene mysteriöse Fotografie in die Hände gespielt hatte.

Und Esther lebte dieses Verlangen wie keine andere Frau ihres Alters oder ihrer Bekanntschaft. Das mußte Frank, der junge Dozent für Babylonisches Aramäisch erfahren, auf den sie jetzt wartete. Er hatte sich während der Vorlesungen unsterblich in seine Studentin verliebt, die immer Dunkel trug und altmodisch, und die koscher aß. Während einer Party in Esthers Wiener Wohnung, anläßlich des Chanukka-Festes, als man ein Licht im achtarmigen Leuchter anzündete, tanzte und sang, waren die beiden eine Art Liebespaar geworden. Nun kam er zum erstenmal auf Besuch, brannte darauf, ihre Wurzeln zu sehen, die Orte der Kindheit und das, was sie geprägt hatte.

Endlich kam er wirklich an. Das Schneegestöber hatte ihn eine halbe Stunde lang den Platz der Zwei Monde nicht finden lassen. Sie begrüßten sich, umfingen einander, küßten sich lange. Als ihr Frank die Augenlider liebkoste, mußte Esther Rhombach plötzlich an einen anderen Jungen denken. An Rüdi, mit dem sie sich just an den Säulen von St. Ursula immer getroffen hatte. Der Gedanke war ihr unangenehm. Sie wollte alles, was mit ihrer Vergangenheit zu tun hatte, vergessen. Ja, es war ihr völlig unbegreiflich, wie sie jemals eine Punkerin hatte werden können. Hastig unterbreitete sie dem leptosomen und grauäugigen Frank den Vorschlag, im gegenüberliegenden Café zu frühstücken. Er, von der Autofahrt übernächtigt, war hungrig und sie vom Warten durchfroren. Indem sie über den Platz gingen, packte sie ihn plötzlich heftig beim Arm und zerrte ihn beiseite.

– Obacht! Willst du dir den Kopf blutig rennen? Du kannst doch nicht mitten durch eine Hauswand gehen!

– Wie bitte? fragte Frank verdutzt.

Esther mußte lachen.

Als sie in das Café Grauh eintraten, sagte sie wieder etwas Merkwürdiges.

– Mein Schatz, was würdest du sagen, kämen zwei Herrschaften in eine Papeterie und verlangten, ein Frühstück zu verzehren?

Ihr roter, überzeichneter Mund lachte noch fröhlicher. Obwohl sich Frank an die Eigenart ihres Sprechens gewöhnt hatte – sie redete antiquiert, belebte längst vergangene Konjunktivformen, schrieb ihre Briefe in Kurrentschrift und das Wort Not mit th –, dünkte ihn diese Redeweise doch auf einmal sehr befremdlich. Vielleicht auch deshalb, weil er die Geliebte jetzt in anderen Zusammenhängen erlebte. Jedoch begriff er überhaupt nichts mehr, als diese junge, rothaarige Frau das Konvolut einer kopierten Tageszeitung vom 27. Dezember 1937 aus der Manteltasche zog und darin blätterte, als seis die gegenwärtige Zeitung.

– Mal sehen, was die Witterungsvoraussage bringt ... O je. Regen ... Ach hier! Frank, wir könnten heut abend nach Bregenz ins Tonfilm-Theater gehen. *Der Bettelstudent. Nach der gleichnamigen Operette von Millöcker. Mit Marika Rökk, Ida Wüst, Carola Höhn, Johannes Heesters* etcetera. Einlaß ist um acht Uhr ... Lebt die Marika Rökk eigentlich noch?

Frank zuckte mit den Schultern. Ivo, der langbeinige Serbokroate, servierte eine Honigmilch, einen Cappuccino und Croissants.

– Wie wäre das? ... Die Rheingauische Jungfrauenkongregation gibt ein Weihnachtsspiel: *Jesuskind, wohin soll ich die Krippe tragen? Ein Mysterium in drei Aufzügen von Eugen Urdl. Regie: Ursula Urdl. Eintritt inclusive Vergnügungssteuer.*

– Jesuskind-wohin-soll-ich-die-Krippe-tragen? wiederholte der Dozent für Babylonische Aramäisch die Worte mit einsilbiger Fassungslosigkeit.

Die beiden blickten sich an, und plötzlich mußten sie so laut und heftig herauslachen, daß sich jedermann nach ihnen umwandte. Und sie konnten mit dem Lachen nicht aufhören, besonders dann, wenn wieder der Name Urdl fiel.

Das Neunte

Am Dreikönigstag hatte Esther Rhombach eine Verabredung. Etwas Belangloses und rein Privates, wie sie sagte. Frank hätte sie allzugern begleitet, wollte er doch keine Minute mehr ohne sie zubringen. Denn sie wurde ihm immer rätselhafter. Und je unbegreiflicher und dadurch unerreichbarer einem Mann eine Frau wird – es ist ein Gesetz –, desto leidenschaftlicher bemüht er sich um sie. Esther lehnte das Ansinnen resolut ab, und sie wurde beinahe zornig, als er noch einmal bat, sie nach Zürich fahren zu dürfen. Er kenne die Stadt nicht. Er könnte sie sich ja zwischenzeitlich ansehen, durch die winterlich gestimmten Gassen flanieren, in einem Kaffeehaus auf sie warten ... Sie fuhr allein.

In Zürich traf sie endlich mit jener Person zusammen, die ihr nach endloser Befragung bezüglich des Verbleibens der Familie Quaidt als hilfreich genannt worden war. Es war ein alter Herr, höflich und sehr galant, und er wohnte in der Rämistraße. Dort erfuhr Esther Rhombach, daß die Quaidts nach New York emigriert waren. Und sie erfuhr noch viel mehr.

Es sei eine unverfrorene Lüge, die ein gewisser Maser verbreitet hatte, wonach die jüdische Fabrikantenfamilie Jacobsroth vor dem Jahr 1937 verlassen hätte. Dieser Maser habe nämlich auf brutale Weise den Besitz der Familie an sich gerissen und ihn hernach an den Schweizer Franzosen Latuhr verkauft.

Denn in der Nacht des 5. November 1938 sei eine Handvoll Burschen in die Quaidtsche Villa eingebrochen, habe den Simon Quaidt aus dem Bett geholt – wundersamerweise nur ihn, wie der alte Herr mit sanfter Stimme betonte –, habe ihn hinunter an das Rheinufer verbracht und dort mit einem Muli zu Tode geschleift. Er sei auf eine besonders grausame Weise gestorben. Bauch und Rücken seien ihm durch das Schleifen auf der Dammstraße verbrannt.

Der alte Herr, ehemals Prokurist im Quaidtschen Unternehmen, erzählte das alles in ruhigem, ja geradezu warmem Ton. Einer der Mörder habe in den fünfziger Jahren der Stadt Jacobsroth ein schriftliches Geständnis überbracht. Man habe ihn aber weggeschickt, und so halte *er* es bis heute verwahrt.

Ferner erfuhr Esther, daß Simon Quaidt vier Kinder hatte. Einen Sohn namens Engelbert Aaron sowie drei Töchter, Esther, Elisabeth und Rahel. Als der Greis die Mädchennamen aussprach, mußte er lächeln. Es war ein fast schelmisches Lächeln, wie wenn man sich an alte Jugendstreiche erinnert. Ferner, daß die Quaidts schon längstens zum römisch-katholischen Bekenntnis übergetreten seien, schon zu Zeiten von Simons Großvater. Natürlich aus wirtschaftlichen Erwägungen. Selbst der Komponist Gustav Mahler sei ja bekanntlich zum Christentum übergetreten, um den Posten an der Wiener Hofoper zu erhalten. Das sei noch keine

Schande. Und schließlich: Drei Tage nach dem Mord an Simon Quaidt sei die Mutter mit den Kindern in panischer Angst aus der Stadt geflüchtet, nicht eher, und schon gar nicht vor 1937.

Der Mann steckte sich eine Zigarre der Marke Rössli an, zog und schmauchte an dem Stumpen und blickte mit seinen glasklaren, bernsteinbraunen Augen auf Esthers Gesicht, zu sehen, was sich darauf ereignete. Dann erhob er sich, trat an einen Sekretär, dessen Furnierblätter schon an manchen Stellen abgespellt waren, zog eine unverschloßne Schublade heraus, in der sich eine ebenso unverschloßne, schmucklose Blechkassette befand.

– *112 East 70th Street, New York 10021,* las er auf halb englisch und halb deutsch von einem rosaroten Schnipsel Papier und gab ihn Esther in die Hand.

Der beleibte Mann mit dichtem Weißhaar, winziger Nase und tiefliegenden Augen nahm einen kräftigen Zug von seiner Zigarre, blies ihn in die Höhe und betrachtete die sich kringelnde Schwade. Und wieder schaute er der jungen Fremden direkt in die Augen. Sie weinte lautlos.

– Der Kontakt ist im August 1963 abgerissen. Frau Quaidt hat auf meine Briefe nicht mehr geantwortet. Aber das war ihre Adresse.

Und er sah Esther wieder mit gläserner Klarheit an. Als sie aufblickte und mit dem Handrücken das Wasser von den Wangen strich, sagte er, wobei er plötzlich in den rheintalischen Dialekt verfiel:

– Ich weiß nicht, Fräulein Rhombach, weshalb Sie das alles wissen wollen. Aber ich spüre, daß Sie es wissen *müssen*.

Er machte eine lange Pause.

– Darauf mußte ich also warten. Auf die dritte Generation, die den Haß endlich mit Liebe vergilt.

Während der gesamten Weihnachtstage schwebte über dem Rhombachschen Haus eine bleierne Traurigkeit. Dem alten Rhombach war das Herz gebrochen, und er mochte die Sentimentalität von Heiligabend nicht ertragen, weshalb er sich bereits gegen 17 Uhr in sein Schlafzimmer verfügt hatte. Denn drei Tage zuvor war gegen den rheintalischen Textilgiganten das Konkursverfahren eröffnet worden. Der Schmerz war um so bitterer, da sich der Alte kein Verschulden vorzuwerfen wußte. Weder er noch seine Familie hatte je verschwenderisch gelebt. Aber die neuen Gesichter im Management, für die er noch vor einem Monat die Hand ins Feuer gelegt hätte, diese neue Spezies elegant gekleideter und glattrasierter Visagen mußte die Firma in den Ruin getrieben haben. Die Verzweiflung stand ihm wirklich ins Gesicht geschrieben. Er, der als junger Mann mit der ersten Nähmaschine von Haus zu Haus gezogen war und das, was an Schneider- und Flickarbeiten täglich anfiel, flinkhandig erledigte. Er, der das Imperium aufgebaut hatte, dessen sehnlichster Wunsch es war, daß dereinst Harald, sein Adoptivsohn, den Betrieb übernehmen und fortführen würde, er stand nunmehr mit seinen 73 Jahren vor dem Aus.

Das war die eine Bedrückung im Ölrain Nr. 4. Die andere stand in Ines' Augen zu deuten. Durch einen Zufall hatte sie *Doppelt oder Nichts* gesehen. Durch eine fast zynisch zu nennende Beiläufigkeit. Die Fernbedienung war zu Boden gefallen, und das Gerät hatte sich von selbst eingeschaltet. So wurde sie Zeugin, als Ambros Bauermeister die Worte Über-alles-das-kommt-und-das-geht herausquälte.

Ines, die Bauermeister all die Jahre unterstützt hatte, ihm die Kaution erlegte, als er bei einem Banküberfall in Ulm festgesetzt wurde. Ines, die wie besinnungslos noch immer daran glaubte, daß man die Liebe *erwarten* können müsse.

Aber es gab auch andere Neuigkeiten. Seit einiger Zeit ging ein Esther nicht ganz unbekannter Mann im Hause ein und aus. Harald hatte die Bekanntschaft mit Konstantin S. Izjumov von der *Tat* gemacht. Oder umgekehrt. Esther fand es nicht heraus. Während der Feiertage saßen sie unzertrennlich beisammen, nächtelang. So lange, bis ihm der Zeitungsredakteur offensichtlich seine homosexuelle Neigung eröffnet hatte, mutmaßte Esther. Einen Tag vor ihrer Abreise nach Wien wurde sie nämlich Zeugin von einer dieser konspirativen Zusammenkünfte, die auf sie wie nächtlich abgehaltene Séancen wirkten.

Sie hatte nicht einschlafen können, und schon gar nicht in Franks Armen. Also war sie aufgestanden und ins Gästezimmer übergewechselt. Dort wollte sie zwei Briefe schreiben. Einen nach New York und einen – erstaunlicherweise – an Rüdi. Sie trat also in den Flur hinaus und vernahm hinter der Tür, die in Onkels Wohnung führte, die schluchzende Stimme des Russen.

– Nicht wahr, heulte Izjumov, wir haben ja nur die Liebe. Das ist furchtbar. So furchtbar.

Margot Latuhr-Mangold sprach nicht mehr. Andre redeten. Der Chirurg, der Onkologe, der Assistenzarzt, die Schwester, der Seelsorger. Und draußen der unaufhaltsam niedergehende Schnee. Alle machten sie virtuose Gesichter, denn in der Lazarus-Klinik hat noch jeder gelernt, den Tod als das geringere Übel im Leben zu begreifen.

– Wie weit man es doch in der Einübung von Betroffenheit bringen kann, sagte Amrei zu Ines, als sich das Kollegium bedrückt aus dem Observationszimmer geschlichen hatte.

Dorthin war Margot nämlich verbracht worden. Amrei nannte es das Sterbezimmer, aber die Krankenschwester verneinte vehement. Man müsse hoffen bis zum Schluß. Das lerne sie in ihrem Beruf jeden Tag neu. Es gebe Wunder. Das sei bewiesen.

Todesfäule meinte Amrei in dem Zimmer zu riechen, als sie mit Georg und Ines eingetreten war. Der Anblick von Mutters gewichtslosem Körper, der glatte und eingeschrumpft wirkende Schädel, die weißen, zerrissenen Lippen, entfachten keine Regung mehr in ihr.

– Ja, Georg. So sieht es aus, wenn man an Magenkrebs stirbt, sagte sie kalt. Sie haben die Alarmgrenzen an den Geräten abgestellt. Für wie blöd halten die uns? Siehst du den Monitor? … Das ist das Bild eines sterbenden Herzens.

Der zynische Ton ihrer Worte klang doch nur nach einem vor Traurigkeit zerspringenden Menschen. Georg wußte das, und er legte ihre kalte Hand in seine von Mörtel und Ziegeln aufgerauhte, heiße Hand. Dann erst gelang Amrei das Weinen.

Das war gegen Mittag, am 5. Februar 1990. Etwa zwei Stunden später zitterte im Monitor bloß noch die schwächliche Kammerzacke von Margots Herzen. Es würde nicht mehr lange währen.

Die Freunde saßen schweigsam da. Kaum, daß sie drei Worte wechselten. Ines stand, wollte sich nicht setzen, lehnte an der Wand mit verschränkten Armen, starrte immerzu auf die Infusionsflasche. Die Tropfen waren die Zeit, und das Gesetz von Kohäsion und Adhäsion ein Abbild ihres eigenen, dunklen und unerklärlichen Liebens.

Ines Rhombach, von der dieses Buch wenig, fast nichts zu erzählen weiß als immer wieder die Tatsache, daß sie *da* war. Daß sie sich den Latuhrs gleichsam wie die Begleitung der Melodie unterordnete, ohne je selbst Melodie zu werden.

Hin und wieder trat die Schwester ins Zimmer, blickte prüfend auf die Apparaturen, den EKG-Monitor und die Pulsoxymetrie. Dann verging eine, wer weiß wie lange, Zeit, und sie kam mit zwei Kerzen, stellte sie auf das Rolltischchen neben Margots Bett, blickte Georg an und ging wieder hinaus.

Und eine riesenhafte Hand ging über Hügel und Berge und durch die rheintalische Ebene. Winter, Sämann erkalteter Himmelstränen, befruchtete die vertrocknete Natur und verwandelte sie in Kinderträume. Und die Wintershand verstellte den Anblick des Liegenden Papstes, und im Fenster von Margots Zimmer bläute es von konturlosem Licht. Selbst die Landschaft mußte am Ende vergehen.

Georg Moll aus Grind sah es zuerst: Etwas irrte und flirrte auf den Monitoren. Der Sinusrhythmus strömte auf, und auf einmal verschnellte sich die Herzfrequenz. So währte es einige Atemzüge lang, und dann flog die Tür auf.

Maudi mit schneeigem Haar und genäßtem Mantel trat herein, gab niemandem Blick oder Gruß, nahm einen Stuhl, setzte sich an das Bett, beugte den Kopf über Margot, lauschte, hob den Kopf, schloß die Augen und saß unbeweglich da. Niemand wagte ein Wort zu reden. Dann sammelte sie mit zwei Fingern Speichel von der Zunge und benetzte salzig die Lippen der Sterbenden.

Schloß die Augen abermals, wartete, öffnete die Lider und fing zu reden an.

– *Raub der Europa.* Schule des Paul Troger. Um 1750. Öl auf Leinwand. 50 × 64 cm ... Wir sehen einen liegenden Stier, schneeweiß, die Hörner rosenbekränzt. Europa, die Tochter des phönizischen Königs Agenor, hat Zutrauen zu dem Stier gefaßt, lehnt sich an seinen Rücken, hält sein linkes Horn mit der Hand umklammert. Ihre Freundinnen streuen Blüten auf sein Haupt. Zwei Putten schweben über dem Ganzen. Der eine hält einen Kranz aus roten Rosen in der rechten Hand, der andere einen Rosenzweig. Europa, die in ein gräulichgrünes, sanft fließendes Gewand gehüllt ist – ihre linke Brust ist entblößt –, schaut fragend zu ihrer Freundin, die mit einem leuchtend blauen Gewand bekleidet ist. Das Fell des Stiers ist weiß bis gräulich gehalten. Er glubscht die Europa mit lüsternen Augen an und leckt sich dabei mit langer Zunge die Nüstern. Das Ganze spielt an einem Meeresstrand. Muscheln aller Art liegen um Stier und Personen verstreut. Der Himmel läßt auf ein heranziehendes Gewitter schließen. Die Farben des Himmels reichen von Graublau bis Weißgelb ... Das Bild wurde als Schuldentilgung an den Stickermeister Johann Egle veräußert.

Sie hielt inne, zog sich die erkältete Nase hoch. Dann fuhr sie fort in der minuziösen Inventarisierung von Großmutters ehemaliger Gemäldesammlung. Maudi wußte, daß an diesen Bildern ihre ganze Liebe gehangen hatte. Daß diese Liebe Ausdruck einer lebenslangen, ungestillten Sehnsucht gewesen war.

– Martino Altomonte auch Martin Hohenberg genannt: *Amor und Psyche.* 1714. Auf der Rückseite datiert. Öl auf Leinwand. 1,79 × 1,43 m ... Wir sehen eine finstere Wald- und Berglandschaft, in dunkelgrünen, fast schwarzen Farbtönen gehalten. Es ist der Eingang zum Hades. Im Vordergrund sehen wir Psyche. Sie ist in einen todesähnlichen Schlaf verfallen. Über ihr schwebt Amor, der sie nun mit einem einzigen Flügelschlag zum Leben erweckt ...

So redete sie für Margot und hörte erst zu reden auf, als Georg die Hand auf ihr nasses Haar legte. Maudi sah auf das Antlitz der Toten, schlug die Augen nieder und schwieg. Alle schwiegen. Dann weinte Ines.

– Mein tiefempfundenes Beileid, sagte die Krankenschwester Marianne mit gesenkter Stimme und zündete die Kerzen an.

Sie ließ eine rhetorische Pause.

– Kommt noch jemand?

Georg schüttelte den Kopf.

– Schön. Dann können wir sie herrichten.

Ich. Ich trete heraus. Verschenktes Heublumenkind. Ich habe Heimweh. Heimweh nach diesem Menschen, dessen Leben ich gegen seinen Willen erzählt habe. Nie hätte Margot ihre Welt dem Wort anvertraut. Schrift bedeutete ihr nichts. Auch nicht die Erzählung. Das Leben war Fluß und ging dahin und war alles und war nichts, und endlich Vergessen. Heimweh habe ich, ihr fünfgeschossigen Tannen von Meschach. Und das Heimweh frißt mir den Tag.

Zuhauf strömten sie in das Kirchenschiff. Die sie gekannt hatten, und mehr noch die, welche über sie geredet hatten. St. Ursula starrte vor Menschen. Selten war es dem Stadtpfarrer vergönnt gewesen, ein so imposantes Requiem zu halten. Aber es war, als nähmen die Jacobsrother nicht bloß Abschied von dieser Frau, deren Name Inbegriff der rheintalischen Textilindustrie gewesen war. Es schien, als nähmen sie zugleich Abschied von einer großen, alten Tradition, die von Familie zu Familie weitergereicht worden war und die dem Land einen fast 100jährigen Wohlstand gesichert hatte. Der Schock über den erst kürzlich gewärtigten Bankrott des Hauses Rhombach stand nämlich vielen Anwesenden ins Gesicht geschrieben. Arbeitern und Arbeiterinnen. Lageristen, Buchhaltern und Lohnverrechnern. Direktricen und Musternäherinnen.

Wie die Verbindlichkeiten jetzt erfüllen, die das neuerbaute Häuschen erzwang, da der Mann seit Januar ohne Beschäftigung war? Wohin als Näherin? Putzfrau werden? Denn auf der Jacober Seite war ein Drittel der Bevölkerung bereits arbeitslos geworden.

Es war ein sonderbares Gedenken und war weniger Ausdruck von Trauer um Margot Latuhr-Mangold als vielmehr der eigenen, schwelenden Angst vor dem Zukünftigen. Das Zukünftige aber war das Hereinbrechen der Armut. Sich dahinein zu fügen mußten diese Menschen jetzt unwillig erlernen. Nichts weniger als die Ära der rheintalischen Textilindustrie wurde an diesem Tag in St. Ursula zu Grabe getragen.

Der Priester, der schon Maudi getauft hatte, sprach von den Wolken des Himmels, darin man die lieben Verstorbenen erblicken könne. Man müsse mit dem Herzen hineinsehen. Denn wie den Jüngern zu Emmaus die Augen gehalten waren, so seien auch unsere Augen gehalten.

Margot, die sich ein katholisches Gedächtnis bis zum Schluß

bewahrt hatte, hätte den Priester auch jetzt geduldig schwadronieren lassen. Nie hatte sie ihm zugehört. Er schien ihr von unbeträchtlichen Geistesgaben, arm an Worten, verkümmert in Stereotypen, zerbrochen an der eigenen Lieblosigkeit und an dem Umstand, daß sein Berufsstand unterging. Nicht *er* zählte, oder das, was die katholische Kirche jemals an Greueln oder Großartigem angerichtet hatte. Das war Menschensache. Es geschah überall. Böses ließ sich stets mit ebensoviel Gutem aufwiegen. Woran Margot wirklich glaubte, hatte sie Amrei gegenüber einmal so formuliert:

– Irgendwann ist ein Mensch aufgestanden und hat gesagt: Dein Feind war Kind wie du. Willst du ein Kind beleidigen?

Weitschweifige Abschiedsreden hatte sich Amrei verbeten. Aber Esther *wollte* etwas sagen. Sie war deshalb eigens aus Wien angereist. Sie *mußte* jenem Menschen danken, der gegen die Zynismen ihres Onkels Harald stets die Wahrhaftigkeit gesetzt hatte. Denn in der Roten Villa hatte Esther die schönsten Augenblicke ihrer Jungmädchenzeit verleben dürfen.

Unsicher trat sie vor die Kanzel, öffnete mit zittrigen Händen ein gefaltetes Blatt Papier und begann zu lesen. Zu leise und zu weit vom Mikrofon entfernt, sprach sie: *Es ist einmal gegen mich bemerkt worden, daß ich nur das Kleine bilde, und daß meine Menschen stets gewöhnliche Menschen seien* … Sie las jene Passage aus Stifters Vorrede zu den *Bunten Steinen,* die Margot oftmals auswendig rezitiert hatte.

Jüngere Männer reckten die Hälse nach dieser ungemein blühenden Frau mit dem glatt fließenden roten Haar. Die, welche weniger an der Person als vielmehr an den Worten interessiert waren, öffneten die Münder, spitzten die Ohren, um wenigstens etwas von dem Gelesenen zu erahnen. Sie entschlüsselten nur Bruchstückhaftes. Als Esther an die Stelle kam: … *wie jeder Mensch ein Kleinod für alle andern Menschen ist,* mußte sie abbrechen, weil ihr die Stimme versagte. Sie setzte erneut an, dreimal und viermal, aber war nicht mehr fähig zu sprechen. Ging von der Kanzel weg und hinunter in die Bank, wo die Latuhrs und Rhombachs saßen. Und Ri nahm Re in ihre Arme, und Esther schluchzte laut.

Tief hinten im Kirchenschiff, unter der Empore, stand ein Mann. Eine unbekannte Frau hatte sich bei ihm untergehakt. Ambros Bauermeister trug Sonnenbrille, und sein Gesicht war vom Ausschlag gerötet. Amrei wollte im nachhinein von Ines wissen, wer ihm mitgeteilt hätte, daß Mutter gestorben sei. Ines schwor, daß sie es nicht gewesen sei. Amrei glaubte ihr.

So wurde Margot zu Grabe getragen und in der Familiengruft der Latuhrs beigesetzt. Neben dem wankenden Dietrich, den sie nach eigenen Aussagen nie geliebt hatte. Verschwenderische Blumengebinde standen links und rechts des Grabes aufgetürmt. Die kostspieligsten Kränze waren bezeichnenderweise von Leuten gestiftet, denen Margot nichts bedeutet hatte und umgekehrt. Es war ein endloses Kondolieren, eine Zurschaustellung geheuchelter Traurigkeit.

Bis zwei Männer an das Grab traten, die Amrei gar nicht erwartet hätte. Henk Immerseel, der nunmehrige Besitzer der Roten Villa, mit seinem Freund Jaap. Immerseel hielt einen dürftig wirkenden Zweig in Händen. Aber es war kein Zweig, wie sich später herausstellte. Es war der Triebling eines Rosenstocks aus Margots ehemaligem Garten. Er drückte den kümmerlichen Strauch in Amreis Hände.

– Es ist eine *Floribunda*. Eine Edelrose. Sie bekommt gefüllte Blüten. Ihre Mutter hat den Strauch gesetzt. Wenn Sie ihn im Frühling auf das Grab pflanzen und ihm viel Wasser geben, wird er schon im Sommer lachsrote Köpfe haben.

Auf dem Nachhauseweg beschäftigte Amrei nur ein einziger Gedanke: der furchtbare Anblick des Ambros Bauermeister. Völlig überrumpelt und überrascht von seiner Anwesenheit, hatte sie nicht den Mut aufgebracht, ihn anzusprechen.

– Wer war die Frau, die ihn geführt hat? Warum ist er blind, dieser arme Mensch? drang sie auf Ines ein.

Sie gab ihr keine Antwort. Als Amrei zum dritten Mal fragte, erwiderte Ines leise:

– Vielleicht ist jetzt endlich … endlich die Zeit, daß ihr miteinander reden könnt.

Amrei sah die Allgewalt eines ungeheuerlichen Schmerzes auf Ines' Gesicht brennen.

– Mein Gott, wie du ihn liebst, sagte sie erstickt.

Die beiden Frauen blieben in der Nacht beisammen. Sie redeten. Redeten über alles, bis zum Morgengrauen.

Schon am übernächsten Tag reiste Amrei mit der Bahn nach Landquart, wohin Ambros Bauermeister nach der Erblindung zurückgekehrt war. Jene Frau, die ihn auf der Beerdigung geführt hatte, öffnete die Haustüre. Es war sein Elternhaus, und die Frau seine jüngere Schwester. Amrei trat ein. Kalt war es in dem Haus. Die Frau begleitete sie in den ersten Stock, hinauf über eine steile Holztreppe. Dort deutete sie auf eine schmale Tür und sagte:

– Er ist im Bubenzimmer.

Mit einem Lächeln, das sich nur Frauen geben können, amikal und distanziert zugleich, ließ sie Amrei stehen und ging weg.

Du bist gekommen, meine Zwillingsseele.

– Ambros.

– …

– …

– Wie war die Zugfahrt?

– Wie eine Zugfahrt eben ist.

– …

– Ich wußte nicht, was ich dir schenken könnte. Harald hat mir versichert, daß es ein fabelhafter Whisky sei. Ein Winterwhisky. Weil er angeblich torft und einen von innen her wärmt.

– Harald … Wie gehts dem ewigen Zweifler?

– Darf ich mich setzen?

– Verzeih meine Unaufmerksamkeit, Amrei. Nimm dir einen Stuhl. Ich weiß, es ist ungemütlich hier oben, aber …

– … Danke. Ich stell dann die Flasche auf den Tisch … Ach ja! Fast hätt ichs vergessen. Es fiel mir zufällig in die Hände, als wir umgezogen sind. Dein geliebter Pächt … *Studien zur kunsthistorischen Praxis.*

– Hast du das Buch jetzt gelesen? lächelte Ambros.

– Warum lachst du?

– Unser Pächt.

– Tja … Ich habs versucht. Es ist unleserlich.

– Da hast du recht.

– …

– Willst du dich nicht zu mir setzen?

– Wenn du möchtest.

– …

– …

– Du riechst noch immer wie ein junges Mädchen. Mein Gott, ist das lange her.

– Ja, das ist lange her. Ich hab nachgerechnet. Es sind 13 Jahre. Die Kinder waren damals acht, als du fortgegangen bist … Aber wirklich fort warst du ja nicht … Ambros, du sollst wissen, daß ich alles weiß. Ich habe lange mit Ines geredet. Wir müssen uns nichts mehr vormachen.

– …

– …

– Warum bist du gekommen?

– Ich bitte dich um die Scheidung.

– Deshalb?

– Nicht nur deshalb. Um dir zu sagen, daß ich mit dir im Frieden bin. Daß ich dich nicht mehr lieben muß. Und daß ich erst jetzt dazu fähig geworden bin, dich zu ertragen, wie du bist.

– Aber jetzt ist es zu spät … Nicht wahr, Amrei?

– Es ist kalt. Heizt deine Schwester nicht?

– Zu spät. Nicht wahr?

– … Ambros … Jahrelang mußte ich von dir träumen. Ich hatte Sehnsucht nach deiner Frechheit. Wie du dem Leben die Zunge gezeigt hast. Wie du alle Zwänge und Notwendigkeiten verlacht hast. Weißt du noch, wie du dich geweigert hast, das Geld zu berühren? Wegen des Hautausschlags …

– Sprich weiter.

– Ich wollte sagen … Nie mehr ist mir ein so wundervoller, ein so spontaner Mann begegnet …

– Und dieser Bauer … dieser Georg Moll?

– …

– Schon gut.

– …

– …

– Kann ich dir was anbieten? Tee?

– Mach bitte keine Umstände.

– Aber nein! Weißt du, ich hab hier so einen Besenstiel. Damit traktiere ich Brigitte. Wie in den alten Spielfilmen. Die böse, gelähmte Schwiegermutter.

– Warum bist du blind geworden?

– Das ist eine lange Geschichte.

– Willst du sie mir nicht erzählen?

– Hast du mich im Fernsehen gesehen?

– Man hat es mir erzählt.

– Ines.

– Unter anderem … Mir war das, ehrlich gesagt, sehr peinlich. Das trägt man nicht an die Öffentlichkeit.

– Du bist immer noch die alte.

– Natürlich.

– Und die Liebe ist eine große Peinlichkeit.

– Du bist aber auch der alte.

– … Komm herein! … Bitte, sei doch so nett und mach uns einen Schwarztee. Für die Dame ohne Milch und Zucker … Es bleibt alles beim alten?

– Alles beim alten.

– … Danke, Brigitte … Ich sagte *danke.*

– …

– …

– Ihr könnt euch nicht besonders leiden.

– Wir hassen uns. Wie in den alten Filmen. Sie war Vaters Lieblingskind. Ich war eine reine Zufälligkeit.

– Warum bist du erblindet?

– Darf ich dich berühren?

– …?

– Ah! … Der marineblaue Pullover. Weißt du noch? Im Speisewagen.

– Ambros, bitte!

– Und deine Brüste sind immer noch fest.

– Bitte hör auf!

– Du bist meine Frau.

– Ich war nie deine Frau … Außerdem ist der Pullover *rot.*

– Geh nicht weg, Amrei! … Bitte! … *Erzähl* mir von dir.

– Was soll ich erzählen? Was willst du wissen?

– Alles.

– Ach, Ambros.

– …

– Ja, Mama fehlt mir wirklich.

– Margot. Das werd ich nie vergessen, wie sie auf dem Perron gestanden hat. Eine große, fragile und unnahbare Frau. Sie trug eine pelzgefütterte Wildlederjacke und fuhr einen dunkelblauen Mercedes. *Merkursulfatblau,* sagte sie immer.

– Das weißt du noch.

– Natürlich.

– Sie hat dich bis zuletzt hochgehalten, Ambros. Obwohl sie wußte, daß du ein Lügner bist.

– Also *doch* das Jüngste Gericht?

– Ich war auch eine Lügnerin. Auf meine Weise. Mama hat mir die Augen geöffnet. Wir haben einfach nicht zueinander gepaßt.

– Das sagen alle, wenn sie in die Abgründe des andern hineingesehen haben ... Anstatt mit ganzer Ungewißheit zu fallen, flüchten sie. Aber wo sie hinflüchten, dort verdursten sie. Und am Ende sagen sie: Hätt ich mich nur fallenlassen.

– Mag sein. Aber ich hatte einfach nicht die Kraft dazu.

– Aber *ich* hatte sie. Ich hatte sie für zwei.

– Ich weiß.

– ...

– ...

– Ambros, es gibt Momente im Leben, da ist eine Unaufmerksamkeit zu viel, und die Liebe zerbricht. Eine winzige Lächerlichkeit vielleicht. Daß du mir in Gesellschaft den Rücken ein Mal zuviel zugewandt hast. Daß du eine Stunde zu lang im Café Grauh gesessen bist, anstatt dich um unsere Tochter zu kümmern. Ich weiß es nicht ... Meine Männer waren Kinder. Warum darf eine Frau nicht auch einmal *schwach* sein? Nur ein Mal sich fallenlassen dürfen. Ein einziges Mal einen erwachsenen Mann vor sich haben ... So stark die Liebe auch sein mag. Irgendwann bricht sie ab wie eine überreife Sonnenblume.

– *Niemals.*

– Dann war ich eben keine Sonnenblume. Und mein Licht war zu schwach. Ich war eben nicht in der Lage, intensiv genug zu scheinen.

– ...

– ...

– Weißt du, wie stark das Licht wirklich ist? Und weißt du, wann es zum Scheinen aufhört? In fünf Milliarden Jahren.

– Ambros …

– Hör mir zu!

– …

– Ich habe die Sonne *wirklich* gesehen. Ich habe in sie hineingesehen. Ich bin ihr nahe gekommen. Lange war sie unbeschreiblich weit weg von mir. So unbeschreiblich weit, wie sich zwei Menschen entfernt sind, die sich einmal nah waren … Exakt eine Astronomische Einheit. 150 Millionen Kilometer … Aber weißt du, wie weit schon die nächste Seele entfernt ist? 270 000 Astronomische Einheiten … Also mußten wir uns doch sehr nahe sein. Das tröstete mich … Ich nahm meinen ganzen Mut zusammen, wanderte auf den Vilan, den Berg meiner Kindheit, setzte mich auf seinen Rücken und wartete … Dann kam die Sonne herauf. Ich sah dich an. Eine Stunde lang. Du wurdest heller, heller … Es schmerzte nicht wirklich. Jedenfalls nicht mehr als die Sehnsucht nach dir.

– …?

– Sag jetzt nichts.

– …

– … Ich konnte den Tag nicht mehr sehen. Weil ich mich nie finden konnte. Mein Augenlicht bedeutete mir nichts mehr. Was ich sah, was ich hörte, was ich fühlte, kam mir so unendlich bekannt vor. Mein Leben war eine abgedroschene Phrase. Ein sinnloses Gespräch ohne Notwendigkeit … Ein Schmarotzer war ich. Ein amüsierter Zyniker. Ein selbstsüchtiger Zuschauer, der andern überließ, die Welt zu gestalten … Ich wurde ein Räuber und ein Dieb … Aber dir, Amrei, bin ich nicht untreu geworden. Keinen Augenblick lang … Weiß Gott hätte ich mich bei Ines einrichten können oder andernorts … Ich muß dich lieben … *Ich muß dich lieben* … Das ist mein Gesetz, mein Schicksal … Wie oft habe ich versucht, dich in mir umzubringen. Und je weiter ich von dir entfernt war, desto heller brannte dein Licht … Was sind schon Madrid, Mannheim oder Ulm in Anbetracht von 150 Millionen Kilometern? … Du mußt nicht *anklopfen,* verdammt noch mal!

– Wie wollten Sie noch den Tee, Frau Bauermeister?

– Brigitte, bitte stell es hin und laß uns allein.

– …

– Ich warte immer, bis sie die letzte Stufe hinuntergestiegen ist … Ich komm schon zurecht, Amrei. Ich kenn mich hier aus. Tee gibts nur im Beutel … Übrigens: Mit der Scheidung bin ich einverstanden. Ich bitte dich, alles zu veranlassen.

– Danke.

– …

– …

– Du hast dich *blenden* lassen? Bist du verrückt geworden! Du hast noch gut die Hälfte deines Lebens vor dir.

– In meinem Leben ist etwas schiefgelaufen. Ich kann nur mein Haupt unter Gottes Schatten beugen. Er weiß alles. Ehe wir denken, hat er gedacht. Er ist unendlich schneller als Licht.

– Wie du *redest*.

– Sieh mal, was ich hier in meiner Hand habe. Diesen Aluminiumring hat mir mein Vater vererbt. Aber es ist gar kein Ring … Nimm ihn! Sieh ihn dir an … Die zehn Zacken sind die zehn Ave-Marias des Rosenkranzes … Ja, ich bete … Ich weiß, was du jetzt denkst: Er *zerfließt* in Selbstmitleid.

– Das denke ich nicht.

– Ich zerfließe nicht in Selbstmitleid. O nein! Beten ist ein anderes Wort für Vergessenkönnen. Wenn man betet, ist man nicht mehr. Allmählich begreife ich meinen Vater … Aber weg mit der Vergangenheit! Weg, weg! … Erzähl mir von Maudi.

– Maudi?

– Ja.

– Weißt du nicht schon alles über sie?

– Nicht aus deinem Mund.

– Für sie bist du immer noch der Luftgänger.

– …

– Sie ist etwas Heiliges, Ambros. Ich habe sie viele Jahre lang nicht verstanden … Ich war ungerecht zu ihr.

– …

– …

– Warum sprichst du nicht weiter? Du mußt mir alles über sie erzählen. Nimm die Wolldecke und leg sie über deine Knie.

– Wo soll ich anfangen? … Sie hat mich, Margot, Esther und alle, die jemals mit ihr in Berührung kamen, auf eine wundersame Weise verändert. Wie soll ich es erklären? …

– Komm. Nimm meine Decke.

– …

– Weiter. Wie verändert?

– Manchmal denke ich, Ambros … Maudi ist nicht von unserer Welt.

– Erzähl mir alles. Ich will alles über sie wissen.

– Ich bemühe mich ja.

Dinge gingen vor sich. Auf geheimnisvolle Weise.

Mit dem Beginn der neunziger Jahre verblaßten die wirtschaftlichen Perspektiven des Landes. Der Bankrott des Hauses Rhombach zeigte den endgültigen Niedergang der Textilindustrie an. Hunderte Menschen wurden in Jacobsroth arbeitslos und lebten nunmehr vom Arbeitslosengeld, von Kinderbeihilfen und Notstandsgeld, also von der Hand in den Mund. Dennoch suchten sie gegenüber den Nachbarn den ehemaligen Lebensstandard vorzutäuschen, verschuldeten sich bei Banken und Versandhäusern. Als sich in der Mitte des Jahrzehnts enorme Auftragseinbrüche in der Baubranche abzeichneten – das Schlagwort *Lohnnebenkosten* wurde zum Gespenst –, stand nahezu ein Viertel der Stadtbevölkerung ohne Arbeit da.

Um einem rheintalischen Menschen die Armut anzusehen, bedarf es geübter Augen. Meisterlich verbirgt er die Wahrheit, und äußerlich läßt sich kaum ein Anzeichen von Verlumpung finden. Er kleidet sich gepflegter denn je, wäscht seinen Wagen zum Zeitvertreib dreimal die Woche, geht sonntags in gewohnter Weise am Ufer des Rheins spazieren oder an der Seepromenade, schneidet die Thujenhecke noch immer mit Akkuratesse. Aber die Augen verraten ihn.

Kleiner wurden die Augen, und Neid flackerte darin. Neid gegenüber jenen, die noch Arbeit hatten. Neid gegenüber den türkischen Mitbürgern, von denen die Rede ging, sie unterhielten unten am Bosporus gigantische Villen, indessen sie hierzulande in verrotteten Buden oder dünnwandigen Wohnsilos hausten. Neid gegenüber den Kindern des Ekrem Yilmaz, die sich fehlerfrei im mütterlichen Dialekt ausdrückten und dennoch am Kurban-Fest Lämmer schächteten.

Wenn dem rheintalischen Menschen das Leben mißglückt, es ihn besuchen wollte mit der ganzen Pracht und Grausamkeit und er gerade nicht daheim war, dann kehrt er reumütig in die Natur zurück, es dort wiederzufinden. Viele hört man das großteils verregnete Jahr preisen, die monatelangen Herbstnebel und den fauligen Schnee auf dem verdreckten ewigen Eis der Berge. Sie schwärmen davon, wie die Sonne rot im Bodensee stirbt. Das erinnere sie an Capri. In dunkelfarbenem Dialekt erzählen sie von der unmenschlichen Welt außerhalb ihrer Heimat.

Daß man in Amerika seines Lebens nicht mehr sicher sei, daß Spanien stinke, daß Italien, habe man die Italiener *wirklich* kennengelernt, ein durch und durch verrottetes Land sei, daß die Franzosen – wie kämen sie überhaupt dazu – sich weigerten, englisch zu sprechen, daß es eigentlich überall auf der Welt gefährlich sei. Bloß im Rheintal sei die Welt noch ganz. Und die Natur freilich auch. Denn es solle ihnen einer die Gegend zeigen, in der man noch am Vormittag im Strandbad faul die Nekrologe der *Tat* studiert, am Nachmittag bereits auf den Skiern steht – vorausgesetzt, man will es – und jauchzend den Gletscher hinunterpflügt. Wasser und Schnee. Erreichbar innerhalb einer Stunde Autofahrt. Wo auf der Welt? Das solle man ihnen erst zeigen.

So reden sie dunkelstimmig, die aus dem Ausland zurückgekehrt sind und die geschworen haben, niemals mehr zurückzukehren. Daß sie das Ausland ausgespuckt hat, davon kein Wort. Daß die Karrieren in Los Angeles und Rom nicht eben erfolgreich waren, davon keine Silbe. In Los Angeles könne man überhaupt keine Karriere machen, in dieser erdbebengefährdeten Stadt. Sie renovieren also die Häuser ihrer Väter, zupfen das Unkraut der Jahre aus den Gärtchen, schneiden die Thujenhecken wieder wandglatt, und ihre Söhne falten mit der ehemals gegen alles protestiert habenden Mutter schon wieder Leintücher.

Ein Mann aus dieser Generation, die in Dralon- und Nylonhemden aufwuchs, die Bilder des Apollo-Programms und des immerfort angedrohten Nuklearkrieges vor Augen hatte, ein Mann machte wirklich Karriere. Und diese Karriere brach vielen im

Rheintal das Herz. Nicht die Karriere selbst war es, sondern, wie sie zustande kam. Nämlich daheim.

Gewiß, Edwin die Bohnenstange, der Schauspieler, meinte anfänglich wohl auch, er müsse sich in Hollywood, Cannes oder Berlin herumtreiben. Vielen gab er die Hand und sagte artig:

– *I adore you.*

Er sagte es zu Kim Basinger, zu Donald Sutherland und zu Kathy Bates. Alle waren sie furchtbar nett zu ihm und sagten: Klar dürfe er sich jederzeit an sie wenden. Unglücklicherweise waren dann die Telefonnummern ungültig. Edwin sah das ein, denn so ein Weltstar wie Kim Basinger mußte natürlich allenthalben die Rufnummer ändern. Seine Nummer war gültig. Bis zu dem Tag, da sein Handy – unter seinesgleichen war er der erste, der eines besaß – beidseitig gesperrt wurde. Es sind die kleinen Begebenheiten, die zu denken geben. Edwin dachte nach. Dachte sehr lange nach und wurde im Café Grauh jahrelang nicht mehr gesehen. Dort hatte er nämlich mit imposanter Allüre jedermann den Weltstar vorgestellt. Dort hatte er gesagt, daß einmal der Tag komme, an dem die Filmwelt *seinen* Geburtstag feiere, nicht er den ihren. Der Tag kam wirklich.

Nie hat Edwin Nool verraten, wie es ging, daß er für einen großen deutschen Spielfilm in der Hauptrolle besetzt wurde. Er *wurde* besetzt und gab den Ein- und Herzensbrecher Zlatko in der Komödie *Lieber Zlatko* mit soviel Witz, Wehmut und Wurstigkeit, daß er – das Klischee stimmt immer – über Nacht zum deutschen Frauenschwarm Nummer eins wurde. Das war im Herbst 1993, und im Dezember waren sämtliche Frauenjournale voll mit Edwins Konterfei. *Vogue* widmete ihm gar das Cover und die Titelgeschichte, *Elle* porträtierte ihn in Jacobsroth als *Realo-Zlatko* – in dem Film hatte er einen Bankräuber wider Willen gemimt. Welch ein Triumph für Edwin, just in die Bank einbrechen zu dürfen, die ihm damals den tomatenroten 58er Corvette Chevrolet gepfändet hatte. Welch ein unbeschreiblicher Triumph. Die Autogrammwünsche der Herrschaften dort schlug er aus.

– Nee, nee! Strafe muß sein, Freunde! sagte er mit angelerntem deutschem Akzent.

In direktem Zusammenhang mit Edwins Leinwanderfolg stand das sich gefährlich zuspitzende Schicksal des Kulturkritikers Egmont Nigg. (Er schrieb zwischenzeitlich auch die Gesellschaftskolumne, redigierte die Hochzeits- und Geburtstagsgrüße der Rubrik *Sag's mit der Tat,* denn der Zeitungsverleger Hansmarius Sot hatte Sparen verordnet.) Nigg zerbrach an diesem Erfolg.

Nie hatte ein Künstler in der Kulturgeschichte des Rheintals eine derart überwältigende Medienpräsenz gehabt. Gewohnterweise kamen sie ja zu *ihm* in die Redaktion und wurden mit dem einen oder dem anderen Anliegen bei *ihm* vorstellig. *Er* entschied, was Kunst sei oder Schmonzes. *Er* befand, an welchem Platz Muffs Betonkäfer ausgestellt würde. Ob es sich lohne, das neue Lyrikbüchlein, die Kriegserinnerungen oder den rasanten Großstadtroman des Soundso zu rezensieren. Die Vernissage der Soundso zu besuchen. Kunst und Schmonzes hingen für Egmont Nigg stets mit Sympathie und Antipathie zusammen.

Unleserliche Bücher favorisierte er, und die bildende Kunst konnte ihm nicht nekrophil genug sein. Einen jungen Künstler sah er schon auf der Kasseler documenta, weil dieser bei den Ersten Schaufensterkunsttagen – welch ein Wort – der Jacobsrother Kaufmannschaft tote Katzen in die Schuh- und Kleiderauslagen praktizierte. (Die Kaufmannschaft hat übrigens keine Zweiten Schaufensterkunsttage mehr durchgeführt.) Und als Muff, der Grande unter den heimischen Bildnern, eines Tages auf die Idee verfiel, auf dem Platz der Zwei Monde mit einer Dampfwalze ein lebendes Schwein zu plätten, um so den übermäßigen Fleischgenuß anzuprangern – er steuerte die Walze selbst –, konstatierte Egmont Nigg den Aufbruch einer *neuen Ära in der abendländischen Kunst.*

Das *Großmaul* Edwin hingegen war ihm stets zuwider gewesen. Vielleicht auch deshalb, weil Nigg intuitiv spürte, daß, wenn es *einer* schaffen, es *nur* Edwin Nool schaffen würde.

Die Intuition trog nicht, und dieser unfaßbar adipöse Mensch saß in der Redaktion, las *Elle* und *Vogue* und alles, was über Edwin geschrieben wurde, und wartete. Aber Edwin kam nicht. Zuerst verriß er, dessen Sprache in all der Zeit bis zur Unerträglichkeit verkümmert und verroht war, *Lieber Zlatko* als *den größten Scheißhaufen an gequirlter Scheiße, der jemals im Kino vorgeführt worden ist.* Edwin rief nicht an, schrieb keine Protestnote und kam *nicht* in die Redaktion. Dann machte Nigg eine Zeit verstreichen und korrigierte das Urteil. *Lieber Zlatko* sei *ein ganz beachtliches Stück neudeutscher Komödienkunst, nicht zuletzt aufgrund des fabelhaft actenden Newcomers Edwin Nool.*

Edwin kam nicht in die Redaktion. Als der Jungschauspieler mit Preisen in München und Berlin bedacht wurde, flatterten keine Pressekarten zur Preisverleihung in die Redaktion. Nigg korrigierte sein Urteil abermals, und was er nunmehr über den jungen Mann verbreitete, muß nicht mehr ausbuchstabiert werden.

Die Verelendung dieses Journalisten hatte sich im Grunde seit vielen Jahren angekündigt. Mit dem Erfolg eines anderen brach das Neidgeschwür an seinem Herzen vollends auf. Traum dieses ehemals durchaus feinsinnigen Menschen war es nämlich gewesen, aus dem engstirnigen Rheintal hinauszuwachsen, ein geliebter Schriftsteller zu werden, ein gefürchteter Kritiker in Wien oder ein Filmregisseur im Stile David Leans. Mit 24½ Jahren hatte er ein Drehbuch verfaßt mit dem Titel *Jesus unter Negern,* das seitdem ungelesen in seiner Wohnung verblich. Als schließlich die Bewerbung um die vakante Stelle eines Feuilletonisten bei der größten österreichischen Tageszeitung fehlschlug – der Chefetage wurden anonymiter seine rassistischen *Tat*-Glossen zugespielt –, als er aufgrund seiner Fettleibigkeit in immer tiefere Depressionen verfiel, das lebenslange Alleinsein nicht mehr ertragen konnte, da war das Maß voll. Randvoll. Er wollte sich töten.

Wie gewohnt verließ der nunmehr 57jährige Nigg gegen 19 Uhr das Redaktionszimmer, wälzte sich nach der Wohnung in der Simonstraße, zog sich aus bis aufs T-Shirt, setzte sich an den Schreibtisch, verfaßte 35 Abschiedsbriefe (einer galt Edwin Nool), spielte zum letzten Mal Carole Kings *You've Got a Friend,* vermochte noch immer nicht zu weinen, kleidete sich wieder an, verließ die Wohnung, tappte zum Briefkasten, dann zum Bahnhof, von wo aus er an den Bodensee fuhr. Am Ufer des Bodensees angekommen, dachte er, seinen hinfälligen Leib dem Wasser zu übermitteln. Es war eine Februarnacht.

Da stand er also, vom gelblichen Licht der Girlanden entlang der Seepromenade fast zärtlich gehalten. Und wie er so in das blechern schimmernde Wasser hineinstarrte, bekam er wieder die alte Sehnsucht, sich endlich bei einer Frau ausruhen zu dürfen. Da glückte ihm das Weinen. Er flennte wie ein Kind. Als sich keine weiteren Tränen mehr herauspressen ließen, fühlte er sich plötzlich leicht, ja in einem Zustand der Elevation. Glücklich empfand er sich beinahe. Er nahm die Brille ab, das kantige Gestell, zog die Schuhe aus, die Socken ebenso, und paschte in das eisige Wasser hinein. Es dünkte ihn warm wie Badewasser.

Eine andere gekränkte Seele kam des Weges. Eine gedrungene Frau in glockenförmigem, knöchellangem Drillichrock. Tanja Nagg. Die Buchhändlerin aus der Naggschen Buchhandlung in der Bartholomäusgasse. Jene Dame, bei der Ambros Bauermeister einst so großzügig eingekauft hatte, ohne zu bezahlen.

Nicht die Phantasie führt Menschen zusammen. Die Gesetzlosigkeit des Lebens tut es. Und diese Gesetzlosigkeit ist um vieles phantastischer als alle menschliche Erfindung.

Tanja Nagg, angegraut vom Neid gegenüber den Lebensentwürfen anderer, flanierte also die Seepromenade stadtauswärts und meinte den Koloß von Rhodos in den linde platschenden Wellen stehen zu sehn. Sie mußte aufschreien, und dieser Schrei ließ das Badewasser augenblicklich erkalten. So schien es Egmont Nigg.

Noch in derselben Nacht wurden sie einander Geliebte. Nigg verfluchte die 35 Abschiedsbriefe, und früh am Morgen lauerte er beim Briefkasten auf den Briefträger. So fing er die Schreckenspost noch rechtzeitig ab.

Wie Teenager plauderten sie die Nächte durch, und wie Teenager hatten sie Herzklopfen, wenn sich ihre Hände ineinander verzahnten. Tanja Naggs papierweißes Gesicht überzog sich in jenen Monaten mit einer bubenhaften Rosenröte, und ihre ansonsten gedrungene Gestalt erhielt plötzlich Rückgrat. Alles vertraute sie Egmont an. Daß ihr trauriges Leben voller Versäumnisse und Wankelmut gewesen sei. Voll von Wünschen, die nie *ihre* Wünsche gewesen waren. Die Wünsche der Mutter, die Wünsche des Mannes, die Wünsche der Kinder, die Wünsche der Nachbarn. Eine furchtbare Kindheit habe sie verleben müssen. Sie stamme nämlich aus der Stadt Graz. Und in Graz sei jeder Vater ein Kinderschänder.

Manchmal erweckte es den Eindruck, als suchten sie sich in der Beschreibung erlittenen Leids zu übertrumpfen. Ihr Reden hatte etwas von dem Imponiergehabe erster Liebe. Einer ersten Liebe unter 50jährigen, wohlgemerkt. Jedenfalls wurden sie glücklich, und keiner mochte den anderen auch nur eine Minute lang missen. Sah man sie Hand in Hand daherkommen, füllten sie das Klischee eines Intellektuellenpaares in vortrefflicher Weise aus. Er schwarz gekleidet und kantig bebrillt. Sie schwarz gekleidet und kantig bebrillt. Denn zum zweiten Monatsgedächtnis dieser Verbindung eignete Egmont seiner Tanja eine nuancengenaue Kopie seines Brillengestells an.

So fand man sie in den Cafés der Stadt sitzen, wo sie zum Beispiel in folgender Weise über Literatur redeten:

– Und Dostojewski, Egmont?
– Großartig!
– Gell, großartig.
– Bloß kürzen müßte man ihn.
– Ja?
– Eigentlich müßte man alles von Dostojewski kürzen.
– Echt?
– Vor allem die Romane.
– Ach, es ist so wunderbar, mit dir über Bücher zu reden.
– Die ganze Weltliteratur gehört zusammengestrichen.
– Oh, wie ich dich für deine Radikalität liebe! Gib mir einen Kuß!
– Zuerst du.
– Mir wird ganz Sturm im Kopf.

– O Baby! Wenn ich das Sagen hätte.
– Du wärst ein ganz Scharfer, gell?

Unzertrennlich blieben sie fortan, und er brachte ihr bei, was Schmonzes sei und was Kunst. Sie selbst hatte schon als Mädchen eine hohe Begabung für das Wort gefühlt. Ein Wunsch, neben so vielen Wünschen, war es gewesen, Literaturkritikerin zu werden. Diesen Wunsch erfüllte er ihr. Er machte sie zu seiner aushilfsweisen Assistentin, und fortan publizierten die beiden ihre Glossen, Betrachtungen und Kommentare zum rheintalischen Kulturleben unter dem Namen *Niggnagg*.

Es saß der hochbetagte Verleger Hansmarius Sot in seinem Häuschen ganz aus Glas. Ließ den Blick ringsum schweifen, vom Eis der Churfirsten, den Rhein entlang bis hinüber an die deutschen Gestade des Bodensees. Als seine Nase, die aussah wie ein umgelegter Turm, beinahe den Lindauer Leuchtturm touchierte, bekam er Fernweh. Fernweh nach dem Tod. Er ließ sich von einem seiner zwölf Söhne (er nannte sie *meine zwölf Apostel*) das Fernrohr Habicht AT 80 herbeischaffen, das ihm einst die Firma Swarovski liebenswerterweise zugeeignet hatte, damit er die Meinungsvielfalt im Lande besser überblicke. Er guckte hinein und auf den im Augustlicht flirrenden Löwen an der Lindauer Hafeneinfahrt. Da wurde ihm ganz schummrig vor Augen, und er verfluchte die Firma Swarovski, ihm ein so minderwertiges Fernrohr überbracht zu haben, dessen Linse, kaum fünf Jahre alt, schon eintrübte. In Wahrheit aber war es eine Träne gewesen, die sein Augenlicht schwemmte. Das Lindauer Löwenmonument hatte ihn nämlich an seine eigene Monumentalität erinnert, und der *Tat*-Verleger fühlte sich in der Tat als ein alter Löwe, der sich nun zum Sterben legen würde.

An jenem Augustnachmittag verlor er alle Vorzüge, die einen Zeitungsverleger seines Formats ausmachen. Er verlor die Lust an der Objektivität, womit ein Hansmarius Sot natürlich das Intrigieren, Lügen, Manipulieren, Erpressen und Denunzieren meinte. Er verlor schlicht die Lust an seinen Spielzeugen *Tat* und *Wahre*

Tat. Beim wöchentlichen Jour fixe im Gallo Nero faßte er gegenüber Kuno, dem Landespräsidenten, seinen Überdruß in folgende Worte, knapp und ohne viel Federlesens, wie es sich für einen Zeitungsverleger ziemt:

– Ich hab die Schnauze randvoll.

Kuno stocherte schweigsam im mickrigen Fleisch der Austern des Otello Guerri, und sein Augenlicht schwemmte auch ein wenig.

– Ja, aber … Wer regiert jetzt das Rheintal? sagte er, sich räuspernd.
– Muß ich denn alles immer *selber* machen! donnerte Sot.
– Und deine zwölf Apostel? Könnte nicht einer von ihnen …?
– Alles Schwachköpfe.
– Zum Beispiel Fritzmarius.
– Der geht noch zur Schule.
– Wulfmarius?
– Ein Legastheniker?
– Nilsmarius?
– Für mich ist der gestorben.
– Ernstmarius?
– Der Zuhälter? Spinnst du eigentlich, Kuno?
– Du mußt mich nicht so anfahren! Wo ich dir ja bloß helfen will.

Der Landespräsident ließ einen Apostel nach dem anderen vorbeidefilieren. Bei Edemarius angelangt, kniff der alte Löwe plötzlich die Augenlider zusammen. Kuno kniff die Finger in die Serviette aus Angst vor einem Donnerwetter. Aber der Alte brüllte nicht.

– Kuno.
– Bitte, schrei jetzt nicht. Dann kannst du das Dessert ohne mich essen.
– Du erlaubst, daß ich mich erhebe.
– …?

– Du erlaubst, daß ich dich küsse.
– …!?

Auf diese Weise – es ist die reine Wahrheit, und Politik ist nicht wirklich kompliziert – wurde das zukünftige Schicksal von *Tat* und *Wahrer Tat* besiegelt. Ein halbes Jahr später starb der Verleger Hansmarius Sot im 88. Lebensjahr.

In den Tagen, da Edemarius das Erbe antrat, wurde gerade der rheintalische Landtag neu gewählt. Das traf sich vorzüglich. Ein sehr junger Mann, ein gewisser Bruno, wurde zum mächtigsten Vertreter des Landes bestellt. Edemarius – Freunde durften ihn Edemar heißen – hatte diesem Bruno nie vergessen, wie er ihm bärenstark beigestanden hatte, als er in der fünften Klasse von Achtkläßlern in die exponierte Nase gebissen wurde, bloß weil er ein Prominentenkind war.

Nein, Politik ist nicht wirklich kompliziert.

Edemar Sots erste verlegerische Großtat bestand darin, den Alten posthum zu kränken, indem er sämtliche Capensien in Plastiktöpfen nach Terrakotta-Art aus dem Verlagshaus entfernen ließ. Aber es stand ihm noch Größeres im Sinn.

Er war allzeit ein stiller Junge gewesen. Ein trauriger Junge, der schon mit 18 Jahren wie ein 30jähriger ausssah und mit 30 wie 43. In der ersten Reihe zu stehen, Reden zu halten, die jährlich stattfindenden *weltberühmten* Seefestspiele mit einem *Petri Heil!* als eröffnet zu erklären (der Alte hatte das stets gemacht) oder das Schmuckband eines neuen Tunnelabschnitts zu durchschneiden, das alles war seine Sache nicht. Bei all diesen Vordergründigkeiten hielt er sich lieber im Hintergrund.

Unauslöschlich blieb ihm die furchtbare Blamage, als der Alte bei irgendeinem Festessen das Glas erhoben, mit der Gabel *Silentium!* geklingelt und sich plötzlich ihm zugewandt hatte.

– Ich bitte um Ihre Aufmerksamkeit! Mein Neunter will eine Ansprache halten.

– Ich will keine Ansprache halten, Papa, hatte er daraufhin gepiepst.

– Und ob du eine Ansprache hältst! hatte ihn der Alte angebrüllt.

Diesen Schock konnte Edemar nie wirklich verwinden. Die Öffentlichkeit war ihm ein Greuel. Kamen wichtige Leute in die Redaktion, österreichische Politiker auf der Durchreise, Mädchenhändler aus dem Ostblock, alternde Tenöre und dergleichen mehr, so war der Hausfotograf gehalten, ihn niemals ins Bild zu setzen. Fotografiert werden durfte er höchstens von hinten. Er liebte die Stille des Bodensees, er liebte die Elektronik, und er liebte die Frauen. Er war von feingestimmter Seele.

Herrgott, wie er die Frauen liebte! Dem Alten waren sie einerlei gewesen, ihm verhießen sie alles. Auch hierin darf ein Protest gegen die übermächtige Vaterfigur erblickt werden. Blieb der Alte zeitlebens Nationalist, durch und durch, beschloß der Junge, mit diesem Nationalismus radikal zu brechen. Sein kosmopolitisches Ziel war es, dereinst je einer Vertreterin sämtlicher Nationalitäten dieser Welt in Aufmerksamkeit und Zärtlichkeit zu begegnen. Im Liechtensteinischen war dieses Ansinnen bereits birnenbusig belohnt worden, und schon liebäugelte Edemar mit der Schweiz. Folglich bestand die zweite verlegerische Großtat darin, sich im Verlagshaus mit den schönsten rheintalischen Geschöpfen zu umgeben. Das hebe die Moral und den Adrenalinspiegel, senke die Schlaffheit und Müdigkeit. Edemar behielt recht. Wurde eine Delegation ausländischer Medienvertreter durch den gläsernen Palast der *Tat* geführt, stand der Hunger bald mehr nach den geschäftig vorbeiflatternden Leckerbissen als nach der niegelnagelneuen Druckmaschine.

Denn innerhalb von zwei Jahren hatte Edemar Sot aus *Tat* und *Wahrer Tat* ein Wunderwerk an Farbigkeit gemacht, das in Europa seinesgleichen suchte. Alles wurde bunt in höchster Qualität und ungeheuerlich verspielt. Ein Farbfoto allein genügte nicht. Es mußte an seinen Rändern noch grau geschattet sein, als schwebe es auf dem Papier. Das Zustandekommen eines Verkehrsunfalls, eines Flugzeugabsturzes, einer Havarie auf dem Bodensee wurden dem baffen Leser in vierfarbener Grafik ausgemalt. Selbst die Nekrologe wurden eine Zeitlang bunt, und die Verblichenen strahlten rotwangig aus den schwarzumrandeten Todesanzeigen heraus, so daß die Hinterbliebenen sich furchtbar schreckten und meinten, sie lebten noch. Daher mußte Sot das Novum unverzüglich wieder aufgeben, weil die Abonnementkündigungen nicht mehr abrissen.

Alles Revolutionäre stößt auf Unverständnis. Das mußte der so schüchterne Edemar aus den eigenen Reihen erfahren. Mitte der neunziger Jahre kam ihm nämlich eine glänzende Idee. Er verordnete den Zeitungen eine neue Schrifttype, größer und bauchiger. Das machte einen guten Effekt und hatte den Effekt, daß die Zeilenhonorare weniger wurden. Ein Aufschrei ging durch die Ressorts, freilich ein ungehörter, aus Angst vor Kündigung. Lediglich die Niggnaggs wagten eine diesbezügliche Bemerkung. Edemar hörte geduldig zu. Es war viel von *diskursivem Diskurs,* von *Synthese* und *Metathese* die Rede, von Habermas und Bataille, einmal sogar vorlaut von *Beschiß,* und Edemar war glücklich, so helle Köpfe in seiner Zeitung beschäftigen zu dürfen. Die Punktgröße der neuen Schrifttype wurde allerdings nicht geändert.

Die schönen Künste bedeuteten ihm nicht sonderlich viel. Er war ein Mann der Wirtschaft, der Zahlen und Diagramme. Dennoch meinte er etwas Anarchisches in Muffs Betonkäfer erspürt zu haben, oder beim Anblick der Katzenkadaver in den Jacobsrother Schaufenstern. Er wußte die Faszination nicht recht in Worte zu fassen. Als aber eines Tages der von den Niggnaggs zum Shooting-Star der rheintalischen Kunst gekürte Rudolfo Schatz im Rahmen eines *pluralistischen Happenings* ein Einfamilienhaus in die Luft sprengte, kannte seine Begeisterung keine Grenzen. Machte Schatz nicht das, was er selber gerne getan hätte? Den ganzen Lebensekel einfach wegzusprengen? Wochenlang zogen die ungleichen Freunde durch die Lokalitäten des Landes. Schatz glatzköpfig, transpirierend, in Ledermontur, mit tätowiertem Strichcode am Oberarm und lärmend. Edemar schweigsam, chanel-duftend, wie aus dem Ei gepellt, diskret und zuvorkommend. Sehr geheimnisvoll ging es bei diesen Treffen zu und her. Gegenüber Izjumov verlautbarte Edemar knapp, daß dieser grandiose Schatz viel, sehr viel mit dem Rheintal und seinen Häuschen vorhabe. Leider seien auch der Kunst Grenzen gesetzt.

So vieles gälte es über diesen jungen, melancholischen Mann zu erzählen, der wider Willen Kopf des rheintalischen Zeitungsimperiums geworden war. So vieles über seine Sekundanten und Faktota, die ihm nacheiferten, ihm mit vorauseilendem Gehorsam begegneten, sich kleideten wie er, die Haare schneiden ließen wie er, dieselben Zigarren rauchten, dieselben Frauen verehrten. Diese neue Generation der *Tat*-Macher hatte etwas Priesterliches. In schwarzen, kragenlosen Versace-Sakkos kamen sie daher, in Stiefeletten, und die Hemdkragen spreizten sich in einem exakten Winkel von 90 Grad.

Dabei war Edemar ein Leben lang auf der Suche nach einem Freund, nach einem wirklichen Freund. Und ein wirklicher Freund ist naturgemäß ein Feind mit liebendem Herzen. Den fand er nicht. Er fuhr nach Amerika.

Da stand er eines Silvesternachmittags in New York und blickte immerzu in den Himmel, überwältigt von den Schluchten, die um vieles gefräßiger waren als die Bergschluchten des Rheintals. Den ganzen Tag war er von einer Schlucht in die andere getaumelt, hatte die markante Sotsche Nase in die schneiende Luft gehalten und sich nicht satt sehen können an den Schneeflocken, wie sie ohne Ende an glaswandigen Wolkenkratzern herabsanken. Nachts litt er an Halsstarre und träumte vom aggressiven Gelb der Taxis, und daß man nur die Hand erheben mußte, eines zu ergattern. Glücklich war er wie nie zuvor in seinem Leben.

Amerika. Er beschloß, die rheintalischen Zeitungen zu verkaufen und es in New York vom Tellerwäscher zum Medienzar zu bringen – mit etwas Sackgeld von zu Hause, freilich. Aber es kam anders. Nachdem beim zweiten Aufenthalt der Plan gescheitert war, eine Amerikanerin mit schneeweißen Zähnen von der Kosmopolitik des Herzens zu überzeugen, nachdem das amerikanische Englisch zu erlernen sich etwas komplizierter gestaltete als gedacht, laborierte Edemar im Plaza plötzlich an unsäglichem Heimweh. Die Natur fehle ihm, faxte er Izjumov über den großen Teich. Der Liegende Papst, die Stille des Bodensees, und daß man am Vormittag im Strandbad faulenzen und am Nachmittag flugs Skilaufen könne. *Vermisse die Tat!* lauteten die letzten Worte auf dem Telefax.

Edemar kehrte zurück, und den Faktota standen Krokodilstränen in den Augen. Das legendäre Telefax war von der Werbeabteilung vervielfältigt und an alle Mitarbeiter zur Warnung ausgegeben worden. Als er es überall an den Wänden trauern sah, kam ihm eine erneute, gloriose Idee.

Er ließ Anzeigen in eigener Sache vorbereiten. Über dem gebläuten Liegenden Papst standen dicklettrig die Worte *Vermisse die Tat!* Darunter war ein Kupon auszufüllen und auszuschneiden *(sorgfältig ausschneiden!)*, der die Nachsendung an jeden Punkt der Welt garantierte *(Lieferung sowie Auslandsporto werden nach Aufwand in Rechnung gegeben)*. Die Idee zündete wie eine Bombe. Abonnenten aus aller Herren Länder wurden gewonnen. Und mit wäßrigen Augen lasen sie dann in Sydney, Los Angeles und Lyon, was im Rheintal vor sich ging.

So vieles gälte es zu erzählen.

Merkwürdig indessen: Je lärmender die Farben in *Tat* und *Wahrer Tat* wurden, desto weniger wurden die Blätter *gelesen*. Durchforstete man zu Hansmarius Sots Zeiten noch das Kleingedruckte nach hoffentlichen Bosheiten und Beleidigungen, *bildete* man sich nun die Meinung, im wahrsten Sinn des Wortes. Bilder entschieden über Sympathie und Antipathie, Bilder brachten komplexe Zusammenhänge auf einfache Formeln: gut oder böse. Schuldig, nicht schuldig. Häßlich oder schön.

Freilich reproduzierte die winzige Medienwelt des Edemar Sot doch nur die gängigen Strömungen einer scheinbar ungestalt gewordenen, komplizierten Gesellschaft. Und wie immer berufen sich die Kleinen gern auf die Großen. Aber Welthaltigkeit ist in jedem Menschen, ungeachtet dessen, wo er lebt. Das wiederum vergessen die Kleinen allzugern, oder sie lassen es sich ausreden. Und selten genug, daß sich ein Mensch auf sich selbst beruft.

Bilder, Bilder. Bilder im ausgehenden Jahrhundert. Die Wissenschaft forscht im Minimalsten. Weil sich das Wissen, wie weisgemacht, immer rasanter verändert, gilt sein quickes Auffinden bald mehr als es selbst. Philosophen resignieren vor einer aus den Fugen geratenen Welt. Die Theologie läßt sich lächerlich machen und wird zu dem, wozu sie gemacht wird: lachhaft. Die Geschichtenerzähler verstummen. Die Kunst verliert allen Mut zum Illusorischen und verlernt schließlich ihr Handwerk, eine Utopie zu gestalten. Die Wärme der Intellektuellen erkaltet. Ihre Rede, ihre Schrift verehrt die Hoffnungslosigkeit, veranschlagt die Wertlosigkeit der Werte. Und als die anberaumte 50jährige Sühnezeit für den nationalsozialistischen Genozid verstreicht, als die Magie des Sozialismus endgültig verblaßt, verkommt alles in purem Zynismus. Zynismus aber ist die Äußerung des Gefühls vom Ungeliebtsein. Ungeliebt empfindet sich ein Mensch dann, wenn er an der eigenen Liebesfähigkeit scheitert. Wie die Eifersucht immer Ausdruck mangelnder Liebeskraft ist oder der Neid Symptom fehlenden Selbstbewußtseins.

Was an Lebensgefühl, an Stilbildendem, an Moden, Meinungen und an Musiken aus der großen weiten Welt hereinschwappte, sickerte auch in die Herzen rheintalischer Menschen. Und als das private Fernsehen in deutschen Wohnzimmern triumphierte, wurde es auch in den Jacobsrother Stuben auf eine ungeheuerliche Weise privat. Paralysiert erlebte man die Aufhebung eines Tabus nach dem andern im Dienste der Quote. Sah zum ersten Mal Frauen sich live ausziehen in engwandigen Kölner Fernsehstudios, sah Menschen sich in der Sendung *Einspruch* auf eine im Fernsehen noch nie dagewesene Art beleidigen, lauschte baff einem jungen Ehepaar, das sich über sexuelle Praktiken und Vorlieben verbreitete, und das Modewort *sich outen* ging wie allerorten in den aktiven Wortschatz über. So paradox es klingt: Obwohl das Fernsehen an Zeit gewann – vorbei die Nächte des weißen Rauschens –, verlor es die Zeit, Zeit zu haben. Und seine Dramaturgie der abrupten Schnitte, seine stetige Atemlosigkeit, prägte schon die Schulaufsätze der Zwölfjährigen. Immer schwerer fiel es, die Gedanken mit Sorgfalt auszuarbeiten.

In jener Zeit litt auch einer Kummers an der sich rabiat verändernden Medienwelt. Kein Moralisieren führte ihn auf den Plan. Er litt einen ganz privaten Kummer. Es war Liebeskummer. So heftig, daß er beschlossen hatte, das Fernsehen überhaupt abzuschaffen, genauer gesagt die Rheintalische Rundfunk- &Fernsehanstalt. Denn Boje Birke wollte sich nicht damit abfinden, die so sehr angeliebte Elfin Anna Spiegel, Co-Moderatorin der *Lokalen Stunde,* nie mehr vom Bildschirm in sein Herz strahlen zu wissen. Bekanntlich war die junge Dame vom Intendanten gekündigt worden, und Michaela Pfandl, der *Hand* neue Geliebte, plauderte jetzt in den rheintalischen Stuben. Bekanntlich hatte Boje Birke bereits ein erstes Drohschreiben an die Fernsehintendanz geschickt und darin den fatalen Fehler begangen, den Absender anzuführen. Bekanntlich war der Brief gesechstelt in den Pfandlschen Papierkorb geschneit, und bekanntlich wartete der größte Frauenkenner des Abendlandes drei Monate lang, um den Plan von der Abschaffung dann mit äußerster Konsequenz in die Tat zu setzen.

Das geschah so: Am 21. 2. 1990 landete ein hellblaues Brieflein unüblicher Norm auf dem Pfandlschen Schreibtisch, eigentlich auf dem Schreibtisch der *Hand,* aber bekanntlich sind die Frauen der Männer rechte Hand. Michaela Pfandl wähnte in dem so verliebt wirkenden Blau einen Verehrerbrief, und sie öffnete ihn sogleich.

Heute explodiert Scheinwerfer, stand da aus montierten Zeitungsschnipseln zu lesen. Frau Pfandl blickte irritiert auf die flauschigen Wolken in dem blauen Briefpapier und kombinierte richtig, daß man es hier mit einem frechen Erpresser zu tun habe. Sie warf den Brief nicht weg, sondern drückte ihn der *Hand* in die Hand, dazu einen roträndrigen Kuß auf seine Lippen. Der Intendant las und lächelte müde.

– Tu ihn ins Beschimpfungspolster, sagte er, denn die beiden pflegten unliebsame Post in Kissen einzunähen.

Im Studio 4 der RheiRuF ging um 18 Uhr wie gewohnt die *Lokale Stunde* auf Sendung. Schon bei der Anmoderation zerbarst das Glas einer Bogenlampe über dem blondgemèchten Kopf der Michaela Pfandl und scherbte herab auf das Moderatorenpult. Das Bratpfannengesicht – das Wort stammte von Boje – starrte mit geweiteten Augen in die Kamera, räusperte sich kehlig, faßte sich sogleich und verhaspelte sich in einem fort.

Papperlapapp! Reiner Zufall sei das gewesen. Wie ein Zwölfer im Lotto, beruhigte der Intendant nächtens die Geliebte, fand jedoch auch wenig Schlaf.

Tisch wackelt heute, stand in der Morgenpost zu lesen, und am Abend wackelte nicht nur das Moderatorenpult, es fiel um. Den Fauxpas hatte sich die *Hand* allerdings selbst zuzuschreiben. Mit ausladenden Gesten hatte sie einen Beitrag über die rheintalische Wirtschaftslage anmoderieren wollen. Man solle nicht schwarzsehen und die Politiker in Bausch und Bogen verurteilen. Bei *Bausch und Bogen* geschah das Unglück. Der linke Arm der *Hand* streifte das Pültchen, und es fiel um.

Ein Donnerwetter brach in der morgendlichen Redaktionskonferenz los. Der Kulissenbildner war herbeizitiert worden. Ein Idiot sei er, gemeingefährlich und verantwortungslos, einem diese Pfuscherei aus Sperrholz und Pappe hinzustellen. Der Kulissenbildner machte ein sehr betroffenes Gesicht und versprach, das Pult zu verdübeln. Er hatte die Tür des Redaktionszimmers noch nicht hinter sich geschlossen, da meinte der Intendant ein herausplatzendes Gelächter zu vernehmen. Auf sprang er von seinem Stuhl, riß die Tür auf, schlug sie zu und brüllte in den Korridor hinaus. Als er doch Atem schöpfen mußte, meinte er wiederum im Redaktionszimmer herausprustendes Gelächter zu vernehmen, und so ging es fort.

In den folgenden Tagen ließen sich im Studio 4 der RheiRuF keine merkwürdigen Vorkommnisse konstatieren. Die *Lokale Stunde* verlief reibungslos, sieht man von den Versprechern ab, den verwechselten MAZ-Bändern, den Tonproblemen und den mißglückten Pointen des Intendanten. Aber am 3. März lag wieder ein hellblaues Brieflein in der Post, und diesmal wanderte es ungeöffnet auf des Intendanten Mahagonitisch. Nachdem dieser den Inhalt wohl 15mal gelesen hatte, zitterte ihm wirklich die Hand.

Ihr Kameramann wird heute abend einige Kunststücke vollbringen.

Bei der kurzfristig einberufenen Krisensitzung meinte der Chefredakteur des Literarischen Wortes, es sei immerhin positiv, daß sich die Deutschkenntnisse des Erpressers verbessert hätten. Man müsse wohl von mehreren Erpressern ausgehen, gab der Sportredakteur zu bedenken. Jedenfalls solle man die Kriminalpolizei einweihen, warf die Reporterin für Klatsch und Gesellschaft ein.

Das geschah denn auch, und eine halbe Stunde vor Sendebeginn starrte das Studio vor Kriminalbeamten, die sich mehr oder minder diskret hinter Kamera und Kulisse verschanzten. Noch zehn Minuten vor Sendung wurde der diensthabende Kameramann gegen einen anderen ausgetauscht, gegen den versiertesten und, wie es die *Hand* dünkte, loyalsten. Sein Name verdient hier traurige Erwähnung. Noch am selben Abend ging Albert Gohm seiner beruflichen Existenz verlustig, ein knappes Jahr vor seiner Pensionierung.

Denn es ereignete sich das Unfaßbare, das noch nie Dagewesene. Bis zur Mitte der *Stunde* klappte alles wie am Schnürchen. Nicht *ein* MAZ-Band wurde vertauscht. Doch plötzlich erlitt das Bild Unschärfe, steuerte sich jedoch gleich wieder ein. Und auf einmal schwenkte Gohm die Kamera, hielt auf das grinsende Gesicht eines jungen Kriminalbeamten, hielt auf das lichtlose Dunkel des Studios, kletterte zum Regieraum hoch, wo man fuchtelnde Arme ausmachen konnte, gondelte zurück und wieder ins Dunkel und zoomte schließlich das Gesicht der *Hand* so nahe heran, daß dem Zuseher bloß noch die verwitterte Landschaft einer schnapsigen Nase zu betrachten blieb.

Der Skandal war unerhört. Telefone liefen heiß, und die Ohren der Telefonistinnen glühten nicht minder. Ob der Kameramann besoffen gewesen sei, wofür man die Rundfunk- und Fernsehgebühr bezahlt habe, und so fort.

Es interessierte sich der Österreichische Rundfunk, dem die RheiRuF angeschlossen und verpflichtet war, für die absonderlichen Vorfälle in der westlichsten Provinz des Landes. Es interessierte sich der Generalintendant höchstpersönlich für den Intendanten, und das in einem sehr intim gehaltenen Ton.

– G'schiecht des wieda, heast, Offnschädl, fliagst raus, oba schnöll!

Die Diktion mächtiger Medienmänner wird eben durch die Härte ihres verantwortungsvollen Daseins geprägt.

– Ob'stas kapiert host, Oasch du?
– Ja, Herr Generalintendant.

Nun, die Zuschauerquote stieg ins Unermeßliche. *Tat* und *Wahre Tat* widmeten der sogenannten Telebande höhnische Artikel, Glossen und Karikaturen. Konstantin S. Izjumov richtete ein Leserforum ein, worin man weitere Szenarien mysteriöser Vorfälle ersinnen durfte. Ganze Schulklassen nahmen an dem Wettbewerb teil, winkte doch als Hauptpreis ein Jahresabonnement der *Tat*. Verfeindet waren *Tat* und RheiRuF seit eh und je, was in der Natur der Sache liegt. Geredetes und Geschriftetes ging noch nie zusammen.

Es kam noch um vieles unheimlicher, und die dann erfolgten Injurien des Generalintendanten aus Wien müssen hier aus Respekt gegenüber den Errungenschaften zwischenmenschlichen Umgangs ausgespart bleiben.

Die Katastrophe ereignete sich am Abend des 24. Mai. Ein sommerliches Lüftchen tänzelte um das Fernsehgebäude, und *Hand* wie Pfandl hatten es verantworten dürfen, das Tandem in der Garage auszuwintern. Mit dem Rad fuhren sie zur Arbeit. Sie taten noch einen Umweg durch die Stadt, denn jeder, der prominent ist, genießt es, auf der Straße erkannt zu werden, wenngleich er natürlich gelangweilt wegsieht. Bei Gustls Gelateria, im ältesten Haus der Stadt, gelüstete es die Pfandl nach Amarena-Eis, und der liebestolle Intendant schwang sich etwas zu gewagt vom Fahrrad, verstauchte sich den Fuß, verbiß sich den Schmerz und brachte dem Schleckermäulchen, was es begehrte. Alles war so wohlig an diesem Abend, bis auf den Fuß der *Hand*. Beim Fernsehsender angekommen, neckte man sich noch gegenseitig und bedauerte das Sinken der Einschaltquoten, denn die Telebande schien verstummt zu sein. Den ganzen Monat über hatte es nicht wirklich interessante Post zu lesen gegeben, nichts Hellblaues jedenfalls.

Eigentlich sei das schade, sagte er. Man habe den Spuk fast schon liebgewonnen. Ja, sehr schade, repetierte sie und gab dem Geliebten einen klebrigen Kuß.

Das Leben ist grausam, um diesen Gemeinplatz hier zu verteidigen. Das Leben ist ungerecht, um auch dieses Stereotyp zu verteidigen.

In der Maske konnten sich beider Hände einfach nicht voneinander lösen, fingerten, verschränkten, verquerten und vergruben sich ohne Ende je in der andern. Und der Maskenbildnerin eröffnete der Intendant, hinkünftig kein Menschentreiber und -aufwiegler mehr sein zu wollen. Die Liebe habe aus ihm einen guten Menschen gemacht.

Etwa drei Minuten nach Sendebeginn ereignete sich das Unsägliche. Da half weder der vorgefertigte Text im Teleprompter noch halfen die wilden Armbewegungen des Bildregisseurs, noch die fettigen Tränen im Bratpfannengesicht.

In der fauligen Wohnung an der Mattheistraße Nr. 157/12, im ewig abgedunkelten Wohnzimmer, hockt Boje Birke, krank vor Liebeskummer, und stiert in den Fernseher. Ungewaschen seit Wochen, und das bläuliche Licht der Bildröhre glänzt im speckigen Haar. Abgemagert bis zum ausgezehrten Gesicht, verkommen an Leib und Seele, bloß noch herausstechende, ungeheuerliche Augen. Augen von Wut und Ohnmacht, Augen wie Magneten. Die Zeit ist da. An diesem Abend wird er den freien Willen dieses Mannes brechen, der ihm seine geliebte Anna weggenommen hat. Jetzt wird er seine Gedanken lenken, und die Worte des Mannes werden *seine* Worte sein. Bojes Antlitz verfinstert sich, wird unwägbar. Bald stechen ihm die Lungen, und er meint, der Schädel springe ihm auf vor Schmerz. Aber der Mann wird reden, wie *er* es will, und koste es ihn das Leben.

Die Signet erklang. Es folgten ein kurzer Trailer über die Themenschwerpunkte und die zur lieben Gewohnheit gewordene Grußformel *Grüß Gott im Rheintal!,* die man täglich einem Zeitgenossen abrang, ob er nun in die Kamera grüßen wollte oder nicht. Es folgte die Anmoderation des ersten Beitrags. Er handelte vom alljährlichen Viehtrieb auf die Almen des Landes, von den Gefahren, die herumvagierende Kuhherden im Straßenverkehr verursachten. Der Bericht schloß ab mit einem Statement des Umweltschutzbeauftragten Dr. Ibro Dolic, wonach *die Exkremente unseres Braunviehes absolut umweltverträglich* seien. Dann schürzte die *Hand* die Lippen zur Ankündigung des zweiten Beitrags.

– Allergiker, meine Damen und Herren, haben es in dieser sprießenden und blühenden Jahreszeit besonders schwer. Als ich eben ins Studio radelte, begegneten mir wenigstens drei Zuseher, die an Pollenallergie leiden.

Und in völlig gleichlautendem Ton fuhr er fort:

– Ihnen allen muß ich heute bekennen, daß ich der größte Lump, der miserabelste Charakter, der abscheulichste Kerl bin, der jemals über den Boden unseres Landes gewandelt ist. Ja, ich bekenne: Ich habe die wunderbare, die unvergleichliche, die göttliche und süßeste aller Fernsehansagerinnen aus purer Willkür gekündigt. Anna Maria Spiegel, ich weiß, verehrte Zuseher, Sie können diese Elfin auch nicht vergessen. Ich kann es auch nicht. Wie Sie wissen, dringt ihr exzellenter Ruf bis hinaus ins Allgäuische und hinüber in die Ostschweiz, soweit unser Empfang eben reicht. Und ich Schurke habe dieses zarte und sensible Mädchen auf dem Gewissen. Weil sie mir als Gespielin verleidet war, habe ich mich einer anderen zugewandt. Der Michaela Pfandl, die in Wahrheit ein Gesicht hat wie eine Bratpfanne. Seien wir ehrlich miteinander …

Der Pfandl blieb das Herz stehen. Dem Kameramann, den Technikern, den Herren am Regiepult wohl auch.

– ... Aber ich schwöre hier und jetzt, daß ich das Fräulein Spiegel unverzüglich auf den Bildschirm zurückholen werde. Und dir, süßeste Anna, rufe ich zu: Wenn du jemals mein Leben brauchst, komm und nimm es dir!

Universelle Stille herrschte im Studio 4 der RheiRuF. Jeder Gedanke hemmte, jeder Handgriff versagte. Indessen verfärbte sich das Gesicht des so irr daherredenden Intendanten krebsrot, und die Lippen wurden ihm dunkelblau. Schweiß tropfte von der Nase, und mit peitschendem Atem hetzte er weiter, als gelte es, um das Leben zu rennen.

– In diesem Zusammenhang ist es mir wichtig, noch auf einige Mißstände in unserem Lande hinzuweisen. Ihr Männer des Rheintals! Was wißt denn *ihr* von der Liebe? ...

Endlich, endlich gelang es dem Bildregisseur, den Wahnwitz zu stoppen. Er drückte Knöpfe, jemand fuhr Tonregler nieder, und ein Insert auf dem Bildschirm verhieß: *Es geht gleich weiter.* Dann folgte außer Programm ein Feature über die Seefestspiele am Bodensee. Ein alternder Tenor wurde interviewt, der den Tamino in seinem Leben schon 3153mal gesungen hatte. Er habe diese Rolle nie wirklich geliebt. Das Heldenfach sei ihm immer verwehrt geblieben.

Und im Zimmer unaufgeräumten Elends Boje in winterlichem Pullover, viel zu warm gekleidet für die Jahreszeit. Er brüllt auf, er kreischt, er schreit, er fühlt sein Haar verbrennen, die Augen ausrinnen. Schweißstraßen entlang der Wangenknochen. Licht, furchtbarer als die Sonne. Ein ziehender, ein schneidender Schmerz im Bauch. Und das Haupt des Riesen beugt sich unter der Zimmerdecke. Zeit strömt, ehe sie Zeit geworden ist. Das Denken ist längst Erdachtes. Boje fällt, und es dunkelt, und er besieht sich die Hände, und die Hände sind ihm zerbissen, und schwarzes Wasser kriecht über die Handfesseln. Er stürzt hinaus und rennt und rennt und rennt.

Noch in derselben Nacht wurde Anna Maria Spiegel in der Wohnung des Bootsbauergesellen Elmar Kuhlau von zwei Kriminalbeamten verhaftet. Man verdächtigte sie als den Kopf der Telebande. Als ehemalige Mitarbeiterin der RheiRuF verfüge sie über technische wie örtliche Kenntnisse in bezug auf die Fernsehstation, folgerte die Staatspolizei. Ein Herr Stroppa, der wohl sämtliche Filme mit Lino Ventura gesehen haben mußte, schrie das Mädchen an, drehte ihm die Federzugleuchte ins schneeweiße Gesicht und behauptete rauchig, *er* könne warten, die ganze Nacht lang. Anna weinte immerzu, und in der Hilflosigkeit verlangte sie ihren Anwalt zu sprechen. Sie solle ihm, Stroppa, jetzt gottverdammtnochmal zugeben, daß sie den Intendanten durch irgendeine Droge beeinflußt habe. Die Wohnungsdurchsuchung sei schon angeordnet. Blöd sei er nicht, oder wie. Anna begehrte den Anwalt zu sprechen. Stroppa alias Ventura hielt ihr mit müdem Lächeln den Telefonapparat hin, aber sie mußte bekennen, daß sie gar keinen Anwalt habe, worauf sich er eine Gauloise ansteckte, blau versteht sich, und aus taktischen Gründen etwa eine halbe Stunde lang eisern schwieg.

Und in derselben Nacht schickte sich die *Hand* bereits zum achten Mal an, unter Pfandls Bettdecke zu kriechen. Endlich ließ es die bis auf den Tod Gekränkte gewähren. Der Schmerz kannte kein Maß mehr, und auf beiden Seiten der Bettstatt wurde bitterlich geweint. Denn beide wußten nur zu genau, daß die Zeiten bald vorüber wären, da man auf der Straße Notiz von ihnen nähme, und daß es vorläufig klug wäre, das Tandemfahren sein zu lassen.

Boje Birke aber rennt und rennt und rennt.

Ungeheuerlichkeiten ohne Ende. In ein und derselben Nacht. Dabei hatte sich die Natur angeschickt, sich abermals hoffnungslos in die winterlichen Geister zu verlieben, in die Fuchsaugen und harten Hände. Jeden umfing sie mit Frühling und einem nach Magnolienblüte duftenden Abendatem. Der Platz der Zwei Monde, dieser Platz in Form eines Herzens, pulsierte von Leben. Die Gärten der Cafés und Restaurants waren wieder ausgelegt, elektrische Girlanden lendeten wie Irrlichter in der eingedunkelten Luft. Mädchen lachten, junge Männer höhnten, und Greise taten, Bekannt und Unbekannt eilfertig grüßend, den Gang heim ins Bett.

An jenem Abend betrat Harald Rhombach den Gallo Nero, wo sich Konstantin S. Izjumov mit ihm verabredet hatte. Der nunmehr 44jährige Mann war wie immer vorzüglich gekleidet. Er trug einen dunkelbauen Brioni-Blazer, innen weinrot gefüttert. Darunter ein blaues, heller schattiertes und maßgeschneidertes Hemd. Eine unaufdringliche, goldgelb und blau ornamentierte Krawatte, den Knoten zwei Daumenbreit gebunden, nicht breiter, nicht schmaler. Schiefergraue Stoffhose, deren Säume nahtglatt auf der Zunge seiner schwarzen Halbschuhe aufstanden.

Wie verachtete Rhombach schlabbernde Hosenbeine. Wie verachtete er zu lange oder zu kurze Hemdsärmel. Die Manschette hatte exakt einen Zentimeter über den Saum des Blazers hinauszureichen. Und wie ekelhaft empfand er den Anblick eines behaarten Schienbeins, wenn die Beine gekreuzt waren. Er trug niemals Socken. Er trug Strümpfe im Ton der Schuhe.

Dieser Mann, der weder an gleich- noch andersgeschlechtlicher Liebe Gefallen fand, der, wie es schien, überhaupt nicht für die Liebe begabt war, empfand die Menschen als eine Beleidigung für seine Augen. Es ist wahr: Ein falsches, also nicht durchgenähtes

Knopfloch im Revers oder an den Ärmeln irgendeines Gegenübers hätte er am liebsten mit sofortiger Erschießung geahndet. Als eine Ansammlung von Geschmacklosigkeiten begriff er die Mitmenschen. Wie schlechtgestopfte Leberwürste steckten sie in ihrer Pelle. In zu engen Jacketts, Kostümjacken, Mänteln, Röcken und Hosen. Alles rutschte nach oben oder nach unten, kniff und schob das Fett an verblüffende Stellen. Hemden spannten sich über Bäuche, Röcke rissen in der Gehfalte aus, und jeder konnte die Einschnürungen der Slipsäume unter den Jeanshosen erkennen. Nicht zu reden vom praktisch überhaupt fehlenden Farbgefühl.

Menschen waren für ihn nichts als eine gottgemachte Peinlichkeit. Tiere, die sich auffraßen. *Wie* sie sich auffraßen, wie einfältig oder wie lucide sie sich dabei anstellten, das zu beobachten war der einzige Spaß, den er seinem Leben abringen konnte.

Harald verherrlichte den Untergang, und oft hat er gegenüber Izjumov geäußert, das *Interessanteste* müsse es wohl sein, gewaltsam durch die Hand eines Menschen zu sterben. Ja, er wolle dereinst ermordet werden.

Er betrat den Gallo Nero, und Otello Guerri fuchtelte schon herbei. Auch er gealtert mit der Zeit, abgemagert, der Spitzbauch war ihm vergangen. Dennoch blieb er bullig. Im sizilianischen Hirtengesicht war es gebirgiger geworden. Und er behielt die verlogene Gefälligkeit eines, der nie als vollwertiger Mitbürger anerkannt worden war. Über Kränkungen und Provokationen, das hatte ihm Gioia mit auf die Reise gegeben, triumphiere nur das Stillschweigen. Also suchte er den, der ihn verachtete, mit Liebenswürdigkeit zu vernichten. Und wenn Otello Guerri jemanden verachtete, dann Harald Rhombach. Er haßte ihn. Sein kaltes Grinsen, die Berechnung jeder seiner Worte und Gesten.

– Herr Izjumov wartet schon auf Sie. Darf ich Sie an den Tisch geleiten?

Harald folgte ihm, Izjumov erhob sich.

– Bitte bleib sitzen, Konstantin. Ich wurde aufgehalten.

Izjumovs schmales Gesicht flackerte im Gegenschein der Lichterketten, die wie ein Fischernetz von der Decke bauchten. Eine Irritation flammte in seinen Augen. Harald bemerkte sie sofort, fragte aber nicht danach.

– Gut, daß du endlich *da* bist, keuchte Izjumov, wischte sich mit einem Taschentuch den Mund ab und das Spitzbärtchen.

– Lieber! Bitte sagen Sie mir, wer heute abend in Ihrer Küche kocht, sprach Harald, indem er Guerris Hand festhielt.

– Mauro, erwiderte Guerri überrumpelt.

– Mauro. Das ist gut. Ach, und der Fisch ist nicht tiefgefroren?

– Herr Rhombach! Also bitte!

– Dann ist es gut.

Due, so nannte Guerri seinen Bobtail, scharwenzelte ihm um die Beine, indessen sein Herr das Haupt senkte, einige Schritte vom Tisch zurücktrat, sich umwandte und mit einem zerfletschten *Cazzo!* nach der Küche ging.

– Ich muß dringlich mit dir reden, Harald, sagte Izjumov konspirativ.

Dann hustete er lange. Als sich die Lungen beruhigt hatten, zog er ein Foto aus der Tasche seiner lodengrünen Clubjacke. Er schob es Harald unter die Augen und sagte kein Wort. Harald nahm das Foto, betrachtete es, blickte Izjumov an, der wiederum gespannt auf seine Reaktion wartete. Vom Nebentisch herüber drang lautes Gelächter. Die spektakuläre Entgleisung des Intendanten der RheiRuF wurde verhandelt.

– Was ist damit?

– Sieh es dir *genau* an!

Harald schlug die Augen nieder, und plötzlich blähten sich die Nasenflügel seiner kleinen, schmalrückigen Nase.

– Wo ist das?
– In Moskau.
– Maudi war nie in Moskau.
– Natürlich nicht. Es ist Sonja.
– Wer ist Sonja?
– Meine Schwester. Ich hab dir von ihr erzählt.
– Ist sie nicht tot?
– Es sind fast auf die Woche genau 20 Jahre.
– Na und? Eine Doppelgängerin. Das solls geben.

Izjumov bückte sich zur Seite, brachte eine dünne Ledermappe zum Vorschein, öffnete sie und fischte ein Konvolut von Papieren heraus. In dem Moment trat Raoul herzu, die Bestellung aufzunehmen. Harald fegte ihn mit einer Handbewegung von sich weg. Izjumov beugte sich über den Tisch und begann zu flüstern.

– Ich hätte das alles beinahe vergessen. Als mir mein Vater vor zwei Wochen dieses Erinnerungsfoto von Sonja geschickt hat, wurde mir alles klar.

– Was wurde dir klar?

– Ich habe mir damals, wie das mit Maudi passiert ist, eine Kopie des gerichtsmedizinischen Befundes anfertigen lassen.

Er blätterte in dem dünnen Papier, fand das gesuchte Blatt, las das mit roter Tinte Unterstrichene leise, aber mit vibrierender Stimme.

– *Chromosomensatz 46, XY … Androgen-Unempfindlichkeit aller Körpergewebe … Fehlen des Uterus und der Eierstöcke … Hoden in den Leisten ausgebildet … Testosteron jedoch unwirksam … Weibliches äußeres Genital …*

– Hättest du wohl die Güte, mir zu sagen, was das soll.
– Warte, Harald.

Izjumov zündete sich eine Zigarette an, tat einen kräftigen Schluck aus dem halbgeleerten Rotweinglas, nahm wieder sein feinspitziges Taschentuch und wischte sich Mund und Bart. Auf seinem aristokratischen Gesicht glitzerte aufporender Schweiß.

– Weißt du, woran Sonja gestorben ist?

– Sie hat sich umgebracht.

– Ja, mit Arsen. Aber das meine ich nicht. Du erlaubst, wenn ich etwas aushole.

– Bitte.

– Sie war ein wundervolles Mädchen, hochbegabt im Zeichnen. Mit elf Jahren fertigte sie bereits anatomisch fehlerfreie Akte an. Und sie besaß ein unglaubliches Talent im Erfassen der menschlichen Gesichtszüge. Marina, meine jüngere Schwester, und mich hat sie oft porträtiert. Oder Vater, wie er stolz ein Feh in Händen hält. Er war Eichhörnchenjäger. Was ich sagen will … Irgendwann im Lauf ihrer – nennen wir es Pubertät – veränderte sich Sonja auf eine sehr merkwürdige Weise. Wir lebten damals auf engstem Raum. Ich bin mit dem kalten Schweißgeruch meines Vaters aufgewachsen und mit Marinas Menstruationsgeruch. Sonja roch nie. Marina besaß eine Katze, einen struppigen Kater, der sich nur von Sonja aufheben ließ. Uns biß er immer, wenn man ihn streichelte. Firs hieß er … Eines Abends kam Sonja ganz aufgebracht von der Schule heim. Sie schwitzte und hatte eine glühende Stirn. Sie wollte mir nicht anvertrauen, was denn geschehen sei, nahm Firs vom Boden auf, setzte sich auf ihr Bett und kraulte ihn. Nicht lange, und sie schrie entsetzlich auf. Ich machte in der Küche die Hausaufgaben. Ich rannte hinüber, und da lag Firs tot zu ihren Füßen … Ich langweile dich. Aber warte.

– …

– Das Merkwürdige … Es passierte wieder. Bei einer Schulfreundin. Ein Welpe … wie gesagt … Sonja wurde anders. Sie nahm ihre Pflichten nicht mehr wahr, die mütterlichen sozusagen. Sie wurde nachlässig, blieb nächtelang aus und fing an, sich in verrufenen Kreisen zu bewegen. Bis mein Vater durch Zufall herausfand, daß sie eine Dirne geworden war. Aber sie nahm dafür kein Geld. Sie schlief mit Männern, und sie schlief mit Frauen. Und es machte den Anschein, als wollte sie ihren Körper wegwerfen. Sie lebte in einer Art Raserei, redete bisweilen in einer Schnelligkeit, die unbegreiflich war. Sie aß kaum, und sie schlief kaum. Bis man sie eines Morgens in der Dimitrower Chaussee tot auffand.

Izjumov schwieg eine Zeitlang. Dann mußte er wieder husten und entschuldigte sich umständlich dafür.

– Deshalb hast du mich hergebeten? Um mir diese Sentimentalitäten zu erzählen?

– Harald, begreifst du denn *überhaupt* nichts? Sonja hatte denselben Geburtsfehler wie Maudi. Sie hatte keine Gebärmutter. Und die Obduktion hat genau das zu Tage gebracht, was an Maudi festgestellt wurde. Und nun dieses Foto ... Du warst auch dabei, wie Maudi damals als Kind auf die Leute zugestürzt ist, sie umarmt hat und geküßt. Es war hier in diesem Lokal. Sonja, hieß es, fing an, wildfremde Leute zu umarmen. Sie verlor jegliches Gefühl für körperliche Distanz. Mein Gott, Harald ... Das damals war nicht Maudi. SONJA IST AM LEBEN!!

Als Izjumov so aufschrie, dämpften sich rings an den Tischen die Gespräche für einen Moment lang. Alles blickte herüber zu den beiden Männern, dann kam das Parlando und Besteckeklirren wieder in Gang. Izjumov machte entschuldigende Augen und flüsterte wieder.

– Harald ... Sonja war kein Mensch ... Sonja ist ein Engel ... Und als der Körper dieses Engels frei wurde, hat er sich Maudi ausgesucht.

– Dir hat der Wodka das Gehirn aufgeweicht. Wie jedem Russen.

– Ich weiß, daß du in der Tiefe deines Herzens an etwas glaubst.

– Ja, weil es hin und wieder reizvoll ist, sich in Bescheidenheit zu üben.

– Und deine Theorie von den materialisierten Engeln?

– Engel haben keine Wesenheit. Sie materialisieren sich nicht in den Menschen. Sie sind endloser, unerträglicher und unsagbarer Geist.

– Aber sie reisen mit uns. Wie es im Buch Tobit steht.

Raoul wagte einen zweiten Versuch, und dieser Versuch glückte. Die Männer aßen. Izjumov redete hastig und viel. Harald indessen wurde immer nachdenklicher. Etwas beschäftigte ihn, und dieser Gedanke fraß sich immer tiefer in sein Gehirn. Draußen kündigte fernes Rollen ein Gewitter an. Nach einer halben Stunde schon prasselte ein frühsommerlicher Platzregen auf die Dächer nieder. Harald bezahlte und gab Trinkgeld in der bekannten, obszön großzügigen Weise. Fast das Doppelte dessen, das sie konsumiert hatten. Und wieder bestand seine Abschiedsgeste darin, das Bildnis von Guerris Mutter schief zu hängen.

Doch dieses eine Mal verging dem Sizilianer die Demut. Er stürzte auf ihn zu, wollte ihn würgen. Aber Raoul war flinker, versperrte ihm den Weg und hielt ihn unter Aufbietung aller Kraft zurück. Guerri verfluchte Rhombach, spritzte ihm eine Suada sizilianischer Schimpfwörter in den Rücken, spuckte und weinte schließlich. Es wurde still im Gallo Nero. Harald schlurfte müden Schrittes aus dem Lokal, vorbei an der blinkenden Lourdes-Madonna, durch die Girlanden aus Stoff-Sonnenblumen hindurch ins Freie. Er hatte sich nicht einmal nach Guerri umgewandt.

Draußen nahmen sie Unterstand in einem vertieften Portal und warteten, bis der gröbste Regen vorüber wäre. Izjumov hustete, ja bellte vor nassem Husten. Harald unterbreitete ihm den Vorschlag, im Sommer nach Rapallo zu kommen. Meeresluft tue seinen lädierten Lungen bestimmt gut. Und Meeresluft helfe ihm vielleicht, seine verfaulende Russenseele zu kurieren. Izjumov bedankte sich wie ein Bettler. Harald genoß es einen Augenblick lang, neben einem Menschen zu stehen, von dem er wußte, daß er ihn abgöttisch und unglücklich liebte. Doch der Gedanke langweilte ihn rasch. Dann trennten sie sich und gingen auf je unterschiedlichen Wegen in ihre Nacht.

Harald stieg in seinen weißen Thunderbird und steuerte in

Richtung Ölrain. Er drehte Musik auf und sang im Falsett in der Arie der Liù. Plötzlich, er wußte nicht weshalb, war ihm nicht nach Zuhause. Er wendete den Wagen, fuhr wieder hinauf ins Stadtzentrum, dann ein Stück abwärts, die Mattheistraße entlang. Er drehte die Musik lauter und war in Gedanken immerzu bei Konstantin S. Izjumov.

Scheinbar ziellos fuhr er durch die regengenäßte Stadt. Und es war ihm, als müßte er einer Ahnung folgen, von der er noch nicht wußte, wohin sie ihn leitete. Wie lange hatte er dieses Gefühl nicht mehr erlebt. Die ziellose Sehnsucht nach etwas, das er noch nie gesehen hatte. Denn er meinte, alles gesehen zu haben. Der Glaube an etwas, das noch nicht da war, sich jedoch bald erfüllen würde. Und er fühlte das Lenkrad plötzlich von andrer Kraft gesteuert. Er drosselte die Geschwindigkeit, fuhr jetzt beinahe im Schrittempo, schärfte die Augen, blickte links und blickte rechts. Hier irgendwo mußte es sein. Der weiße Thunderbird kroch den Zebedäiweg entlang bis an sein Ende. Dort blieb Harald bei laufendem Motor stehen, wartete, um dieser merkwürdigen Kraft gefügig zu sein. Er stellte den Motor ab, stieg aus und lauschte dem nächtlichen Stillschweigen. Dann setzte er zurück, wendete, fuhr wieder hinauf und sah sie: Maudi Latuhr.

– Steig ein!

Sie blickte ihn an, und er konnte ihren Augen nicht standhalten. Sie stieg ein, ohne zu fragen. Er neigte sich an ihr vorbei, streckte den Arm aus und zog die Wagentür zu.

– Heim? fragte er knapp und blickte ihr kurz ins Gesicht.

Sie nickte. Ein Schatten ihrer selbst schien sie ihm geworden. Ausgezehrt. Aber das dichte, schwarze Kraushaar flammte um ihr Haupt und verriet ihm die ungeheuerliche Wildheit ihrer Seele. Er fuhr an und lenkte den Wagen in Richtung Dreikönigsstraße. Sie redeten nicht miteinander. Hin und wieder suchte Harald aus den Augenwinkeln heraus ihre Miene zu deuten. Müde schien sie ihm. Er stellte wieder die Musik an, und Barbara Hendricks flehte abermals mit so vornehmer Stimme: *Signore, ascolta!*

– Ich weiß jetzt, wer dich umbringen wollte, sagte Harald ruhig. Ich kenne deinen Mörder.

Er starrte unverwandt auf die Straße, und plötzlich fühlte er seinen Puls schlagen. Er bekam Herzklopfen, und das Herzklopfen berauschte ihn. Er war also *doch* am Leben. Und das Herzklopfen erregte ihn immer heftiger, und im Kopf reagierte dunkle Chemie. Gedanken spritzten auseinander, wölkten auf, Phantasmagorien explodierten.

– Kannst du ein Geheimnis bewahren? fragte er in derart zärtlichem Tonfall, als sei er neu verliebt.

Maudi schwieg, und ihr Atem senkte sich.

– Ich will endlich Klarheit haben, was sich hinter der Grenze unseres Wissens befindet. Die Ohnmacht? Oder die Erlösung.

Er hatte den Simon-Zelotes-Platz schon gequert, als er so unvermittelt auf das Gaspedal drückte, daß die Reifen durchdrehten. Mit halsbrecherischer Geschwindigkeit schoß der Wagen durch die Gassen, pfiff und quietschte die Rother Seite hinunter. Dort bog der Thunderbird ein in die Ausfallstraße, die in endloser Gradlinigkeit nach Südosten hielt. Der Wagen stürmte hinaus in die Nacht, und Harald drehte die Musik auf volle Stärke, so daß sich die Lautsprecher schon übersteuerten. Der Regen war gänzlich vergangen, und einige Straßenabschnitte lagen schon wieder trocken.

Da zeigte das Streulicht der Scheinwerfer die noch diffuse Silhouette eines Menschen, und der Mensch gewann schnell an Kontur, und der Mensch rannte, und Harald schoß geradewegs auf diesen Menschen zu, und Liù öffnete ihr Herz zu einem vollendeten Crescendo. Der Thunderbird jagte über den Schattenriß, und es war wie Lumpen, die von der Kühlerhaube heraufkrochen. Auf dem Hardtop des Wagens knackste es von dünnen Ästen. Harald verlor um Haaresbreite die Kontrolle über das Auto, riß es aber im letzten Moment in die Spur zurück. Die Reifen bremsten schrill. Harald setzte zurück, und es klang abermals nach dem Knirschen von Ästen. Harald blockierte, legte den Gang ein, die Räder drehten durch. Ein schwarzes, gallertiges Wasser klackte gegen die Türscheibe auf Maudis Seite, und es knackste wie Äste. Harald setzte zurück, die Räder schrien auf, und etwas von Lumpen verhängte sich im Unterboden des Wagens und schliff mit. Harald bremste, fuhr wieder an, und das Knacksen der Äste hörte auf. Der Wagen driftete ein wenig in der schwarzwäßrigen Lache. Harald blockierte, pfiff zurück, bremste, schoß vorwärts, setzte zurück, preschte vorwärts, setzte zurück, und ein beißender Geruch von Gummi drang schließlich in den Wagen.

Dann fuhr er davon, gemächlich. Maudi indessen fing an zu lachen, und sie lachte derart verzweifelt, daß es Harald schwerfiel, sich auf das Herzklopfen zu konzentrieren. Auf das so kostbare Herzklopfen.

Als die zungenschwere Frau wieder aus Lindau herüberkam, wunderte sie sich über das unberührt gebliebene Plastikgeschirr, in dem sie dem Sohn wöchentlich Gares vor die Tür stellte. Dennoch legte sie ihm ein zweites Behältnis auf die Schwelle und schob den obligaten Geldschein in den Briefschlitz. Sie ging weg, blieb plötzlich stehen, dachte nach, lächelte, kam zurück und fingerte mit gichtiger Hand noch einen weiteren Geldschein in den Schlitz.

Am morgendlichen Himmel erscheint Sirius im Sternbild des Großen Hundes, und sein Licht bleckt in die graugrüne Dämmerung. Kein Tau mehr seit Tagen, die Fluren gebräunt und verbrannt, die Bachrinnen sind Steinwüsten, und der Rhein, der junge Mann, der noch immer aufrecht durchs Land geht, ist ein langgestreckter, fauliger Tümpel. Die Hochdrucklage bleibt beständig, so die Vorhersagen für die nächsten fünf Tage. Keine Abkühlung in Aussicht. Nur am Abend immer die Hoffnung, das Ferngewitter, dessen umbrarotes Wetterleuchten man von der Jacober Seite aus beobachten kann, möge endlich auch herüber nach Jacobsroth schiffen. Es bleibt schwül in den Nächten, und das Wasser wird knapp, wie einmal schon, im Jahrhundertsommer des Jahres 1978. Die Luft ist vertrocknet, und das Atmen geht schwer.

Amrei wälzt sich wach in dem Zimmer, das Margots Zimmer war. Neun Jahre ist das schon her, denkt sie. Seit deren Tod laboriert sie an chronischer Schlaflosigkeit. Oder ist es nur das Altwerden? Die Angst, man könnte am Ende das eigene Sterben verschlafen. Sie wendet die Bettdecke, um die kühlere Seite zu spüren. Dann steht sie auf und geht ins Badezimmer, duscht kalt, verfügt sich wiederum ins Bett, liest in der Biographie der Simone de Beauvoir und bewundert diese Frau. Amrei legt das Buch beiseite, langt nach der Fernbedienung, geht von Behauptung zu Behauptung, dann stürzt das Bild wieder auf einen winzigen weißen Punkt zusammen, den sie noch einige Augenblicke lang flirren sieht.

Ihr schmales Antlitz hat Falten bekommen, aber nichts an ihm wirkt verlebt. Das blondgewellte Haar hat sich wohl etwas geweißt, aber der Mund ist immer noch markig, und die Lippen blühen. Nur die Augen, die seedunklen Augen künden von unerlöster Melancholie.

Amrei Mangold – seit der Scheidung trägt sie stolz ihren Mädchennamen – knipst das Licht aus. Die Gedanken strömen wieder. Sie gehen nach Georg Moll, der am Tag ihres 52. Geburtstags um ihre Hand angehalten hat. Denn die vierte Baulichkeit, die er in dem Flecken Grind mit eigenen Händen geschaffen hat, ist vollendet. Das winzige Schlößchen mit den drei plumpen, rundlichen Türmen, dem weißen Putz und den grünen Fensterladen. Auf den Tag genau ist er damit fertig geworden. Er hat sich den Staub aus den Haaren gewaschen und gar noch das pompöse französische Bett mit geblumter Wäsche bezogen.

Aber Amrei mußte ablehnen. Sosehr sie ihn gern hat und seine Nähe erträgt, lieben wird sie diesen Mann mit den Lausbubenaugen dennoch nie. Seine stumme Hartnäckigkeit ärgert sie jetzt.

Es ist wohl nach Mitternacht. Die Luft steht still, und es dringt kein Laut herauf vom Simon-Zelotes-Platz, obwohl doch die Fenster sperrangelweit geöffnet sind.

– Was für eine wundervolle Stille. Mitten in der Stadt ... Ach, Ambros. Siehst du. Du bist ein Lügner geblieben. Jetzt hast du dich doch bei Ines eingerichtet. Wie dick du geworden bist, wie unansehnlich. Hängt das mit der Blindheit zusammen? Natürlich. Den ganzen Tag sitzen und warten. Aber ich werde dich so bewahren, wie du mir damals gegeben worden bist. Du bist mir in einem Speisewagen erschienen wie ein Engel. So werde ich dich behalten.

Nein, sie zürne nicht mit ihrem Leben, folgert sie. Für andere mag es ereignislos gewesen sein. Nicht für sie. Und hatte nicht Margot gesagt, am Ende stehe man nur vor sich selbst? So sei halt das Leben. Eine Ansammlung von Irrwegen. Eigentlich sei nicht der Weg das Ziel. Der Irrweg sei der Weg und das Ziel der Beginn eines neuen Irrwegs. In diesem Irrgarten wolle sie gefälligst bleiben. Wer kenne schon einen Ausweg. Niemand kenne den Ausweg. Und es mangle ihr an nichts. Arbeit habe sie, in einer Zeit, da viele keine mehr hätten. Glücklich sei sie, daß ihr die Müllersche Parfümerie Mutters Stelle freigehalten habe ...

Ihr ganzer Körper ist schweißbedeckt, und sie atmet mit geöffnetem Mund. Noch immer kein Anwurf von Müdigkeit. Amrei wälzt sich von der einen Seite auf die andere, wendet allenthalben die Bettdecke; das Einschlafen gelingt nicht.

Da erinnert sie sich, wie ihr Ambros damals in der bittersten Nacht ihres Lebens das Bettlaken mit kaltem Wasser befeuchtet hat. Sie tastet nach dem Licht, steigt aus dem Bett, reißt das Laken heraus, hält es unter den Brausekopf, geht zurück und breitet es über ihren nackten Körper. Da fühlt sie erst, wie sehr ihr Leib glüht. Doch das Atmen fällt leichter. Sie läßt es wieder finster werden, und plötzlich ist Maudis Gesicht und Leben gegenwärtig.

Amrei ist beruhigt, daß sich die Schwestern wiedergefunden haben. Denn vor kurzem sind sie gemeinsam nach Rapallo ans Meer gefahren. So, wie sie es früher immer getan haben. *Die Schreckensherrschaft der Vögte.* Sie muß lächeln. In ihrem Kopf verjüngen sich Maudi und Esther zu Kindern. Bilder malen sich von selbst. Und jetzt sind diese Kinder 30jährige Frauen.

Esther ist Dolmetscherin geworden. Sie lebt in Bern und wird dort, ob sie es will oder nicht, den Männern den Kopf verdrehen. Maudi hat von einem Tag auf den andern beschlossen, die Matura nachzuholen. Sie will Kunstgeschichte studieren. Seitdem sie Ambros' verstaubte Bücher im Keller gefunden hat, ist sie verliebt in die flämische Malerei.

Der Gedanke ist Amrei noch immer nicht ganz geheuer, obwohl ihr nicht verborgen geblieben ist, wie sehr sich Maudi in den letzten Monaten verändert hat. Sie ist ruhiger geworden, versöhnlicher. Sie redet, und manchmal tut sie sogar Dinge wider ihren Willen. Sie geht Kompromisse ein, die noch vor einem Jahr undenkbar gewesen wären. Sie verbringt die Nächte nicht mehr auswärts, und das obszöne Gerede in der Stadt hat ein Ende gefunden. Aber müde ist sie tagein und tagaus. Amrei weiß nicht, was davon zu halten ist. Es scheint, als sei in Maudi etwas erloschen, als sei etwas von ihr weggegangen, eine Art Leuchten der Seele. Als schicke sie sich an, eine ganz normale Frau zu werden.

So verstreicht die schlaflose Zeit. Aber Zeit dünkt Amrei ohnehin eine falsch aufgetane Rechnung. Die Gegenwart ist endlos, und die Vergangenheit weniger als ein Augenblick.

Wieder zu Georg nach Grind zurückgekehrt, sinniert sie darüber, wie ihm zu raten sei. Ob er nun das Braunvieh verkaufen soll zugunsten der in Mode gekommenen Shetland-Rinder oder nicht. In der Gewißheit, daß er sich niemals von seiner steinalten Gundis wird trennen können, verfällt Amrei in leichten Schlaf.

Die Engelsschlacht

Der Straßenteer weicht auf, die Sonne steht täglich in braunroter Aureole. Die Felder zerstäuben, die Ernte ist ruiniert. Die Stadtverwaltung verbietet am 27. Juli das Waschen von Autos mit Leitungswasser und empfiehlt sparsamen Umgang mit demselben. Wer seinen Garten sprenge, müsse im äußersten Fall mit Inhaftierung rechnen. Und wiederum verlängert die Wettervorhersage das Hoch um fünf Tage.

Es ist früh am Donnerstag morgen. Der Tag graut. Im Magdalenenwald bei den Auen des Alten Rheins lagern vier Männer in Schlafsäcken. Einer von ihnen ist wach und sammelt Holz für das verglimmende Feuer. Er bringt das Feuer zum Lodern, setzt einen Wasserkessel auf. Dann weckt er schwergestiefelt die Schlafenden. Sie schälen sich aus ihren Säcken. Es sind fast noch Jungen, kurzgeschoren, nicht älter als 20 Jahre. Sie tragen graugrüne Unterwäsche, schlüpfen behende und ohne Murren unverzüglich in ihre Uniformen. Der sie geweckt hat, ist älter, wohl Anfang oder Mitte Dreißig. Er ist keiner von ihnen, denn seine Kleidung hat etwas Paramilitärisches. Aber er ist ihr Anführer, zweifelsfrei.

Rüdiger Ulrich. Rüdi. Esthers längst vergangener erster Freund.

Bis zu diesem Tag war sein Leben ein einziger Spießrutenlauf. Vom Blue Note zur Sozialfürsorge. Von dort zwei Jahre unbedingt ins Gefängnis, weil er seinen Betreuer in einer Messerstecherei schwer verletzt hat. Drei Tage nach seiner Entlassung als Drogenkurier nach Amsterdam. In Passau von Beamten des Rauschgiftdezernats verhaftet. Angeklagt wegen Verstoßes gegen das Suchtmittelgesetz. Ein halbes Jahr auf geschlossenem Entzug in Parsberg. Dann Einreiseverbot in Deutschland. Später Einreiseverbot in die Schweiz. Sämtlichen Zöllnern des Dreiländerecks bekannt.

Immer auf der Flucht vor Menschen und immer auf der Suche nach der Droge, um sich selbst zu entkommen.

Es erfüllt ihn mit Stolz, daß sein Vater, der ihn bisweilen bei Tisch aus dem Hundenapf hat essen lassen, ihn auf den Namen Rüdiger getauft hat. Rüdiger. Das Wort klingt in seinen Ohren. Nicht zuletzt deshalb, weil jener mysteriöse Briefbombenleger Anfang der neunziger Jahre sich hinter dem Pseudonym Rüdiger von Starhemberg verschanzt hat. Rüdi will auch Graf Starhemberg sein. Und er wird es beweisen.

– Wir ficken die ganze Welt! kreischt er, langt nach einer Bierflasche, läßt den Deckel wegschnalzen und fängt mit dem Saufen an.

Die drei Jungen finden allmählich in den Tag. Es sind Bundesheersoldaten, die sich nach der Grundausbildung als Zeitsoldaten haben verpflichten lassen. Alle gehören sie zur Panzertruppe des österreichischen Bundesheers. Und ihre Befähigung lautet: Panzerfahrer, Richtschütze, Ladeschütze.

Sirius, das 8,6 Lichtjahre entfernte Doppelsternsystem, bleckt wieder in den rheintalischen Morgen. Hinter Marienruh schleift die Sonne herauf, und Hitze rinnt wie Lava von dem Berg herab.

In der Johannesgasse Nr. 87, ebenerdig, vernimmt man um diese Zeit schon Klavierspiel. Der Flügel ist bedauerlich verstimmt, aber die Musik hat Leben. Eine Fuge ist im Schwange, und ihr Thema entwirft das Klischee vom Postillion, der in sein Horn stößt. Plötzlich bricht die Musik ab, und der Spielende verrät sogleich, woran ihr Fortgang gescheitert ist. Er übt eine Verzierung, einen Praller. Langsam erst, dann schneller werdend. Und er exerziert den Praller wieder und wieder, ohne Ende.

Denn am heutigen Abend gibt das rheintalische Sinfonieorchester in der Tonhalle sein zweites Sommerkonzert. Eine erst 16jährige Pianistin ist angekündigt, Mozarts *Krönungskonzert* zu spielen. Eduard Flores wird die junge Dame nicht brüskieren. Er hat den Plan ausgeheckt, unmittelbar *nach* ihrem Debüt aufzutreten, und zwar in dem Moment, wenn sie sich vom Flügel erhebt, um den Applaus entgegenzunehmen. Er wird auf die obligate Ansprache verzichten und das *Capriccio* mitten im Beifall beginnen. So hat er es sich ausgedacht. Sein Frack hängt bereits seit drei Tagen am Türhaken, die Lackschuhe spiegeln auch schon, und er selbst ist voller Zuversicht, daß ihm heute abend *die* fehlerfreie und vollendete Interpretation gelingen wird. Weil er eine Ahnung hat, eine Art Vision. Entweder heute oder nie mehr im Leben. Flores hämmert die Töne in die erstickte Morgenluft hinaus.

Der Vormittag brennt unaufhörlich. Der Äther ist trüb. In der Ferne zittert und wallt die Luft in Spiegelung und Gegenspiegelung. Der Gletscher im ewigen Eis der Churfirsten beginne sich zu verschieben, ein Jahrhundertereignis, so die Lokalnachrichten.

Gegen zehn Uhr klingelt es an Harald Rhombachs Tür. Offensichtlich hat er den Besuch erwartet, denn die Tür wird unverzüglich geöffnet. Konstantin S. Izjumov in blauem Poloshirt und heller Stoffhose lächelt ihm in die Augen und tritt ein. Harald ist nicht sehr redselig an diesem Morgen, und Izjumov respektiert es. Ein paar knappe Anweisungen, denn der lungenkranke Russe kommt wie jedes Jahr im Juli auf Haralds Angebot zurück, sich am Meer zu erholen. Rhombach händigt ihm einen Schlüsselbund in grauem Lederetui ein. Izjumov bedankt sich und will gehen, da hält er ihn zurück. Es sei ihm eben eingefallen, daß er, Izjumov, heuer in der montallegrischen Villa nicht allein sein werde. Esther und Maudi wohnten nämlich schon seit zwei Wochen in dem Haus. Aber es sei ja Platz genug vorhanden, und man müsse sich nicht unbedingt in die Quere kommen, wenn man es nicht wünsche. Für eine Sekunde lang stutzt Izjumov. Dann lächelt er plötzlich, bedankt sich umständlich, geht hinunter zu seinem Wagen und fährt davon.

Harald, in Pyjama und seidig-dunkelgrünem Morgenmantel, begibt sich wieder in sein Appartement, wo er in der Zeitungslektüre fortzufahren gedenkt. Als er die Treppe hinaufgeht, vernimmt er hinter Ines' Wohnungstür Bauermeisters Stimme. Er hört nicht hin. Gerne hätte Harald das Haus allein geerbt. Aber der Alte hat ihm einen Strich durch die Rechnung gemacht. Oben im Schlafzimmer fällt ihm die Konzentration schwer. Er denkt an Izjumov, und er denkt an Maudi. Und er denkt an den Toten von vor fast zehn Jahren.

Er verfällt in Grübelei. Unsterblichkeit müsse wohl eine Frage des Erinnertwerdens sein. Ein Mensch lebe so lange weiter, wie seiner gedacht werde. Dann erst dürfe er tot sein und vergessen. Das Vergessen sei der höchste Respekt und Anstand, den man einem Menschen entgegenbringen könne.

Rhombach kennt die Kategorie der Reue nicht. Als der Tote, von dem er nicht weiß, daß es Boje Birke war, aufgefunden wurde, gelang es anfänglich nicht einmal, das Geschlecht zu bestimmen, geschweige die Identität. Man habe das, was vom Körper übriggeblieben sei, *im wahrsten Sinn des Wortes von der Fahrbahn waschen müssen,* schrieb damals die *Tat*.

Dennoch leidet Harald. Mehr als je zuvor. Nicht aus Reue. Reue definiert er als Ungenauigkeit des Fühlens, und er nennt Reue Kitsch. Nein, er leidet daran, daß er das unbeschreiblich schöne Gefühl des Herzklopfens nicht mehr auffinden kann. Deshalb hat er im vergangenen Herbst noch einmal die Maudi Latuhr aufgesucht. Er hat sie gebeten, das Geheimnis zu eröffnen. Er hat sie angefleht, ihn durch eine dementsprechende Aussage bei der Polizei davon zu erlösen. Tue *er* es, habe es nicht die Stimulanz, die er brauche.

Aber Maudi stieß ihn damals von sich. Ihre Worte hat er jetzt wieder im Ohr, da sein Blick hinab in den verdorrenden und verrostenden Garten gleitet.

– Du wolltest, daß ich das Geheimnis bewahre. Ich *werde* es bewahren.

Haralds Blick verhängt sich in Ahornblättern. Dann nimmt er einen Schluck vom erkalteten Tee und blättert in den Zeitungen.

Auch gegen die blaugraue Rinde der Eukalyptusbäume auf dem Montallegro, gegen die weißen, gestielten Blüten der Myrtensträucher, gegen Lorbeer und Oleander, gegen die vereinzelten, meeresdunklen Piniendächer schlägt lärmende Hitze. Aber der südlichen Sonne ist noch immer verziehen worden, und es wird in Rapallo ein gewohnt heißer Julitag. Auf dem Vorplatz beim Santuario della Madonna di Montallegro knäuelt sich eine Schar grauer Frauen und ungekämmter Kinder. Die Messe ist aus. Und dahinter leuchtet das Ziegeldach der Rhombachschen Villa feuerrot.

Maudi schläft. Esther ist wach und hat die Schlafende lange Zeit beobachtet. Jetzt meint sie, daß es aber wirklich an der Zeit sei, aus dem Bett herauszugehen, will man doch gemeinsam einen Ausflug nach Genua unternehmen. Esther riecht an Maudis Hals und läßt ihren heißen Atem darüberströmen. Dann küßt sie ihr die Stirn, aber Maudi wendet sich bloß ab. Esther steigt aus dem Bett, bereitet das Frühstück. Der pfeifende Teekessel muß Maudi schließlich erweckt haben, und mit Kinderaugen und schlafverlegtem Haar tritt sie an den Tisch. Esther läßt sie in die Gegenwart finden. Dann besprechen sich die beiden, ändern den Plan, nach Genua zu fahren, und beschließen, in Santa Margherita neue Badeanzüge zu kaufen. Von dort wollen sie zu Fuß weiter nach Portofino und, wenn es die Zeit erlaubt, sogar nach San Fruttuoso. Dieser Ort läßt sich nur mit dem Boot erreichen. Den *Christus der Abgründe* wollen sie sehen, jene Bronzestatue auf dem Meeresgrund, deren Anblick sie schon als Kinder eigentümlich berührt hat.

Am Nachmittag wird die Sonne Krieg. Man verdunkelt und verschattet Räume, so gut es eben geht. Wer jetzt unter freiem Himmel sein Brot verdienen muß, auf Baustellen und Straßen, ist weniger wert als ein Hund. Aber die Hunde besitzen ja Villen am Bosporus, leidet ein Vorarbeiter im Schatten der Planierraupe. In rudimentärem Deutsch treibt er einen Hilfsarbeiter an. Die Hitzewelle hat Dachdeckerein und Spenglerein genötigt, die Arbeit vorerst auszusetzen. Keiner in Jacobsroth, der nicht unter der mörderischen Schwüle jammert und stöhnt. Selbst im Freibad ist die Suche nach Abkühlung nur Spiegelfechterei, und in den Auen des Alten Rheins sind die Wasserlöcher laue Tümpel.

Die vier Männer im Magdalenenwald sind sturzbetrunken. Der

Richtschütze, ein rothaariger, molliger Junge, ist über seinem Erbrochenen eingeschlafen. Die beiden anderen prosten sich lallend zu, beteuern die Freundschaft bis zum Tod, torkeln einander in die Arme ohne Gefühl für Distanz. Rüdi schnitzt Kreuze in eine Haselrute. Die *Kommandosache Honigmilch* werde auf den Abend verschoben.

– Jawohl, Herr Kommandant! salutieren die Jungen schwerzüngig und grölen.

Der Cassettenrecorder läuft. Aber es ist nur das Rauschen eines vermeintlich leeren Bandes, denn unerwartet bricht Musik los, und Kurt Cobain schreit, und die Gitarren simulieren einen höllischen Lärm von Motoren. Und Cobain schreit, und seine Stimme kann größren Schmerz nicht mehr ausdrücken, aber Cobain brüllt und kreischt fort, bis die Motoren absterben und der Lärm ein Residuum aus Rückkoppelungsgeräuschen wird.

Eduard Flores liegt ausgestreckt auf dem gefliesten Küchenboden, atmet langsam, sucht Abkühlung. Obwohl er die Wohnung schon am Morgen abgedunkelt hat, scheint es ihm, daß die Hitze nur um so stärker zu ihm herein ins Parterre schlägt. Kein frischer Luftzug, die ganze Zeit über nicht. Die Stirn tröstet ein genäßtes Handtuch. So will er verharren, bis der Nachmittag ausgestanden ist. Dennoch ist er guter Dinge. Im Kopf geht er noch einmal die kritischen Stellen des Notentextes durch. Es ist der Triller in der *Aria di postiglione,* der Praller in der Fuge. Er könnte diese Tücken natürlich umgehen, indem er weder den Triller noch den Praller dort spielt. Aber das sähe und hörte die Großmutter im Himmel. Nein, der konnte er schon zu Lebzeiten nichts weismachen. Er dreht sich auf den Bauch, und die Fliesen kühlen seinen Körper. Emily kommt ihm wieder in den Sinn. Er bemüht sich, ihr Gesicht zu rekonstruieren. Aber es sind zu viele Jahre vergangen. Das scharlachrote Kleid ist ihm gegenwärtig. Und die blauen Strümpfe natürlich. Emily würde den Betrug noch eher merken als Großmutter. Nein, nein. Er bleibe ein ehrlicher Mensch. Nicht eine Note wolle er weglassen. Nicht eine einzige. Daß er überhaupt an so etwas hatte denken können …

Harald liest beim grünlich fließenden Licht der Tischlampe das Buch Tobit. Er vergleicht den Text der Vulgata mit der Luther-Übersetzung. Er findet heraus, daß Luther den *juvenis splendidus* als *feinen jungen Gesellen* übersetzt, der dem Tobias begegnet und mit ihm reist, obwohl Tobias ihn nicht als Engel erkennt. Harald ärgert sich. Die Exaktheit des Lateinischen, seine Klarheit und seine karge Poesie sind im Deutschen verloren. Haralds Traum ist es noch immer, eine Sprache zu erschaffen, in der es keine Ungenauigkeit mehr gibt. Kein Laut, der nach Gefühl klingt und Emotion. Die Adjektiva gehörten seiner Meinung nach schon lange verboten. Und wie verachtet er Literatur, in der es von Metaphern nur so strotzt.

In der enghalsigen Bucht von Portofino verbrennen sich Nordländer ihre weißen Häute. Die Cafés sind voll besetzt, aber mit Geduld gelingt es den Schwestern doch noch, ein schattiges Tischchen in Beschlag zu nehmen. Dort sitzen sie lange und nippen am Pernod. Esther trägt ein kurzes schwingendes Kleid, weißgeblumt auf azurnem Hintergrund. Es macht ihre kaffeebraune Haut leuchten. Und es leuchten Männeraugen aus sonnenstichigen Gesichtern. Maudi trägt ein weißes Schlabber-T-Shirt und eine rotgrün gepunktete Hose aus enganliegendem Feinjersey. Einem 40jährigen ist der bloße Anblick zu wenig. Er sucht das Gespräch. Als seis verabredet, setzen die beiden die Sonnenbrillen auf und französieren. Als das nicht hinlangt, spricht Esther sehr deutliche Worte. Der sonnenbehutete Mann entschuldigt sich und resigniert. Es tut Esther leid, so harsch zu ihm gesprochen zu haben.

Die Rede kommt auf die Liebe. Esther tastet sich vor. Weshalb Maudi, das falle ihr auf, noch nie eine Beziehung zu einem Mann gehabt habe. Eine *wirkliche* Beziehung, setzt sie nach und entschuldigt sich sogleich für die Taktlosigkeit. Maudi zuckt mit den Schultern. Sie wisse es nicht. Nie habe sie Unterschiede gemacht zwischen Mann und Frau. Ausschließlichkeit habe es nie für sie gegeben. Auf ihre Weise habe sie *alle* Menschen auf einmal lieben wollen.

– Das geht doch nicht, sagt Esther resolut.
– Ja, leider, antwortet Maudi.

Esther öffnet ihr azurnes Handtäschchen und zeigt der Schwester die Fotografie von Engelbert Quaidt. Ob sie sich noch daran erinnere.

Nein, daran erinnere sie sich nicht.

Freilich müsse sie sich daran erinnern. Es sei auf dem Dachboden der Roten Villa gewesen.

Dann eröffnet Esther zum erstenmal einem Gegenüber die jahrzehntelange Sehnsucht nach dem Mann auf jenem Foto aus dem Jahr 1937. Von den auf- und abwogenden Phasen dieser auch ihr absurd erscheinenden Liebe. Daß es Tage und Wochen gegeben habe, da sie vor Liebeskummer nicht mehr habe essen können. Daß Engelbert dann wiederum jahrelang in den Hintergrund getreten sei. Frank, die Dissertation. Aber irgendwie sei es ihm stets gelungen, in ihr die Hoffnung auf ein geglücktes Leben zu bewahren. Er sei ihr Schutzengel. Das wisse sie. So vieles sei ihr klargeworden. Judaistik habe sie doch nur deshalb studiert, weil sie sich in diesen jüdischen Mann verliebt habe. Es gebe keine Zufälle. Und daß sie ausgerechnet Esther heiße, das habe doch Ambros nicht absehen können, als er ihr den Namen gab.

– Aber Engelbert muß jetzt ein sehr alter Mann sein, sagt Maudi.

– Er ist 72 Jahre alt und lebt in New York, und zwar in der 112 East 70th Street. Auf das Alter, Ri, kommt es nicht an.

Maudi nippt am Pernod, und Esther sieht, daß die Hände der Schwester zittern.

Ein silbergrauer BMW fährt die Serpentinen des montallegrischen Berges hinauf. Konstantin Serafim Izjumov kommt an. Er parkt den Wagen im Schatten eines riesigen Oleanderbaums. Er nimmt sein Gepäck aus dem Kofferraum, steigt langsam die Treppe empor, klingelt an der Tür, klingelt ein zweites und ein drittes Mal. Dann nimmt er Haralds Schlüssel, sperrt auf, ruft, ob jemand da sei, geht ins Wohnzimmer und sieht, daß die beiden Frauen das Zimmer zum Kleiderschrank umfunktioniert haben. Überall liegt Kleidung und Schuhzeug. Izjumov berührt weich einen Büstenhalter, riecht an ihm, drapiert ihn wieder an seinen Ort, nimmt die Koffer und geht nach Haralds Wohnung. Er ist hundemüde, duscht sich, fällt ins Bett und schläft auf der Stelle ein.

Der Tag hat Mensch und Tier verhöhnt und gerädert. Die Luft dunkelt, aber sie bleibt eingedickt wie Gallerte. Die Geister sind gereizt, und es ist die Zeit, da aus Kleinigkeiten Katastrophen erwachsen können. Nerven liegen blank in engen Wohnungen. Aber die ansteigende Dunkelheit verwandelt die Kränkung in Heimweh. Die Kinder sehen das Wetterleuchten über dem Liegenden Papst, und ihre Mütter geben sich wieder Mühe, ihnen die Angst vor der Nacht zu nehmen. Singen ihnen das Lied vom Tag, der die Schuhe auszieht und auf Zehenspitzen in die Schweizer Berge huscht.

– Paß doch auf, du Matschkopf! zischt Rüdi den Molligen an.

Die Brechzange ist dem Richtschützen entglitten und schrill zu Boden gefallen. Die vier verschaffen sich Zutritt zu einer hangarähnlichen Wellblechhalle. Es ist Kasernengelände, auf dem sie sich befinden. Alles ist still. Der Mollige kappt das Torschloß. Sie dringen lautlos in die Halle ein. Die Tore bleiben verschlossen.

Da stehen sie: groß und unverletzbar. Zwei Kampfpanzer M60. Rüdi flucht aus lauter Freude.

– Und du bist sicher, daß sie scharf sind, fragt er den Ladeschützen.

– Logo. Panzerkanone 10,5 cm, Turm-MG 7,62 mm und Kuppel-MG 12,7 mm. He, das Ding ist geiler als eine ungefickte Nonne.

– Nehmen Sie Haltung an, Soldat! knirscht Rüdi.

– …

– Das gilt für alle!

Sie stehen stramm. Rüdi peitscht mit der Haselrute gegen sein Hosenbein und genießt den Augenblick. Dann schöpft er Atem und spricht im Befehlston.

– Männer … Die Kommandosache Honigmilch hat soeben begonnen. Aufsitzen! Heil Hitler!

– Heil Hitler! salutieren die drei Jungen.

Sie klettern auf den Panzer, ihre Körper gleiten in den stählernen Bauch, robben auf Position.

– Nicht wahr, Rüdi, wir machen bloß ein bißchen Rambazamba. Ich meine …, stottert der Panzerfahrer, ein vom Krafttraining aufgefleischter Mann ohne Bartwuchs.

– Klaro, du Eckenpisser! Und von jetzt an *Herr Kommandant,* kapische?

– Herr Kommandant!

Er verstaut den Cassettenrecorder hinter dem Zylinderlauf der Panzerkanone.

Schwarz und still liegt der Kampfpanzer im Hangar. Kein Laut ist zu hören, als sei die Erde unbewohnt. Dann plötzlich Motorenlärm. Eine Rauchwolke jagt in die Höhe, und der Panzer fährt an, zerblecht das Tor, zerreißt es wie Seidenpapier, und die Ketten knirschen im Asphalt des Truppenübungsplatzes.

Das zweite Sommerkonzert ist rar besucht, findet Eduard Flores, in der Gasse stehend und dem Beginn des Larghettos lauschend. Er schreibt es der Hitze zu und der Provinz, wo jede musikalische

Äußerung auf verdorrten Boden fallen muß. Wieder ist es ihm gelungen, die Bühne zu erreichen, und er hat es besonders dreist angestellt. Beim Erlöschen des Saallichts ist er mir nichts, dir nichts seitlich aufs Podium spaziert und hat sich in die Gasse gestellt. Den Frack hat er in einer Plastiktüte versteckt. So durfte man meinen, ein Techniker oder Bühnenbediensteter habe noch rasch eine letzte Anweisung oder Handreichung zu bewerkstelligen gehabt. In der Gasse hat er sich dann umgekleidet, und jetzt steht er näher beim Klavier, als es irgend jemand erwarten mag. Er lauscht und tippt mit der glänzenden Schuhspitze den Takt. Er findet, daß dieses erst 16jährige Mädchen eine vortreffliche Pianistin abgeben wird. Sein Blick verklebt sich auf ihren winzigen Händen, und er muß an Emily denken.

Harald ißt Austern im Restaurant des Otello Guerri. Schon der erste flüchtige Blick auf die Wand mit den Familienfotos hat ihm gezeigt, daß Gioia gestorben ist. An dem Bilderrahmen haftet ein Trauerflor. Was ihn aber noch mehr erstaunt, daß Gioia schief hängt. Der Rahmen ist wirklich nicht in exakter Parallele zu den anderen Rahmenfluchten. Trauer mache eben gleichgültig, denkt er. Und er schlürft das mickrige Fleisch der letzten Auster. Das Restaurant ist halb leer. Die gekommen sind in dieser aggressiv schwülen Julinacht, hängen an Wein- und Mineralwassergläsern wie die Patienten am Tropf. Harald schiebt übermäßiges Trinkgeld in die Falte einer unbenutzten Stoffserviette und steht vom Tisch auf. Guerri weigert sich nunmehr seit Jahren, seinen treuesten Gast zu begrüßen, zu bedienen und zu verabschieden. Weil der Name Rhombach überdies zur Bedeutungslosigkeit verkommen ist, muß er auch gegenüber Gioia kein schlechtes Gewissen mehr haben, rechtfertigt er sich.

Harald verläßt den Gallo Nero. Guerri wartet, bis er verschwunden ist, und räumt das Gedeck ab. Plötzlich, Guerri weiß nicht, wie ihm ist, steht Rhombach kerzengerade vor ihm, lächelt ihn an, hebt die Hand und gibt Gioia die Parallele.

Da schreit der schweißnasse Sizilianer derart ohrenzerreißend auf, daß selbst Harald erschrickt. Der Sizilianer läuft in die Küche –

die Flügel der Saloontür brechen beinahe aus ihren Zugfedern heraus –, stürzt mit einem Filetiermesser aus der Küche heraus, rast auf Harald Rhombach zu und durchsticht ihm die linke Hand. Harald blickt auf die blutströmenden Finger, dann grinst er Guerri ins Gesicht.

– Ich habe Herzklopfen, Signore Guerri, lächelt Harald Rhombach abgründig.

Guerris Antlitz wird blau, und die Klinge schießt in Haralds Bauch, einmal, zweimal. Plötzlich zeigt sich eine klaffende, noch blutlose Furche auf Haralds Gesicht, und die Nase lappt herab, und aus der Furche schießt hellrotes Blut, und aus beiden Augen spritzt plötzlich etwas wie Wasser, und das blonde Haar saugt sich dunkel, und eine Fontäne klackt und plascht aus dem Hals heraus, und Harald fällt vornüber, und der ganze Körper zuckt, und das Messer knirscht in den Rücken, einmal, zweimal, dreimal, und das Messer bricht ab, und es rammt sich in den Hinterkopf, und es bricht wieder ab, und es knistert wieder in Haralds Schädel, und das Messer bricht noch einmal ab.

Jemand schnürt Guerri mit einer Stoffserviette den Hals ab, und Guerri muß auslassen und fallen, und der Jemand brüllt aus Todesangst und donnert mit den Schuhen gegen Guerris Kopf, und die messingnen Absätze reißen ihm Haupthaar heraus, und Guerri zischt und stöhnt und schreit markerschütternd.

Und Raoul, Guerris Sohn, sieht es, und seine Augen verdrehen sich, und er stolpert hinter den Tresen, und er lädt durch, und das Schrot reißt dem, der noch immer auf den Vater eintrampelt, den Kopf auseinander, und eine Tischdecke brennt, und eine klebrige Masse verhängt sich an Wand und Lichterketten, und Raoul wendet die zersägte Flinte gegen sich und richtet sich selbst.

Und die Gäste, Männer wie Frauen, stehen ohnmächtig da, und plötzlich hebt das schrille Gellen einer Frauenstimme an und hört nicht mehr auf, und andere Frauen kreischen, und Männer ebenso, und aus dem Rauch wird eine Schwade, und die Menschen trampeln und stolpern in ohrenbetäubendem Durcheinander aus dem Gallo Nero hinaus auf den Platz der Zwei Monde, und der Gallo Nero fängt zu brennen an.

Weil es eindunkelt, erübrigt sich die Bootsfahrt nach San Fruttuoso von selbst. So vieles galt es zu bereden, und die Schwestern sitzen noch immer an dem Tischchen in der Bucht von Portofino. Auch die Gesichter sonnenstichiger Männer leuchten noch immer. Esther zahlt. Einem Gemüsehändler vertrauen sich die Frauen an und steigen auf seinen offenen Kleinlaster. In Rapallo angekommen, ist Maudi nach einem Spaziergang an der Strandpromenade. Sie folge in etwa einer Stunde nach, sagt sie, küßt Esther und bedankt sich dafür, in ihr eine so treue Freundin zu haben. Maudi lacht, öffnet die Einkaufstüte aus Hochglanzpapier, zeigt Esther die neuen Badeanzüge von La Perla, findet, daß sie, Re, unverschämt sexy darin aussehe. Esther lächelt, und die Schwestern küssen sich noch einmal auf den Mund. Dann schlendert Maudi davon, stadtauswärts, in Richtung Chiavari, wo die Rhombachs einen winzigen, künstlich gesandeten Privatstrand mitbenutzen dürfen.

Etwa zur gleichen Zeit erwacht Konstantin S. Izjumov. Besser gesagt: Er schrickt schweißgebadet aus dem Schlaf. Der Mund ist ihm dröge, der Kopf steinern. Er steht auf, zündet sich eine Zigarette an, blickt hinunter auf den sich eingrauenden Tigullio-Golf, hängt den verwaschnen Bildern des Alpdrucks nach, der ihm merkwürdigerweise stets im nachmittäglichen Schlaf begegnet. Selten nachts. Dann verläßt der schmalgesichtige, schwarzhaarige Russe mit dem rötlich schimmernden Spitzbart die Villa.

Das stählerne Ungeheuer, das Kriegshaus, der Panzer, wächst herauf aus der Malchusstraße. Die Kanone in Marschzurrung wird zuerst gesehen. Dann die Ketten. Und der Panzer wuchtet sich herein auf den Platz der Zwei Monde, und die Raupe plattet sich auf das Kopfsteinpflaster und heult und knirscht.

Zuerst staunt man nicht wenig, als sich plötzlich ein haushoher Panzer über die Landstraßen bewegt. Kinder laufen hinterdrein und Erwachsene. Als er jedoch in die Dreikönigsstraße einschert, wird es etlichen mulmig zumute. Die Polizei wird alarmiert. Aber die Polizei hat bereits Kenntnis vom Diebstahl des Panzers. Und sie hat Kenntnis über die Schlächterei im Gallo Nero. Desgleichen Notärzte und Feuerwehr.

Das gelbe und blaue Licht der Einsatzfahrzeuge irisiert in den Fensterscheiben und Häuserfronten am Platz der Zwei Monde. Die Hydranten haben kaum Wasserdruck. Das Grundwasser ist zu tief abgesunken. Tankwagen der Feuerwehr heulen die Mattheistraße herauf. Aus dem Gallo Nero schießen langzungige Feuerschwerter. Dann explodiert etwas, und das Feuer wird hellblau und hellgrün und prasselt noch wütender los.

Kurt Cobain kreischt *Smells Like Teen Spirit* im Bauch voller weißlackierter Gedärme aus Stahlrohren und Dutzender Kabel. Rüdiger liegt auf der Bauchhalterung und starrt in das Laserfernrohr, und in seiner Pupille spiegelt ein grüner Punkt aus Licht.

– Ziel aufgefaßt! brüllt Rüdi und läßt die Panzerkanone auf die Säulenhalle von St. Ursula richten.

– Mensch, Rüdi, mach keine Dummheiten! schreit der Richtschütze.

Aber da fühlt er schon Eisen im Nacken und schaudert. Rüdi preßt ihm den Pistolenlauf in den Hinterkopf.

– Noch Fragen, ihr Schlappschwänze?!!

Cobain bringt sich um die Stimme.

– Ziel auffassen!!

– Ziel gefunden, Scheiße, verdammte!! winselt der Richtschütze, mißt noch einmal die Entfernung und drückt den Vorhaltesensor.

– ENTSICHERN!! donnert Rüdi.

– Entsichert! grinst der Ladeschütze.

– FEUERN!!!

Und der Rückstoß der Kanone vibriert noch in den Körpern der Männer, da staubt eine Säule von St. Ursula auf wie Mehl, und die Kanone durchstößt das Kirchenportal, und gleich darauf bricht der Architrav, und das Vordach der Säulenhalle stürzt ein.

– Getroffen!! jauchzt Rüdi. Ihr stinkenden Pfaffenschwänze, ihr verfaulten Betmösen!!

Die Panik auf dem Platz der Zwei Monde ist unbeschreiblich. Rüdi gibt Kommandos, hebt den Schießhalt auf, der Panzer setzt sich in Bewegung, die Kanone dreht sich quer und beschießt Polizei- und Feuerwehrfahrzeuge. Der Panzer rollt weiter, und die Raupe plättet Autos wie Streichholzschachteln. Der Panzer will in die Mattheistraße einlenken, muß dabei durch die Enge der Thaddäusstraße, und der Koloß schleift sich hindurch, knickt Straßenschilder, reißt zu seiner Linken und Rechten die Schaufensterfassaden auf wie die Blechhaut einer Konservendose.

Chaotische Verhältnisse. Schock und Ratlosigkeit. Leichenteile von Polizisten, Feuerwehrmännern und Passanten. Ein Kind verbrennt. Einem Sanitäter tropft Fleisch vom Gesicht. Geschrei, Lärm, Entsetzen aus Schmerz und Todesangst.

Das Feuer im Gallo Nero greift jetzt auf andere Gebäude über. Hals über Kopf werden sämtliche Gendarmeriekräfte des Rheintals in einem Funkrundspruch mobilisiert. Kompetenzfragen sind zwischen Gendarmerie, Polizei und Bundesheer zu klären. Ein Reserveleutnant der Panzergrenadiere tobt. Einen M60 könne man nur mit einem andern Panzerfahrzeug zum Stillstand bringen. Oder man müsse eben warten, bis den Idioten der Sprit ausgehe.

Auf den Klaviertasten glitzert noch Schweiß von den Fingerballen des Mädchens, das Mozarts *Krönungskonzert* auf so berührende Weise gespielt hat. Gespielt als ein Kind, jedoch aus der Seelentiefe eines Menschen, von dem man meinen mußte, er habe die ganze Schönheit und Traurigkeit der Welt bereits vorausgelebt.

Als das Krachen und Donnern hier am Annenmarkt als fernes Rollen vernommen wird, seufzen einige Zuhörer auf und flüstern sich in die Ohren, daß Gott sei Dank endlich Regen kommt. Der Saal besteht aus einer Welle auf- und abwogender Programmhefte, denn jeder fächelt sich Luft zu, derart stickig ist es in dem Konzertsaal. Just heute ist die Klimaanlage ausgefallen.

Das BWV hält die gelängte Nase in die muffige Bühnenluft, sitzt am Flügel und spielt das *Capriccio auf die Abreise seines geliebtesten Bruders* BWV 992. Aber merkwürdig: Flores verspürt nicht den alten Mißmut auf die Bühne wallen. Das Publikum hält still, ja, es hört ihm wirklich zu. Und selbst der Dirigent, das sieht er aus den Augenwinkeln heraus, lächelt. Das irritiert Flores, und er muß seine ganze Konzentration zusammennehmen, im Notentext zu bleiben. Er kann es nicht glauben: Was er sich seit Jahrzehnten gewünscht hat, nämlich daß ihm endlich einer zuhört, erfüllt sich. Und wenn er jetzt nicht aufpaßt wie ein Uhrmacher, unterläuft ihm ein Fehler, denn das Wasser dringt ihm in die Augen. Er befindet sich in der *Aria di postiglione.* Sie glückt. Bisher ist ihm kein einziger Fehler geschehen. Gut, eine winzige Temposchwankung, das ja, aber mehr nicht. Er stimmt das Fugenthema an mit den schnell repetierten Achtelnoten, und die Finger fliegen dahin wie von selbst. Flores achtet nur auf den Fingersatz, die Musik kennt nicht einmal Johann Sebastian Bach besser. Und das Wunder: Der Praller, den er in der Mitte des 9. Taktes spielt, sitzt.

– Bloß nicht an die Musik denken! gebietet er sich. Denk an Großmutters Marillenknödel, aber bloß nicht an die Musik. Ich-freue-mich-auf-Marillenknödel-freue-mich-auf-Marillenknödel! wiederholt er stumm und ununterbrochen.

Das *Capriccio* wird ihm fehlerfrei von der Hand gehen, das sieht er ab. Endlich wird er das scharlachrote Mädchen erlösen und damit sich selbst, und das Versagen an jenem Abend im Theresianum wird verziehen sein. Und die Großmutter wird recht behalten, als sie sagte: *Der Junge hat Pianistenhände.*

Da kracht es in der Tonhalle mit unbeschreiblichem Lärm. Etwas detoniert. Dann noch einmal. Flores schrickt schreiend zusammen, und die Finger rutschen ihm von der Tastatur.

Sie *rutschen* ihm von der Tastatur.

Im gleichen Moment brechen die Holzverschalungen aus der Decke heraus und stürzen auf die Köpfe der Zuhörer nieder. Dann knacksen berstende Balken. Es staubt, es zischt und glimmt. Glas geht zu Bruch. Der Strom kapituliert. Es wird finsterste Nacht. Ein panisches Geschrei bricht aus ungezählten Mündern.

Im Stahlbauch, der Tote gebiert: Über das aufgequollene Gesicht des Richtschützen laufen Tränen.

– Kannst du nicht zielen, Mann!! faucht Rüdi. Du bist hier nicht auf dem Scheißhaus!!

– Mensch, Rüdi, laß uns aufhören, echt! weint der Mollige. Da krepieren Menschen!

– Du sollst verdammt noch mal meine Befehle ausführen!! IST DAS KLAR!!??

Der Mollige fühlt, wie ihm der Pistolenlauf den Ohrknorpel abquetscht.

– Jetzt ziel schon auf den verkackten Türkenladen!
– Ziel gefunden. Entfernung 22,4 m.
– Kanone geladen?
– Geladen, grinst der Ladeschütze.
– Entsichern!
– Entsichert.
– FEUER!!
– Volltreffer, grinst der Ladeschütze.
– Panzerfahrer! Bewegung fortsetzen!
– Bewegung fortgesetzt, meldet der Junge ohne Bartwuchs.
– Eindringende Feindkräfte!! brüllt plötzlich der Richtschütze.

Rüdi erspäht, daß aus Polizeiautos ein Kordon gebildet wird. Die Panzerkanone eröffnet das Feuer. Dann klettert der Koloß darüber, als seis ein Heuhaufen, und rollt die Mattheistraße stadtauswärts. Die Moschee ist Rüdis Ziel, das noch improvisierte, erst kürzlich errichtete islamische Gotteshaus. Es befindet sich in der Nähe der Lazarus-Klinik, und der Panzerkommandant läßt den noch unverputzten Bau dem Erdboden gleichmachen. Dann dreht der Panzer ab und rollt in Richtung Rheindamm, auf die Schweizer Grenze zu. Rüdi will den Rhein furten und sich im Mantel der Nacht über die Grenze stehlen. So der Plan in der Kommandosache Honigmilch.

Den Mond umgibt ein seltsam verstaubter Hof, und die Sterne über Rapallo schimmern nur spärlich. Die farbigen Glühlampen entlang des Bootstegs sind noch erleuchtet. Das Badehäuschen ist ebenfalls erhellt, und in dem Badehäuschen findet Izjumov T-Shirt, Unterwäsche, weiße Turnschuhe und eine rotgrün gepunktete Hose. Er berührt den Büstenhalter, riecht daran und legt ihn wieder behutsam an seinen Ort zurück.

– Ты ангел? fragt er mit sehnsüchtigem Ton.

Er fängt ebenfalls an sich zu entkleiden. Seine Gesten haben etwas Feierliches, als gelte es eine Art Gottesdienst zu halten. Jedenfalls geschieht das Entkleiden allmählich, und jedes Kleidungsstück wird gefaltet und mit den Händen sanft gekantet. Husten bricht aus seinem Mund, und der Husten ist so heftig, daß sich Izjumov gegen die Wand stützen muß. Dann verläßt er das Badehäuschen, wandert in müden Schritten den Bootssteg entlang, bis an seinen äußersten Punkt. Dort bleibt er lange Zeit stehen und lauscht.

Das Meer tönt nicht in dieser Nacht. Aber er gewahrt eine Bewegung in dem Wasser. Izjumov steigt die Sprossenleiter hinunter, taucht ins Wasser ein und schwimmt lautlos auf die Bewegung zu.

Und er deutet Maudis schmale Schultern im Mondlicht, und ihr schwarzes, glänzendes Haar erinnert ihn an die stockfinstren russischen Nächte seiner Kindheit. Izjumov hält die Luft an. Er schwimmt auf den Rücken zu. Jetzt könnte er das Haar fassen. Aber er lauscht dem unregelmäßigen Atem der schwimmenden Frau.

Da sieht Maudi Latuhr ein schmales Gesicht aus dem schwarzen Wasser wachsen, aber sie erschrickt nicht. Izjumovs Mund, dessen Kreuzbiß in ihrem Oberarm für alle Zeit eingegraben bleibt, fällt auf ihre Lippen. Und sie küssen sich, und er umfängt sie mit seinen Armen. Und ewiges Salz flutet ihre Mundhöhlen, und das Salzwasser umspült ihre Zungen. Und sie schlucken das Salz und küssen sich inniger.

– Ты ангел?

Maudi schweigt.

– Ты ангел?

Aber Maudi schweigt.

– Bist du ein Engel?

– Ich werde dich nicht davon abhalten, das zu tun, was du tun mußt, Konstantin. Ich habe keine Kraft mehr zu flüchten. Jetzt weiß ich, daß das Böse zum Guten gehört. Es wird immer dasein. Und groß. Aber ich werde nicht mehr wegsehen. Ich werde dich ansehen. Ich werde nicht mehr weglaufen. Ich werde dich ansehen. Es muß jemand dasein. Jemand muß dabeistehen und zusehen, wenn das Böse geschieht, die Kränkung, der Schmerz. Ich werde dasein.

– Harald ist tot.

– Ich weiß.

– Und viele andere auch.

– Ich weiß, Konstantin.

– Ich kann dir noch viel Größeres zeigen, Sonja. Ich bin ein Engel.

– Du bist sehr krank, Konstantin. Das ist alles.

– Warum hast du mich geküßt, Sonja?

– Weil ich dich einmal geliebt habe.

Aus der Ferne dringt Esthers helle Stimme. Ihre Gestalt läßt sich schattenhaft auf dem Bootssteg ausmachen. Esther ruft nach Maudi, unaufhörlich, und der Ton ihrer Stimme ist Angst.

– Ich werde jetzt zurückschwimmen, Konstantin.

– Warte, Sonja! ... Erzählst du mir heute nacht das Märchen von der Zarentochter mit dem geheimnisvollen Korb, in den niemand hineinsehen durfte?

– Ich werde jetzt zurückschwimmen.

– Und als der Prinz den Korb doch öffnete, war nichts in dem Korb drin.

Sie wandte sich von ihm ab und schwamm zurück. Hielt inne. Lauschte. Hinter ihr blieb es still. Unendlich still. Nicht einmal ein Atemzug. Sie schwamm schneller, hielt wieder inne, aber es blieb still.

Die Nachricht, daß der Laden des Mehmed Levend brennt und die Moschee zerstört ist, verbreitet sich in Windeseile in den Wohnsilos von St. Jacob. Die Kinder des Ekrem Yilmaz stehen auf in dieser mordschwülen Nacht, und sie werden zu dem, was Konstantin Serafim Izjumov in seinen über Jahrzehnte währenden Hetzglossen prophezeit hat. Sie werden weniger als Tiere.

In einer maßlosen Orgie der Plünderung, Brandschatzung und des Mordens ziehen sie die ganze Nacht lang durch die Mattheistraße und hinauf in die Innenstadt. Aber nicht bloß Fremde werden zu Mördern. Es gibt bald keinen Unterschied mehr zwischen fremd und einheimisch. Fremd sind sich jetzt alle. Vor allem sich selbst. Wer moccabraune Augen sieht, zertrümmert diesem Menschen mit einer Stange den Schädel. Wer blondes Haar sieht, wirft mit Steinen danach.

Gegen fünf Uhr morgens kulminiert der bürgerkriegsähnliche Zustand. Auf dem Platz der Zwei Monde steht jetzt eine Hundertschaft von Polizisten. Dort werden etliche Menschen erschossen. Täter wie Schaulustige. Denn völlig hilflos stehen die Beamten da, deren Aufgabe doch bisher darin bestand, Strafmandate zu schreiben und Betrunkene zu arretieren. Jetzt müssen sie von ihrer Schußwaffe Gebrauch machen, befiehlt der Einsatzleiter. Also feuern sie unorganisiert die Magazine leer. Wasserwerfer und gepanzerte Fahrzeuge gelangen erst gegen Morgen in die Stadt. Sie mußten jenseits des Arlbergs angefordert werden. Auch dem Bundesheer, das keine Erfahrung hat im Krieg, gelingt es erst gegen Vormittag, die Ausweitung der Straßenschlacht zu verhindern. Die endgültige Bezwingerin dieses mörderischen Rumors aber ist die in die Stadt hereinrinnende, unerträgliche Mittagshitze.

Der Panzer selbst will nachts gegen 23 Uhr den Rhein an einer Stelle queren, die vom Ladeschützen – er beruft sich auf strategisches Kartenmaterial – als unproblematisch ausgewiesen wird. Entweder verfehlen die vier Männer den exakten Punkt, oder aber die Karten stellen sich als unzureichend heraus. Und obwohl der Rhein aufgrund der anhaltenden Dürre wie ein Tümpel erscheint, versinkt der Kampfpanzer in den Fluten.

Später wird festgestellt, daß die linke Panzerkette gerissen ist und sich das Gefährt gewissermaßen in einer Drehung um die eigene Achse in den Grund gebohrt hat. Die Obduktion der Leichen zeitigt Armfrakturen und Hautabschürfungen an wenigstens zwei Männern. Wohl durch den Versuch herbeigeführt, im Todeskampf die Luke gegen den Wasserdruck zu öffnen. Rüdiger Ulrichs Venen sind zerstochen, der Oberkörper stark tätowiert. In den Tätowierungen findet sich zwölfmal der Mädchenname Esther.

Daß eine derartige Katastrophe, wie sie sich in jener Julinacht zugetragen hat, überhaupt geschehen konnte, hätte im rheintalischen Land niemand für möglich gehalten. Weder Justiz noch Militär waren darauf vorbereitet, geschweige denn eingerichtet.

Beginnend mit der jahrzehntelangen Beleidigung des Otello Guerri durch Harald Rhombach, sich zeitgleich mit einer anderen Gekränktheit verschränkend, der des Rüdiger Ulrich, und durch ihn hundertfache andere Gekränktheiten zum Ausbruch bringend, so begann das Scharmützel jener Julinacht, welches 38

Menschen mit ihrem Leben bezahlt haben. Nicht zu reden von der Zahl der Leicht- und Schwerverletzten. Und schon gar nicht von der Überzahl derer, die bis in die tiefsten Seelengründe hinein gedemütigt wurden.

Die Geburt eines jeden Krieges ist die persönlich erlittene Kränkung. Alles andere ist glückliche oder unglückselige Fügung. Dabei galt doch immer das wohlige Gesetz: Wenn dem rheintalischen Menschen etwas zuwiderläuft, dann die Revolte, die offene Rebellion. Harmonie sucht er um jeden Preis.

In der Nacht größter Mutmaßungen auf die Marienruh zu wandern, innezuhalten und dort dem rheintalischen Menschen zuzusehen, wie er sein Jahr entläßt, das Jahrhundert, das Jahrtausend, ist ein merkwürdiges Erlebnis.

Der Himmel singt, die Sterne wollen wieder gehört sein, verschenkt, und Alkor, Charmeur am winterlichen Firmament, trägt liebende Gedanken. In vergrautem Silber fluten die schneeigen Magerwiesen in das bergige Hinterland hinein. Der Wald legt riesenhafte Schatten darauf.

Aber das Rheintal liegt stumm, indessen jenseits der Grenze der Liegende Papst erglimmt – kryolithgelb, strontiumoxalatrot und bariumnitratgrün. In dem Land, wo die Natur die Menschen noch immer hoffnungslos anträumt, mit Frühlingen in Farben seltener Leuchtkraft, mit Wintern, die für Kinderhände gedacht sind, ist Stille.

Vielleicht wirkliche Trauer. In den Wochen nach der Katastrophe, als das Leben die Jacobsrother Bevölkerung heimsuchte, entdeckten viele eine große Wunde am Herzen, an ihren Gedanken, in ihren Worten. Im Dialekt dunkler Lauthaftigkeit sannen sie darüber nach, wie es geschehen konnte, suchten nach einer Rechtfertigung, packten die Schuld mit dem Wort *eigentlich* auf neue Sündenböcke und mußten doch an den Fragen verstummen. Ungeliebt fühlten sie sich jetzt überall, denn nun war es offenkundig, daß ihr *sauberes Ländle,* wie sie es nannten, Welt geworden war.

Der Wege des Gedenkens gab es damals viele. *Tat* und *Wahre Tat* setzten ihr Erscheinen für drei Tage aus. Die RheiRuF schwieg ebenfalls einen Tag lang, und am darauffolgenden nahm sie den Sendebetrieb zu jener Stunde auf, in der der Kampfpanzer das Feuer auf St. Ursula eröffnet hatte. Sie spielte Mozarts *Requiem,* und sie richtete ein Forum in türkischer Sprache ein, das sie bis heute beibehalten hat.

Am 25. November im Jahr der Bluttat beschlossen die Stadtväter von Jacobsroth, den Platz der Zwei Monde umzubenennen. Er heißt heute *Platz des Mondes* und soll die beiden Stadtteile daran gemahnen, den Anblick des Mondes gemeinschaftlich zu ertragen.

Aber. Wenn jetzt zur Mitte dieser Silvesternacht der Donauwalzer anhebt, die vornehmste Umarmung, die sich festlich gestimmte Menschen geben können, dann tanzen auch wieder die Ländler Walzer. Und für einen Moment lang strahlen ihre kantigen Gesichter auf, und ihre Augen haben Grandezza.

Dahinein werden wieder Kinder geboren. Begabt oder stumpf wie allerorten auch. Die Jungen helfen den Müttern die Leintücher falten, wollen Formel-1-Fahrer werden. Die Mädchen erblühen in auffallender Schönheit, und erst spät mag es ihnen gelingen, die Vorstellung ihrer Männer zu erfüllen; am Morgen zu erwachen wie eine Frau. Dann wird die nächtliche Stunde kommen, in der die Formel gesagt werden muß, das Gesetz, für das es in ihrem Dialekt noch immer keinen Ausdruck geben wird. Sie werden sich ansehen. Einer wird reden, der andere lachen. Und weil sie sich ja liebhaben, wird eine Umarmung sie über diese Hilflosigkeit hinwegtrösten.

Dann wird die Frage erscheinen, ob denn dieses Leben überhaupt einen Sinn habe. Und vielleicht nimmt dann wieder eine Margot Mangold ihr Kind an.

Keinen, wird sie mit liebender Kälte sagen. Das sei ja das Furchtbare, aber gleichzeitig das Kostbarste und Größte überhaupt. Und sie wird dem *kleinen Miststück* die Freiheit nicht abnehmen.

Warum starren die mich alle an? dachte Esther Rhombach, ließ die perlenbestickte Handtasche aufschnappen, zog den Kosmetikspiegel heraus und prüfte die Zeichnung ihrer Lippen.

Sie konnte nichts Schlampenhaftes an sich entdecken, und der Kajal war tränenfest, hatte seine Kontur erhalten, als sie im strömenden Regen vergeblich eines der Yellow Cabs zu ergattern gesucht hatte. Sie tat etwas Puder auf die Nase, weil sie meinte, einen glänzenden Punkt entdeckt zu haben. Dann schnappte die Handtasche zu, und Esther fühlte, wie die Menschen sie noch immer anglotzten.

Sie dachte nur an eines: ja nicht die Station Lexington Avenue, Ecke 68. Straße verfehlen! Rechnete noch einmal nach. Die übernächste Station. Sie stand auf und verfügte sich in Richtung einer Ausstiegstüre. Die Subway ratterte dahin, langsamer als ein aufgeputzter Oldtimer.

Manhattan war, wie es das Kino und das Fernsehen immer gezeigt hatten. Wohingegen man Bern, überlegte Esther, erst entdeckten mußte. Dort gab man Fremden eine Frist von drei Jahren, sich das Zutrauen zu erwerben. Aber doch nicht in Manhattan. Oder doch?

Die Blicke wurden ihr lästig. Esther prüfte den Sitz ihres dunkelblauen Topfhütchens, verschränkte die Arme, wie um sich zu schützen. Ihr schwerer, knöchellanger Krimmermantel half Blicke wehren.

Nein, sonderlich beeindruckt hatte sie diese Stadt noch nicht. Vielleicht, weil es unaufhörlich regnete. Jedenfalls fühlte sie sich gar nicht am Nabel der Welt und verspürte auch keinen Appetit, in den sogenannten Big Apple hineinzubeißen. Aber den Palast der Einwanderer auf Ellis Island wollte sie unbedingt sehen, und gerne hätte sie an der Grand Army Plaza miterlebt, wie am Chanukka-Fest allabendlich die riesige Menorah entzündet wird, acht Tage lang. Aber es war Februar, leider.

Sie stieg aus und ging zuerst in die falsche Richtung. In der 66. Straße bemerkte sie den Fehler. Sie machte kehrt, gelangte an die Adresse, welche ihr vor Jahren der alte Herr aus Zürich, ehemals Prokurist des Quaidtschen Unternehmens, benannt hatte. Den rosaroten Schnipsel, den er ihr damals gegeben hatte, hielt sie jetzt in der Hand. Und Esther bekam Herzklopfen.

Eigentlich sei es eine hübsche Gegend, dachte sie, fast wie daheim. Die Nummer 112 war nämlich ein vierstöckiges Haus mit jeweils drei Fenstern pro Stockwerk. Über den Fenstern im ersten Stock thronten doverweiße, römische Tempelgiebel. Das Haus hatte etwas Niedliches. Erbaut aus dem für die Gegend so typischen Brownstone, war es von einem Gärtchen umlagert, und eine glatt geschnittne Thujenhecke umzingelte das Gärtchen. Das Haus stand etwas von der Straße zurückgesetzt. Um an die Haustüre zu gelangen, mußte Esther zwei Stufen hinabsteigen, dann einen kleinen Vorplatz queren, auf dem eine Linde heranwuchs, und hernach wieder drei Stufen nach rechts emporsteigen.

Dann stand sie vor der Haustür des Engelbert Quaidt, und das Herzklopfen wurde ihr so laut, daß sie meinte, ohnmächtig zu werden. Der Regen strömte noch immer. Sie fand einfach nicht den Mut, auf den Klingelknopf aus Messing zu drücken, sondern ging eilig davon, ja flüchtete beinahe. Sie wollte sich erst beruhigen und eine Runde um den Häuserblock drehen. Es war ganz in der Nähe des Central Park, und Esther huschte über die 5th Avenue, gelangte in den Park, stellte sich unter einen dickbäuchigen Ahornbaum und rauchte drei Zigaretten.
Plötzlich mußte sie an ihre Schwester denken. Ri, wie sie ihr vor so vielen Jahren auf dem Dachboden der Roten Villa Engelbert ins Herz gelegt hatte. Und Esther wurde traurig.

– O Maudi, was ist bloß aus dir geworden? Man darf doch nicht aufhören, die alten Fehler wieder zu machen. Hast du immer gesagt.

Da schoß ihr ein anderer Gedanke in den Kopf.

– Ich hab Engelbert ja gar nichts mitgebracht! erschrak sie.

Sie kehrte wieder zurück. An der Kreuzung zwischen 70. Straße und Lexington Avenue entdeckte sie ein kleines Blumengeschäft. Dort kaufte sie ihm drei lachsfarbene Rosen. Obwohl die Verkäuferin, eine Italienerin, ihr grünes Farnzeug zu den Rosen aufdrängte, setzte Esther durch, daß die Blumen schmucklos blieben. Sie trat auf die Straße. Ihr Blick glitt in das Schaufenster eines italienischen Restaurants, das sich Lumi nannte. Eine willkommene Gelegenheit, die Wahrheit noch etwas hinauszuzögern. Außerdem verspürte sie Hunger, obwohl sie gar keinen Hunger hatte. Esther guckte in das Schaufenster. Vornehmlich betagte Leute saßen an den Tischen. Im hinteren Teil des Lokals war eine Tafel gebildet worden. Dort speisten ebenfalls ältere Herrschaften. Weißhaarige Männer und Frauen. Sie machten festliche Gesichter. Eine Art Feier schien dort im Schwange zu sein.

Esther drückte schon die Klinke nieder, ließ sie aber wieder los, gebot sich, allen Mut aufzubringen und Engelbert Quaidt endlich doch gegenüberzutreten. Der Gedanke, daß er vielleicht schon tot war oder gar nicht mehr dort wohnte, ging ihr keinen Moment lang auf.

Ein etwa zwölfjähriges Mädchen öffnete die schwere, von mäandrierenden Ornamenten verzierte Holztür. Sie grinste, und Esther grinste auch. Später bemerkte sie, daß das Mädchen gar nicht gegrinst hatte, sondern daß die Physiognomie dieses Gesichtes einen angeborenen Zustand des Grinsens hatte. Denn in Wahrheit stand das Antlitz der Kleinen reglos.

Ob sie Mr. Engelbert Quaidt sprechen könne, lächelte Esther. Das Mädchen grinste. Esther wiederholte die Frage, ohne Antwort zu erhalten. Plötzlich wandte ihr die Kleine den Rücken zu und ging weg. Esther sah Kisten und Kartons im Korridor herumstehen. Küchengeruch schwoll ihr in die Nase. Nicht lange, und eine Frau ihres Alters trat heraus, bekleidet mit einem neongrünen Jogginganzug. Esther grüßte und wiederholte die Bitte noch einmal.

Die Frau war sehr höflich und teilte ihr mit, daß Mr. Quaid letzte Woche hier ausgezogen sei. Aber er sei vor einer halben Stunde noch dagewesen. Er habe die Hausschlüssel überbracht.

Esther fing der Puls wieder zu tönen an bei der Vorstellung, Engelbert um nur eine halbe Stunde verfehlt zu haben.

Wo er jetzt wohne?

Das wisse sie nicht, antwortete die Amerikanerin. Sie sagte es in einem Ton, den ihr Esther abnahm. Die Frau versuchte zu lächeln. Sie hatte schneeweiße Zähne. Aber das Lächeln erstickte ihr, denn sie sah, daß in den Augen der so altmodisch gekleideten Rothaarigen das Glänzen aufhörte. Sie folgte ihr noch über den Platz und bedauerte, daß Mr. Quaid nicht einmal einen Postumleitungsauftrag hinterlassen habe. Gerne hätte sie weitergeholfen, wolle die Adresse haben für den Fall, daß ... Aber Esther bedankte sich tonlos, spannte den Regenschirm auf und schlurfte weg.

Kalt war ihr, sie dachte sich im Lumi etwas aufzuwärmen. Sie fühlte sich nicht wirklich traurig. Ein wenig vielleicht. Nicht schlimm.

– Es wäre einfach zu schön gewesen, sagte sie sich.

Im Lumi bestellte sie Minestrone und etwas Prosciutto mit Weißbrot. Das verzehrte sie ruhig und wunderte sich wieder, daß die Leute sie so unverschämt anglotzten. War sie ein Ungeheuer? Hatte sie Aussatz, oder was?

Die an der Tafel, die festlichen Gesichter, verhielten sich besonders penetrant. Ein weißhaariger, schmallippiger Mann durchstach sie geradezu mit seinen Augen.

– Das ist ja schlimmer als daheim! zischte Esther Rhombach, warf ihr rotes Haar zurück und löffelte die Suppe aus.

Sie bezahlte, nahm die Rosen, verließ das Restaurant und schlenderte zur Subway-Station. Setzte sich hin und wartete auf den Zug. Eine Alkoholikerin erbrach sich. Ein eleganter, älterer Herr wandte sich ab und strebte auf die untere Seite des Bahnsteigs.

Sie hatte noch immer den weißhaarigen Mann gegenwärtig, wie er sie mit seinem Blick durchbohrt hatte. Plötzlich bekam Esther Rhombach eisige Hände, und es war Schweiß, und nicht die Kälte. Dann schrie Esther auf. Und sie schrie, wie sie so noch nie geschrien hatte.

– ENGELBERT !!!

Sie riß Augen und Mund auf und stürzte davon. Hinauf auf die Straße und hinüber zum Lumi. Sie rutschte aus, fiel hin, stach und riß sich an den Rosen, aber stand im Nu auf den Beinen, warf die Tür auf.

Er sah sie an. Und jetzt erkannte sie ihn. Die hohe Stirn, die steil ansteigenden Brauen, die schweren Lider, die ungewöhnlich tiefliegenden Augen, die so betörende Mulde zwischen Nase und Oberlippe, das Philtrum, das bloß einen winzigen Deut von Vertiefung zeigte.

Esther stand da mit geblähten Nasenflügeln. Und Engelbert starrte sie an. Hatte sie gesehen, ehe sie ihn sah. Im ersten Moment. In der Sekunde. Ohne Umweg. Augenblicklich. Jäh. *Sie.* Seine Augen waren auf sie gestürzt und hatten den Menschen auf einmal in seiner ganzen, seraphischen Erscheinung begriffen. Nichts Fremdes an ihm. Nichts Unbekanntes. Immer bei ihm gewesen. Bei ihm gewohnt. Ihn immer geliebt.

Als Gedächtnis dem heiligen Mann in den schneeblauen Bergen des Arlbergs, Ernst Ritter, ohne dessen Seele nicht eine einzige Zeile dieses Buches geschrieben wäre. Der so wunderbaren Edith Kauffmann, die zu mir hielt, als es schon über ihre Kräfte ging. Den Freunden, die gingen, auf deren Rat ich nicht gehört habe, weil ich taub sein mußte, mich selbst zu hören. Meinem fortgegangenen Engel Pascale, immer.